COLLECTION
FOLIO ACTUEL

L'année 2004 dans *Le Monde*

Les principaux événements en France et à l'étranger

Sous la direction de Didier Rioux

Gallimard

*Cet ouvrage est publié sous la direction de Jean-Claude Grimal
et Olivier Mazel dans la série « Le Monde Actuel ».*

La chronologie a été établie sous la direction de Didier Rioux
avec la collaboration de Thouria Adouani,
Marie-Hélène Barut, Évelyne Besrest,
Frédérique Lamy et Laurence Levy, du service Documentation
du journal *Le Monde*.

Janvier

- Alain Juppé condamné

- Catastrophe aérienne à Charm el-Cheikh

- John Kerry, favori démocrate pour l'élection présidentielle américaine

- Tony Blair innocenté sur la guerre en Irak

- Indemnisation des victimes du DC-10 d'UTA

- Premières photos du sol de Mars

- Le dopage éclabousse l'équipe Cofidis

France

1er * RÉVEILLON : Lors de la nuit de la Saint-Sylvestre, des bagarres opposent des jeunes aux CRS sur les Champs-Élysées, tandis que 22 voitures sont brûlées à Strasbourg (moins que les années précédentes).

→ *Supplément de 8 pages sur les perspectives 2004 (5 janvier)* **

3 CATASTROPHE AÉRIENNE : Un charter égyptien de type Boeing 737 s'abîme dans la mer Rouge. Tous les passagers de l'appareil (134 Français et 14 membres d'équipage) assurant la liaison entre la station balnéaire de Charm el-Cheikh et Roissy-Charles-de-Gaulle, via Le Caire, ont péri. Après une cérémonie du souvenir organisée sur place, **le 8,** pour les familles des victimes, la remontée des deux boîtes noires par le robot sous-marin français Scorpio, les 17 et 18, permet d'écarter l'hypothèse d'un attentat.

---

* *Les chiffres en début de paragraphe indiquent la date de l'événement.*
** *Les mentions en italique introduites par → renvoient à des articles, ou des suppléments, consultables sur le site Internet www.lemonde.fr à la date indiquée entre parenthèses.*

CHARM EL-CHEIKH : L'ACCIDENT
LE PLUS MEURTRIER POUR DES FRANÇAIS

Les accidents de la décennie précédente ont été moins meurtriers :

2 septembre 1998 : Un McDonnell Douglas MD 11 de Swissair s'abîme dans l'océan Atlantique au large des côtes de Nouvelle-Écosse (Canada) : 229 victimes, dont 54 Français.

1er février 1997 : Un Hawker Siddeley d'Air Sénégal s'écrase peu après avoir décollé de Tambacounda (Sénégal) : 23 personnes périssent, dont 18 Français.

17 juillet 1996 : Un Boeing 747 de la TWA explose en vol, au large de New York, quelques minutes après le décollage : 230 personnes, parmi lesquelles 42 ressortissants français, trouvent la mort. Longtemps évoquée, la thèse de l'attentat est écartée par l'enquête, qui conclut à un accident.

9 février 1992 : Un Convair CV 640 de la compagnie gambienne Gambcrest, affrété par le Club Méditerranée, s'écrase au Sénégal : 30 morts, dont 26 Français.

20 janvier 1992 : Un Airbus A 320 d'Air Inter s'écrase sur le mont Sainte-Odile, en Alsace : 87 morts.

Par ailleurs, 54 Français ont été tués dans l'attentat contre un DC-10 d'UTA, le 19 septembre 1989, au-dessus du désert du Ténéré, au Niger. Au total, 170 personnes y ont trouvé la mort.

5 **TABAC** : Nouvelle hausse des prix de 8 à 10 %, la troisième depuis le début 2003.

6 **POLITIQUE** : Présentant ses vœux au gouvernement au seuil d'une année électorale, Jacques Chirac appelle les ministres à former « *une équipe solidaire* » autour du premier ministre, Jean-Pierre Raffarin.

7 **PRESSE** : Décès de Frank Tenot, patron de presse, producteur de radio, de concerts et de disques, fou de jazz.

7 **AFFAIRE ELF** : André Tarallo, 76 ans, ex-numéro deux et « Monsieur Afrique » d'Elf, condamné le 12 novembre 2003 à quatre ans de prison, est remis en liberté pour raison de santé.

8 DIVORCE : Le Sénat adopte le projet de loi réformant la procédure du divorce.

8 LAÏCITÉ : Une élève de 13 ans est exclue du collège Théodore-Rosset de Montréal-la-Cluse (Ain) pour avoir refusé de retirer son voile.

8-9 IMMIGRATION : En visite en Chine, le ministre de l'intérieur, Nicolas Sarkozy, signe des accords sur la lutte contre l'immigration clandestine, les trafics de stupéfiants et les grands réseaux criminels. C'est aussi l'occasion pour lui de lancer de nouvelles piques contre Jacques Chirac, raillant, entre autres, son goût pour les combats de sumo japonais.

10 MARCHÉS PUBLICS : Entrée en vigueur du nouveau code assouplissant les procédures d'achat de l'État et des collectivités (120 milliards d'euros par an).

Nuit du 12 au 13 ACCIDENT : 2 morts, 7 blessés lors d'un stage de survie en montagne auquel participaient, dans les Alpes, 95 élèves de l'école militaire de Saint-Cyr.

13 DÉCÈS de l'abbé Henri Bissonnier, qui a consacré sa vie à la défense de la dignité des personnes handicapées et à la promotion de leur éducation.

13-14 EUTHANASIE : Marie Humbert et le docteur Frédéric Chaussoy sont mis en examen, la première pour «*administration de substances toxiques*», le second pour «*empoisonnement avec préméditation*», dans le cadre de l'enquête sur la mort de Vincent Humbert, le 26 septembre 2003, au centre héliomarin de Berck (Pas-de-Calais).

14 IMMIGRATION : Le conseil des ministres nomme préfet du Jura Aïssa Dermouche, né en Grande Kabylie (Algérie), et directeur de l'École supérieure de commerce de Nantes. **Le 18,** sa voiture est détruite par une explosion criminelle, et **le 25**, un nouvel attentat vise l'école supérieure de commerce Audencia, qu'il dirigeait depuis quinze ans.

15 POLYNÉSIE : L'Assemblée nationale adopte le projet de loi organique portant statut d'autonomie de la Polynésie française.

15 TRAVAIL : Le rapport de Michel de Virville, secrétaire général du groupe Renault, préconise la création d'un contrat de travail temporaire, dont la durée correspondrait à la réalisation d'un projet.

15 NAUFRAGE : Le chalutier *Bugaled-Breizh*, immatriculé au Guilvinec (Finistère), coule au large du cap Lizard, au sud-ouest de l'Angleterre, faisant 5 morts. L'exploration sous-marine de l'épave révèle qu'il a probablement été éperonné par un cargo qui a pris la fuite.

MARINS-PÊCHEURS :
UNE LONGUE LISTE D'ACCIDENTS

Depuis décembre 1997, 93 marins ont péri en mer, au large des côtes européennes.

1997 : 5 personnes disparaissent, la veille de Noël, lors du naufrage d'un chalutier dans l'ouest de la Manche, pour cause de gros temps.

1998 : 12 décès dans 4 accidents.

1999 : 18 marins périssent au cours de 11 naufrages. Un des accidents les plus graves est le naufrage d'un chalutier à la suite d'une voie d'eau.

2000 : 6 accidents provoquent la mort de 13 personnes. Le 1er octobre, la disparition du chalutier industriel *An-Oriant* fait 8 victimes entre Porcupine, en Bretagne, et l'Irlande.

2001 : on dénombre 22 victimes au cours de 11 accidents. C'est l'année la plus meurtrière. Le 11 décembre a lieu le naufrage, à l'entrée de l'estuaire de la Loire, du *Perle-de-Jade*, un chalutier du Croisic (Loire-Atlantique). Bilan : 4 morts. Pour le naufrage du chalutier *Beau-Rivage*, qui a sombré le 26 février avec 2 membres d'équipage, au sud de Belle-Île (Morbihan), l'enquête n'a pas permis d'établir s'il a été ou non heurté par le cargo turc *Marmara-Princess*, qui se trouvait à proximité.

2002 : 17 morts dans 8 accidents.

Le 22 janvier, 4 marins disparaissent après qu'un dragueur de coquilles Saint-Jacques a accroché un obstacle au fond de la mer, au large de Fécamp (Seine-Maritime). Le 26 août, 4 hommes décèdent sur les 7 hommes d'équipage du chalutier *Cistude*, percuté par le chimiquier norvégien *Bow-Eagle*, au large de la Bretagne. L'enquête révèle que l'accident est dû à « *un défaut de veille* » à bord du *Cistude* et au « *comportement inadéquat* » du *Bow-Eagle*, qui avait pris la fuite. Condamné à cinq ans de prison pour non-assistance à personne en danger par le tribunal de Bergen (Norvège), l'officier de quart fait appel.

2003 : 6 morts dans 4 accidents. Le 12 février, la collision entre le chalutier *Pepe-Roro* et le cargo néerlandais *Arklow-Ranger*, à l'ouest de l'île d'Oléron (Charente-Maritime), fait 3 victimes : le patron du chalutier et ses deux employés.

15 RELIGION : Mort du père Ambroise-Marie Carré, dominicain, membre de l'Académie française.

17 PRESSE : L'édition du *Monde* datée dimanche-lundi devient *Le Monde Week-End*, et propose à ses lecteurs un quotidien, deux cahiers hebdomadaires (trois en Île-de-France) et un magazine, *Le Monde 2*, ex-mensuel, qui devient hebdomadaire.

17 NUCLÉAIRE : Plusieurs milliers de personnes manifestent, à l'appel du réseau Sortir du nucléaire, à Paris, pour protester contre la relance de l'énergie nucléaire par le gouvernement français.

17 LAÏCITÉ : Une dizaine de milliers de manifestants à Paris, autant en province, défilent pour protester contre le projet de loi interdisant les signes religieux. Mohamed Latrèche, président du Parti des musulmans de France, organisateur de la manifestation, y multiplie les provocations à l'égard des « *sionistes* » et des médias. D'autres manifestations identiques ont lieu dans plusieurs capitales euro-péennes le même jour.

18 PRESSE : *L'Express* change son jour de parution hebdomadaire du jeudi au lundi.

20 POLITIQUE : Mort d'Olivier Guichard, baron du gaullisme, sept fois ministre (dont la justice, et l'éducation nationale après les événements de Mai 68), l'un des artisans de la modernisation de la France d'après-guerre, avec la création, en 1963, de la délégation à l'aménagement du territoire et à l'action régionale (Datar).

20-22 SOCIAL : Grogne dans le secteur public, avec une journée d'action, **le 20**, à EDF-GDF, contre un changement de statut ; à la SNCF, **le 21,** contre la réduction des effectifs, pour une revalorisation salariale et contre le projet de service minimum ; puis à Aéroports de Paris, **le 22**, ainsi que dans les hôpitaux contre le plan Hôpital 2007 annoncé par Jean-François Mattei, le ministre de la santé.

21 LÉGIONELLOSE : Quatre nouveaux cas sont recensés dans le Pas-de-Calais, ce qui porte à 80 le nombre de personnes touchées depuis le début de l'épidémie, qui a fait 10 morts.

21 RENSEIGNEMENTS GÉNÉRAUX : Pascal Mailhos, préfet délégué à la sécurité à Rennes, est nommé à la tête de la Direction centrale (DCRG). Il succède à Yves Bertrand, directeur central du renseignement depuis douze ans.

21 TRAVAIL : Une semaine après les conclusions du rapport Virville préconisant la création d'un contrat de travail temporaire, la Cour de cassation condamne l'usage abusif de l'intérim en requalifiant en contrat à durée indéterminée les emplois occupés par 19 travailleurs temporaires dans une filiale de Renault et chez Latécoère.

21 SYNDICALISME : Mort de Gilbert Declercq, syndicaliste « historique » de la CFDT.

22 GOUVERNEMENT : Nicole Guedj, avocate, élue UMP de Pantin (Seine-Saint-Denis), et proche du président de la République, succède à Pierre Bédier comme secrétaire d'État aux programmes immobiliers de la Justice. Ce dernier a démissionné **le 21**, après sa mise en examen pour «*corruption passive*» et «*recel d'abus de biens sociaux*» dans sa gestion de la ville de Mantes-la-Jolie (Yvelines), dont il était le maire (1995-2002).

DOUZE ANS DE « JURISPRUDENCE BÉRÉGOVOY-BALLADUR »

Pierre Bédier est le septième ministre à se soumettre à la «jurisprudence Bérégovoy-Balladur», qui veut qu'un responsable quitte son poste en cas de mise en cause judiciaire.

23 mai 1992 : Pierre Bérégovoy obtient la démission de son ministre de la ville Bernard Tapie, impliqué dans l'affaire Toshiba-France.

Mars 1993-mai 1995 : Édouard Balladur applique cette règle à trois reprises : pour son ministre de la communication Alain Carignon, son ministre de l'industrie Gérard Longuet, et son ministre de la coopération Michel Roussin.

2 novembre 1999 : Dominique Strauss-Kahn quitte son poste de ministre de l'économie et des finances dans le gouvernement de Lionel Jospin, sous le coup d'une menace judiciaire dans l'affaire de la MNEF.

17 juin 2002 : Jean-Pierre Raffarin accepte la démission de Renaud Donnedieu de Vabres de son ministère des affaires européennes, impliqué dans une affaire de financement occulte du Parti républicain (PR).

Mais quatre de ces six ministres ont par la suite été «blanchis» par la justice dans les dossiers qui avaient justifié leur départ : Bernard Tapie (non-lieu), Gérard Longuet (relaxe), Michel Roussin (annulation de procédure) et Dominique Strauss-Kahn (relaxe).

23 SÉCURITÉ SOCIALE : Le président du Haut Conseil pour l'assurance-maladie, Bertrand

Fragonard, remet au ministre de la santé, Jean-François Mattei, un rapport, adopté à l'unanimité, insistant sur l'«*urgence d'un redressement*» par l'amélioration de la qualité des soins.

25 ÉLECTIONS RÉGIONALES : Laurent Fabius dévoile le «*contrat des socialistes*» pour les élections régionales des 21 et 28 mars.

26 OPA : Le groupe pharmaceutique français Sanofi-Synthélabo lance une offre publique d'achat (OPA) «*non sollicitée*» sur son concurrent franco-allemand Aventis, d'environ 47 milliards d'euros, ce qui donnerait naissance au premier groupe européen et au numéro trois mondial du secteur.

26 AFFAIRES : Bruno Mégret, président du Mouvement national républicain (MNR), est condamné à un an d'inéligibilité, à un an de prison avec sursis, et à 10 000 euros d'amende pour «*complicité et recel d'abus de biens sociaux*».

26-29 DIPLOMATIE : Quarante ans après la reconnaissance de la Chine par la France, le président Hu Jintao arrive à Paris pour une visite d'État qui s'accompagne de mesures de sécurité exceptionnelles. Il prononce un discours devant l'Assemblée nationale, désertée par la plupart des députés socialistes, et se rend à Toulouse après avoir signé une commande de 21 appareils Airbus A320. **Le 27**, Jacques Chirac prend fait et cause pour la Chine communiste contre Taïwan.

26 IMMIGRATION : Dans son rapport annuel, remis au premier ministre, le Haut Conseil à l'intégration fustige la discrimination positive.

28 LAÏCITÉ : Le conseil des ministres adopte le projet de loi interdisant les signes religieux ostensibles à l'école, déclaré conforme à la Constitution par le Conseil d'État **le 22**.

28 AFFAIRES : Soupçonné d'avoir perçu 5 millions de dollars, Jean-Charles Marchiani (député européen RPF) est mis en examen dans l'affaire Elf.

29 OUTRE-MER : Le Parlement adopte définitivement deux projets de loi renforçant le statut d'autonomie de la Polynésie française.

29 RECHERCHE SCIENTIFIQUE : Alors que la pétition en ligne « Sauvons la recherche ! » a recueilli plus de 30 000 signatures en trois semaines, des milliers de chercheurs manifestent à Paris et dans les grandes villes de France pour réclamer un « *plan d'urgence* ».

30 TERRORISME : Franck Moulet, 27 ans, rentre en France après 20 jours de détention aux États-Unis pour avoir prononcé le mot « bombe » dans un avion américain.

30 LAÏCITÉ : Le recteur de l'académie de Créteil, Bernard Saint-Girons, confirme l'exclusion définitive des deux sœurs voilées, Lila et Alma Lévy-Omari, du lycée Henri-Wallon d'Aubervilliers (Seine-Saint-Denis).

30 PROCÈS DU FINANCEMENT DU RPR : Reconnu coupable de prise illégale d'intérêt dans l'affaire des emplois fictifs de la Ville de Paris entre 1988 et 1995, Alain Juppé est condamné par le tribunal correctionnel de Nanterre à une peine de 18 mois de prison avec sursis, entraînant une inéligibilité de dix ans. Il décide de faire appel. Tous les anciens responsables politiques ou administratifs du RPR poursuivis sont également condamnés.

LES POLITIQUES DÉJÀ CONDAMNÉS À UNE PEINE D'INÉLIGIBILITÉ

Les motifs de sanction sont divers : financement illégal d'un parti, corruption, enrichissement, faux témoignage…

13 mars 1996 : Henri Emmanuelli (PS, deux ans d'inéligibilité)
9 juillet 1996 : Alain Carignon (RPR, cinq ans)
4 février 1997 : Bernard Tapie (cinq ans)
6 mars 1997 : Jacques Mellick (PS, cinq ans)

30 janvier 1997 : Patrick Balkany (RPR, deux ans)
17 novembre 1998 : Jean-Marie Le Pen (FN, un an)
26 janvier 2004 : Bruno Mégret (MNR, un an)

31 ÉLECTIONS RÉGIONALES : Les Verts enterrent l'accord national qu'ils préparaient avec le PS. Les accords se feront région par région. ■

International

1er UNION EUROPÉENNE : L'Irlande succède à l'Italie à la présidence tournante de l'Union européenne.

1er HAÏTI : Début des célébrations du bicentenaire de la république, perturbées par des heurts entre partisans du président Jean-Bertrand Aristide et opposants, durant lesquels au moins huit personnes sont blessées.

HAÏTI : UNE EXISTENCE TURBULENTE

1492 : Christophe Colomb débarque sur l'île d'Hispaniola.

1659 : Les Français commencent à coloniser la partie occidentale de l'île.

1791 : Insurrection des esclaves sous la conduite de Toussaint Louverture.

1794 : En France, la Convention nationale abolit l'esclavage.

1802 : L'esclavage est rétabli dans les colonies françaises par Napoléon Bonaparte.

1804 : Indépendance d'Haïti après la victoire des anciens esclaves sur les troupes françaises.

1843 : La partie orientale de l'île fait sécession sous le nom de République dominicaine.

1915-1934 : Occupation d'Haïti par les États-Unis, qui y exercent un étroit contrôle économique et financier.

1957 : Le médecin François Duvalier, dit «Papa Doc», arrive au pouvoir lors d'élections truquées, soutenues par l'armée. Il établit un régime dictatorial, s'appuyant sur les «tontons macoutes», sa milice personnelle.

1964 : François Duvalier se proclame président à vie.

1971 : Jean-Claude Duvalier, dit «Baby Doc», devient président à vie à la mort de son père.

1986 : Duvalier est chassé par un soulèvement populaire. L'armée prend le pouvoir.

1990 : Le père Jean-Bertrand Aristide est élu président. Il est renversé en décembre 1991 par un coup d'État militaire.

1994 : Intervention militaire américaine avec 20 000 hommes, retour d'exil d'Aristide.

1996 : Fin du mandat du président Aristide. Un de ses proches, René Préval, lui succède.

2000 : Des élections législatives aux résultats contestés ouvrent une crise politique. Jean-Bertrand Aristide est à nouveau élu président lors d'un scrutin boycotté par l'opposition.

4 AFGHANISTAN : Deux ans et un mois après les accords de Bonn sur l'avenir de l'Afghanistan, faisant suite à la chute du régime des talibans, la Loya Girga proclame la République islamique à Kaboul.

4 GÉORGIE : Mikhaïl Saakachvili est élu président au premier tour, avec 96,27 % des voix. **Le 25**, il prête serment.

4 IRAK : La chaîne de télévision qatariote Al-Jazira diffuse un message sonore attribué à Oussama Ben Laden faisant référence à la capture de Saddam Hussein, le 13 décembre 2003, par l'armée américaine.

5 ÉTATS-UNIS : De nouvelles dispositions concernant les étrangers porteurs de visa entrent en application. Les empreintes digitales sont désormais demandées à près de 24 millions de visiteurs par an.

5 LIBYE : Le président George Bush prolonge les sanctions américaines imposées à Tripoli.

5 THAÏLANDE : La loi martiale est décrétée dans trois provinces du Sud après la mort de deux policiers.

5 UNION EUROPÉENNE : Après la Commission, la Banque centrale européenne, Eurojust et Europol, c'est le Parlement européen qui est visé par l'envoi de lettres piégées. Romano Prodi, président de la Commission, reçoit également un colis piégé, **le 12**, à son domicile de Bologne.

6 AFGHANISTAN : Au moins huit Afghans sont tués et plusieurs autres blessés dans une explosion à Kandahar.

6 GRANDE-BRETAGNE : Le *Daily Mirror* livre le nom du prince Charles au nouvel enquêteur chargé de l'affaire lady Diana.

6 IRAK : Deux Français tués par la guérilla à Fallouja, près de Bagdad. **Le 8**, neuf occupants d'un hélicoptère américain Blackhawk sont tués dans la chute de l'appareil, près de Fallouja.

6 VACHE FOLLE : Les États-Unis et le Canada annoncent que la vache qui, fin décembre 2003, présentait les symptômes de l'encéphalopathie spongiforme bovine (ESB ou maladie de la vache folle) était d'origine canadienne.

6 CORÉE DU NORD : Pyongyang annonce un gel de ses activités nucléaires.

6 SUÈDE : Mijailo Mijailovic, jeune Suédois d'origine serbe, avoue finalement être le meurtrier d'Anna Lindh, la populaire ministre social-démocrate des affaires étrangères, mortellement blessée à coups de couteau le 10 septembre 2003.

7 BELGIQUE : Le procès des assassins d'André Cools, ancien président du Parti socialiste (PS) francophone belge tué en 1991, dans un parking, s'achève par la condamnation de six des huit accusés par la cour d'assises de Liège.

7 MAROC : En graciant sept journalistes emprisonnés, dont le Franco-Marocain Ali Lamrabet, Mohammed VI affirme sa « *ferme volonté de consolider l'État de droit* » et les droits de l'homme.

7 IMMIGRATION : George Bush propose un plan de régularisation des immigrés en situation irrégulière, concernant les 8 à 12 millions de clandestins, essentiellement des Mexicains.

8 TRANSPORTS AÉRIENS : Accord entre la Libye et le collectif des familles des victimes de l'attentat commis le 19 septembre 1989 contre un DC-10 d'UTA, prévoyant une réparation financière de 1 million de dollars accordée aux ayants droit de chacune des victimes.

DC-10 D'UTA : QUINZE ANS DE LUTTE

1988 : L'explosion en vol d'un Boeing 747 de la Pan Am, au-dessus de la ville écossaise de Lockerbie, fait 270 victimes.

1989 : Un attentat contre un DC-10 d'UTA, au-dessus du désert du Ténéré (Niger), coûte la vie à 170 passagers.

1992 : Les Nations unies imposent des sanctions (un embargo aérien et militaire ainsi que le gel de certains avoirs libyens à l'étranger) au régime du colonel Kadhafi.

1999 : Les mesures punitives de l'ONU sont « *suspendues* », après l'extradition, le 5 avril, des deux auteurs présumés de l'attentat contre l'appareil de la Pan Am. Jugés aux Pays-Bas, l'un d'eux sera condamné à la prison à vie, en première instance, le 31 janvier 2001, l'autre acquitté.

1999 : Les responsables présumés de l'attentat contre le DC-10 d'UTA, dont un beau-frère du colonel Kadhafi, Abdessalam Senoussi, sont jugés et condamnés par contumace par un tribunal français. Parties civiles, les familles des victimes obtiennent des indemnités allant de 3 000 à 35 000 dollars.

Août 2003 : La Libye accepte de dédommager les familles des victimes du vol Pan Am à hauteur de 2,7 milliards de dollars.

---

9 IRAK : Les juristes du Pentagone accordent à l'ancien président irakien Saddam Hussein le statut de «prisonnier de guerre ennemi», aux termes des conventions de Genève.

9 ITALIE : Mort de Norberto Bobbio, philosophe, sénateur à vie, conscience morale de la gauche italienne.

10 ITALIE : Vingt et un clandestins albanais périssent dans la traversée de la mer Adriatique.

11 IRAK : L'ancien secrétaire américain au trésor Paul O'Neill assure que l'élimination du régime de Saddam Hussein était un objectif de l'administration Bush dès les premiers jours de ce gouvernement, et n'avoir jamais vu de «*vraie preuve*» de l'existence d'armes de destruction massive en Irak.

11 SRAS : Le second cas de SRAS (syndrome respiratoire aigu sévère) détecté en Chine depuis le début du mois relance l'inquiétude d'un possible retour d'une épidémie qui a causé la mort de 349 personnes en Chine durant le premier semestre 2003.

11 ISRAËL : Des dizaines de milliers de colons manifestent à Tel-Aviv contre tout retrait des territoires occupés, alors que le premier ministre, Ariel Sharon, déclare, lors de ses vœux à la presse étrangère : «*Pour obtenir la paix, nous devons renoncer à certaines implantations juives.*»

12 VATICAN : Dans ses vœux au corps diplomatique, le pape Jean-Paul II s'en prend au modèle français de laïcité, jugé trop restrictif pour les religions.

→ *Réponse de Bernard Stasi (21 janvier).*

12-13 IRAK : Au sommet des Amériques, qui réunit à Monterrey (Mexique) les présidents des États-Unis et d'Amérique du Sud, George W. Bush annonce que les entreprises canadiennes et françaises pourront participer aux appels d'offre pour la reconstruction de l'Irak.

13 ITALIE : La Cour constitutionnelle prive Silvio Berlusconi de son immunité, en invalidant la loi qui le protégeait depuis juin 2003.

13 UNION EUROPÉENNE : La Commission européenne décide d'attaquer le conseil des ministres (ecofin) devant la cour de justice de Luxembourg pour avoir suspendu, le 25 novembre 2003, la procédure pour déficits excessifs lancée contre l'Allemagne et la France. Le même jour, elle engage également des poursuites judiciaires à l'encontre de huit États membres, dont la France, pour pollution de l'eau.

13 ESPAGNE : Mort de Joan Reventos, ancien président du Parlement catalan, un des fondateurs du Parti socialiste catalan, ambassadeur d'Espagne en France, avocat, homme d'affaires, mais aussi écrivain et poète.

13 GRANDE-BRETAGNE : Harold Shipman, « Docteur de la mort », soupçonné d'avoir tué plus de 300 personnes âgées, est retrouvé pendu dans sa cellule de la prison de Wakefield.

14 GUATEMALA : Le conservateur Oscar Berger, ancien maire de la capitale, succède à Alfonso Portillo à la présidence de la République. Il a été élu le 28 décembre 2003.

14 PROCHE-ORIENT : Un attentat-suicide à Erez, poste-frontière entre la bande de Gaza et Israël, tue quatre Israéliens. Pour la première fois, il est commis par une femme kamikaze de 22 ans, mère de famille, appartenant aux Brigades Ezzedine Al-Qassam, la branche armée du Hamas.

15 ALGÉRIE : De Doha, au Qatar, où il s'est installé en novembre 2003, Abassi Madani, chef historique du Front islamique du salut (FIS, dissous en mars 1992), propose une « initiative de paix » en Algérie.

15 TURQUIE : La visite de Romano Prodi à Ankara, la première d'un président de la Commission depuis 1963, lui donne l'occasion de saluer les « progrès réalisés » par le pays.

16 MAROC : Les députés marocains adoptent à l'unanimité la réforme du code de la famille qui consacre l'égalité juridique entre hommes et femmes.

16 FINLANDE : Mort de Kalevi Sorsa, ancien premier ministre finlandais.

16-21 FORUM SOCIAL MONDIAL : Pour la première fois, les altermondialistes se réunissent à Bombay (Inde), où environ 120 000 militants participent à quelque 2 500 réunions et ateliers.

→ *« Forum »* (12 février).

18 IRAK : Un attentat devant le quartier général de l'administrateur américain Paul Bremer à Bagdad fait au moins 25 morts et une centaine de blessés, dans leur très grande majorité irakiens.

19 ÉTATS-UNIS : Le sénateur du Massachusetts John Kerry remporte, avec 38 % des voix, les caucus de l'Iowa, première étape du processus de sélection du candidat démocrate à l'élection présidentielle américaine du 2 novembre. Il devance de 6 points le sénateur de Caroline du Nord John Edwards, alors que le favori, Howard Dean, n'obtient que 18 % des voix. **Le 27**, sa nouvelle victoire aux primaires du New Hampshire le confirme dans sa position de favori démocrate face à George Bush.

→ *Série de cinq articles sur les anti-Bush (du 13 au 17 janvier).*

19 ALGÉRIE : Une explosion détruit un important complexe gazier à Skikda, à l'est du pays, faisant 27 morts et 74 blessés. Il s'agit de la plus grande catastrophe industrielle qu'ait connu le pays depuis son indépendance en 1962.

20 ÉTATS-UNIS : Dans son message sur l'état de l'Union, le président George W. Bush justifie la guerre en Irak, et défend également sa politique intérieure, mettant au premier plan les baisses d'impôts.

21-25 FORUM ÉCONOMIQUE MONDIAL : Le 34e World Economic Forum (WEF) de Davos a pour thème cette année « Partenariat pour la prospérité et la sécurité ».

22 CÔTE D'IVOIRE : Le policier ivoirien Séry Dago est condamné à dix-sept ans de prison ferme pour avoir tué d'une balle dans la tête, le 21 octobre 2003, à Abidjan, le correspondant de Radio France internationale (RFI) à Abidjan, Jean Hélène.

22 TURQUIE : Istanbul et sa région sont paralysées par une tempête de neige, qui prive d'électricité une grande partie de la ville.

23 IRAK : David Kay, chef du Groupe de surveillance de l'Irak (IGS) chargé par la CIA de rechercher des armes de destruction massive (ADM) en Irak, démissionne en déclarant que ces armes n'existent pas. Il est remplacé par Charles Duelfer, ancien numéro deux de l'équipe d'experts du désarmement de l'ONU.

23 BRÉSIL : Le président Luis Iñacio Lula da Silva remanie son gouvernement. Le Parti du mouvement démocratique brésilien (PMDB, centre) fait son entrée dans un gouvernement de cohabitation, avec deux ministères (prévoyance sociale et télécommunications).

23 AFFAIRE PARMALAT : Un des collaborateurs de l'ancien directeur financier se suicide après son audition par la justice, dans le cadre de l'enquête sur les malversations du groupe laitier italien. **Le 27,** le gouverneur de la Banque d'Italie, Antonio Fazio, est à son tour entendu par la commission d'enquête parlementaire.

25 INDE : Un accord de préférence douanière portant sur 600 à 800 produits est signé entre l'Inde et le Mercosur (l'union douanière sud-américaine), lors de la visite du président brésilien Luis Iñacio Lula da Silva.

26 ARGENTINE : L'ex-dictateur argentin Jorge Videla et deux autres chefs de la dernière dictature militaire (1976-1983) sont arrêtés à la demande de la justice allemande, qui souhaite les juger pour le meurtre de deux Allemands opposants au régime.

28 GRANDE-BRETAGNE : Le rapport de lord Hutton, chargé d'enquêter sur la mort, en juillet 2003, de l'expert en désarmement David Kelly, innocente Tony Blair, et accable la BBC, qui présente ses « *excuses sans réserve* » au premier ministre. Son président, Gavyn Davies, ainsi que le directeur général, Greg Dyke, démissionnent.

28 MARÉE NOIRE : La justice américaine condamne Exxonmobil à verser 4,5 milliards de dollars (3,6 milliards d'euros) de dommages aux victimes de la marée noire de l'*Exxon Valdez* (1989), montant auquel s'ajoutent 2,25 milliards d'intérêts. **Le 29**, le leader mondial du pétrole annonce un bénéfice net de 21,51 milliards de dollars pour 2003, soit 10 milliards de plus qu'en 2002.

29 ÉGYPTE : Les Frères musulmans rajeunissent leur direction. Leur nouveau « guide suprême », Mohammed Mahdi Akef, veut fonder un parti politique.

29 PROCHE-ORIENT : Malgré un attentat-suicide à Jérusalem, faisant au moins 10 morts et une cinquantaine de blessés, l'échange de 400 détenus palestiniens contre un colonel israélien et les corps de 3 soldats tués est maintenu. La veille, 13 Palestiniens ont été tués par l'armée israélienne, lors d'une incursion dans un quartier du sud de la ville de Gaza.

29 OUGANDA : Le président Yoweri Museveni saisit la Cour pénale internationale (CPI) du dossier de la rébellion ougandaise. C'est la première fois qu'un État saisit la juridiction de La Haye.

30 ALLEMAGNE : Armin Meiwes, le « cannibale de Hambourg», est condamné à huit ans et demi de prison pour avoir tué, dépecé, et en grande partie «consommé» un ingénieur berlinois en mars 2001. ∎

Science

4 MARS : La sonde américaine Spirit se pose sur la Planète rouge, et retransmet ses premières photos **le 6**, alors que le petit atterrisseur européen Beagle 2, censé s'y être posé le matin de Noël, après avoir été largué par la sonde européenne Mars Express, reste muet. **Le 19**, l'Agence spatiale européenne (ESA) diffuse le premier cliché de la surface de Mars pris par Mars Express, et **le 25** la NASA réalise un doublé en réussissant l'atterrissage d'un second robot, Opportunity, qui transmet également des photos de grande qualité de la Planète rouge.

14 ESPACE : Le président des États-Unis, George W. Bush, expose le projet d'une présence humaine permanente sur la Lune à partir de 2015, avant le lancement de missions habitées sur Mars vers 2030. Un nouveau vaisseau spatial remplacera les navettes en 2014. ∎

ESPACE : LES PROGRAMMES AMÉRICAINS DE KENNEDY À BUSH JUNIOR

25 mai 1961 : John Kennedy demande à la NASA d'envoyer un Américain sur la Lune avant 1970.

27 janvier 1967 : Trois astronautes sont brûlés vifs lors de tests du module Apollo 1.

21 juillet 1969 : Armstrong le premier, puis Aldrin posent le pied sur la Lune.

14 décembre 1972 : Eugene Cernan devient le dernier homme à avoir marché sur la Lune.

28 janvier 1986 : La navette Challenger explose 73 secondes après son lancement.

20 juillet 1989 : George Bush père prédit l'arrivée de l'homme sur Mars en 2019.

1er février 2002 : Désintégration en vol de la navette Columbia.

Culture

1er DÉCÈS de Denise Colomb, photographe-portraitiste des grands peintres du xxe siècle.

5 DISQUES : Quarante-deux ans après avoir signé chez Philips, Johnny Hallyday rompt sa collaboration avec la maison de disque Mercury, une division d'Universal Music.

7 CINÉMA : Les Étoiles d'or du cinéma français, attribuées par le Syndicat de la critique de cinéma, distinguent, comme meilleur film ex æquo, *les Triplettes de Belleville*, de Sylvain Chomet, et *Pas sur la bouche*, d'Alain Resnais.

7 DÉCÈS d'Ingrid Thulin, actrice suédoise, interprète de nombreux films d'Ingmar Bergman.

7-24 DANSE : Le ballet du Bolchoï est l'invité de l'Opéra de Paris, signe du changement que connaît la compagnie moscovite depuis la fin du communisme.

10 BD : Pour le 75e anniversaire de la création de Tintin (10 janvier 1929), les Éditions Moulinsart et Casterman publient une nouvelle version de *l'Alph-Art*, sa dernière aventure, restée inachevée à la mort d'Hergé, en 1983.

16 SPECTACLE : Michael Jackson transforme en show médiatique sa comparution devant le tribunal de Santa Maria, où il plaide «*non coupable*» pour les neuf chefs d'accusation, dont sept d'abus sexuels sur mineur, retenus contre lui.

20-25 AUDIOVISUEL : Le 17e Festival international de programmes audiovisuels de Biarritz est marqué par la multiplication de fictions et de documentaires signés par des cinéastes européens reconnus (Francis Girod, Benoît Jacquot, Bernard Giraudeau, Marco Bellocchio, les frères Taviani, Stephen Frears).

22 DÉCÈS de Ticky Holgado, comédien, un des meilleurs seconds rôles du cinéma français.

23 PHOTOGRAPHIE : Helmut Newton, photographe allemand connu pour ses sulfureuses images de mode, ses grands nus et ses portraits, se tue dans un accident de la route, à Hollywood.

24 NOUVEL AN CHINOIS : À l'occasion de l'Année de la Chine (octobre 2003-octobre 2004), la ville de Paris offre les Champs-Élysées au défilé marquant le passage, deux jours plus tôt, à l'année du Singe, et auquel assistent 200 000 spectateurs. Le soir même, la tour Eiffel s'illumine de rouge, pendant la durée de la visite officielle du président chinois, Hu Jintao.

25 AUDIOVISUEL : Sur Canal +, «Le vrai journal» de Karl Zéro fête sa trois centième édition.

24 BANDE DESSINÉE : Le grand prix de la ville d'Angoulême est attribué à Zep, créateur de la bande dessinée Titeuf, dans le cadre du 72e Festival de la BD qui se termine le lendemain.

28 AUDIOVISUEL : France Télévisions présente un plan pour l'intégration des minorités à l'antenne.

28 janvier-1ᵉʳ février MUSIQUE : La 10ᵉ édition de La Folle Journée de Nantes, consacrée aux musiciens de la «*génération 1810*», voit sa fréquentation augmenter de 9 %.

29 DÉCÈS de James Saunders, et de Mary Margaret Kaye, écrivains britanniques.

30 ART : Le ministre de la culture, Jean-Jacques Aillagon, inaugure de nouveaux espaces de création à la Manufacture nationale des Gobelins, à Paris (13ᵉ), dans un bâtiment du XVIIᵉ siècle rénové. ∎

Sport

12 DOPAGE : Alors que John McEnroe reconnaît, dans le *Sunday Telegraph*, avoir consommé des stéroïdes «*pendant six ans et sans le savoir*» au cours de sa carrière, l'affaire de trafic de produits dopants au sein de l'équipe cycliste Cofidis connaît un nouveau développement avec l'interpellation du coureur Robert Sassone et du soigneur d'origine polonaise de l'équipe, Bogdan Madejak. **Le 14,** ce dernier et Marek Rutkiewicz, ancien coureur de l'équipe cycliste Cofidis, sont mis en examen. **Le 20,** deux nouveaux coureurs de Cofidis sont placés en garde à vue, Cédric Vasseur, porteur du maillot jaune sur le Tour de France 1997, et Philippe Gaumont, qui, reconnaissant un dopage à l'EPO, est mis en examen le lendemain. **Le 23,** Philippe Lamour, ministre des sports, réunit les responsables du cyclisme français pour leur annoncer six mesures destinées à lutter de façon plus efficace contre le dopage. **Le 26,** Zinedine Zidane avoue avoir pris de la créatine lorsqu'il jouait à la Juventus de Turin.

DOPAGE : TROIS FAMEUX PRÉCÉDENTS SPORTIVO-POLICIERS

Le 8 juillet 1998, à trois jours du départ du Tour de France, Willy Voet, soigneur belge de l'équipe Festina, est interpellé dans le Nord en possession de substances dopantes. Les coureurs sont exclus du Tour. Willy Voet et Bruno Roussel, le directeur sportif de l'équipe, seront condamnés à des peines de prison avec sursis.

Dans la nuit du 6 au 7 juin 2001, plus de 200 policiers italiens effectuent une opération «blitz» sur le Tour d'Italie. Ils repartent des hôtels des coureurs après avoir saisi plus de 300 produits suspects. La procédure judiciaire est toujours en cours.

Le 28 juillet 2002, un contrôle douanier aboutit à la saisie de produits dopants dans le coffre de la voiture d'Edita Rumsas, épouse du coureur lituanien Raimundas Rumsas, troisième du Tour de France. Edita Rumsas restera incarcérée 75 jours. L'affaire est en cours.

14 FOOTBALL : Après dix défaites en seize matches, Alain Perrin est limogé de son poste d'entraîneur de l'Olympique de Marseille (OM), où il est remplacé par José Anigo.

16 JEUX OLYMPIQUES 2012 : Bertrand Delanoë, maire (PS) de Paris, présente le projet de la capitale, candidate à l'organisation des JO d'été 2012. Huit autres villes sont en concurrence (Leipzig, New York, Moscou, Istanbul, La Havane, Londres, Madrid et Rio de Janeiro), le choix définitif devant intervenir en juillet 2005.

18 PARIS-DAKAR : L'équipage Stéphane Peterhansel-Jean-Paul Cottret remporte, dans le classement auto, la vingt-sixième édition du rallye-raid. Il s'agit pour le pilote Mitsubishi de sa septième victoire dans ce rallye, après les six succès obtenus à moto.

25 RALLYE DE MONTE-CARLO : Le pilote

français Sébastien Loeb remporte la soixante-douzième édition, au volant de sa Citroën Xsara.

31 TENNIS : La Belge Justine Henin remporte la finale des Internationaux d'Australie sur sa compatriote Kim Clijsters.

Février

● Alain Juppé, condamné, conserve ses mandats

● Vote du projet de loi interdisant le port de signes religieux à l'école

● Liquidation d'Air Littoral

● Vote de la loi Perben 2 sur la grande criminalité

● Jean-Marie Le Pen inéligible en PACA

● La grippe aviaire inquiète l'Asie

● Incertitudes sur l'existence des armes de destruction massive en Irak

● Victoire électorale des conservateurs en Iran

- Haïti : la chute du président Aristide

- Tremblement de terre au Maroc

- Les Césars et les Oscars fêtent le cinéma

France

1er PAUVRETÉ : Cinquante ans après son appel en faveur des sans-abri, l'abbé Pierre (91 ans) lance un nouvel appel demandant aux «*gens heureux*» de dépasser leur égoïsme. Il est ensuite reçu à l'Élysée par Jacques Chirac, qui se dit favorable à la réquisition de logements vacants pour les plus démunis.

→ *Portrait de l'abbé Pierre (2 février).*

1er PROCÈS DU FINANCEMENT DU RPR : Les juges de Nanterre ayant fait état de pressions et de menaces destinées à influer sur leur décision du 30 janvier, trois enquêtes (administrative, judiciaire, parlementaire) sont diligentées sur cette «*affaire dans l'affaire*». **Le 2**, Jacques Chirac apporte son soutien à Alain Juppé, qui annonce sur TF1, **le 3**, qu'il conserve ses mandats de député de la Gironde et de maire de Bordeaux, ainsi que la présidence de l'UMP, «*pendant la durée de l'appel*».

2 RELIGION : Décès de Mgr Gabriel Matagrin, ancien évêque de Grenoble, ancien vice-président de la Conférence des évêques de France, figure intellectuelle marquante de la hiérarchie catholique.

2 CANCER : Jacques Chirac se rend à Marseille pour examiner sur le terrain l'état d'avancement du Plan cancer, qu'il avait érigé en cause nationale, avec le handicap et la sécurité routière, le 14 juillet 2002.

3 OPA : L'autorité des marchés financiers déclare recevable l'OPA de Sanofi-Synthélabo sur Aventis.

3 OPTIQUE : En prenant le contrôle du français GrandVision, le néerlandais Hal Trust donne naissance au numéro deux mondial du secteur.

4 DÉCÈS de Pierre Dumas, ancien résistant, figure historique du gaullisme savoyard.

4 PARIS : Inauguration, en présence du maire de Paris, Bertrand Delanoë, de la nouvelle façade du Drugstore des Champs-Élysées, réalisée par Michele Saee.

4 FAMILLE : Christian Jacob, ministre délégué à la famille, présente au conseil des ministres un projet de loi pour professionnaliser le statut des assistantes maternelles.

5 MOUVEMENT SOCIAL : La journée de grève de La Poste «*contre les restructurations et le démantèlement*» entraînés par l'application des directives européennes de libéralisation est suivie, d'après la direction, par 15,5 % du personnel.

5 FNSEA : L'ancien président du syndicat agricole Luc Guyau est mis en examen pour des détournements de fonds, mais il n'est pas soupçonné d'enrichissement personnel.

6 INDUSTRIE : Le Conseil d'État annule la décision du ministère de l'économie et des finances qui avait autorisé, le 5 juillet 2002, la reprise de Moulinex par le groupe de petit électroménager français SEB.

7 FO : À l'issue de son 20e congrès, qui s'est tenu du 2 au 6, le comité confédéral national (CCN) élit la nouvelle direction du syndicat, qui nomme Jean-

Claude Mailly au poste de secrétaire général. Il succède à Marc Blondel, qui a prononcé la veille son discours d'adieu, et qui dirigeait la confédération depuis 1989.

→ *Portrait de Marc Blondel (3 février)*

8 MAJORITÉ : Le 2e congrès de l'Union pour un mouvement populaire (UMP), qui a lieu à Paris, se transforme en une véritable cérémonie de soutien à Alain Juppé.

9 ADMINISTRATION : Jean-Pierre Raffarin présente, à Lyon, un plan de 140 mesures en faveur du développement de l'administration électronique baptisé Adele 2004-2007, dont il attend 5 milliards d'euros d'économie par an.

10 TVA : Devant le refus allemand de voir baisser les taux de 19,6 % à 5,5 % dans l'hôtellerie et la restauration, Jean-Pierre Raffarin annonce le déblocage de 1,5 milliard d'euros pour financer une baisse des charges patronales du secteur. Finalement, le chancelier allemand Gerhard Schröder revient, **le 18**, au sommet de Berlin, sur sa position. En cas d'unanimité européenne, la mesure serait applicable en 2006.

9 ASSURANCE-MALADIE : Le ministre de la santé Jean-François Mattei réunit l'ensemble des acteurs du secteur pour leur proposer une méthode et un calendrier devant aboutir à la présentation d'un projet de loi de réforme en juin.

10 LAÏCITÉ : L'Assemblée nationale adopte, par 494 voix contre 36 (330 UMP sur 364, 140 PS sur 149, 13 UDF sur 29, 7 PCF sur 21, 2 Verts sur 3), le projet de loi interdisant le «*port de signes ou de tenues manifestant ostensiblement une appartenance religieuse dans les écoles, collèges et lycées publics*». Le texte sera adopté dans les mêmes termes au Sénat, **le 3 mars**.

11 TRANSPORTS AÉRIENS : La Commission européenne donne son accord pour la fusion

d'Air France et de KLM, permettant ainsi la constitution du numéro un mondial du transport aérien.

11 JUSTICE : Adoption par l'Assemblée nationale de la loi Perben 2 sanctionnant la criminalité
organisée, contre laquelle avocats et magistrats font
grève. Les députés socialistes déposent un recours
devant le Conseil constitutionnel.

11 AUDIOVISUEL : Olivier Mazerolle démissionne de ses fonctions de directeur de l'information
de France 2, tout en conservant son émission
« 100 Minutes pour convaincre » après le vote, la
veille, d'une motion de défiance des deux tiers des
journalistes de la chaîne au sujet de l'annonce, au
Journal télévisé du **3**, du « retrait » d'Alain Juppé.
David Pujadas, qui a fait cette annonce, est suspendu
pour deux semaines. **Le 23**, Arlette Chabot, nommée
directrice générale adjointe en charge de l'information de France 2, succède à Olivier Mazerolle.

13 DÉFENSE : Jacques Chirac choisit de doter
le deuxième porte-avions français — chargé d'épau-
ler le *Charles-de-Gaulle* à l'horizon 2015 — d'une propulsion classique plutôt que nucléaire afin de travailler avec les Britanniques.

13 AUDIOVISUEL : La grève des journalistes
de Radio France s'achève sur un accord salarial
limité.

→ *Entretiens avec J.-M. Cavada (12 février) et
J.-J. Aillagon (17 février).*

13 LOTERIE : Un joueur français remporte les
15 millions d'euros du premier Euro Millions regroupant la France, l'Espagne et la Grande-Bretagne.

14 POLITIQUE : François Colcombet succède
à Arnaud Montebourg à la tête de la Convention
pour la VIe République.

16 TRANSPORTS AÉRIENS : Une grève des
aiguilleurs du ciel à Orly perturbe le trafic aérien en
Île-de-France. **Le 17**, la grève s'étend au centre

d'Athis-Mons. **Le 18**, les contrôleurs aériens votent la reprise du travail après la signature d'un protocole d'accord sur l'étude d'un projet de regroupement des activités à Roissy-Charles-de-Gaulle.

16 PRISONS : Le ministre de la justice, Dominique Perben, inaugure au CHU de Nancy la première unité hospitalière sécurisée interrégionale (UHSI) de France, une structure hospitalière spécialement conçue pour accueillir des détenus.

16 AFFAIRES : Dans le procès du Fondo, qui concerne le financement en 1996 du Parti républicain (PR), François Léotard, ancien président du parti, est condamné à dix mois de prison avec sursis pour blanchiment et financement illicite d'un parti, en 1996. Son ancien conseiller, Renaud Donnedieu de Vabres, actuel porte-parole de l'UMP, n'a été condamné que pour blanchiment, à 15 000 euros d'amende.

16 ÉLECTIONS RÉGIONALES : L'ancien chef du gouvernement (PS) Lionel Jospin vient soutenir à Dijon la liste de son ancien ministre François Patriat, et sort de sa réserve pour dénoncer «*une politique qui ne sert que les avantages particuliers d'un clan*».

16 ANTISÉMITISME : L'arrivée à Paris du président israélien Moshe Katsav pour une visite d'État de quatre jours — la première en France depuis la venue d'Haïm Herzog en 1988 — est l'occasion pour Jacques Chirac d'affirmer sa détermination à combattre l'antisémitisme.

→ *Entretien avec M. Katsav (16 février).*

16 DISCRIMINATIONS : Bernard Stasi, médiateur de la République, remet à Jean-Pierre Raffarin son rapport sur les discriminations fondées sur des «*critères ethniques, religieux, de sexe, de convictions, de handicap, d'âge, de santé ou d'orientation sexuelle*», en vue de la création d'une instance pour lutter contre les inégalités.

17 TRANSPORTS AÉRIENS : Un an après la disparition d'Air Lib, le tribunal de commerce de Montpellier prononce la liquidation d'Air Littoral, le dernier repreneur en lice, le groupe Alain Duménil s'étant retiré la veille. La compagnie aérienne employait en tout 611 personnes.

AIR LITTORAL :
UNE HISTOIRE MOUVEMENTÉE

1972 : Création d'Air Littoral au Castellet (Var). La compagnie s'installe à Montpellier en 1976.

1991 : KLM entre dans le capital à hauteur de 35 % pour 150 millions de francs.

Novembre 1992 : Euralair, par le biais de sa holding CFIA, rachète les parts de KLM.

Décembre 1992 : Marc Dufour est nommé P-DG.

Septembre 1998 : SAir Group, maison mère de Swissair, entre dans le capital à hauteur de 49 %.

Juin 2000 : Marc Dufour démissionne après des désaccords avec Swissair.

Avril 2001 : Un rapport commandé par le comité d'entreprise à Antoine Gaudino indique que Marc Dufour et deux autres dirigeants de la société auraient acquis en 1993 des actions d'Air Littoral à un prix sous-évalué puis réalisé d'importantes plus-values.

30 juin 2001 : Après la défaillance de Swissair, le plan de reprise de Marc Dufour, ancien P-DG, est retenu. Swissair lui cède les 49 % qu'elle détenait.

21 août 2003 : Le tribunal de commerce de Montpellier ordonne la mise en redressement judiciaire. Le fonds d'investissement américain Wexford est candidat à la reprise, ainsi que Seven Group, Ionis et le groupe Duménil. Aucune n'aboutira.

---

17 LÉGIONELLOSE : La préfecture du Pas-de-Calais annonce la fin de l'épidémie, qui a fait 13 morts depuis fin novembre dans le département.

17 PAUVRETÉ : Un rapport du Conseil de

l'emploi, des revenus et de la cohésion sociale (CERC) révèle que 7,8 % des moins de 18 ans vivent sous le seuil de pauvreté.

17 ENVIRONNEMENT : La justice suspend la vente du Régent, insecticide accusé de tuer les abeilles, et son fabricant, BASF Agro, est mis en examen et placé sous contrôle judiciaire.

18 PÉTITION : L'hebdomadaire *Les Inrockuptibles* publie la liste des 8 000 signataires d'un appel contre la guerre à l'intelligence visant à fédérer les mouvements de protestation en cours dans les « *professions intellectuelles* ».

18 ÉLECTIONS RÉGIONALES : Bruno Mégret, président du Mouvement national républicain (MNR), est déclaré inéligible en Champagne-Ardenne.

19 EMPLOI : Jacques Chirac réunit à l'Élysée des économistes, des chefs d'entreprise et des experts pour discuter des moyens pour lutter contre la désindustrialisation de la France. Le même jour, le ministre du travail, François Fillon, présente à Montpellier le Plan national de lutte contre les difficultés de recrutement.

19 JUSTICE : Une information judiciaire est ouverte contre le comité d'entreprise d'EDF-GDF, le plus riche de France, pour « *abus de confiance, escroquerie, faux et usage de faux, complicité et recel* » par le parquet de Paris.

20 PATRONS VOYOUS : Les salariés de la firme OCT, filiale d'une société anglaise de fibres optiques, découvrent leur usine de Dourdan (Essonne) fracturée et vidée de son matériel par son patron, Paul Welch.

22 ÉLECTIONS RÉGIONALES : Au terme de deux semaines d'imbroglio juridique, Jean-Marie Le Pen est définitivement déclaré inéligible en Provence-Alpes-Côte d'Azur par le tribunal administratif de Marseille. **Le 23**, le président du Front national désigne Guy Macary, élu du Vaucluse et conseiller régional en PACA, pour le remplacer.

23 POLLUTION : Hervé Gaymard, ministre de l'agriculture, suspend la vente du Régent, enrobage de semences à base de fipronil fabriqué par BASF Agro, firme mise en examen par le justice **le 17**. Accusé par les apiculteurs de décimer leurs abeilles, le produit déjà commercialisé pourra pourtant être utilisé par les agriculteurs, et les distributeurs auront le droit d'écouler leurs stocks.

24 INDUSTRIE : Le ministère des finances annonce son intention de céder une part «*substantielle et minoritaire*» du capital de la Snecma avant l'été 2004.

24 LOGEMENT : Bertrand Delanoë présente le Prêt Paris logement (PPL) à 0%, une aide nouvelle accordée par la municipalité aux candidats au logement dans la capitale (22 000 euros pour une personne seule et 36 000 euros pour les ménages).

25 SÉCURITÉ CIVILE : Grève des pompiers, qui réclament les avantages liés à une «*profession à risques*», le jour où Nicolas Sarkozy présente au conseil des ministres son projet de loi sur la sécurité civile.

25 RECHERCHE : Tandis que la révolte gronde dans les laboratoires, Jacques Chirac demande que la loi d'orientation et de programmation pour la recherche soit «*soumise au Parlement avant la fin de l'année*», car «*la science et la recherche sont des enjeux majeurs pour la France*».

25 CANICULE : Le rapport de la commission parlementaire d'enquête sur la crise sanitaire de l'été 2003 relève d'importantes carences dans le fonctionnement du ministère de la santé, mais ne met pas expressément en cause le ministre, Jean-François Mattei.

27 INSTITUTIONS : Jacques Chirac nomme Pierre Mazeaud à la présidence du Conseil constitutionnel, où il succède à Yves Guéna. Trois nouveaux membres sont également désignés, dont l'ancien directeur du cabinet de Jean-Pierre Raffarin à Matignon, Pierre Steinmetz.

27 PRESSE : *France Dimanche* fête son trois millième numéro. Créé en 1946 par Pierre Lazareff, l'hebdomadaire est diffusé à plus de 500 000 exemplaires.

28 AGRICULTURE : Jacques Chirac, inaugurant à Paris le 41ᵉ Salon de l'agriculture en proie à l'inquiétude de plusieurs filières (vin, lait, porc), se déclare « *confiant* » dans la capacité des agriculteurs à surmonter les crises.

26 JUSTICE : La commission de réexamen de la Cour de cassation accorde un nouveau pourvoi à Maurice Papon, condamné en 1998 à dix ans d'emprisonnement pour « *complicité de crimes contre l'humanité* ».

27 INTEMPÉRIES : D'importantes chutes de neige paralysent la Bretagne, et privent 120 000 foyers d'électricité. ∎

International

1ᵉʳ IRAK : Un double attentat-suicide à Erbil, au Kurdistan irakien, fait 100 morts.

1ᵉʳ ARABIE SAOUDITE : Une bousculade meurtrière se produit à Mina, l'un des principaux sites du pèlerinage de La Mecque, faisant 244 morts parmi les fidèles.

1er-2 TERRORISME : Plusieurs vols sont annulés entre l'Europe et les États-Unis à la demande des autorités américaines, qui font état de renseignements selon lesquels ces avions pourraient être les cibles d'actes terroristes.

2 AUSTRALIE : Le directeur général de la Banque nationale (NBA), Frank Cicutto, annonce sa démission après la découverte d'une escroquerie commise par quatre courtiers.

3-5 GRIPPE AVIAIRE : À Rome, la FAO étudie les mesures nécessaires pour endiguer la progression de l'épizootie de grippe du poulet, qui touche dix pays asiatiques. La maladie animale a, officiellement, fait jusqu'à présent 14 victimes au Vietnam et en Thaïlande, et des millions de volailles ont dû être abattues.

4 PAKISTAN : Abdul Qadeer Khan, « père » de la bombe A pakistanaise, avoue avoir participé à des fuites de technologie nucléaire au profit de l'Iran, de la Libye et de la Corée du Nord. Le lendemain, le président Pervez Moucharraf lui accorde son pardon.

→ *Portrait d'Abdul Qadeer Khan (21 février).*

4 IRAK : Devant les Communes, le premier ministre britannique, Tony Blair, avoue qu'il ignorait la nature des armes de destruction massive (ADM) irakiennes quelques jours avant la guerre. **Le 5**, George Tenet, patron du renseignement américain, justifie l'action de la CIA en estimant que les renseignements fournis à l'exécutif américain étaient corrects. **Le 6**, George Bush annonce la création d'une commission d'enquête pour évaluer le travail des services de renseignement sur les ADM. **Le 8**, dans un entretien télévisé, George Bush, « *président en guerre* », admet que Saddam Hussein ne possédait peut-être pas d'armes de destruction massive.

ARMES DE DESTRUCTION MASSIVE :
DES CERTITUDES AUX DOUTES

12 décembre 2002, Donald Rumsfeld, secrétaire à la défense : « Il est clair que les Irakiens ont des armes de destruction massive. »

17 mars 2003, George Bush : « Les renseignements rassemblés par ce gouvernement et d'autres ne laissent aucun doute : le régime irakien continue à posséder et à cacher certaines des armes les plus mortelles jamais imaginées. »

23 mars, Tommy Franks, chef du commandement central : « Je pense que nous trouverons des armes de destruction massive quand nous aurons l'occasion d'occuper Bagdad. »

30 mars, Donald Rumsfeld : « Nous savons où [les armes de destruction massive] se trouvent. Elles sont dans la région autour de Tikrit et Bagdad. »

27 mai, Donald Rumsfeld : « Il est possible que le régime de Saddam Hussein ait décidé de les détruire avant le début du conflit. »

28 mai, Paul Wolfowitz, secrétaire adjoint à la défense, numéro deux du Pentagone : « Nous nous sommes entendus sur une question, les armes de destruction massive, parce que c'était la seule raison sur laquelle tout le monde pouvait tomber d'accord [pour justifier d'attaquer l'Irak]. »

29 mai, Donald Rumsfeld : « Nous pensions et nous pensons toujours que les Irakiens possèdent — ont possédé — des armes biochimiques et qu'ils disposaient d'un programme de développement d'armes nucléaires. [...] Nous pensons [que cet arsenal] y est et que cela va prendre un peu de temps. »

14 juillet, George Bush : « Je suis convaincu que Saddam Hussein avait un programme d'ADM. »

2 octobre, David Kay, chef des inspecteurs américains et britanniques en Irak : « Nous n'avons pas encore trouvé à ce jour d'armes de destruction massive [mais] nous avons découvert des preuves importantes de la volonté des principaux responsables irakiens de continuer à produire dans l'avenir des armes de destruction massive. »

20 janvier 2004, George Bush : « [Le rapport Kay a] identifié des

douzaines d'activités liées à des programmes d'armes de destruction massive. »

27 janvier, Dick Cheney, vice-président : « [L'Irak] avait la technologie et la capacité de produire [des ADM]. […] Les travaux de [David] Kay indiquent à mes yeux qu'il y avait bien des programmes [d'ADM] même s'il n'y avait peut-être pas de stocks. […] À propos de stocks, en fait, et ce qui reste du programme irakien, il y a encore du travail à faire pour inventorier ce qui est là-bas. Je ne suis pas prêt à émettre un jugement définitif sur ce point. »

28 janvier, David Kay : « Il s'avère que nous avions tous tort, probablement, selon moi [à propos des stocks d'armes de destruction massive]. »

3 février, Colin Powell, secrétaire d'État : « L'hypothèse à laquelle nous étions parvenus, fondée sur les éléments que nous avait transmis la communauté du renseignement, était que des stocks [d'ADM] existaient [en Irak]. » « C'étaient les stocks qui constituaient le petit élément final qui rendait plus réel et plus présent le danger. » « L'absence de stocks change le calcul politique. »

5 FRANCE-CÔTE D'IVOIRE : Au terme de sa visite à Paris, le président Laurent Gbagbo se déclare « *heureux et comblé* ».

5 HAÏTI : Les opposants du Front de résistance de l'Artibonite, groupe armé d'ex-alliés du président Jean-Bertrand Aristide, prennent le contrôle des Gonaïves, la quatrième ville du pays. L'insurrection gagne ensuite du terrain dans le nord-est du pays, s'empare, **le 16,** de la ville de Hinche, et prend pour chef, **le 18,** Guy Philippe, ex-commissaire de police. **Le 22**, les insurgés prennent le contrôle de Cap-Haïtien, deuxième ville du pays. **Le 25**, la France demande le départ d'Aristide, suivie, **le 28**, par les États-Unis, qui imputent la responsabilité des désordres au président haïtien.

6 ALLEMAGNE : Gerhard Schröder abandonne la présidence du SPD et propose de la confier à Franz Müntefering, actuel président du groupe

SPD au Bundestag. Le lendemain, le parti entérine le choix du nouveau secrétaire général, Klaus-Uwe Benneter, en remplacement d'Olaf Scholz.

6 RUSSIE : Un attentat-suicide dans le métro de Moscou tue 41 personnes, et fait une centaine de blessés.

6-7 FINANCES MONDIALES : Les ministres des finances du G7 (Allemagne, Canada, États-Unis, France, Royaume-Uni, Italie et Japon), réunis à Boca Raton, en Floride (États-Unis), se mettent d'accord pour enrayer la chute du dollar.

7 ALGÉRIE : Les arouchs (kabyles) rompent les négociations avec le gouvernement et renoncent, **le 13**, à participer à l'élection présidentielle du 8 avril.

7 SRI LANKA : La présidente Chandrika Kumaratunga dissout le Parlement, conséquence de la crise politique qui l'oppose à son premier ministre, Ranil Wikramasinghe.

8 SUISSE : Par référendum, 56,2 % des Helvètes se prononcent en faveur de l'internement à vie des délinquants sexuels ou violents jugés « *très dangereux et non amendables* ».

8 IRAK : Le jour où une équipe d'experts de l'ONU chargée d'étudier la faisabilité d'élections directes en Irak rencontre le Conseil intérimaire de gouvernement irakien, le prince Charles d'Angleterre effectue, dans le plus grand secret, une visite éclair à Bassora, tandis qu'une cinquantaine de soldats japonais, premier contingent nippon déployé à l'étranger depuis la seconde guerre mondiale, prend position dans une base du sud du pays.

8 GRÈCE : Lors du congrès du Mouvement socialiste panhellénique (Pasok, au pouvoir) Georges Papandréou est élu président de son parti avec 99,83 % des suffrages. Costas Simitis, premier ministre, fait ses adieux à la politique.

10 RUSSIE : Ivan Rybkine, le rival de Vladimir

Poutine à l'élection présidentielle, qui avait disparu le 5, réapparaît en affirmant s'être ménagé «*une petite pause*» en Ukraine. **Le 13**, réfugié à Londres, il dit avoir été «*enlevé*» et «*drogué*».

10 FRANCE-ALGÉRIE : Le parquet de Paris ouvre une information judiciaire contre «X» sur l'assassinat, au printemps 1996, de sept moines français à Tibéhirine.

10 IRAK : 53 tués et 75 blessés dans l'explosion d'une voiture piégée devant un poste de police d'Iskandaria, au sud de Bagdad.

11 IRAK : 47 morts et 52 blessés dans un attentat au véhicule piégé contre un centre de recrutement de l'armée irakienne à Bagdad.

DEPUIS SEPT MOIS, DES ATTENTATS DE PLUS EN PLUS MEURTRIERS

2003

19 août : 22 morts, dont l'émissaire spécial de l'ONU, Sergio Vieira de Mello, dans l'explosion d'un véhicule piégé au siège de l'ONU à Bagdad.

29 août : 83 tués, dont le dignitaire chiite Mohammed Baqer Al-Hakim, et quelque 175 blessés dans un attentat à la voiture piégée à Nadjaf.

27 octobre : 35 personnes tuées et quelque 230 blessées dans quatre explosions à Bagdad, dont l'une près du siège du comité international de la Croix-Rouge.

12 novembre : 28 tués (19 Italiens, en majorité des carabiniers, et 9 Irakiens) dans un attentat à Nassiriya.

27 décembre : 19 morts et quelque 120 blessés dans des attaques visant des bâtiments publics et des bases militaires d'armées étrangères à Kerbala.

2004

18 janvier : Au moins 25 tués, des civils irakiens pour la plupart, et plus de 100 blessés dans l'explosion d'une voiture piégée à l'entrée du quartier général américain à Bagdad.

1er février : Au moins 101 tués et 133 blessés dans deux attentats-suicides aux sièges des deux principaux partis kurdes à Erbil,
dans le Kurdistan.

11 ÉTATS-UNIS : Comcast, numéro un américain du câble, profite des difficultés du groupe de
loisirs et de communication Disney pour lancer
contre lui une OPA hostile de 66 milliards de dollars.

11 GRANDE-BRETAGNE : James Murdoch,
fils du magnat australo-américain des médias, prend
la direction du bouquet de télévisions par satellite
britannique BskyB.

11 RÉPUBLIQUE TCHÈQUE : Décès de
Jozef Lenart, premier ministre de la Tchécoslovaquie communiste de 1963 à 1968.

11 PROCHE-ORIENT : Quinze Palestiniens
sont tués par l'armée israélienne dans deux opérations distinctes, dans la bande de Gaza.

12 ÉTATS-UNIS : La municipalité de San
Francisco accorde les premiers certificats de mariage
à des couples homosexuels délivrés dans le pays par
une autorité légale. Les gays affluent de tous les
États-Unis pour en bénéficier.

12 CLONAGE : Des biologistes coréens annoncent sur le site Internet de la revue américaine
Science avoir réussi à créer des embryons humains
et obtenu des cellules-souches.

13 ÉTATS-UNIS : La Maison-Blanche rend
publique l'intégralité du dossier militaire de George
Bush, pour faire face aux critiques sur son engagement pendant la guerre du Vietnam.

13 IRAK : À l'issue de sa visite d'une semaine en
Irak, l'envoyé spécial de l'ONU, Lakhdar Brahimi,
écarte la possibilité d'organiser des élections avant
le 30 juin.

14 AFRIQUE : Lors d'un sommet à Kigali
(Rwanda), les pays membres du Nouveau Partena-

riat pour le développement de l'Afrique (Nepad), créé en 2001 par l'Afrique du Sud, le Nigeria, le Sénégal et l'Algérie, instaurent un Mécanisme africain d'évaluation par les pairs (MAEP), qui s'appliquera d'abord à quatre pays volontaires, Rwanda, Kenya, Ghana et île Maurice.

14 RUSSIE : La coupole du centre aquatique Transvaal Park, à Moscou, s'effondre, faisant 28 morts et près de 80 blessés.

14 TURQUIE : Les autorités saisissent et mettent sous tutelle 219 sociétés du groupe familial Uzan.

15 IRAK : Arrestation de Mohammed Zimam Abdel-Razzak Al-Saadoun, ancien dirigeant du parti Baas, qui figurait en quarante et unième position sur la liste américaine des personnages clés du régime. La veille, une attaque contre un commissariat de police à Fallouja avait fait 20 morts.

15 CHINE : Deux incendies, le premier dans un centre commercial de la ville de Jilin, dans le nord-est du pays, le second dans un temple de la ville de Huangwan (province de Zhejiang, Est), font une centaine de morts.

15 SERBIE : Accord sur la formation d'un gouvernement minoritaire, entre le Parti serbe du renouveau (SPO, monarchiste) de Vuk Draskovic et le G17 Plus (libéral), dirigé par le Parti démocratique de Serbie (DSS) de l'ancien président yougoslave Vojislav Kostunica.

16 LIBRE-ÉCHANGE : En ratifiant un accord commercial avec le Chili, la Corée du Sud amorce l'ouverture de son marché intérieur jusqu'alors protégé.

17 MEXIQUE : Mort de José Lopez Portillo, président du Mexique de 1976 à 1982. Symbole de la corruption politique, il était connu pour ses frasques et ses petites phrases.

18 UNION EUROPÉENNE : Réunis en sommet à Berlin, Jacques Chirac, Tony Blair et Gerhard Schröder se mettent d'accord pour proposer la création d'un poste de vice-président de la commission chargée de coordonner les politiques de compétitivité et d'emploi à l'intérieur de l'Union. **Le 16**, six États européens avaient, sous forme de contre-proposition, exprimé leurs réserves sur cette ébauche de « directoire » des grands pays.

18 IRAK : 11 Irakiens tués, 58 soldats étrangers et 44 Irakiens blessés dans un double attentat à la voiture piégée à Hilla, au sud de Bagdad.

18 IRAN : Le déraillement d'un train de marchandises près de Neishabour, dans le nord du pays, fait 328 morts et 450 blessés. Le même jour, le Japon et l'Iran signent un accord de 2 milliards de dollars pour exploiter conjointement le gisement pétrolier d'Azadegan (nord-ouest de l'Iran), en dépit de la « *profonde inquiétude* » de Washington.

18 ÉTATS-UNIS : Après le retrait de Howard Dean, ex-favori des sondages, John Edwards reste le dernier rival démocrate de John Kerry dans la course à l'investiture.

20 BELGIQUE : Les députés adoptent par 80 voix contre 58 et 3 abstentions une loi qui octroie aux étrangers non européens le droit de vote aux élections communales dès 2006. 120 000 personnes sont concernées.

20 IRAN : Avec 156 élus au premier tour des élections législatives, les conservateurs sont assurés d'une écrasante majorité au futur Parlement. Mais cette victoire est ternie par une faible participation (50,57 %), résultat de l'appel au boycott des élections lancé par les réformateurs, dont plus de 2 500 candidatures ont été éliminées.

20 ONU : La Canadienne Louise Arbour, ancienne procureure du Tribunal pénal international, est nommée haut-commissaire de l'ONU aux droits de l'homme.

22 PROCHE-ORIENT : Un attentat-suicide dans un autobus au centre de Jérusalem-Ouest fait au moins neuf morts et une soixantaine de blessés.

23 IRAK : 13 tués et 51 blessés dans un attentat-suicide contre un commissariat de Kirkouk.

Nuit du 23 au 24 MAROC : Un tremblement de terre, le plus meurtrier au Maroc depuis celui d'Agadir, le 29 février 1960, frappe la région d'Al-Hoceima, port de la côte méditerranéenne, faisant 628 morts et près de 1 000 blessés. Les sinistrés, qui dénoncent l'inorganisation des secours, reçoivent, **le 28**, la visite du roi Mohammed VI, qui bivouaque plusieurs jours sur place.

23 AÉRONAUTIQUE : Le Pentagone annule un programme de 38 milliards de dollars (29,93 milliards d'euros) pour la conception et la production par Boeing du Comanche, un hélicoptère de reconnaissance armé.

24 RUSSIE : Vladimir Poutine, grand favori du scrutin présidentiel du 14 mars, limoge le premier ministre Mikhaïl Kassianov, proche des barons de l'économie russe, et tout son gouvernement.

24 ÉTATS-UNIS : À l'issue d'une mission d'inspection des services vétérinaires américains en France, Washington décide de suspendre les importations de produits de viandes françaises (charcuterie, foie gras…).

25 DIPLOMATIE : Les États-Unis autorisent Tripoli à rouvrir une antenne diplomatique à Washington.

26 MACÉDOINE : Le président Boris Trajkovski se tue en avion près de Mostar, en Bosnie-Herzégovine, le jour où son pays présente sa candidature à l'Union européenne.

27 JAPON : Le gourou de la secte Aum, Chizuo

Matsumoto, alias Shoko Asahara, est condamné à mort par pendaison. L'attentat au gaz sarin dans le métro de Tokyo a fait 12 morts, le 20 mars 1995.

26 GRANDE-BRETAGNE : Clare Short, ancienne ministre travailliste, accuse Tony Blair d'avoir mis Kofi Annan, secrétaire général de l'ONU, sur écoutes téléphoniques avant l'entrée en guerre avec l'Irak.

27 VENEZUELA : L'opposition profite de la présence à Caracas de six chefs d'État et de gouvernement étrangers, réunis à l'occasion du 22e sommet du Groupe des 15 (G15), pour manifester contre Hugo Chavez. Des heurts avec la gendarmerie font 2 morts et 54 blessés.

27 CÔTE D'IVOIRE : Le Conseil de sécurité autorise le déploiement d'une force de l'ONU en Côte d'Ivoire (Onuci), pour une durée de douze mois.

29 IRAK : À l'issue de deux jours de réunion à Abou Dhabi (Émirats arabes unis), les pays donateurs, à l'exception des États-Unis, s'engagent à verser près de 1 milliard de dollars en 2004 pour financer des projets de reconstruction de l'Irak.

29 ALLEMAGNE : Les élections régionales anticipées du Land de Hambourg profitent à Ole von Beust et à l'Union chrétienne-démocrate (CDU), qui, avec 47,2% des suffrages (+ 21%) et 63 des 121 sièges, s'assurent la majorité absolue au Landstag, contre 30,5% (- 6%) des suffrages et à peine 41 sièges pour le SPD.

29 HAÏTI : Quelques heures après la démission et la fuite vers Bangui (Centrafrique) du président Jean-Bertrand Aristide, les premiers éléments d'une force internationale (Canadiens, Américains et Français) destinée à rétablir l'ordre débarquent à Port-au-Prince, en accord avec le Conseil de sécurité, qui a voté à l'unanimité une résolution permettant son déploiement pour une durée de trois mois. Tandis

que la capitale est livrée aux pillages et aux règlements de comptes, l'intérim est assuré, conformément à la Constitution, par Boniface Alexandre, président de la cour de cassation. ▪

ARISTIDE : QUATORZE ANS DE POUVOIR

1990 : Jean-Bertrand Aristide est élu président de la République
d'Haïti avec 67 % des voix.

1991 : Coup d'État militaire du général Raoul Cédras. Le président Aristide s'exile aux États-Unis.

1994 : Jean-Bertrand Aristide est réinstallé au pouvoir par les
Américains.

1996 : Élu en décembre 1995, René Préval, l'« *ami* », le « *frère* »,
le « *complice* » de Jean-Bertrand Aristide, devient président de la
République.

2000 : Les élections législatives et présidentielle sont marquées
par de nombreuses irrégularités. M. Aristide est élu, et son parti
est majoritaire au Parlement (21 sièges sur 27).

2002 : Manifestations d'opposition au président Aristide et à son
parti.

2003 : Démissions en série au sein du gouvernement, et grève
générale. L'opposition demande le départ du président.

1ᵉʳ janvier 2004 : Célébration du bicentenaire de l'indépendance
d'Haïti.

Culture

2 AUDIOVISUEL : Jean Réveillon prend ses
fonctions de secrétaire général de l'Union européenne de radio-télévision (UER), où il succède à
Jean Stock.

Nuit du 2 au 3 PEINTURE : Une vingtaine de
toiles et d'aquarelles de Bernard Buffet sont déro-

bées au domicile parisien du marchand d'art Maurice Garnier.

4 CINÉMA : Le Conseil d'État interdit aux moins de 18 ans le film *Ken Park* de Larry Clark, sorti en octobre 2003. Il annule ainsi « partiellement » le visa d'exploitation délivré par le ministère de la culture tout en jugeant que *Ken Park* « *n'est pas un film pornographique* ».

VERS UN DURCISSEMENT DE LA CENSURE ?
DES PRÉCÉDENTS

1947 : *le Diable au corps*, de Claude Autant-Lara. La commission de censure propose une interdiction aux moins de 16 ans. Le ministre passe outre et autorise le film à tous les publics.

1964 : *Une femme mariée*, de Jean-Luc Godard. Alain Peyrefitte, ministre de l'information, exige le changement de *« La » Femme mariée* en *« Une » femme mariée*, afin de ne pas normaliser l'adultère.

1966 : *la Religieuse*, de Jacques Rivette. Une campagne de pétitions est orchestrée avant même le tournage du film par des associations catholiques. La commission de censure propose une interdiction aux moins de 18 ans. Yvon Bourges, secrétaire d'État à l'information, décide une interdiction totale. Le ministre de la culture, André Malraux, se désolidarise du gouvernement en envoyant le film au Festival de Cannes.

1977 : *Avoir vingt ans dans les Aurès*, de René Vautier (1972), est programmé à Tourcoing dans le cadre d'un festival. Le Front national tente d'empêcher la projection de ce film *« ordurier »*, qu'il traite de *« provocation »* et de *« trahison nationale »*. Le maire socialiste de la ville reste ferme sur sa position de *« ne jamais intervenir dans le choix de* [ses] *responsables culturels »*.

1988 : *la Dernière Tentation du Christ*, de Martin Scorsese, est la cible d'une guerre sainte menée par les intégristes. Jean-Marie Lustiger, archevêque de Paris, *« proteste par avance contre la diffusion »* d'un film *« blasphématoire »*. Trois associations religieuses saisissent le tribunal pour obtenir son interdiction. Manifestations, jets de gaz lacrymogènes, cocktails Molotov, destruction de fau-

teuils, menaces téléphoniques finissent par décourager les exploi-
tants. Le cinéma Saint-Michel (à Paris) est incendié. Jack Lang
déclare *« inacceptable qu'une minorité de gens violents ne res-
pectent pas la pensée des autres et puissent entraver leur liberté »*.

4 ART : Jean-Jacques Aillagon, ministre de la
culture et de la communication, annonce de nouvelles mesures pour l'accueil en France des artistes
et des professionnels de la culture étrangers.

4 DÉCÈS de Jacques Meunier, journaliste,
voyageur, ethnologue et écrivain.

6 DANSE : Dans une lettre ouverte adressée à
la directrice du Ballet national de Marseille,
Marie-Claude Pietragalla, 62 des 78 salariés en
contrat à durée indéterminée, soit 80 % du personnel, demandent son départ *« dans les plus brefs
délais »*.

→ *Portrait de Marie-Claude Pietragalla (12 mars).*

8 DISQUES : La cérémonie de remise des
46ᵉ Grammy Awards, récompensant l'industrie
musicale américaine, consacre comme album de
l'année « Speakerboxxx/The Love Below » du groupe
de hip-hop Outkast, et Beyoncé Knowles, l'ex du
groupe Destiny's Child, qui rafle cinq Grammys,
dont celui du meilleur album de R & B contemporain pour « Dangerously in Love ».

11 MUSIQUE CLASSIQUE : La cérémonie
des 11ᵉ Victoires de la musique, qui se déroule à
Lille, capitale culturelle européenne de l'année, ne
parvient pas à faire oublier la situation inquiétante
du disque classique en France.

11 CINÉMA : sortie en France du film de Rithy
Panh *S21, la machine de mort khmère rouge*, qui
retrace, à partir de documents d'archives, le régime
de terreur qui a régné au Cambodge de 1975 à 1979.

→ *Portrait de Khieu (24 janvier).*

14 CINÉMA : Le jury de la 54ᵉ Berlinale distingue *Gegen die Wand*, de Fatih Akin, cinéaste né à Hambourg, d'origine turque, consacrant ainsi la renaissance du cinéma allemand.

15 ART : Décès de l'écrivain et critique d'art Michel Conil-Lacoste, à Paris.

Nuit du 18 au 19 : DÉCÈS du cinéaste et ethnologue Jean Rouch au Niger, dans un accident de voiture. Son œuvre, qui compte plus de cent vingt films, est celle d'un maître du document ethnographique et d'un précurseur et compagnon de la Nouvelle Vague.

JEAN ROUCH
UNE FILMOGRAPHIE ANCRÉE
DANS LE CONTINENT NOIR

La très riche filmographie de Jean Rouch est marquée par l'utilisation de la pellicule 16 mm.

1947 : *Au pays des mages noirs.*
1948 : *les Magiciens de Wanzerbe.*
1949 : *Initiation à la danse des possédés*, grand prix du Festival du film maudit de Biarritz.
1954 : *les Maîtres fous*, primé à Venise en 1957.
1958 : *Moi, un Noir.* Le film a reçu le prix Louis-Delluc.
1959 : *la Pyramide humaine.*
1961 : *Chronique d'un été*, avec Edgar Morin.
1962 : *la Punition.*
1964 : *Gare du Nord*, un des sketches de « Paris vu par… », film collectif emblématique de la Nouvelle Vague.
1965 : *les Veuves de quinze ans.*
1965 : *la Chasse au lion à l'arc.*
1967 : *Jaguar.*
1970 : *Petit à petit.*
1966-1973 : *Sigui.*
2002 : *le Rêve plus fort que la mort.*

20 SPECTACLES : Dieudonné se produit sur le trottoir, en face de l'Olympia, après la confirmation par le juge des référés du tribunal de Paris, **le 19**, de l'annulation de son spectacle pour des raisons de sécurité. Le comique, accusé d'antisémitisme après des propos tenus à la télévision, le 1ᵉʳ décembre 2003, et dont plusieurs spectacles ont dû être annulés en province, a reçu des menaces s'il se produisait sur la scène parisienne.

20 ART : Ouverture, à Berlin, de l'exposition des 200 toiles prêtées par le Museum of Modern Art (Moma) de New York, en travaux, à la Neue Nationalgalerie pour sept mois. Il s'agit de chefs-d'œuvre des plus grands peintres du xxᵉ siècle, considérés pour la plupart comme « *dégénérés* » par les nazis.

21 CINÉMA : La cérémonie des 29ᵉ Césars du cinéma français consacre le réalisateur québécois Denys Arcand, dont le film *les Invasions barbares* remporte les Césars du meilleur scénario, du meilleur réalisateur, et du meilleur film. Sylvie Testud (*Stupeur et Tremblements*, d'Alain Corneau) et Omar Sharif (*M. Ibrahim et les fleurs du Coran*, de François Dupeyron) obtiennent les trophées d'interprétation. C'est l'occasion pour l'actrice et réalisatrice Agnès Jaoui d'interpeller le ministre de la culture, Jean-Jacques Aillagon, sur la réforme du régime des intermittents du spectacle, dont la Coordination présente, **le 25**, à l'Assemblée nationale, avec divers syndicats et des parlementaires de tous bords, une « *plate-forme* » de contre-propositions.

21 DÉCÈS du comédien et humoriste Alex Métayer à Paris, des suites d'un cancer.

25 DÉCÈS de Jean-Marc Lelong, créateur du personnage de Monsieur Émile dans *Pilote*.

25 CINÉMA : La sortie, aux États-Unis, du film de Mel Gibson *The Passion of the Christ* suscite une vive polémique au sujet de la responsabilité des juifs dans la mort de Jésus.

28 VARIÉTÉS : La 19e édition des Victoires de la musique, organisée au Zénith de Paris, prime trois fois les jeunes groupes Kyo et Mickey 3D, tandis que Carla Bruni et Calogero sont sacrés « *artistes de l'année* ».

29 CINÉMA : La 76e cérémonie des Oscars, à Hollywood, consacre le troisième volet de la trilogie du réalisateur néo-zélandais Peter Jackson, *le Seigneur des anneaux : le retour du roi*, qui rafle onze statuettes, égalant les records de *Ben Hur* et *Titanic*. Les principaux prix d'interprétation vont à Sean Penn (*Mystic River*) et à la Sud-Africaine Charlize Theron (*Monster*). ■

Sport

1er TENNIS : En remportant la finale des Internationaux d'Australie contre le Russe Marat Safine, le Suisse Roger Federer s'installe en tête du classement mondial.

1er SUPER BOWL : Les New England Patriots remportent la 38e finale du championnat de football américain en battant (32-29) les Carolina Panthers, à Houston.

2 SKI : L'Autrichien Hermann Maier remporte la Coupe du monde de super-G, devant le Français Pierre-Emmanuel Dalcin, dont c'est le premier podium.

3 VOILE : Parti le 22 novembre 2003 pour un tour du monde en solitaire, le trimaran *IDEC* de Francis Joyon arrive à Brest, bouclant un périple de moins de 73 jours, qui améliore de plus de vingt jours le record établi par Michel Desjoyeaux dans le Vendée Globe 2001.

4 PATINAGE ARTISTIQUE : Le Français Brian Joubert devient champion d'Europe à Budapest, succédant, quarante années après, à Alain Calmat, dernier patineur français couronné au niveau européen.

7 SKI DE FOND : Pour la première fois, les Français Alexandre Rousselet, Christophe Perrillat, Vincent Vittoz et Emmanuel Jonnier remportent le relais 4 fois 10 km à La Clusaz.

7-8 JUDO : Les judokas français remportent quinze médailles, dont quatre d'or, au Tournoi de Bercy (Paris).

8 AUTOMOBILE : Le Français Sébastien Loeb, au volant de sa Citroën Xsara, est le premier vainqueur non nordique du Rallye de Suède.

14 FOOTBALL : L'équipe de Tunisie, entraînée par Roger Lemerre, remporte la Coupe d'Afrique des nations (2-1) contre le Maroc.

14 CYCLISME : Le coureur italien Marco Pantani est retrouvé mort dans une chambre d'hôtel de Rimini. Le «*pirate*», exclu du Tour d'Italie en 1999 à cause d'un hématocrite hors norme faisant suspecter une prise d'EPO, s'estimait victime d'un «*complot*». **Le 18**, 10 000 personnes assistent à ses funérailles, à Cesenatico. Selon les conclusions du médecin légiste, transmises **le 19 mars** au procureur chargé de l'enquête, c'est l'absorption de cocaïne qui est à l'origine de son décès.

15 BIATHLON : Avec trois titres mondiaux et deux podiums, Raphaël Poirée et sa femme Liv Grete sont les vedettes de l'équipe de France aux Championnats du monde de biathlon, qui se terminent à Oberhof (Allemagne).

22 VOILE : Le tribunal de commerce de La

Roche-sur-Yon (Vendée) attribue l'organisation de la course autour du monde en solitaire sans escale à la société anonyme d'économie mixte (SAEM) Vendée, après la mise en liquidation judiciaire de la Sail-Com, société organisatrice de la course, dont le départ et l'arrivée se déroulent aux Sables-d'Olonne. Philippe de Villiers, président (MPF) du conseil général, salue une «*journée historique*».

25 FOOTBALL : Décès de Jacques Georges, ancien président de la Fédération française de football (FFF), puis de l'Union européenne de football (UEFA).

Ramassan-Bai (R.B.S.) est une organisation dans
l'opposition tunisienne en exil... une revue à la
vente, information et d'interprétation (RASSA) fondée
... qui a aussi son liquidateur, membre de la
R.B. Com... son organisateur de la dizaine dont...
dépend... quartier-maître ou adjoint... membre
Finance... militer, président (voir?) du conseil
président de la municipalité... (voir?)...

62. FOOTBALL. Société de football. Club qui
... fut une variante de... la Fédération française de football (1919), puis de l'Union européenne de football
(UEFA).

Mars

- Mobilisation massive des chercheurs

- Victoire de la gauche aux élections régionales et cantonales

- Le gouvernement Raffarin III

- Le groupe Dassault rachète la Socpresse

- Les attentats de Madrid font peser la menace d'Al-Qaida sur l'Europe

- L'Espagne sanctionne le gouvernement Aznar en donnant la majorité au Parti socialiste

- Vladimir Poutine réélu président de Russie

- Assassinat du cheikh Yassine, chef emblématique du Hamas

- Amende record pour Microsoft

- Le XV de France remporte le Tournoi des six nations

France

1er SÉCURITÉ ROUTIÈRE : Entrée en vigueur du permis de conduire probatoire d'une durée de trois ans, crédité de six points seulement pour les nouveaux conducteurs.

1er TRAVAIL : Un accord national interprofessionnel portant sur la mixité et l'égalité professionnelle entre les hommes et les femmes est conclu entre les syndicats et le patronat. **Le 8**, la CFTC, la CFE-CGC et FO annoncent leur signature.

2 POLITIQUE : Le rejet de la motion de censure déposée à l'Assemblée nationale par le PS contre la politique économique et sociale du gouvernement Raffarin, qui ne recueille que 175 voix, donne lieu à un débat au centre duquel se trouve François Bayrou (UDF), trouble-fête de la campagne des élections régionales.

3 TERRORISME : *La Dépêche du Midi* révèle qu'un mystérieux «Groupe AZF» menace, depuis décembre 2003, de faire sauter des trains si une rançon n'est pas versée, et qu'un engin explosif a été découvert sur la voie Paris-Toulouse, le 21 février. L'événement a provoqué, **le 1er**, le départ de Michel

Debacq, chef de la section antiterroriste du parquet de Paris, remplacé par Christophe Teissier.

TROIS MOIS DE CHANTAGE
DE « MON GROS LOUP » SUR « SUZY »

14 décembre 2003 : Une première lettre du groupe AZF, « *groupe de pression à caractère terroriste*», parvient au ministère de l'intérieur et à l'Élysée.

Fin janvier-mi février 2004 : Trois nouveaux courriers sont envoyés. Le groupe réclame 4 millions de dollars et 1 million d'euros et affirme avoir posé une « *série de bombes*» sur des voies ferrées et deux hors réseau. Puis il précise que leur nombre s'élève à dix.

18 février : Ouverture d'une information judiciaire, confiée aux juges Jean-Louis Bruguière et Philippe Coirre.

19 février : À la demande d'AZF, la correspondance se poursuit via la rubrique «Messages personnels» de *Libération*. «Mon gros loup» (AZF) dialogue jusqu'au début mars avec «Suzy» (la police) afin d'organiser la rançon.

21 février : Sur les indications du groupe, la police découvre à Folles (Haute-Vienne) une bombe sous le ballast de la ligne Paris-Toulouse. Une femme indique par téléphone l'emplacement d'une bâche bleue, près de l'aéroport de Montargis (Loiret), où la rançon doit être larguée. L'hélicoptère ne trouve pas l'endroit.

3 mars : Dans une petite annonce, la police informe AZF : «Pas vu ton foulard bleu, fais-moi signe.»

3-4 mars : L'inspection de 32 000 km de voies ferrées ne révèle aucune anomalie.

10 mars : Nouveau courrier adressé à l'Élysée et au ministère de l'intérieur. Le groupe réclame 1 million d'euros supplémentaire.

24 mars : Un nouvel engin explosif est découvert sur la voie Paris-Bâle, près de Troyes.

25 mars : Un message adressé à Jacques Chirac et à Nicolas Sarkozy annonce la suspension des actions.

3 JUSTICE : Le Conseil constitutionnel censure deux dispositions de la loi Perben 2, en limitant plus strictement à la grande criminalité l'utilisation des moyens exceptionnels d'enquête, très critiqués, et en demandant la levée partielle du secret dans la nouvelle procédure du plaider-coupable.

3 AMIANTE : Pour la première fois, l'État est reconnu responsable de la contamination de salariés, par quatre arrêts rendus par le Conseil d'État.

Nuit du 4 au 5 RACISME : Deux lieux de culte musulmans sont incendiés dans l'agglomération d'Annecy (Haute-Savoie). **Le 6**, Jacques Chirac «*condamne avec la plus grande fermeté*» ces «*actes odieux*», et Nicolas Sarkozy se rend sur les lieux **le 8**.

RECRUDESCENCE DES ACTES ISLAMOPHOBES

Une recrudescence des actes commis contre les mosquées et les musulmans a été constatée ces derniers mois en France.

Janvier 2003 : Un groupe d'extrême droite a revendiqué des jets de peinture bleue, blanche et rouge sur une dizaine de mosquées. Le même mois, des croix ont été dessinées à la peinture rouge sur une mosquée de Quimper (Finistère).

Mars : Un lieu de culte musulman a été incendié à Nancy.

20 mars : Une bouteille de gaz et un système de mise à feu ont été trouvés devant une salle de prière musulmane à Nice.

Avril : Des tombes musulmanes ont été profanées dans un cimetière militaire du Haut-Rhin.

Octobre : Une salle de prière a été incendiée dans le quartier de la Paillade à Montpellier.

Novembre : Deux croix gammées ont été dessinées et une porte incendiée dans une mosquée de Dunkerque.

---

6 FEMMES : Environ 7 000 personnes défilent à Paris à l'occasion de la Journée internationale des femmes. Derrière le cortège des féministes et du collectif Ni putes ni soumises, des jeunes filles voilées défendent le port du foulard.

6 CHÔMAGE : Plusieurs milliers de chômeurs

et de travailleurs précaires défilent dans toute la France pour dénoncer la convention Unedic qui exclura, «*à terme, 850 000 chômeurs des allocations*», selon les organisateurs (AC!, Apeis, MNCP, CGT chômeurs).

7 HAUTE COUTURE : Tom Ford fait ses adieux aux podiums parisiens avec son dernier défilé pour la griffe Yves Saint Laurent, dont il assurait la direction artistique depuis 2000.

9 RECHERCHE : Malgré la promesse faite, **le 6**, par Jean-Pierre Raffarin de débloquer 3 milliards d'euros sur trois ans, 976 directeurs d'unités de recherche et plus de 1 100 chefs d'équipe, dans un geste sans précédent, démissionnent de leurs fonctions administratives. Bien que Jacques Chirac ait confirmé, **le 17**, la préparation d'une loi d'orientation, des milliers de chercheurs manifestent, **le 19**, à Paris et dans les grandes villes universitaires, à l'appel de l'association Sauvons la recherche et de quatorze organisations syndicales.

→ *Contribution des Nobel François Jacob, Jean-Marie Lehn, Pierre-Louis Lions et Philippe Kourilsky (10 mars).*

10 HÔTELLERIE : À moins de deux semaines du premier tour des élections régionales, Jean-Pierre Raffarin annonce une baisse des charges pour les hôteliers-restaurateurs pouvant atteindre 120 euros par mois dès juillet.

11 PRESSE : L'industriel de l'armement Serge Dassault porte de 30 % à 80 % sa participation dans la Socpresse, premier éditeur de presse français (*Le Figaro, L'Express, Le Progrès, Le Dauphiné, Paris-Turf*, etc.).

12 ENSEIGNEMENT : Des manifestations réunissent entre 30 000 et 50 000 enseignants, chercheurs et étudiants pour protester contre les suppressions de postes.

16 TERRORISME : Le gouvernement décide de publier une lettre de menace d'attentats en France proférée par un prétendu commando Mosvar Barayev dans les quotidiens *Le Monde* et *Le Parisien*. Répondant à un début de polémique sur l'opportunité de rendre cette menace publique trois jours avant les élections régionales, Jean-Pierre Raffarin évoque un *« souci de transparence »*.

17 SÉCURITÉ SOCIALE : Un projet de loi de *« simplification du droit »*, permettant au gouvernement de légiférer par ordonnance en matière de Sécurité sociale, est présenté en conseil des ministres. Ce texte, amendé en réponse aux inquiétudes exprimées par les syndicats, crée un régime unique pour les travailleurs indépendants.

17 SOCIAL : Les éducateurs de rue manifestent dans plusieurs villes contre le projet de loi sur la délinquance de Nicolas Sarkozy, qui leur imposerait de livrer des informations aux maires.

17 VIOLENCE SCOLAIRE : Nicolas Sarkozy, Luc Ferry, et son ministre délégué à l'enseignement scolaire, Xavier Darcos, annoncent la mise en place, d'ici un mois, d'un dispositif de lutte contre le racket dans 50 établissements.

21 ÉLECTIONS RÉGIONALES ET CANTONALES : Le premier tour — c'est la première fois qu'elles se déroulent en deux temps — des élections régionales est marqué par une participation plus forte que ne le prévoyaient les sondages (62 %, + 4 % par rapport à 1998). La majorité UMP-UDF, avec 34,96 % des voix (-1 %) est distancée de 6 points (40 %, + 4 %) par la gauche (PS, PCF, Verts et MRG), dont les listes sont en tête dans 17 des 22 régions métropolitaines. L'extrême droite, avec 16,24 % des suffrages (+1 %) se maintient, et le FN est en mesure d'imposer des triangulaires dans 17 régions. Aux cantonales également, la gauche l'emporte (45 %,

+1%) sur la droite (36,9%, -3%). **Le 23**, le dépôt des listes du second tour donne lieu à la fusion des listes UMP et UDF, sauf dans 4 régions (Bourgogne, Franche-Comté, Languedoc-Roussillon et Basse-Normandie). À gauche, les négociations entre le PS et les Verts échouent en Champagne-Ardenne et Midi-Pyrénées.

→ *Série de 31 articles sur les régions (du 3 février au 17 mars).*

25 SOCIAL : Aux élections professionnelles, SUD-Rail devient le deuxième syndicat de la SNCF, derrière la CGT. La régression au quatrième rang de la CFDT, victime de ses divisions sur la réforme des retraites, modifie considérablement le paysage syndical.

25 SOCIAL : ExxonMobil annonce la fermeture de l'usine Noroxo de Harnes (Pas-de-Calais), source d'une épidémie de légionellose sans précédent, qui a tué 13 personnes dans la région entre novembre 2003 et février 2004.

25 MANIFESTATIONS : À Paris, de violents incidents opposent les forces de police aux sapeurs-pompiers professionnels qui manifestent pour réclamer le classement de leur profession en catégorie à risques. Vingt membres des forces de l'ordre et deux pompiers sont blessés.

26 JUSTICE : Émile Louis, par ailleurs poursuivi pour l'affaire des «disparues de l'Yonne», est condamné, par la cour d'assises du Var, à vingt ans de réclusion criminelle pour viols avec actes de torture et de barbarie, et des agressions sexuelles à l'encontre de sa seconde épouse, et de la fille de celle-ci. Ses avocats font appel.

28 ÉLECTIONS RÉGIONALES ET CANTONALES : Au second tour, où l'abstention est moins forte qu'au premier (35%, -3%), la gauche, avec 50,15% des voix (hors Corse), remporte une victoire historique en prenant le contrôle de 20 régions en métropole, auxquelles s'ajoutent 4 régions d'outre-mer. La droite, avec 37,07 % des suffrages, ne conserve que l'Alsace, tandis que l'extrême droite (12,78 %) n'en obtient aucune. Des notables locaux tels Valéry Giscard d'Estaing (Auvergne), Jean-Pierre Soisson (Bourgogne) ou Gilles de Robien (Picardie) sont battus, et de tous les ministres se présentant, seul François Loos, ministre (UDF) du commerce extérieur, est élu. Aux élections cantonales également, la gauche emporte 51 départements, contre 49 à la droite. En Corse, collectivité territoriale, la droite, minoritaire dans les urnes, conserve pourtant la région. Il s'agit, selon François Fillon, ministre (UMP) des affaires sociales, du travail et de la solidarité, d'un « *21 avril à l'envers* ».

→ « *Anatomie d'un vote* », *pages* « *Horizons* » *(14 avril)*.

31 GOUVERNEMENT : Jean-Pierre Raffarin, qui a été confirmé la veille dans ses fonctions de premier ministre par Jacques Chirac, à qui il a présenté sa démission après la défaite des élections régionales, révèle la composition de son troisième gouvernement. Comportant 43 membres (+5), dont 10 femmes, et un seul UDF (Gilles de Robien), il s'organise autour de quatre pôles : Nicolas Sarkozy (ministre d'État) à l'économie et aux finances, François Fillon à l'éducation et la recherche, Dominique de Villepin à l'intérieur, et Jean-Louis Borloo à la tête d'un grand ministère de la cohésion sociale. Philippe Douste-Blazy y fait son entrée avec le portefeuille de la santé et de la protection sociale. Un secrétaire d'État, Xavier Bertrand, veillera à la réforme de l'assurance-maladie. Ce gouvernement, laborieux à composer, est marqué par la présence de nombreux proches du chef de l'État et d'Alain Juppé.

31 INFORMATIQUE : Décès de Pierre

Bonelli, président du constructeur informatique Bull.

31 ENVIRONNEMENT : Pour la deuxième fois en dix-huit mois, le Conseil d'État demande, dans un arrêt, que le ministère de l'agriculture reconsidère l'autorisation de mise sur le marché qu'il a délivrée à l'insecticide Gaucho, accusé par les producteurs de miel de tuer leurs abeilles. ■

International

1er IRAK : Le Conseil intérimaire de gouvernement (CIG) parvient à un accord sur la Loi fondamentale qui va régir le fonctionnement du pays jusqu'à la tenue d'élections, fin 2004, ou début 2005. L'islam ne sera pas « *l'unique source de la loi* », et la charia ne régira pas le statut de la femme. Pendant la cérémonie de signature, **le 8**, des femmes manifestent.

1er COMMERCE INTERNATIONAL : L'Union européenne applique graduellement une hausse des droits de douane sur quelque 1 600 produits américains, à la suite du refus américain d'appliquer un jugement de l'Organisation mondiale du commerce (OMC) ordonnant l'annulation du texte sur les *foreign sales corporations* (FSC) avant... novembre 2000.

1er RUSSIE : Vladimir Poutine nomme au poste de premier ministre un parfait inconnu du public, Mikhaïl Fradkov, 53 ans, jusqu'alors représentant spécial auprès de l'Union européenne.

2 ÉTATS-UNIS : La victoire de John Kerry, sénateur du Massachusetts, dans neuf des dix pri-

maires du « super-mardi », en fait l'adversaire démocrate de George Bush pour l'élection du 2 novembre.
Son dernier rival, John Edwards, annonce, **le 3**, son
abandon dans la course à l'investiture, et appelle ses
partisans à soutenir John Kerry. **Le 16,** en remportant la primaire de l'Illinois, ce dernier s'assure de la
majorité de mandats nécessaire à l'investiture démocrate lors de la convention du parti, qui se tiendra
fin juillet à Boston.

2 IRAK-PAKISTAN : Treize attentats sont
commis simultanément contre les chiites à Kerbala
et à Bagdad, faisant 182 morts et des centaines de
blessés, le jour de la fête religieuse de l'Achoura. Le
même jour, 41 chiites sont tués lors de l'attaque
d'une procession à Quetta, au Pakistan.

2 SERBIE : Le nouveau premier ministre
Vojislav Kostunica présente son gouvernement au
Parlement, déclarant qu'il n'y a « *pas d'autre alterna-
tive* » pour le pays que l'intégration européenne.

2 COMMERCE INTERNATIONAL : Au
terme de près de deux années de discussions, les
États-Unis parviennent à conclure un accord de
libre-échange avec le Maroc.

3 HAÏTI : Vingt-quatre heures après s'être auto-
proclamé « *chef militaire* », Guy Philippe, le leader de
la rébellion, accepte de déposer les armes. **Le 7**, une
manifestation tourne au bain de sang, à Port-au-
Prince, lorsqu'un groupe de « chimères », les partisans armés de l'ancien président haïtien, ouvre le feu
sur la foule. Au moins six personnes, dont un journaliste espagnol, sont tuées et plus d'une trentaine
blessées. **Le 12**, Gérard Latortue, juriste et économiste, devient premier ministre. **Le 15**, Jean-
Bertrand Aristide quitte le Centrafrique pour une
« *visite familiale* » en Jamaïque.

3 PÉTROLE : Le groupe pétrolier Shell annonce
la démission surprise de Philip Watts, son P-DG,

jugé responsable de la surestimation, dans les comptes, des réserves de la société. Il est remplacé par le vice-président, le Néerlandais Jeroen van der Veer. **Le 12**, la Financial Services Authority (FSA), l'autorité des marchés britanniques, ouvre une enquête sur cette affaire, ce qui provoque un scandale à Londres et à New York.

4 ÉTATS-UNIS : La diffusion des premiers spots publicitaires électoraux du président George W. Bush, utilisant les images de la carcasse fumante du World Trade Center, le 11 septembre 2001, provoque l'indignation des familles des victimes.

4 ALLEMAGNE : Horst Köhler quitte la tête du FMI pour la présidence de la République fédérale allemande. Candidat de la droite, il va succéder au social-démocrate Johannes Rau.

7 GRÈCE : La droite de la Nouvelle Démocratie (ND) de Costas Caramanlis emporte les élections législatives et s'assure la majorité absolue au Parlement avec 45,4 % des suffrages exprimés contre 40,5 % des voix aux socialistes du Pasok, au pouvoir depuis octobre 1993.

7 AUTRICHE : Le Parti populaire ÖVP du chancelier Wolfgang Schüssel est le grand perdant de deux scrutins régionaux, dans le Land de Salzbourg, pourtant bastion conservateur depuis 1945, et en Carinthie, où le chef de la droite populiste autrichienne, Jörg Haider, préserve son fief.

9 ESPAGNE : Dans un entretien au *Monde*, le premier ministre José Maria Aznar confirme qu'il renoncera à ses fonctions politiques après les élections du 14, quels qu'en soient les résultats.

11 TERRORISME : Dix bombes (trois autres n'ayant pas fonctionné) explosent dans quatre trains se dirigeant vers la gare d'Atocha, au centre de Madrid, faisant 190 morts identifiés, et 1 500 blessés. Le gouvernement espagnol attribue dans un premier temps ces attentats à l'organisation terroriste basque ETA. L'émotion est grande en Europe et en Espagne, où le roi Juan Carlos, s'exprimant exceptionnellement à la télévision, appelle à lutter contre la « *barbarie terroriste* ». **Le 12**, la découverte d'indices accréditant une piste islamiste commence à mettre en difficulté la position officielle. Le soir, des manifestations réunissent, dans les rues des villes espagnoles, plus de 8 millions de personnes (dont 2 à Madrid), ainsi que des personnalités espagnoles (l'infant d'Espagne et ses deux sœurs) et européennes (à Madrid : Jean-Pierre Raffarin, Silvio Berlusconi, Romano Prodi). Une première revendication d'Al-Qaida parvient à un journal arabophone de Londres. **Le 13**, l'arrestation de cinq suspects, trois Marocains (dont Jamal Zougam, membre d'une cellule d'Al-Qaida démantelée par le juge Baltasar Garzon) et deux Indiens, confirme l'implication d'une filière marocaine d'Al-Qaida. En France, le plan Vigipirate passe de l'orange au rouge dans les gares et les aéroports. **Le 24**, l'émouvante cérémonie des funérailles nationales des victimes donne l'occasion aux hommes d'État présents (dont Jacques Chirac, et le secrétaire d'État américain Colin Powell) de prendre un premier contact avec le futur premier ministre espagnol.

→ *Le rapport Garzon (17 mars).*

L'ACTE LE PLUS MEURTRIER EN EUROPE DEPUIS 1988

Les attentats de Madrid sont les plus meurtriers jamais commis en Europe depuis celui de Lockerbie, qui a fait 270 morts en 1988.

Allemagne, 5 et 6 septembre 1972 : Lors des Jeux olympiques de Munich, un commando de huit Palestiniens de l'organisation Septembre noir s'introduit dans le village des athlètes et prend en otage des membres de la délégation israélienne. Au total, 18 personnes trouvent la mort.

Italie, 2 août 1980 : Une bombe explose dans la salle d'attente de la gare de Bologne, faisant 85 morts et 200 blessés. Il s'agit de l'attentat le plus meurtrier de l'histoire du pays. Deux membres d'un groupe terroriste d'extrême droite seront condamnés à la perpétuité, mais les commanditaires jamais identifiés.

Italie-Autriche, 27 décembre 1985 : Deux attentats simultanés attribués au groupe Abou Nidal contre des guichets de la compagnie israélienne El Al à l'aéroport de Rome-Fumicino et de Vienne-Schwechat font respectivement 16 et 4 morts.

Espagne, 19 juin 1987 : Un attentat à la voiture piégée sur le parking d'un centre commercial Hipercor à Barcelone fait 21 morts et 45 blessés. Cet attentat de l'ETA était le plus meurtrier dans le pays avant ceux perpétrés jeudi à Madrid.

Grande-Bretagne, 21 décembre 1988 : Un Boeing 747 de la compagnie américaine Pan Am assurant la liaison Londres-New York explose en plein vol au-dessus du village de Lockerbie en Écosse, faisant 270 morts, dont 11 habitants écossais. En août 2003, la Libye reconnaît sa responsabilité dans cet attentat et un accord est signé par Tripoli avec les États-Unis et la Grande-Bretagne prévoyant le versement de 2,7 milliards de dollars aux victimes.

France, 25 juillet 1995 : Une bombe explose dans une rame du Réseau express régional (RER) à la station « Saint-Michel », en plein cœur de Paris, faisant 8 morts et 150 blessés. Attribué aux extrémistes islamistes algériens, cet attentat est le plus meurtrier d'une vague de neuf actions terroristes, qui fera au cours de l'été 1995 10 morts et plus de 200 blessés.

Irlande, 15 août 1998 : Le Royaume-Uni est touché par le pire carnage en trente ans de conflit en Irlande du Nord. Un attentat à la voiture piégée à Omagh (centre de la province d'Ulster) fait 29 morts et 220 blessés. Il est revendiqué par l'« IRA véritable », groupuscule dissident de l'IRA.

12 CORÉE DU SUD : Le président Roh Moohyun est destitué par un vote à l'Assemblée nationale de plus des deux tiers des députés. Cette destitution est la première de l'histoire du pays.

13 AUTRICHE : Décès, à 93 ans, du cardinal Franz König, ancien archevêque de Vienne, véritable «*conscience de l'Autriche*».

14 PROCHE-ORIENT : Onze Israéliens trouvent la mort dans un double attentat-suicide dans le port d'Ashdod. Le Hamas et les Brigades des martyrs d'Al-Aqsa revendiquent cette première opération dans une zone stratégique, exécutée en représailles à des attaques israéliennes.

14 RUSSIE : Un incendie ravage le centre d'exposition du Manège, bâtiment historique du début du XIXᵉ siècle situé à deux pas du Kremlin, à Moscou, et cause la mort de deux pompiers.

14 CHINE : Une révision de la Constitution intègre la protection de la propriété privée, désormais «*inaliénable*».

14 ESPAGNE : Les élections législatives sanctionnent le manque de transparence du gouvernement sortant sur les attentats de Madrid par un vote massif (participation de 77,2 %, +8 %) qui donne la majorité relative au Parti socialiste (PSOE, 42,64 %, 164 sièges, + 41) de José Luis Rodriguez Zapatero. Le Parti populaire (PP) de José Maria Aznar, qui n'obtient que 37,64 % des suffrages, et 148 sièges (- 35), était donné vainqueur avant les attentats du 11. **Le 15**, dès sa première conférence de presse, le futur chef du gouvernement annonce un tournant radical de la politique étrangère espagnole, aussi bien vis-à-vis du projet de Constitution européenne que de la présence espagnole en Irak, qui devrait cesser avant juin.

14 RUSSIE : Vladimir Poutine est réélu sans surprise président avec 71,2 % des voix.

→ *Série d'articles sur la Russie (du 9 au 11 mars).*

16 ISRAËL : Yossi Beilin, principal architecte

de l'Initiative de Genève, est élu à la tête du nouveau parti de gauche israélien, Yahad (« Ensemble »), formation qui compte 20 000 membres.

16   KOSOVO : À la suite de la noyade controversée de trois enfants albanais (ethnie majoritaire), des violences intercommunautaires avec les Serbes, minoritaires, font 31 morts en 48 heures. L'OTAN doit envoyer en renfort quelque 900 hommes supplémentaires, ce qui porte à près de 20 000 le nombre de soldats de la paix présents depuis la fin de la guerre, en 1999.

17   IRAK : Un hôtel qui accueille des hommes d'affaires, et plusieurs maisons, sont dévastés par l'explosion d'une voiture piégée, qui fait 17 morts et 35 blessés.

17   EMPLOI : Bombardier, numéro un mondial du matériel ferroviaire, annonce un plan de restructuration supprimant 6 600 emplois dans cinq pays. La France n'est pas concernée.

17   TERRORISME : Pour la troisième fois depuis les attentats de Madrid du 11 mars 2004, Al-Qaida se manifeste en envoyant un communiqué au quotidien *Al-Qods Al-Arabi*, basé à Londres, dans lequel l'organisation terroriste appelle à une trêve des opérations en Espagne et menace les « *valets de l'Amérique* » d'attentats, citant le Japon, l'Italie, la Grande-Bretagne, l'Arabie saoudite, l'Australie et le Pakistan.

18   PAKISTAN : Le secrétaire d'État américain, Colin Powell, en visite à Islamabad, annonce que les États-Unis vont accorder au Pakistan le statut d'« *allié majeur non-OTAN* », ce qui permettra un renforcement de la coopération militaire entre les deux pays. Le même jour, l'armée pakistanaise lance un assaut contre les forteresses d'Al-Qaida dans la région du Waziristan, à la frontière afghane, sans toutefois parvenir à capturer son numéro deux,

Ayman Al-Zawahri, qui, dans une cassette diffusée **le 25** par la chaîne qatarie Al-Jazira, appelle les Pakistanais à renverser leur président, Pervez Moucharraf.

19 ONU : Le secrétaire général, Kofi Annan, annonce la création d'une commission indépendante pour enquêter sur de possibles cas de corruption et de détournement de fonds dans la gestion du programme irakien Pétrole contre nourriture.

19 TERRORISME : Les ministres européens de la justice et de l'intérieur, réunis en session extraordinaire à Bruxelles, débattent des moyens de renforcer l'action antiterroriste en Europe. Nicolas Sarkozy suggère la mise sur pied d'une « *équipe multinationale d'enquête* » sur les réseaux en Europe, et un consensus se dégage pour la nomination d'un « Monsieur Terrorisme » au prochain conseil européen.

20 TAÏWAN : Au terme d'une campagne marquée, la veille, par un attentat manqué contre sa personne, le président sortant Chen Shui-bian obtient 50,11 % des suffrages exprimés contre 49,89 % à son rival Lien Chan. Le même jour, le référendum sur la défense de l'île ne recueille pas suffisamment de suffrages pour être validé. **Le 21**, l'opposition, qui conteste les résultats, manifeste dans les rues de Taïpeh.

20 PAYS-BAS : Décès de la princesse Juliana, souveraine de 1948 à 1980, et mère de l'actuelle reine Beatrix.

21 SALVADOR : Elias Antonio (Tony) Saca, de l'Alliance républicaine nationaliste (Arena, droite), est élu président dès le premier tour, avec 57,7 % des voix, contre 36,6 % à Schafik Handal, du Front Farabundo Marti de libération nationale (FMLN, gauche).

21 ALLEMAGNE : Au cours d'un congrès extraordinaire à Berlin, Gerhard Schröder cède la présidence du Parti social-démocrate (SPD) à Franz Müntefering, ancien ministre.

21 MALAISIE : Le Parti panislamique, ou PAS, subit une cuisante défaite aux élections générales et locales, et perd le contrôle d'au moins l'un des deux États qu'il gérait au sein d'une fédération qui en compte treize. Ces résultats confortent la position d'Abdullah Badawi, le successeur du docteur Maha-thir au poste de premier ministre.

21 IRAK : Des centaines de milliers de personnes défilent, dans les principales capitales mondiales, pour protester contre la guerre et l'« occupation » américaine, un an exactement après le début du conflit.

22 PROCHE-ORIENT : Le cheikh Ahmed Yas-sine, chef du mouvement islamiste Hamas, ainsi que sept autres personnes, sont tués par trois roquettes d'hélicoptère israélien, à la sortie d'une mosquée de Gaza. Hormis les États-Unis, la plupart des États condamnent cette opération, tandis que le premier ministre israélien, Ariel Sharon, justifie la liquidation du *« premier des assassins et terroristes palestiniens »*. Yasser Arafat décrète un deuil de trois jours pour les obsèques et, **le 23**, Abdelaziz Al-Rantissi, désigné nouveau chef du Hamas, appelle à *« frapper* [Israël] *en tout lieu, à tout moment et par tous les moyens »*.

23 SUÈDE : Mijailo Mijailovic, meurtrier, le 10 septembre 2003, d'Anna Lindh, ex-ministre sué-doise des affaires étrangères, est condamné à la pri-son à vie.

23 ALLEMAGNE : L'opérateur de télécommu-nications Deutsche Telekom et le syndicat des ser-vices Ver.di signent le plus grand accord de réduc-tion du temps de travail en Allemagne depuis les années 1990 pour geler les licenciements.

23-24 TERRORISME : Au terme de deux jour-nées d'auditions publiques, la commission d'enquête du Congrès américain conclut que les attentats du

11 septembre 2001 auraient pu être empêchés. Richard Clarke, chargé du dossier de la sécurité à la Maison-Blanche sous plusieurs présidents, déclare que l'administration de George Bush a ignoré la menace représentée par Al-Qaida, et qu'elle a aggravé le danger terroriste en faisant la guerre à l'Irak.

24 INFORMATIQUE : La Commission européenne sanctionne Microsoft d'une amende record de 497 millions d'euros (2 % du chiffre d'affaires), pour abus de position dominante. L'entreprise de Bill Gates fait appel auprès de la Cour de justice européenne.

24 ARGENTINE : À l'occasion de la commémoration du coup d'État de 1976, le président Nestor Kirchner demande pardon aux victimes des militaires, et annonce la création d'un musée de la Mémoire de la dictature (1976-1983).

24 ITALIE : Les députés adoptent, par 311 voix contre 246, la nouvelle version de la réforme de l'audiovisuel italien, dite « loi Gasparri ».

24 PROCHE-ORIENT : Un Palestinien de 14 ans bardé d'une ceinture d'explosifs est arrêté par l'armée israélienne au poste de contrôle d'Hawara, en Cisjordanie. Il est le plus jeune candidat kamikaze jamais arrêté.

24 ENTREPRISES : Après le démarrage controversé de l'eau Dasani au Royaume-Uni et le retrait de 500 000 bouteilles, Coca-Cola suspend la vente de cette marque en Europe.

25 ÉTATS-UNIS : Le Sénat adopte, par 61 voix contre 35, un projet de loi reconnaissant la personnalité juridique du fœtus, ce qui renforce le camp anti-avortement américain.

25 DIPLOMATIE : Tony Blair se rend en Libye, où il rencontre Mouammar Kadhafi, près de Tripoli. Il s'agit de la première visite d'un chef de gouvernement britannique depuis celle de Winston Churchill en 1943.

25-26 UNION EUROPÉENNE : Réunis à Bruxelles, les chefs d'État et de gouvernement de l'Union européenne s'engagent à adopter la Constitution européenne au plus tard lors du conseil européen des 17 et 18 juin, soit juste après les élections européennes du 13 juin. Ils désignent également un « Monsieur Terrorisme », le Néerlandais Gijs de Vries.

25-26 CÔTE D'IVOIRE : Le gouvernement du président Laurent Gbagbo réprime dans le sang (entre 90 et 300 morts selon les sources) une manifestation d'opposants demandant le respect des accords de Marcoussis, conclus en janvier 2003.

QUATRE ANNÉES DE CRISES

Décembre 1999 : Coup d'État du général Robert Gueï. Henri Konan Bédié, président de la République et chef du Parti démocratique de Côte d'Ivoire (PDCI), est contraint à l'exil.

Octobre 2000 : Élection présidentielle troublée. Le général Gueï est chassé du pouvoir. Laurent Gbagbo devient président.

19 septembre 2002 : Soulèvement militaire. Une rébellion, le Mouvement patriotique de Côte d'Ivoire (MPCI), prend le contrôle du nord du pays. La Côte d'Ivoire est coupée en deux.

24 janvier 2003 : Les principaux partis ivoiriens et les mouvements rebelles signent, à l'issue d'une table ronde en région parisienne, à Marcoussis, des accords prévoyant le maintien au pouvoir du président Laurent Gbagbo et la création d'un « *gouvernement de réconciliation nationale* ».

Janvier 2003 : Seydou Diarra est nommé premier ministre. L'attribution des portefeuilles de la défense et de l'intérieur reste controversée. Dénonçant les accords, des manifestations antifrançaises de jeunes « patriotes », des miliciens proches du président, dégénèrent en émeutes à Abidjan.

17 avril 2003 : La situation s'apaise. Premier conseil des ministres, avec la participation de neuf ministres ex-rebelles.

Février 2004 : Visite de Laurent Gbagbo en France, qui se déclare « *heureux et comblé* » après sa rencontre avec Jacques Chirac.

26 POLOGNE : Le premier ministre, Leszek Miller, annonce qu'il présentera la démission de son gouvernement le 2 mai, au lendemain de l'entrée de la Pologne dans l'Union européenne, en raison d'une scission au sein du Parti social-démocrate, sa formation.

26 ITALIE : Grève générale très suivie contre la réforme des retraites.

27 LIGUE ARABE : Les autorités tunisiennes décident de reporter le sommet de la Ligue arabe prévu les 29 et 30 mars, des divergences de vue étant apparues entre les différents États arabes, concernant la réforme de l'organisation panarabe et le conflit israélo-palestinien.

28 TURQUIE : Huit morts et des dizaines de blessés lors des élections municipales et locales dans l'est du pays.

28 RÉPUBLIQUE DÉMOCRATIQUE DU CONGO : Une tentative de coup d'État contre le président Joseph Kabila échoue à l'aube.

28 AFGHANISTAN : Le président Hamid Karzaï annonce que les élections auront lieu en septembre, avec trois mois de retard sur le calendrier.

28 GÉORGIE : La coalition réformatrice du président Saakachvili obtient 78,6 % des voix aux élections législatives, emportant une écrasante majorité au Parlement. L'ambassadeur de France à Tbilissi, Salomé Zourabichvili, qui possède la double nationalité française et géorgienne, est nommé ministre des affaires étrangères de la République caucasienne.

29 LITUANIE : Bertrand Cantat, chanteur du groupe Noir Désir, est condamné par le tribunal de Vilnius à huit années d'emprisonnement pour le meurtre de sa compagne, Marie Trintignant, dans la nuit du 26 juillet 2003.

29 IRLANDE : Interdiction totale du tabac sur les lieux de travail et dans les pubs.

29-30 OUZBÉKISTAN : Une série d'attentats

fait 19 morts et près de 30 blessés à Tachkent et Bou-
khara. Le pouvoir accuse les islamistes du Hizbi-
Tahrir, et 20 terroristes présumés sont tués lors
d'une opération des forces de l'ordre.

30 CORÉE DU SUD : Inauguration du KTX
(Korea Train Express), reliant Séoul et Pusan, et utilisant la technologie française du TGV.

30 GRANDE-BRETAGNE : Huit personnes
sont arrêtées, et 500 kg de nitrate d'ammonium saisis, lors d'un coup de filet antiterroriste à Londres et
sa banlieue.

31 ÉTATS-UNIS - SERBIE : L'administration américaine suspend son aide de 100 millions de
dollars à la Serbie, qui aurait dû livrer au Tribunal
pénal international pour l'ex-Yougoslavie (TPIY)
Ratko Mladic, accusé de génocide et crimes contre
l'humanité pour le massacre de Srebrenica en 1995.

31 IRAK : Deux véhicules tout-terrain transportant des étrangers sont attaqués et incendiés, à Fallouja, à 50 km à l'ouest de Bagdad par une foule sur-
voltée qui mutile et traîne dans les rues de la ville les
corps calcinés de deux des victimes. Les États-Unis
découvrent l'horreur de ces scènes de lynchage sur
leurs écrans de télévision. Neuf Américains périssent
en Irak ce même jour.   ■

Science

2 ESPACE : Après deux reports successifs, la
fusée Ariane 5 G+ lance, depuis la base de Kourou
(Guyane), la sonde européenne Rosetta en direction
de la comète Churyumov-Gerasimenko. Au terme
d'un voyage de dix ans, l'engin se mettra en orbite

autour de l'astre, et larguera un module d'une centaine de kilos, Philae, qui tentera de se poser à sa surface.

15 MATHÉMATIQUES : Décès du mathématicien britannique John Pople, colauréat du prix Nobel de chimie 1998 avec le chercheur américain d'origine autrichienne Walter Kohn.

15 ESPACE : Décès de William Pickering, ancien directeur du Jet Propulsion Laboratory (JPL) de Pasadena (Californie), l'un des ultimes témoins des premières heures de l'aventure spatiale américaine.

25 MATHÉMATIQUES : Le prix Abel est attribué par l'Académie des sciences et des lettres de Norvège aux mathématiciens Michael Francis Atiyah (université d'Édimbourg) et Isadore M. Singer (Massachusetts Institute of Technology).

28 ESPACE : En volant 10 secondes à Mach 7 (sept fois la vitesse du son, environ 7 700 km/h), l'avion hypersonique américain X-43A ouvre de nouvelles perspectives militaires et spatiales, grâce à son réacteur atmosphérique Scramjet. ∎

Culture

2 DANSE : Après un long bras de fer entre les membres du Ballet et de l'École nationale de danse de Marseille, la danseuse et chorégraphe Marie-Claude Pietragalla quitte l'institution, qu'elle dirigeait depuis 1998.

3 ART : Ouverture, au Centre Pompidou, d'une rétrospective Joan Miró, présentant quelque 240 œuvres, dont 120 peintures et objets et autant de dessins ou de collages.

4 DÉCÈS, à Paris, du compositeur-interprète Claude Nougaro. L'émotion est grande à Toulouse, sa ville natale, qu'il a chantée, et où près de cinq mille personnes se réunissent, **le 5**, sur la place du Capitole. Un hommage lui est rendu, **le 8**, à Notre-Dame de Paris, et près de dix mille personnes assistent à ses obsèques, **le 10**, à Toulouse.

4 CINÉMA : Le producteur suisse Marco Muller, directeur du Festival de Locarno de 1992 à 2001, est nommé à la tête de la Mostra de Venise, où il succède à son compatriote Moritz de Hadeln, qui a dirigé le grand festival de cinéma pendant deux ans, et a été le premier non-Italien à occuper cette fonction.

9 DÉCÈS, dans un accident de la route près de Tours, de Jean Saint-Bris, responsable du château du Clos-Lucé, et spécialiste de la « valorisation du patrimoine ».

14 DÉCÈS du cinéaste René Laloux à Angoulême, où il s'était installé pour prendre la direction du Laboratoire d'imagerie numérique.

18 DANSE : Marie-Agnès Gillot est nommée danseuse étoile de l'Opéra national de Paris, à l'issue de la représentation du spectacle *Signes*, de la chorégraphe Carolyn Carlson.

21 DÉCÈS de Ludmilla Tcherina, danseuse étoile, actrice, peintre et sculpteur.

21 ARCHITECTURE : La Britannique Zaha Hadid reçoit le prix Pritzker, équivalent du prix Nobel pour l'architecture. Elle est la première femme à obtenir cette prestigieuse récompense décernée par la Fondation américaine Hyatt.

21 DÉCÈS d'Yvan Audouard, à la fois journaliste, écrivain, homme de radio et de télévision, dialoguiste et scénariste de films.

24 CINÉMA : *L'Humanité* annonce la découverte de *Défense d'afficher*, le quinzième film de Georges Méliès, l'un des principaux pionniers du cinéma et des effets spéciaux, lors de l'inventaire des archives du Parti communiste français (PCF).

25 LITTÉRATURE : Alain Robbe-Grillet, un des derniers grands survivants du Nouveau Roman des années soixante, est élu à l'Académie française, au fauteuil de Maurice Rheims, au second tour de scrutin, par 19 voix contre 8 à Paule Constant et 6 à François Sureau.

29 DÉCÈS, en Suisse, de sir Peter Ustinov, acteur, dramaturge, metteur en scène de cinéma et de théâtre, élu en 1989 à l'Académie des beaux-arts au fauteuil d'Orson Welles, anobli par la reine d'Angleterre en 1990.

30 LITTÉRATURE : Robert Merle, grand romancier de littérature populaire, tenu pour le doyen des écrivains français « en exercice », décède à l'âge de 95 ans. ■

Sport

9 VOILE : Après 122 jours et 14 heures de navigation autour du monde en solitaire d'est en ouest, Jean-Luc Van Den Heede améliore de 29 jours le précédent record du Global Challenge, détenu par Philippe Monnet depuis juin 2000.

9 FOOTBALL : Le président du club de football Munich TSV 1860, Karl-Heinz Wildmoser, est interpellé et interrogé sur une affaire de corruption présumée dans la construction de l'Allianz Arena, stade de 66 000 places où doit se jouer le match d'ouverture de la Coupe du monde de football 2006.

13 BIATHLON : Raphaël Poirée remporte pour la quatrième fois la Coupe du monde. Il réalise un grand chelem en s'imposant au classement particulier dans toutes les disciplines.

13 SKI : La Suédoise Anja Paerson remporte la Coupe du monde de ski alpin dames grâce à sa sixième place au dernier slalom féminin de la saison, disputé à Sestrières (Italie). Le même jour, l'Autrichien Hermann Maier s'impose pour la quatrième fois dans la Coupe du monde de ski alpin masculin.

14 CYCLISME : L'Allemand Jörg Jaksche (CSC) remporte le Paris-Nice, devant l'Italien Davide Rebellin (Gerolsteiner) et son coéquipier américain Bobby Julich.

19 RAID : Arrêt définitif des recherches pour retrouver Dominick Arduin, aventurière finlandaise d'origine française, partie le 5 de Sibérie pour rallier à skis le pôle Nord en solitaire.

20 BOXE : À Lyon, le Français Fabrice Tiozzo s'empare d'un nouveau titre mondial, celui des mi-lourds WBA, face au tenant, l'Italien Silvio Branco. Il est déjà titulaire des titres de WBC des mi-lourds (1995), et de WBA des lourds-légers (1997).

25 PATINAGE : Le championnat du monde de patinage artistique de Dortmund (Allemagne) est remporté pour la troisième fois par le Russe Evgueni Plouchenko. Le Français Brian Joubert, vice-champion du monde à 19 ans, impressionne par son sang-froid et sa maîtrise.

27 RUGBY : En battant l'Angleterre (24-21), le XV de France remporte le Tournoi des six nations 2004, réalisant son huitième grand chelem.

30 FOOTBALL : La Commission européenne adopte une « *mise en demeure* » à la France pour violation du droit communautaire. Elle concerne l'interdiction faite aux clubs professionnels français d'entrer en Bourse par la loi sur le sport de 1984. ■

Avril

- Volte-face sociale de Jacques Chirac

- Apaisement de la colère des chercheurs

- Victoire judiciaire des chômeurs « recalculés »

- Naissance du premier groupe pharmaceutique européen

- L'Irak sombre dans l'anarchie, Bush maintient le cap

- L'OTAN s'élargit aux pays d'Europe de l'Est

- Abdelaziz Bouteflika réélu président en Algérie

- Assassinat du nouveau chef du Hamas

- Duel sur les mers entre Steve Fossett et Olivier de Kersauson

France

1ᵉʳ POLITIQUE : Quatre jours après la défaite de la majorité aux élections régionales et cantonales (24 régions sur 26 emportées par la gauche), Jacques Chirac intervient à la télévision pour assurer les Français qu'il a *«entendu le message»*. Tout en justifiant le maintien de Jean-Pierre Raffarin comme premier ministre, il impose un virage social au gouvernement en annonçant la suspension de la réforme de l'allocation spécifique de solidarité (ASS), la reprise du dialogue avec les chercheurs et les intermittents du spectacle, et en excluant le recours aux ordonnances pour réformer l'assurance-maladie. **Le 2**, le premier conseil des ministres du gouvernement Raffarin III, exceptionnellement réuni un vendredi, donne au président de la République l'occasion de renouveler son exigence de *«justice sociale»*.

2 POLYNÉSIE : Le président de la République dissout l'Assemblée de Polynésie française. Il répond ainsi à la demande formulée en ce sens, **le 24 mars**, par un de ses proches, le président du gouvernement territorial, le sénateur (UMP) Gaston Flosse.

4 ÉLECTIONS RÉGIONALES : Minoritaire

dans les urnes, la droite conserve la région Corse, où Camille de Rocca Serra (UMP) est élu président de l'Assemblée territoriale.

5 TERRORISME : 13 personnes sont interpellées à Aulnay-sous-Bois (Seine-Saint-Denis) et à Mantes-la-Jolie (Yvelines) dans l'enquête sur les attentats de Casablanca, où 45 personnes avaient perdu la vie au Maroc, dont les 12 terroristes, le 16 mai 2003.

5 GOUVERNEMENT : Dans sa déclaration de politique générale, le premier ministre admet avoir commis « *des erreurs* », mais réaffirme sa volonté de « *réformer* ». Annonçant que le projet de loi sur l'assurance-maladie serait examiné « *à l'été* », Jean-Pierre Raffarin obtient la confiance du Parlement par 379 voix (UMP et UDF), contre 178 (PS, PCF, PRG et Verts).

6 POLITIQUE : Décès de Jean-Marie Vincent, universitaire, chercheur, et cofondateur du PSU (Parti socialiste unifié).

6 POLITIQUE ÉCONOMIQUE : À l'occasion de sa première intervention à l'Assemblée nationale comme ministre de l'économie et des finances, Nicolas Sarkozy s'engage à réduire les déficits publics mais demande à l'Europe plus de souplesse sur les critères du pacte de stabilité. **Le 8**, intervenant sur TF1, il promet de « *gérer les affaires de l'État comme un bon père de famille* », invite les Français à consommer davantage, et annonce 5 000 suppressions de postes au ministère des finances d'ici à 2007.

6 ÉDUCATION : Le président de la commission nationale sur l'avenir de l'école, Claude Thélot, remet au nouveau ministre de l'éducation nationale, François Fillon, *le Miroir du débat*, rapport faisant la synthèse des 26 000 réunions qui ont attiré, dans les établissements scolaires, plus d'un million de participants — dont près de la moitié d'enseignants — entre novembre 2003 et janvier 2004.

7 POLITIQUE : Alain Madelin, ancien président de Démocratie libérale, annonce son intention de créer son propre courant, «*réformateur libéral*», au sein de l'UMP.

7 RECHERCHE : Après trois de mois de conflit, François Fillon annonce le rétablissement des 550 postes statutaires transformés en CDD par Claudie Haigneré, et la création de 1 000 postes à l'université. Le collectif Sauvons la recherche, qui a lancé le mouvement de protestation, reste néanmoins sur ses gardes.

CHERCHEURS : TROIS MOIS D'UNE FRONDE NÉE SUR INTERNET

Il a fallu trois mois de mobilisation des chercheurs, et la déroute électorale de l'UMP aux élections régionales et cantonales, pour que le gouvernement réponde aux principales revendications du collectif Sauvons la recherche !

7 janvier : Lancée sur Internet, la pétition intitulée «Sauvons la recherche !» connaît un succès que ses initiateurs, un noyau de biologistes des instituts Cochin, Curie et Pasteur, n'espéraient pas. Longuement mûrie, leur initiative est motivée par l'annonce, en septembre 2003, par Claudie Haigneré, alors ministre déléguée à la recherche, de la conversion de 550 permanents en CDD, sur les 1 600 recrutements prévus en 2004, pour compenser les départs à la retraite dans les organismes publics.

16 janvier : Le jour où Mme Haigneré rencontre une première fois le collectif de chercheurs, la pétition a recueilli 15 000 signatures.

29 janvier : La pétition a recueilli 33 000 signatures, et quelque 10 000 chercheurs (5 000 selon la police) manifestent à Paris et dans les métropoles régionales.

8 février : Devant le congrès de l'UMP, Jean-Pierre Raffarin évoque la possibilité de vendre une partie du stock d'or de la Banque de France pour financer la recherche.

10 février : Mme Haigneré lance une « *concertation sur l'avenir de la recherche* », une initiative interprétée comme un contre-feu par le collectif, qui avait annoncé l'ouverture d'états généraux de la recherche.

18 février : L'hebdomadaire *Les Inrockuptibles* publie la liste des 8 000 signataires d'un « *appel contre la guerre à l'intelligence* » destiné à fédérer les divers mouvements de protestation en cours (chercheurs, intermittents, enseignants…).

27 février : Mme Haigneré annonce l'ouverture de 120 postes statutaires supplémentaires et assure qu'il n'y aura ni gel ni annulation de crédits en 2004. Propositions jugées insuffisantes par les chercheurs, qui ont engrangé 55 000 signatures.

28 février : Étienne-Émile Baulieu et Édouard Brézin, président et vice-président de l'Académie des sciences, proposent leur médiation.

3 mars : Les chercheurs manifestent à Paris et en région.

5 mars : Le premier ministre évoque une rallonge budgétaire en faveur de la recherche de 3 milliards entre 2005 et 2007, qui ne convainc pas le collectif. Le même jour, devant un parterre de patrons de PME, M. Raffarin loue l'« *intelligence de la main* ».

9 mars : Plusieurs centaines de directeurs d'unité et chefs d'équipes démissionnent de leurs fonctions administratives lors d'une assemblée générale à l'Hôtel de Ville de Paris. Les démissionnaires, qui seront finalement 3 500, adressent une lettre ouverte au chef de l'État, qui leur répond le 17, sans les convaincre.

19 mars : Une manifestation rassemble près de 20 000 chercheurs à Paris et plusieurs milliers en province.

1er avril : Lors de sa première intervention après la défaite des régionales, M. Chirac admet « *un problème spécifique* » sur la « *répartition des postes entre statutaires et contractuels* ». Il « *sera réglé* », indique-t-il.

5 avril : Dans son discours de politique générale, M. Raffarin « *souhaite qu'une issue rapide soit trouvée à la question immédiate des emplois scientifiques* ».

7 avril : François Fillon, le nouveau ministre de l'éducation nationale et de la recherche, annonce la restitution des 550 emplois statutaires et la création d'un millier de postes à l'université.

7 EUROTUNNEL : À l'issue d'une assemblée générale historique, les petits actionnaires renversent la direction, et la remplacent par une équipe menée par Jacques Maillot (ex-patron de Nouvelles Frontières), qui se donne trois mois pour présenter un plan de sauvetage. Nicolas Miguet, l'homme d'affaires qui fait l'objet d'une enquête de la part de l'Autorité des marchés financiers, et qui a réuni sur son nom 18 % des votes des petits porteurs, transforme la réunion en une sorte de meeting politique populiste.

8 MOUVEMENT SOCIAL : Les salariés d'EDF-GDF descendent dans la rue pour protester contre le projet de changement de statut des deux entreprises publiques, premier pas, selon eux, vers la privatisation. Ce premier test social du nouveau gouvernement est marqué, pour la première fois depuis de nombreuses années, par plusieurs coupures de courant. **Le 29**, au cours d'une visite houleuse à la centrale nucléaire de Chinon, Nicolas Sarkozy précise que l'État pourrait garder entre 60 et 66 % du capital d'EDF.

8 AGRICULTURE : Jean-Émile Sanchez remplace comme porte-parole de la Confédération paysanne José Bové, qui se déclare fier d'avoir «*fait sortir l'agriculture et l'alimentation d'un domaine réservé*», et qui va rejoindre Via Campesina, mouvement international paysan.

8 TERRORISME : 40 000 personnes sont évacuées de la ligne A du RER parisien, à la suite d'une menace anonyme d'attentat, transmise par la CIA à la DST.

8-9 JUSTICE : Loïk Le Floch-Prigent quitte pour raisons médicales, **le 8**, la prison de Fresnes, où il était incarcéré depuis le 31 janvier 2003, après avoir été condamné à cinq années d'emprisonnement dans l'affaire Elf. **Le 9**, par contre, Nathalie

Ménigon, condamnée, en 1987 à la réclusion à perpétuité pour deux assassinats, et qui a subi plusieurs accidents vasculaires cérébraux qui l'ont laissée partiellement hémiplégique, voit sa demande de libération rejetée.

9 HOMOSEXUALITÉ : Le député (Verts) et maire de Bègles (Gironde), Noël Mamère, se déclare prêt à célébrer un mariage homosexuel en juin. **Le 28**, le garde des sceaux, Dominique Perben, condamne cette initiative, déclarant que « *ce mariage sera purement et simplement nul car contraire à l'état du droit* ». Jacques Chirac confirme cette condamnation, **le 29**, au cours de sa conférence de presse, tout en se déclarant « *ouvert* » à un « *débat national* » sur ce thème.

9-12 ISLAM : La 21e rencontre de l'Union des organisations islamiques de France (UOIF) accueille, au Bourget, selon les estimations de la police, plus de 25 000 personnes au cours du week-end, contre un peu plus de 15 000 en 2003. Son président, Lhaj Thami Breze, y prêche pour un compromis sur le port du voile dans les écoles.

13 DÉCÈS de Gérard Lyon-Caen, un des maîtres à penser du droit du travail.

15 CHÔMAGE : Le tribunal de Marseille condamne l'Unedic et l'Assedic Alpes-Provence à « *maintenir le paiement de leurs indemnisations* » à 35 demandeurs d'emploi « recalculés », qui ont vu leur allocation réduite ou supprimée au 1er janvier. Quelque 75 tribunaux sont saisis de 2 000 autres dossiers, 265 000 personnes au total ayant perdu, en janvier, leurs allocations de chômage après la réduction de la durée d'indemnisation de 30 à 23 mois. **Le 29**, les trois syndicats signataires de la convention Unedic de décembre 2002 (la CFDT, la CFE-CGC et la CFTC) réclament au patronat l'« *ouverture immédiate* » de négociations pour régler ce problème.

CONVENTION UNEDIC : QUARANTE-CINQ ANS D'UNE HISTOIRE MOUVEMENTÉE

Avant la création de l'Unedic, en 1958, deux systèmes d'aide cohabitaient : des caisses créées dans certains secteurs d'activité ; une aide publique versée par les municipalités aux demandeurs d'emploi les plus modestes.

1958 : Patronat et syndicats signent la convention du 31 décembre créant l'Union nationale pour l'emploi dans l'industrie et le commerce (Unedic) et, au niveau local, les Assedic. Elle est financée par les cotisations des employeurs et des salariés, et gérée à parité par leurs représentants. L'État maintient et finance un régime d'assistance pour les chômeurs les plus pauvres.

1979 : Le chômage s'accroît, et la persistance de deux systèmes entraîne de fortes inégalités de traitement entre demandeurs d'emploi. Un système unique géré par les partenaires sociaux est mis en place. Il est financé aux deux tiers par les partenaires sociaux, le troisième tiers étant pris en charge par l'État.

1982 : L'Unedic se trouve en quasi-cessation de paiement, notamment en raison de la multiplication des préretraites. Faute d'accord, le patronat dénonce la convention de 1979. L'État pallie ce vide juridique et décide unilatéralement des mesures de redressement. À partir de cette date, l'indemnisation du chômage sera de moins en moins favorable.

1984 : Le gouvernement crée un régime de solidarité pour les chômeurs en fin de droit, ce qui allège les comptes de l'Unedic.

1992-1993 : Le régime connaît de grandes difficultés. L'État l'aide financièrement, mais les partenaires sociaux mettent en place l'allocation unique dégressive, qui baisse par paliers.

2002 : Medef, CFDT, CFTC et CFE-CGC signent une nouvelle convention prévoyant la suppression de la dégressivité, le durcissement des conditions d'indemnisation et l'instauration du plan d'aide au retour à l'emploi (PARE).

15 NUCLÉAIRE : Au cours du premier débat parlementaire jamais organisé sur la politique énergétique, Nicolas Sarkozy confirme le lancement du nouveau type de réacteur nucléaire, l'EPR (European Pressurized Reactor), qui recueille un relatif consensus, l'approbation des Verts exceptée.

15 35 HEURES : Le jour même de la publication du rapport établi par le chef de file des élus (UMP) libéraux, Hervé Novelli, qui pointe les «*conséquences négatives*» de la réduction du temps de travail, le gouvernement fait savoir qu'«*aucune modification*» des lois Aubry n'est à l'ordre du jour.

18 CORSE : L'élu indépendantiste corse et avocat Jean-Guy Talamoni, interpellé le 15 à Bastia, est mis en examen, à Paris, dans le cadre de l'enquête visant les malversations financières imputées au nationaliste Charles Pieri. Laissé libre, il est porté en triomphe à son retour à Bastia.

LES SOUPÇONS DU JUGE COURROYE
CONTRE JEAN-GUY TALAMONI
QUATRE MOIS DE PROCÉDURES

2003

14 décembre : Charles Pieri est interpellé près de Bastia et placé en garde à vue à Paris dans le cadre d'une information judiciaire contre X... confiée au juge Philippe Courroye. Le lendemain, un ancien gérant du Club Méditerranée de Sant'Ambrogio (Haute-Corse) fait état, dans un courrier au magistrat, de pressions sur sa société s'apparentant à un racket.

16 décembre : Marina Paolini, secrétaire entre 1996 et 2002 de la société Corsica Gardiennage Services (CGS), est mise en examen. Elle reconnaît avoir opéré des détournements de fonds à la demande d'un bras droit de Charles Pieri, Jacques Mosconi, et ajoute que la CGS était «*entre les mains des nationalistes*».

17 décembre : Charles Pieri est mis en examen pour «*abus de biens sociaux, recel et complicité d'abus de biens sociaux, recel d'abus de confiance, association de malfaiteurs en relation avec une entreprise terroriste, financement du terrorisme et extorsion de fonds*». Il est écroué.

19 décembre : L'épouse de Charles Pieri est mise en examen. Sa fille sera écrouée le 12 janvier.

2004

4 janvier : Mise en examen de deux anciens administrateurs du Sporting Club de Bastia (SCB), Gérard Luigi et Noël Geronimi, soupçonnés d'avoir joué le rôle de « porteurs de valises » pour Pieri, lors du transfert, en 2003, du joueur de football Michaël Essien, de Bastia vers Lyon. Charles Pieri réfute tous les témoignages le mettant en cause.

20 janvier : Jacques Maillot, ancien P-DG de Nouvelles Frontières, déclare que l'arrêt des attentats ayant visé son entreprise en 1993 est lié au parrainage signé en 1994 avec le Sporting Club de Bastia.

5 février : Mise en examen de François Nicolaï, président du Sporting Club de Bastia depuis décembre 1993. Placé sous contrôle judiciaire, il reconnaît que le parrainage de son club par Nouvelles Frontières relevait d'un « *racket* » commandité par la mouvance nationaliste corse.

20 BUDGET : Nicolas Sarkozy écrit aux ministres pour leur indiquer leur quote-part au plan de gel de 7 milliards d'euros sur le budget 2004. Il les invite à mettre en réserve 30 % des dépenses disponibles. La recherche, la sécurité routière, les handicapés, l'aide au développement sont néanmoins épargnés.

20 POLITIQUE : Dominique Ambiel, 49 ans, doit quitter ses fonctions de conseiller en communication de Jean-Pierre Raffarin, après avoir été placé en garde à vue pour avoir pris à bord de son véhicule une prostituée roumaine mineure.

21 ISLAM : Abdelkader Bouziane, imam salafiste de Vénissieux (Rhône), est expulsé vers l'Algérie, son pays d'origine, pour « *atteinte à l'ordre public* », après avoir défendu la polygamie et le droit de battre les femmes dans le mensuel *Lyon Mag*. **Le 26**, le tribunal administratif de Lyon rend possible son retour, en confirmant la suspension de son arrêté d'expulsion. Il est de retour à Lyon le 22 mai.

21 JUSTICE : L'inspection technique de la gendarmerie remet un rapport à un magistrat toulousain, dans lequel elle critique les graves irrégularités de la cellule d'enquête sur les crimes de Patrice Alègre, dirigée par l'adjudant Michel Roussel. Des procès-verbaux ont été antidatés, voire rédigés avant même l'audition des prostituées.

ENQUÊTE ALÈGRE : QUINZE MOIS
DE REVIREMENTS DANS L'INSTRUCTION

2003

Février : Trois anciennes prostituées toulousaines affirment aux gendarmes, dirigés par l'adjudant Michel Roussel, que Patrice Alègre fournissait des filles pour des soirées sadomasochistes auxquelles participaient policiers, magistrats et personnalités politiques dans les années 1990.

15 avril : Le juge Thierry Perriquet est saisi d'une information judiciaire ouverte contre « *Patrice Alègre et tous autres* », pour des faits de « *viol et proxénétisme aggravé* ».

18 mai : Dominique Baudis, ancien maire de Toulouse et actuel président du Conseil supérieur de l'audiovisuel (CSA), révèle sur TF1 et au *Monde* que son nom est cité dans l'affaire Alègre par deux ex-prostituées. Il dénonce « *une effarante machination* ».

22 mai : Auditions de « Fanny » et « Patricia », qui confirment leurs accusations contre M. Baudis et Marc Bourragué, un ancien substitut du procureur.

30 mai : Lors d'une audition, Patrice Alègre reconnaît les meurtres d'une ancienne prostituée et d'un travesti, en 1992. Il désigne Dominique Baudis comme l'un des commanditaires du meurtre du travesti. L'avocat de M. Baudis, Mᵉ Francis Szpiner, demande la mise en examen de son client pour « *mettre fin à la calomnie* ».

16 juin : Après avoir dénoncé un complot de l'industrie pornographique, M. Baudis évoque une « *machination* » politique ourdie

par le patron du quotidien régional *La Dépêche du Midi*, Jean-Michel Baylet.

26 juin : Confrontation entre Dominique Baudis et « Patricia », qui l'accuse de l'avoir violée, le soir du 20 novembre 1990. L'ancien maire affirme, agenda à l'appui, avoir quitté Toulouse pour Paris ce jour-là dans l'après-midi.

17 septembre : Confrontée à M. Baudis, « Fanny » se rétracte et affirme que c'est « *la première fois* » qu'elle le voit. Elle estime que l'adjudant Michel Roussel l'a « *laissée tomber comme une merde quand il a vu que l'affaire se compliquait* ».

13 octobre : L'adjudant Michel Roussel fait valoir ses droits à la retraite.

2004

Janvier : Sortie du livre de Michel Roussel, *Homicide 31*, au cœur de l'affaire Alègre.

22 FONDS DE PENSION : Le gouvernement publie au *Journal officiel* le décret sur le plan d'épargne retraite populaire (PERP). Ce nouveau produit, qui s'adresse en priorité aux 9,2 millions de salariés du privé imposables, réalise un engagement de Jacques Chirac durant la campagne présidentielle de 2002.

23 MINES : La France ferme sa dernière mine de charbon, à La Houve, en Lorraine. Les 4 265 mineurs restant sur le territoire vont se consacrer à la remise en état des sites, avant que l'entreprise publique Charbonnages de France se saborde, ce qui est prévu pour 2008.

24 ISLAM : Manifestation, à Strasbourg, pour protester contre une série d'agressions visant des mosquées et des biens appartenant à des musulmans.

25 LABORATOIRES PHARMACEUTIQUES : Trois mois après avoir lancé son offre publique d'achat (OPA) hostile sur Aventis, Sanofi-Synthélabo réussit à mettre la main sur son concur-

rent, en proposant 55,3 milliards d'euros, et non plus
48,5 milliards. Le nouvel ensemble sera le premier
groupe européen, et le numéro trois mondial. Le
suisse Novartis n'a pas déposé d'offre, estimant que
«*le poids de l'intervention politique a modifié les
événements*». Igor Landau, président du directoire
d'Aventis, empoche 24,6 millions d'euros, stock-
options comprises, pour quitter son poste.

27 EDF : Les policiers de la brigade financière
parisienne perquisitionnent neuf bâtiments d'EDF-
GDF, dans le cadre d'une information judiciaire
ouverte **le 19 février** contre le comité d'entreprise,
pour «*abus de confiance, escroquerie, faux et usage
de faux, complicité et recel*» par le parquet de Paris.

27 POLITIQUE : Jean-Marie Cavada, président
de Radio France depuis 1998, quitte la présidence de
l'entreprise publique pour figurer parmi les têtes de
liste de l'UDF aux prochaines élections européennes
du 13 juin. Jean-Paul Cluzel, P-DG de Radio France
internationale depuis 1995, lui succède le 12 mai.

27 COMMERCE : Les Galeries Lafayette
annoncent la cession de cinq magasins de province
à l'enseigne des Nouvelles Galeries. 300 personnes
sont concernées par cette restructuration.

28 POLITIQUE : À l'Assemblée nationale, les
députés socialistes quittent l'hémicycle après que
Nicolas Sarkozy a reproché au PS d'avoir laissé se
développer l'antisémitisme en France.

28 MÉDECINE : Le ministre de la santé et de la
protection sociale, Philippe Douste-Blazy, annonce
qu'il augmentera «*de 5 700 à 7 000*» le nombre d'étudiants en médecine autorisés à passer en deuxième
année.

29 UNION EUROPÉENNE : À la veille de
l'élargissement de l'Union à dix nouveaux membres,
Jacques Chirac donne, à l'Élysée, sa quatrième
conférence de presse depuis son élection, en 1995.

Estimant «*prématuré*» de se prononcer sur la procédure, parlementaire ou référendaire, de ratification de la future Constitution européenne, il estime «*souhaitable à long terme*» l'adhésion de la Turquie à l'Union.

→ *Déclaration liminaire de Jacques Chirac (30 avril).*

30 JUSTICE : Dans un avis transmis au président de la République, le Conseil supérieur de la magistrature (CSM) estime que les trois juges de Nanterre qui ont condamné Alain Juppé n'ont pas subi de pressions.

30 ANTISÉMITISME : Des croix gammées, des slogans nazis et deux drapeaux allemands sont découverts sur 127 tombes du cimetière juif d'Herrlisheim, dans le Haut-Rhin, ce qui suscite une vague d'indignation. Les enquêteurs privilégient la piste néonazie. ■

International

1er AFGHANISTAN : Lors de la conférence de Berlin sur la reconstruction du pays, les bailleurs de fonds promettent 8,2 milliards de dollars, dont 4,4 milliards cette année, et fixent comme objectif l'éradication de la culture du pavot à opium, dont le pays est redevenu le premier producteur mondial.

1er ESPAGNE : Le dirigeant basque Arnaldo Otegi, porte-parole du parti indépendantiste basque Batasuna, mis hors la loi en mars 2001 pour ses liens avec l'ETA, est condamné à 15 mois de prison pour «*apologie du terrorisme*». **Le 2**, la police française arrête deux dirigeants de l'ETA, le responsable présumé de l'appareil logistique, Felix Ignacio Esparza Luri, dit « Navarro », et le chef présumé de l'appareil militaire, Felix Alberto Lopez de la Calle, dit « Mobutu ».

2 ÉTATS-UNIS : Les ressortissants de 27 pays « amis », dont la France, autorisés à séjourner aux États-Unis moins de trois mois sans visa seront désormais soumis à une lecture optique d'empreintes digitales et à une photo de leur visage.

2 OTAN : Une cérémonie officielle marque, à Bruxelles, l'élargissement historique de l'alliance militaire conçue pendant la guerre froide à sept nouveaux membres de l'ex-Europe de l'Est (Bulgarie, Roumanie, Estonie, Lettonie, Lituanie, Slovaquie et Slovénie), dont George Bush a reçu, à Washington, le 29 mars, les premiers ministres.

2 SRI LANKA : Le parti de la présidente Chandrika Kumaratunga, l'Alliance populaire unifiée pour la liberté, remporte les élections législatives devant le Front national uni de son rival et ex-premier ministre Ranil Wikramasinghe. Elle n'obtient toutefois pas la majorité au Parlement (105 sièges contre 82, sur un total de 225 députés).

2 NIGERIA : Des troubles religieux éclatent entre chrétiens et musulmans à Makarfi (État de Kaduna, nord). Une dizaine d'églises sont incendiées et un poste de police est dévasté.

2 GRANDE-BRETAGNE : Michael Grade est nommé président de la BBC, le groupe public audiovisuel britannique, où il remplace Gavyn Davies, démissionnaire à la suite de la publication du rapport Hutton sur l'affaire Kelly.

2 INFORMATIQUE : Microsoft et Sun Microsystems annoncent un accord surprise concluant sept ans de bataille judiciaire aux États-Unis et en Europe. Microsoft verse à Sun 1,3 milliard d'euros,

745 millions au titre des litiges sur des licences, et 580 millions pour résoudre les litiges antitrust.

2-3 TERRORISME : **Le 2**, tous les trains à grande vitesse (AVE) à destination de Séville sont supprimés, à la suite de la découverte d'un engin explosif dans la région de Tolède. **Le 3**, un des cerveaux présumés des attentats du 11 mars à Madrid, Sarhane Ben Abdelmajid Fakhet, dit le Tunisien, et cinq de ses comparses se donnent la mort, tuant un officier des forces spéciales d'intervention de la police espagnole, et en blessant onze autres, dans l'explosion d'un immeuble de Leganes, dans la banlieue de Madrid. On trouve dans les décombres un nouveau message de menaces enregistré sur vidéo et signé Al-Qaida.

3 FRANCE-RUSSIE : Invité à visiter la base spatiale de Krasnoznamensk, à l'occasion d'une visite de quelques heures en Russie, Jacques Chirac affirme à deux reprises que, selon lui, « *la Russie s'est engagée fermement, et avec beaucoup de mérite, sur la voie de la démocratie et de la réforme* ».

4-27 IRAK : Pour la première fois depuis la chute de Saddam Hussein, les radicaux chiites de l'imam Moqtada Al-Sadr, révoltés par l'arrestation d'un de leurs dirigeants dans la ville sainte de Nadjaf, appellent à la lutte armée dans les principales villes du sud et à Bagdad, ce qui ouvre un second front à côté de la guérilla sunnite. **Le 5**, tandis que Moqtada Al-Sadr, déclaré « *hors-la-loi* », fait l'objet d'un mandat d'arrêt, sa milice, l'Armée du Mehdi, prend le contrôle de Nadjaf, où Al-Sadr se réfugie. Le même jour, une offensive américaine contre des combattants chiites à Bagdad fait une soixantaine de morts. **Le 7**, le secrétaire américain à la défense, Donald Rumsfeld, reconnaît que la rébellion chiite, qui gagne plusieurs villes à travers le pays, pose « *un sérieux problème* ». Après que les troupes américaines ont resserré leur étau autour de Nadjaf, de violents combats se déroulent autour de la ville, **le 27**, faisant des dizaines de morts parmi les miliciens chiites.

5-27 IRAK : L'armée américaine lance une offensive contre la ville sunnite de Fallouja, à l'ouest de Bagdad, où quatre Américains ont été lynchés le 31 mars. Une vraie bataille commence alors, faisant fuir les habitants hors de la cité. **Le 9**, un cessez-le-feu est décrété, qui instaure une trêve fragile pour permettre à une médiation, essentiellement conduite par le Parti islamique irakien, de parvenir à une solution politique. Plus de 600 Irakiens ont été tués, et 1 200 blessés, dans les combats, où 62 Américains ont également trouvé la mort. **Le 15**, le Pentagone annonce la prolongation de trois mois de la mission de quelque 20 000 soldats. **Le 21**, 17 rebelles sont tués dans des accrochages avec les marines américains. **Le 27**, les combats reprennent à Fallouja, et l'aviation américaine bombarde des positions rebelles, après des tirs contre des marines, faisant une dizaine de morts, dont un Américain. **Le 29**, les marines commencent à évacuer leurs positions, pour céder la place à une «Armée de protection de Fallouja» (FPA) irakienne.

5 FRANCE - GRANDE-BRETAGNE : La reine Elizabeth et le prince Philip arrivent à Paris, en Eurostar, pour une visite d'État de trois jours à l'occasion du centenaire de l'Entente cordiale. Leur séjour s'achève, **le 7**, à Toulouse, par une visite, à Blagnac, des ateliers de montage du futur Airbus A380, dont les premiers morceaux arrivent pour être montés, par convoi exceptionnel, dans la **nuit du 7 au 8**.

5 CÔTE D'IVOIRE : 6 240 casques bleus de l'Opération des Nations unies en Côte d'Ivoire (Onuci) prennent officiellement la relève des militaires français et ouest-africains après les sanglants affrontements de la fin mars.

5 INDONÉSIE : Le parti de l'ex-dictateur Suharto redevient la première formation du Parlement, en obtenant 21,58 % des voix et 128 des 550 sièges aux élections législatives. Il devance le Parti démocratique indonésien de lutte (PDI-P) de Megawati Sukarnoputri, qui recueille 18,53 % des suffrages, et 109 sièges, en fort recul par rapport aux 34 % obtenus en 1999.

6 LITUANIE : Le Parlement de Vilnius destitue le président Rolandas Paksas pour ses liens avec l'homme d'affaires russe Iouri Borisov, qui a financé son élection à la tête du pays le 5 janvier 2003. Une nouvelle élection présidentielle doit intervenir d'ici à la fin juin.

6 SIDA : La Banque mondiale, l'Unicef, le Global Fund et la Fondation Clinton annoncent un accord pour favoriser la distribution de médicaments à bas prix contre le sida dans les pays en voie de développement.

6 RUSSIE : Décès de Larissa Bogoraz, égérie de la dissidence soviétique.

7 IRAK : Une nouvelle étape est franchie dans le conflit avec l'enlèvement d'une quinzaine d'otages étrangers en deux jours, civils pour la plupart, de nationalités variées. On en comptera 24, **le 12**, dont trois Japonais — les images de leur captivité mettent en difficulté le premier ministre, Junichiro Koizumi. **Le 14**, l'exécution d'un otage italien accélère l'évacuation d'Irak de centaines de Russes. Certains otages sont relâchés (3 Russes et 5 Ukrainiens le 13, un journaliste français le 14, 3 Japonais le 15, 3 journalistes tchèques et un Canadien le 16, 2 Suisses et un Arabe israélien le 22), mais, **le 26**, un groupe irakien menace de tuer les Italiens si des manifestations contre la guerre ne sont pas organisées en Italie. **Le**

29, quelques milliers de personnes défilent à Rome jusqu'au Vatican, où Jean-Paul II lance un appel à la libération des otages.

→ *Série sur l'Irak (du 9 au 12 avril).*

7 RWANDA : La cérémonie de commémoration du dixième anniversaire du génocide qui, en cent jours de 1994, a fait entre un demi-million et un million de morts, est marquée par un incident diplomatique, le président Paul Kagamé prenant violemment à partie la délégation française. Renaud Muselier, secrétaire d'État aux affaires étrangères, rentre immédiatement à Paris.

7 UNION EUROPÉENNE : Se démarquant de la position de Jacques Chirac, Alain Juppé, au nom de l'UMP, se déclare contre l'entrée de la Turquie dans l'Union européenne, mais préconise un « *partenariat privilégié* ».

8 TERRORISME : Condoleezza Rice, conseillère du président des États-Unis pour la sécurité nationale, est finalement entendue par la Commission d'enquête indépendante sur les attentats du 11 septembre 2001. Elle défend pied à pied l'administration Bush, mais convient qu'une note secrète de la CIA évoquant les préparatifs de Ben Laden a été présentée le 6 août 2001 au président. La Maison-Blanche se résigne à la publier, **le 10**.

8 ALGÉRIE : Abdelaziz Bouteflika est réélu président avec 84,99 % des suffrages exprimés, contre 7,9 % des voix pour Ali Benflis, son principal rival et ex-bras droit. Tandis que le Conseil constitutionnel reçoit 192 plaintes pour fraudes et irrégularités, toutes rejetées, **le 15**, Jacques Chirac est le premier chef d'État étranger à se rendre à Alger pour une brève visite. **Le 19**, le premier ministre, Ahmed Ouyahia, est reconduit dans ses fonctions, et, **le 26**, la composition de son nouveau gouvernement, où la continuité l'emporte sur le changement, est approuvée.

DES ÉLECTIONS TOUJOURS EMPORTÉES
DÈS LE PREMIER TOUR

Depuis son accès à l'indépendance en 1962, le pays a vu se succéder huit dirigeants.

1962 : Ahmed Ben Bella devient le président de la toute jeune République algérienne. Trois ans plus tard, il est renversé par le colonel Houari Boumediene. Celui-ci reste président jusqu'à sa mort, le 27 décembre 1978.

7 février 1979 : Chadli Bendjedid lui succède et demeure président jusqu'en janvier 1992. En octobre 1988, l'état de siège est décrété. En 1990, le Front islamique du salut emporte les élections municipales. L'année suivante, il arrive en tête au premier tour des élections législatives.

Début 1992 : L'interruption du processus électoral et l'annulation du second tour marquent le début de dix ans d'une « sale guerre » qui fera plus de 100 000 victimes. L'état d'urgence est instauré le 9 février.

29 juin 1992 : Mohammed Boudiaf, choisi par les militaires pour succéder à Bendjedid, est assassiné à peine six mois après être entré en fonction. Ali Kafi lui succède.

16 novembre 1995 : Liamine Zéroual, ancien général, est élu à la présidence de la République, au premier tour de scrutin, avec 61 % des suffrages exprimés. En septembre 1998, il est contraint de démissionner.

15 avril 1999 : Abdelaziz Bouteflika est élu président, avec 73,79 % des suffrages dès le premier tour, dans des conditions douteuses. Les six autres candidats ont préféré se retirer à la veille du scrutin, dénonçant les fraudes massives.

Début 2004, l'armée affirme rester neutre dans l'élection du 8 avril.

→ *Article de 2 pages « Horizons » (7 avril).*

10 RUSSIE : Une explosion de méthane dans le bassin minier de Kouzbass, en Sibérie, fait 44 morts.

11 PÂQUES : Très affaibli par les célébrations de la semaine sainte, et dans un climat de gravité dû aux menaces d'attentats planant sur l'Italie, engagée dans le conflit irakien, Jean-Paul II appelle l'humanité à la « *résistance* » contre le terrorisme.

13 HONGRIE : La police déjoue un attentat contre un musée juif à Budapest. Le même jour, le président israélien, Moshe Katsav, arrive à Budapest, où il inaugure, **le 15**, le musée de l'Holocauste dans la capitale.

14 AFRIQUE DU SUD : Les troisièmes élections démocratiques reconduisent le Congrès national africain (ANC) au pouvoir, avec 69,6 % des suffrages. **Le 23**, Thabo Mbeki, qui avait succédé à Nelson Mandela, est réélu pour un second mandat de cinq ans président de la République par le Parlement. Il est solennellement investi **le 27**, jour du dixième anniversaire de la fin de l'apartheid, célébré en présence de représentants de 119 nations et 6 000 invités de marque.

→ *Série d'articles (27 et 28 avril).*

14 PROCHE-ORIENT : En visite à Washington, le premier ministre israélien Ariel Sharon obtient le soutien de George Bush à son plan de désengagement de Gaza, qui pérennise également les colonies israéliennes de Cisjordanie. L'approbation de ce plan, critiqué par la France, l'Union européenne et les pays arabes, marque un tournant dans la position américaine : il entérine l'abandon de l'idée d'un retour aux frontières de 1949.

14 SEYCHELLES : Près de trente ans après avoir pris le pouvoir, le président France-Albert René se retire pour laisser la place au vice-président James Michel.

15 TERRORISME : Dans une cassette authentifiée par la CIA, Oussama Ben Laden propose une « *trêve* » des attentats aux pays européens qui accepteraient de « *ne pas agresser les musulmans, et ne pas s'immiscer dans leurs affaires* ». Cette proposition est immédiatement rejetée en bloc par les pays concernés, qu'ils aient ou non envoyé des troupes en Irak.

16 ALLEMAGNE : Ernst Welteke, président de la banque centrale allemande (Bundesbank), démissionne de ses fonctions à la suite de la révélation, **le 5**, par l'hebdomadaire *Der Spiegel*, qu'une partie de son séjour berlinois, début 2002, lors des festivités liées au passage à l'euro, a été prise en charge par une banque privée, la Dresdner Bank.

16 ESPAGNE : Le socialiste José Luis Rodriguez Zapatero est élu chef du gouvernement espagnol, au premier tour et à la majorité absolue (183 voix pour, 148 contre et 19 abstentions) par les Cortes. **Le 17**, il compose un gouvernement monocolore socialiste de 16 membres, dont 8 femmes, menées par Maria Teresa Fernandez de la Vega, qui devient, pour la première fois en Espagne, vice-présidente du gouvernement.

16 IRAK : À l'issue de la visite de Tony Blair à Washington, les États-Unis et la Grande-Bretagne réaffirment leur unité de vues sur le retour à la souveraineté irakienne au 30 juin, ainsi que sur le « *rôle central* » que doivent jouer les Nations-Unies dans le processus de démocratisation du pays.

17 PROCHE-ORIENT : Moins d'un mois après l'assassinat du cheikh Ahmed Yassine, son successeur à la tête du Hamas, Abdelaziz Al-Rantissi, est assassiné à Gaza lors d'un raid héliporté israélien. Tandis que le premier ministre israélien, Ariel Sharon, annonce qu'il poursuivra sa politique visant à « *frapper les organisations terroristes et ceux qui sont à leur tête* », la communauté internationale, à l'exception des États-Unis, condamne cette opération.

PLUS DE TROIS ANS
D'OPÉRATIONS ISRAÉLIENNES
CONTRE LE HAMAS

2000

3 décembre : Awad Silmi, un des chefs des Brigades Ezzedine Al-Qassam, est tué dans une explosion près de Karni, point de passage entre Israël et la bande de Gaza.

2001

31 juillet : Jamal Mansour et Jamal Salim, deux responsables du Hamas, sont tués dans une attaque d'hélicoptère contre un bureau du Hamas à Naplouse (Cisjordanie).

23 novembre : Mahmoud Abou Hannoud, l'un des principaux chefs militaires du Hamas, est tué dans un raid d'hélicoptères près de Naplouse.

2002

22 juillet : Le chef militaire du Hamas et fondateur des Brigades Ezzedine Al-Qassam, Salah Chéhadé, est tué par une bombe d'une tonne lâchée par un F-16 israélien sur un immeuble de Gaza. Dix-sept autres personnes sont tuées, dont onze enfants.

14 août : Nasser Jarrar, le chef des Brigades Ezzedine Al-Qassam à Jénine (Cisjordanie), est tué lors d'une opération israélienne à Toubas.

26 septembre : Israël tente sans succès d'éliminer Mohammed Deif, un des principaux chefs militaires du Hamas, dans un raid d'hélicoptères contre son véhicule à Gaza.

2003

8 mars : Ibrahim Al-Makadmeh, dirigeant historique du mouvement, est assassiné avec ses trois gardes du corps dans un raid d'hélicoptères israéliens à Gaza.

8 avril : Saadi Al-Arabid, un chef des Brigades Ezzedine Al-Qassam, est tué à Gaza dans un raid aérien sur sa voiture. Six autres personnes, dont deux enfants et deux adolescents, sont tuées.

10 juin : Des hélicoptères israéliens tirent des missiles sur la voiture d'Abdelaziz Al-Rantissi, qui échappe de peu à la mort. Trois autres Palestiniens sont tués.

21 juin : Abdallah Kawasmeh, considéré comme le numéro un

du Hamas en Cisjordanie, est tué lors d'un raid ciblé de l'armée israélienne à Hébron.

21 août : Ismaïl Abou Chanab, l'un des principaux dirigeants politiques du Hamas, est tué, ainsi que deux gardes du corps, par des missiles israéliens tirés sur sa voiture à Gaza.

6 septembre : Tentative ratée d'élimination du cheikh Ahmed Yassine par raid aérien contre un appartement à Gaza.

9 septembre : Le chef de la branche armée du Hamas à Hébron, Ahmed Badr, et un de ses lieutenants sont tués dans une opération israélienne dans ce secteur du sud de la Cisjordanie.

10 septembre : L'un des principaux dirigeants politiques du Hamas, Mahmoud Al-Zahar, échappe de peu à un raid israélien à Gaza qui coûte la vie à son fils et à son garde du corps.

2004

22 mars : Le cheikh Yassine, fondateur et chef spirituel du Hamas, est tué, lors d'un raid israélien à Gaza.

17 SLOVAQUIE : Au second tour des élections présidentielles, le populiste Ivan Gasparovic, 63 ans, est élu président de la République, avec 59,91 % des voix, contre 40,09 % à Vladimir Meciar.

18 UNION EUROPÉENNE : La réglementation européenne sur l'étiquetage et la traçabilité des organismes génétiquement modifiés (OGM) entre en vigueur. Désormais, la présence d'ingrédients génétiquement modifiés doit être signalée dès lors que ceux-ci représentent plus de 0,9 % de la composition des aliments.

18 IRAK : Le nouveau gouvernement de José Luis Rodriguez Zapatero annonce le retrait « *le plus tôt possible* » des troupes espagnoles présentes en Irak (1 435 soldats), suivi, **le 19**, par le Honduras (368 militaires) et, **le 21**, par la République dominicaine (302 soldats).

19 BOSNIE : Dans son arrêt dans l'affaire Radislav Krstic, le Tribunal pénal international pour l'ex-Yougoslavie (TPIY) se prononce sur la qualification de génocide pour les meurtres de 7 000 à 8 000 musulmans, en juillet 1995, par les forces serbes de Bosnie.

20 GRANDE-BRETAGNE : Contrairement à tout ce qu'il a toujours affirmé, Tony Blair annonce aux Communes que la future Constitution européenne fera l'objet d'une consultation populaire.

21 IRAK : Des attentats contre trois postes de police à Bassora font 68 morts et 98 blessés, dont 5 des soldats britanniques qui contrôlent la principale cité chiite du sud du pays. Le même jour, George Bush admet, dans un discours prononcé à Washington, que « *les deux dernières semaines ont été vraiment rudes* » pour la coalition d'occupation. **Le 24,** un triple attentat à l'embarcation piégée, le premier de ce type, visant les terminaux pétroliers de Khor al-Amaya et de Bassora est déjoué, mais tue 3 soldats américains, ainsi que les kamikazes. Les exportations de brut ne reprennent que **le 26**. Sept autres soldats américains et 39 Irakiens sont tués le même jour, lors de différentes attaques.

21 ARABIE SAOUDITE : Un attentat-suicide contre le quartier général des forces de sécurité de Riyad fait 5 morts, dont le kamikaze, et 148 blessés. L'attentat est revendiqué par les « Brigades Al-Harameïn », organisation liée au réseau terroriste Al-Qaida dirigé par Oussama Ben Laden.

QUATRE GROS ATTENTATS DEPUIS 1995

Voici les principaux actes terroristes commis en Arabie saoudite depuis 1995 et généralement attribués à Al-Qaida.

13 novembre 1995 : Une voiture piégée explose à Riyad devant un bâtiment de la Garde nationale saoudienne. Cinq soldats américains et deux Indiens sont tués.

25 juin 1996 : Un camion piégé pulvérise l'entrée de la base

américaine de Khobar, à l'est de Riyad, faisant 19 morts américains et 386 blessés.

12 mai 2003 : Un triple attentat-suicide à la voiture piégée
contre un complexe résidentiel habité notamment par des Occidentaux fait 35 morts et près de 200 blessés.

8 novembre : Un attentat-suicide à la voiture piégée fait 17 morts
et plus de 100 blessés dans un complexe résidentiel pour expatriés essentiellement arabes à la périphérie ouest de Riyad.

21 SÉNÉGAL : Le président Abdoulaye Wade
remplace le premier ministre, Idrissa Seck, par le
ministre de l'intérieur sortant, Macky Sall.

22 CORÉE DU NORD : À Ryongchon, près de
la frontière chinoise, un accident entre deux trains
de marchandises transportant des matières dange-
reuses fait, selon des sources officielles, 154 morts
(hors disparus), 1 300 blessés, et d'énormes dégâts
matériels, estimés entre 300 et 400 millions d'euros.
Cette catastrophe suscite, en Corée du Sud, un élan
de solidarité sans précédent, que le régime de Kim
Jong-il entend contrôler étroitement.

22 AUTOMOBILE : Volkswagen rachète Lea-
sePlan, leader européen de la location longue durée
de véhicules, à la banque néerlandaise ABN AMRO,
pour la somme de 2 milliards d'euros.

23 IRAK : L'annonce, par l'administrateur civil
américain Paul Bremer, d'un allégement de la politique d'éradication du parti Baas de Saddam Hussein constitue un revirement de la politique américaine adoptée en mai 2003. **Le 4**, Paul Bremer a
rétabli le ministère irakien de la défense, et créé un
nouveau service de renseignement.

23 LIBYE : Les États-Unis annoncent la levée
d'une grande partie des sanctions économiques
imposées à la Libye depuis 1986.

23 PROCHE-ORIENT : Ariel Sharon, premier

ministre israélien, déclare ne plus s'estimer tenu d'épargner la vie du leader palestinien Yasser Arafat.

24 CHYPRE : Lors d'un référendum sur la réunification de l'île, les Chypriotes grecs rejettent à 75 % le plan de règlement des Nations unies, alors que, dans la partie turque, au nord, il est approuvé par 65 % de la population.

CHYPRE : PLUS DE QUARANTE ANS DE CONFLITS

1950 : Alors que l'île est encore une colonie britannique, l'Église orthodoxe organise une consultation non officielle. 96 % des votants se déclarent pour l'*Enosis*, le rattachement à la Grèce.

1960 : Indépendance.

1964 : Des casques bleus sont stationnés à Chypre. Les premiers heurts se produisent entre les deux communautés, grecque et turque.

1974 : Les ultranationalistes grecs tentent un coup d'État pour rattacher l'île à la Grèce. En réponse, le 20 juillet, l'armée turque envahit le nord de l'île, qui se retrouve coupée en deux.

1975 : Échec des premières négociations sous l'égide de l'ONU.

1983 : Le nord de l'île, dirigé par Rauf Denktash, se proclame « *République turque du nord de Chypre* ». Seule Ankara la reconnaît. L'ONU ne reconnaît qu'une seule République chypriote légale.

1996 : Échec d'une médiation américano-britannique.

2004 : Deux référendums simultanés sont organisés, le 24 avril, dans le nord et dans le sud de l'île sur le plan de réunification du secrétaire général de l'ONU, Kofi Annan. Si le non l'emporte dans l'une des deux parties, seuls les Chypriotes grecs entreront de facto dans l'Union européenne, le 1er mai, à l'occasion de l'élargissement de l'UE. Bruxelles promet d'aider la partie turque, qui a voté oui.

---

24 ÉTATS-UNIS : Décès d'Estée Lauder, de son vrai nom Josephine Esther Mentzer, à New York. D'un âge supposé de 97 ans, elle fut l'une des pionnières de l'industrie cosmétique.

25 ÉTATS-UNIS : Plusieurs centaines de milliers de personnes manifestent à Washington, pour défendre le droit à l'avortement, qui pourrait être remis en cause si George Bush était réélu.

25 AUTRICHE : Pour la première fois depuis dix-huit ans, l'Autriche élit un président de gauche, le social-démocrate Heinz Fischer, qui l'emporte avec 52,41 % des voix contre son adversaire du parti chrétien conservateur ÖVP, la ministre des affaires étrangères, Benita Ferrero-Waldner.

26 TERRORISME : La télévision d'État jordanienne diffuse les « *aveux* » d'activistes affirmant appartenir au réseau terroriste Al-Qaida, qui préparait, selon leurs dires, un attentat à l'arme chimique d'une ampleur inégalée dans la capitale, Amman. Selon un commentateur, cet attentat aurait pu tuer 80 000 personnes.

26 AÉRONAUTIQUE : Boeing décroche la première commande (50 exemplaires pour la compagnie japonaise ANA) de son nouvel avion commercial de 200 à 300 places, le 7 E 7 Dreamliner.

26 INDONÉSIE : Des affrontements entre chrétiens et musulmans font au moins vingt-deux morts et plus d'une centaine de blessés à Amboine, capitale de l'archipel des Moluques.

26 AUTOMOBILE : L'Allemand Rolf Eckrodt, patron du constructeur automobile japonais en difficulté Mitsubishi Motors (MMC), détenu à 37,7 % par DaimlerChrysler, démissionne de ses fonctions le jour même où Nissan, détenu par Renault, annonce des résultats record.

27 AFRIQUE DE L'OUEST : À l'issue d'une conférence de deux jours, réunie à Paris sous l'égide du président Chirac, les pays riverains du fleuve Niger s'accordent pour une gestion partagée du fleuve.

27 LIBYE : Le chef de l'État, Mouammar

Kadhafi, est reçu, à Bruxelles, par Romano Prodi, président de la Commission européenne. Ce premier voyage en dehors de l'Afrique et du Moyen-Orient depuis 1989 s'inscrit dans le cadre de la normalisation des relations de la Libye avec les pays occidentaux.

27 TERRORISME : À Damas, une fusillade entre un « *commando terroriste* » et les forces de l'ordre fait quatre morts. La Syrie avait été jusqu'alors épargnée par la vague d'attentats qui ont visé d'autres États de la région.

28 THAÏLANDE : Cent sept assaillants séparatistes musulmans, trois soldats et deux policiers sont tués au cours d'attaques de postes de police, dans le sud du pays. C'est la journée la plus sanglante de l'histoire récente du pays.

28 MACÉDOINE : Branko Crvenkovski, premier ministre et leader de l'Alliance sociale-démocrate, est élu président avec 62,66 % des voix. Il succède à Boris Trajkovski, tué dans un accident d'avion en Bosnie-Herzégovine le 26 février.

29 UNION EUROPÉENNE : Les ministres de l'intérieur parviennent à un accord sur une législation commune sur le droit d'asile laissant aux États une grande marge de manœuvre.

30 IRAK : La chaîne de télévision américaine ABC consacre une émission entière à la lecture des noms des 731 soldats américains tués en Irak. Le mois d'avril est en effet, avec 134 morts, le plus meurtrier pour l'armée américaine depuis la guerre du Vietnam. ■

Science

1er GÉNÉTIQUE : Un consortium scientifique international, qui réunit 58 institutions et laboratoires, annonce, dans l'hebdomadaire scientifique britannique *Nature*, avoir achevé le séquençage de la quasi-totalité du génome du rat de laboratoire (*Rattus norvegicus*). Seuls les génomes de l'homme et de la souris avaient été séquencés jusqu'alors. ■

Culture

2 DÉCÈS, à Rome, de l'illustrateur de mode et affichiste René Gruau (de son vrai nom Renato Zavagli Ricciardelli).

5 DÉCÈS de Gébé (initiales de son vrai nom, Georges Blondeaux), dessinateur, poète, écrivain et militant, directeur de la rédaction de l'hebdomadaire *Charlie-Hebdo*.

5 DÉCÈS de John Taras, danseur et chorégraphe américain, qui fut maître de ballet du Grand Ballet du marquis de Cuevas, du Ballet de l'Opéra de Paris et du New York City Ballet.

7 LITTÉRATURE : Le département des recherches archéologiques subaquatiques et sous-marines (DRASSM) annonce avoir formellement identifié les morceaux de l'avion d'Antoine de Saint-

Exupéry, retrouvés au large de Marseille (Bouches-du-Rhône), soixante ans après sa disparition, le 31 juillet 1944.

7 RADIO : Max Guazzini, fondateur en 1981 de la radio NRJ avec Jean-Paul Baudecroux, démissionne de la présidence de la première radio de France.

10 DÉCÈS d'Edmond Charlot, éditeur algérois, découvreur d'Albert Camus, Jules Roy, Emmanuel Roblès et autres grandes plumes francophones formées au Maghreb colonial.

17 DÉCÈS de Francis Crémieux, intellectuel communiste, homme de radio, animateur sur France-Culture de l'émission « Le Monde contemporain », et interlocuteur d'écrivains prestigieux.

19 THÉÂTRE : Les 18e Molières du théâtre sont décernés au Théâtre des Champs-Élysées, à Paris, sans cérémonie ni retransmission télévisée, à la demande des intermittents du spectacle. Le palmarès couronne comme meilleur spectacle du théâtre privé *l'Hiver sous la table*, de Topor, à L'Atelier à Paris, et *Comme en 14 !*, de Dany Laurent, comme meilleur spectacle du théâtre public.

24 DÉCÈS du romancier et cinéaste franco-suisse José Giovanni, à Lausanne. Symbole du cinéma grand public, ancien truand condamné à mort puis gracié, il est mort après avoir été, à soixante ans, réhabilité par la justice.

25 CHANSON : La 28e édition du Printemps de Bourges se termine par un concert gratuit, après cinq journées ayant réuni 60 000 spectateurs, et confirmant le retour à l'équilibre financier du festival.

25 DÉCÈS de Jacques Rouxel, créateur du dessin animé *Les Shadocks*, créatures bizarres et absurdes, apparues sur les écrans de l'ORTF en 1968.

26 DÉCÈS du romancier américain Hubert Selby Jr, à l'âge de 75 ans. *Last Exit to Brooklyn*, son plus célèbre ouvrage, publié en 1964 et vendu à trois millions d'exemplaires, créa un véritable scandale aux États-Unis.

26 PEINTURE : Le musée du Louvre se déclare inquiet sur l'état de conservation de *la Joconde* de Léonard de Vinci, le tableau le plus célèbre du monde. Le panneau de peuplier sur lequel il est peint présente en effet une déformation anormale.

28 DÉCÈS du réalisateur Jean-Justin de Vaivre, dit Jean Devaivre, dont l'activité de résistant pendant la seconde guerre mondiale inspira à Bertrand Tavernier, en 2002, le film *Laissez-passer*, dans lequel Jacques Gamblin tenait son rôle. ■

Sport

4 AUTOMOBILE : Le sextuple champion du monde Michael Schumacher remporte le 1er grand prix de Barheïn, puis, **le 25**, celui de San Marin, à Imola (Italie), réalisant ainsi sa quatrième victoire d'affilée de la saison.

5 VOILE : Steve Fossett et ses douze équipiers, en réalisant le tour du monde en 58 jours à bord du catamaran *Cheyenne*, le plus grand multicoque du monde, battent de près de 6 jours le précédent record, établi par Bruno Peyron en 2002.

9 GOLF : Le joueur américain Arnold Palmer fait, à l'âge de 74 ans, ses adieux publics sur le circuit d'Augusta, où il a gagné quatre tournois entre 1958 et 1964.

11 CYCLISME : Magnus Backstedt (Alessio-

Bianchi) remporte la 102ᵉ édition de la course Paris-Roubaix. C'est la première fois qu'un Suédois gagne cette classique, à laquelle l'équipe Cofidis n'a pas participé, après la publication dans la presse des principales pièces de l'enquête visant un trafic présumé de produits dopants autour de cette équipe.

17 FOOTBALL : Sochaux remporte la Coupe de la Ligue, face au FC Nantes, grâce aux exploits de son gardien, Teddy Richert, lors de la séance des tirs au but.

18 BASKET : Les joueuses de Valenciennes remportent l'Euroligue féminine de basket-ball, en battant en finale les Polonaises de Gdynia (93-69), à Pecs (Hongrie). Ce succès est le deuxième pour Valenciennes, qui a déjà battu Gdynia en finale de cette même épreuve (78-72), en 2002, à Liévin.

20 NATATION : Laure Manaudou établit deux nouveaux records de France sur 100 mètres dos et 200 mètres 4 nages.

28 ALPINISME : Le Français Patrick Berhault, 47 ans, parti le 1ᵉʳ mars pour enchaîner les 82 sommets alpins de plus de 4 000 mètres, est victime d'une chute mortelle dans les Alpes suisses.

29 VOILE : Olivier de Kersauson et ses dix équipiers à bord du trimaran *Geronimo* reconquièrent le Trophée Jules-Verne, que le skipper breton a déjà détenu avec son précédent trimaran, *Sport-Elec*, de 1997 à 2002. Mais il échoue de cinq jours contre le récent record autour du monde en équipage de Steve Fossett.

VOILE : LES RECORDS AUTOUR DU MONDE

En équipage : 64 jours 8 heures et 37 minutes par Bruno Peyron sur le catamaran *Orange* en mai 2002.

En solitaire d'ouest en est : 72 jours 22 heures 54 minutes et

22 secondes par Francis Joyon sur le trimaran *IDEC*, le 3 février 2004.

En solitaire sur monocoque : 93 jours 3 heures et 57 minutes par Michel Desjoyeaux sur *PRB* dans le Vendée Globe 2000-2001.

En solitaire «à l'envers» (d'est en ouest) : 122 jours 14 heures 3 minutes et 47 secondes par Jean-Luc Van Den Heede sur le monocoque *Adrien*, le 9 mars 2004. ∎

Mai

- Un des bâtiments de Roissy 2 E s'effondre

- Philippe Douste-Blazy dévoile son plan de réforme de la Sécurité sociale

- L'État désormais minoritaire dans Air-France

- Renaud Donnedieu de Vabres calme la colère des intermittents du spectacle

- L'Union européenne accueille dix nouveaux membres

- Un réseau proche d'Al-Qaida décapite un otage américain

- Victorieuse aux élections indiennes, Sonia Gandhi renonce au pouvoir

- Opération israélienne Arc-en-Ciel dans la bande de Gaza

- Al-Qaida s'attaque au pétrole saoudien et aux experts occidentaux

- Le film anti-Bush de Michael Moore Palme d'or au Festival de Cannes

- La natation française seconde d'Europe à Madrid

France

1er ÉCONOMIE : Décès de Jean-Jacques Laffont, professeur à l'université des sciences sociales
de Toulouse, fondateur de l'Institut d'économie industrielle, souvent présenté comme « nobélisable », un
des économistes les plus brillants de sa génération.

3 TRANSPORTS AÉRIENS : Au terme de
l'offre publique d'échange (OPE) amicale lancée le
5 avril par Air France sur les titres du néerlandais
KLM, dans le cadre de la fusion des deux compagnies aériennes, la part de l'État dans le capital passe
de 54,4 % à 44,7 %. **Le 21**, après la clôture de l'offre
complémentaire lancée par Air France, la compagnie française détient désormais 96,33 % du capital
de KLM.

3-6 GOUVERNEMENT : Une semaine chargée de communication gouvernementale commence
par l'annonce, **le 3**, par Jean-Louis Borloo, ministre
de la cohésion sociale, sur France 2, de la réintégration des chômeurs « recalculés » dans leurs droits. Le
ministère finance cette mesure en suspendant la
créance de 1,2 milliard d'euros que l'État détient sur
l'Unedic. Au même moment, sur TF1, Philippe Douste-

Blazy, ministre de la santé, annonce la création d'un dossier informatisé du malade, ainsi que l'introduction d'une photo d'identité sur la carte Vitale, pour lutter contre la fraude. **Le 4**, Nicolas Sarkozy, ministre des finances, présente, dans une conférence de presse très médiatisée, une série de mesures destinées à redresser l'économie par la relance de la consommation, et à limiter les déficits publics. Il prévoit des privatisations, et la cession d'une part du patrimoine immobilier de l'État. **Le 5**, Philippe Douste-Blazy intervient à nouveau pour dévoiler les grands axes et l'organisation de son « *Plan canicule* ». De la simple vigilance à la réquisition des médecins et de l'armée, ce projet prévoit quatre niveaux d'alerte, et tire les conséquences des failles constatées lors de la crise sanitaire de l'été 2003. **Le 6**, Jean-Pierre Raffarin, qui tient à prouver qu'il est bien le « *pilote de l'Airbus gouvernemental* », déclare envisager une amnistie fiscale au profit de « *l'argent qui est sorti du pays* » pour financer le projet de loi sur la cohésion sociale préparé par Jean-Louis Borloo.

4 AFFAIRE ALÈGRE : Après une enquête de trois mois, l'inspection générale de la police nationale (IGPN) rejette les accusations de viols et de corruption formulées à l'encontre des policiers toulousains par plusieurs ex-prostituées.

5 INTERMITTENTS : L'annonce, par le ministre de la culture, Renaud Donnedieu de Vabres, de la création d'un fonds provisoire de 30 millions d'euros, destiné à gérer les situations les plus préoccupantes, ne satisfait pas les intermittents, dont le « comité de suivi » émet des menaces sur le Festival de Cannes. **Le 12**, après un accord négocié la veille avec la municipalité de Cannes, l'ouverture du Festival peut se dérouler normalement, une délégation étant autorisée à monter les marches du Palais des Festivals, avec les lettres du mot « négociation » dans le dos. **Le 16**, le ministre calme le jeu en annonçant le rétablissement des droits de tous les artistes et techniciens exclus, le 31 décembre 2003, du régime d'assurance-chômage.

6 TOULOUSE : Jean-Luc Moudenc (UMP) succède, comme maire, à Philippe Douste-Blazy, devenu ministre de la santé, et démissionnaire en application de la règle du non-cumul des mandats.

Nuit du 6 au 7 ANTISÉMITISME : Le mémorial juif de Verdun est profané, recouvert de symboles et d'inscriptions nazis.

7 AÉRONAUTIQUE : Jean-Pierre Raffarin inaugure, à Blagnac (Haute-Garonne), le hall Jean-Luc-Lagardère, abritant la chaîne d'assemblage final de l'Airbus A380, dont le premier vol est attendu pour 2005.

9 POLITIQUE : Le conseil national de l'UMP, réuni à Aubervilliers (Seine-Saint-Denis), adopte, à l'instigation de Nicolas Sarkozy et avec l'approbation d'Alain Juppé, une motion réclamant un référendum sur la Constitution de l'Union européenne.

9 NOUVELLE-CALÉDONIE : Aux élections provinciales, le Rassemblement pour la Calédonie dans la République (RPCR), rebaptisé Rassemblement-UMP, ne remporte que 16 des 54 sièges du Congrès, alors qu'il y disposait jusqu'à présent d'une majorité relative de 24 élus. Grand perdant, Jacques Lafleur, 71 ans, député (UMP) de Nouvelle-Calédonie depuis vingt-huit ans, annonce, **le 10**, son intention de démissionner de ses mandats d'élu provincial.

10 HUMANITAIRE : Françoise Jeanson est élue présidente de l'organisation Médecins du monde.

11 HOMOSEXUALITÉ : Le bureau national du PS annonce son intention de déposer un projet de loi autorisant le mariage homosexuel, le jour même où Dominique Strauss-Kahn donne une interview dans ce sens au quotidien *Libération*. La droite dénonce une «*provocation*», et se prononce plutôt pour un aménagement du PACS. **Le 16**, Lionel Jospin, en rappelant «*le sens et l'importance des institutions*», désavoue, dans une interview au *Journal du dimanche*, la direction du PS. **Le 25**, le procureur de la République de Bordeaux annonce à Noël Mamère, maire (Verts) de Bègles (Gironde), qui a l'intention de célébrer un mariage gay le 5 juin, qu'il s'y opposera.

11 CHÔMAGE : Les «recalculés» remportent deux victoires. Le tribunal de Paris rétablit leurs allocations à 23 chômeurs plaignants, confirmant le jugement rendu à Marseille le 15 avril, et le Conseil d'État annule l'agrément de la convention Unedic conclu par les partenaires sociaux en décembre 2002. Le rétablissement des droits des «recalculés» coûterait entre 1,5 et 2 milliards d'euros à l'Unedic.

12 POLITIQUE : À l'occasion de la cérémonie organisée pour le départ de Jacques Barrot, ancien président du groupe UMP à l'Assemblée nationale, qui rejoint la Commission européenne, Jacques Chirac rappelle à l'ordre sa majorité, en exigeant la «*loyauté*» des parlementaires à l'égard de Jean-Pierre Raffarin.

12 AUDIOVISUEL : Jean-Paul Cluzel, président de RFI depuis 1995, est élu par le Conseil supérieur de l'audiovisuel (CSA) P-DG de Radio France, où il succède à Jean-Marie Cavada, démissionnaire en avril pour conduire une liste UDF aux élections européennes. **Le 28**, le nouveau président annonce le départ de personnalités emblématiques du groupe public, dont Jean-Luc Hees, directeur de France-Inter, et Pierre Bouteiller, directeur de France Musiques.

13 SOCIAL : La grève nationale des cheminots contre le plan fret de la SNCF est moyennement suivie. L'emploi et la défense des missions de service public sont au centre des inquiétudes.

13 INFORMATIQUE : Le Sénat adopte en dernière lecture le projet de loi sur la confiance dans l'économie numérique, dont un amendement, qui fait sortir les publications sur Internet du champ de la loi de 1881 sur la liberté de la presse, est particulièrement contesté par les éditeurs de presse et les associations.

13 AFFAIRE ELF : Alfred Sirven, ancien directeur des affaires générales du groupe pétrolier, est remis en liberté, sous contrôle judiciaire, après paiement d'une caution de 150 000 euros. Des trois principaux condamnés du procès de novembre 2003, il est le dernier à retrouver la liberté, après André Tarallo, ancien numéro deux du groupe, libéré en janvier pour raisons de santé, et Loïk Le Floch-Prigent, trois mois plus tard, en avril.

14 LOTO : Un joueur français gagne 33,8 millions d'euros au tirage de l'Euro Millions, nouveau jeu de dimension européenne, battant ainsi le record des gains au Loto en France.

16 ANTISÉMITISME : À l'appel de SOS-Racisme, une manifestation rassemble, à Paris, 9 000 personnes selon la police, 30 000 selon les organisateurs, pour dénoncer la multiplication des actes antijuifs.

17 LAÏCITÉ : Le Conseil supérieur de l'éducation adopte le projet de circulaire d'application de la loi du 15 mars interdisant le port de signes religieux ostensibles à l'école.

17 SÉCURITÉ SOCIALE : Philippe Douste-Blazy, ministre de la santé, dévoile, à l'émission « Cent minutes pour convaincre », sur France 2, ses propositions pour éviter la *« faillite »* de l'assurance-maladie, dont le déficit cumulé est évalué à 32 milliards d'euros. Pour faire *« entre 15 et 16 milliards* *d'euros* » d'économie par an d'ici à 2007, il propose une franchise d'un euro supplémentaire par consultation à la charge des patients, ainsi qu'un relèvement de 0,4 % de la CSG pour les retraités imposables, et l'élargissement de l'assiette des salaires de 95 % à 97 %. **Le 24**, à Toulouse, le ministre détaille les modalités de fonctionnement du futur « dossier médical partagé » (DMP) qu'il entend mettre en place, pour réaliser 3,5 milliards d'économie, et, **le 25**, il annonce une série de mesures en faveur de l'hôpital, dont l'apurement de 300 millions d'euros de dettes. **Le 27**, la CFDT annonce qu'elle participera, aux côtés des autres syndicats, à la manifestation prévue le 5 juin contre les propositions du ministre. Ainsi se reconstitue un front syndical rompu depuis la réforme des retraites, en 2003.

18 JUSTICE : La Cour européenne des droits de l'homme (CEDH) condamne la France pour avoir interdit la publication du livre de Claude Gubler, le médecin personnel de François Mitterrand, qui avait, dans *le Grand Secret* (Plon, 1996), rompu le secret médical en évoquant le cancer de l'ancien président de la République.

DE 1981 À 1992, ONZE ANNÉES DE SILENCE SUR LA MALADIE DU PRÉSIDENT

1981

22 mai : Onze jours après son élection à la présidence de la République, François Mitterrand diffuse son premier bulletin de santé, comme il s'y était engagé pendant sa campagne électorale.

16 novembre : François Mitterrand apprend de la bouche du professeur Adolphe Steg qu'il est atteint d'un cancer de la prostate et de métastases osseuses. Le président ordonne à son médecin personnel, le docteur Claude Gubler, de « *ne rien révéler* » dans le deuxième bulletin de santé que le médecin s'apprête à rédiger.

Pendant onze ans, le chef de l'État reçoit des soins quotidiens. La maladie semble jugulée jusqu'en 1991.

1990

Juin : Alors qu'il envisage de démissionner, M. Mitterrand demande à son médecin de rédiger un bulletin dans lequel il révélerait une partie de la vérité sur sa maladie. Il est diffusé le 18 juillet, mais ne mentionne que de légères anomalies.

1992

22 juillet : Le bulletin de santé du président fait apparaître un bilan clinique et biologique *« normal »*.

11 septembre : Le président de la République est opéré de la prostate par le professeur Steg.

16 septembre : Un troisième communiqué diffusé depuis l'opération précise que M. Mitterrand souffre d'un cancer.

1994

17 juillet : Le président de la République est à nouveau opéré par le professeur Steg.

Novembre : Dans son livre, le docteur Gubler estime qu'à compter de cette date, soit six mois avant la fin de son mandat, le chef de l'État n'était *« plus capable d'assumer ses fonctions »*.

1996

8 janvier : Décès de François Mitterrand.

10 janvier : *Le Monde* révèle que François Mitterrand était atteint d'un cancer de la prostate depuis les premiers mois de son premier septennat.

17 janvier : Parution du *Grand Secret* (Éditions Plon), un ouvrage écrit par le docteur Gubler en collaboration avec le journaliste Michel Gonod.

18 janvier : Le tribunal de grande instance de Paris interdit la diffusion du *Grand Secret*. Entendu par la police, le docteur Gubler affirme qu'il a rédigé son livre *« dans l'intérêt de la médecine »*.

5 juillet : La 17e chambre correctionnelle de Paris condamne le docteur Gubler à quatre mois de prison avec sursis, pour *« violation du secret professionnel »*. En les déclarant coupables de *« complicité »*, le tribunal inflige 4 575 euros d'amende à Michel Gonod, coauteur de l'ouvrage, et 9 150 euros d'amende à Olivier Orban, P-DG des Éditions Plon. La famille Mitterrand réclamait 122 000 euros de dommages et intérêts à l'auteur de l'ouvrage.

23 octobre : Saisi sur le fond, le tribunal de Paris prononce l'interdiction définitive du *Grand Secret*.

1997

6 avril : L'instance disciplinaire du conseil régional d'Île-de-France de l'ordre des médecins radie le docteur Gubler du tableau de l'ordre.

27 mai : La cour d'appel de Paris maintient l'interdiction de vente du *Grand Secret*.

1999

19 mai : La radiation du docteur Gubler est confirmée par le conseil national de l'ordre des médecins.

18 novembre : Le *Journal officiel* publie deux décrets excluant Claude Gubler de la Légion d'honneur et de l'ordre national du Mérite, décisions qui seront confirmées par le Conseil d'État.

18 JUSTICE : Myriam Delay, une des principales accusées du procès pour pédophilie d'Outreau, mais aussi la principale accusatrice, reconnaît, devant la cour d'assises du Pas-de-Calais, qu'elle a menti. Treize personnes, qui niaient les faits depuis trois ans, se voient ainsi innocentées. Mais, **le 19**, en refusant de mettre en liberté sept des huit personnes disculpées la veille, la cour déclenche la colère des avocats et des familles de la défense. **Le 24**, la volte-face de l'accusatrice ne fait qu'ajouter à la confusion d'un procès qui pose la question de la validité du témoignage des enfants concernés. C'est finalement **le 27** que la cour se résout à libérer les accusés, sous contrôle judiciaire.

→ *Article « Les vies ruinées d'Outreau » (25 mai)*

23 POLYNÉSIE : Contre toute attente, le Tahoeraa, parti dominant de la Polynésie française depuis vingt ans, affilié à l'UMP, perd la majorité à l'Assemblée territoriale. Les listes conduites par le président du gouvernement sortant, le sénateur (UMP) Gaston Flosse, n'obtiennent que 28 des 57 sièges de l'Assemblée de Polynésie. Dans l'opposition, les indépendantistes passent de 10 à 27 représentants. Après les échecs de Lucette Michaux-Chevry (UMP), qui a perdu, le 28 mars, la présidence de la région Guadeloupe, et de Jacques Lafleur (UMP), le 9 mai, en Nouvelle-Calédonie, c'est un nouveau coup porté au réseau construit outre-mer par Jacques Chirac.

23 ACCIDENT : La voûte d'un des bâtiments du terminal 2E de l'aéroport de Roissy s'effondre, faisant 4 morts et 3 blessés. Le lendemain, l'ensemble du bâtiment doit être évacué, pour parer à de nouveaux risques. Un an après l'inauguration de l'édifice, on s'interroge sur les défauts de construction, ou de conception, à l'origine d'un drame dont les conséquences économiques pour Air France risquent d'être importantes. **Le 25**, l'architecte du bâtiment, Paul Andreu, déclare « *ne pas être en faute* », et « *ne pas avoir fait d'erreur* » dans la conception et la réalisation du terminal.

25 ENVIRONNEMENT : Hervé Gaymard, ministre de l'agriculture, suspend jusqu'en 2006 la commercialisation du Gaucho, insecticide accusé de décimer les abeilles. Cette interdiction fait suite à celle du Régent, en février.

27 EDF : Entre 40 000 et 80 000 manifestants, selon les sources, défilent à Paris contre le projet de changement de statut d'EDF, prélude, selon eux, à une privatisation. Le soir même, Nicolas Sarkozy, ministre de l'économie et des finances, annonce, sur France 2, que l'État gardera 70 % du capital, et apportera 500 millions d'euros à l'entreprise publique, première recapitalisation d'EDF depuis 1982.

27 TRAVAUX PUBLICS : Le viaduc autoroutier de Millau franchit une étape décisive avec la jonction des deux parties de l'ouvrage, à 270 m au-dessus du Tarn. Cet exploit est salué par une visite du premier ministre Jean-Pierre Raffarin sur le site du pont le plus haut du monde.

27 JUSTICE : L'humoriste Dieudonné est relaxé, après son sketch controversé diffusé sur France 3, le 1er décembre 2003, dans l'émission de Marc-Olivier Fogiel « On ne peut pas plaire à tout le monde ».

28 POLITIQUE : Pour la première fois depuis son retrait de la vie publique, le 21 avril 2002, Lionel Jospin participe à un meeting du PS, à Toulouse. Appelant au vote sanction aux élections européennes, l'ancien premier ministre fustige l'« *incohérence* » de la politique gouvernementale, et accuse M. Chirac de « *se maintenir à l'abri de toute chose* ».

29 ALSTOM : Les grandes banques françaises créancières apportent leur accord au plan de refinancement de l'entreprise, négocié entre Paris et Bruxelles, et prévoyant l'arrivée, d'ici à 2008, de partenaires industriels. L'État français est autorisé à prendre jusqu'à 31,5 % du capital du constructeur du TGV, tandis qu'Alstom devra se séparer d'environ 10 % de ses activités. L'allemand Siemens devrait être intéressé. ■

International

1er UNION EUROPÉENNE : Après des festivités nocturnes dans les capitales des pays concernés, une rencontre entre chefs d'État et de gouvernement à Dublin — l'Irlande est présidente jusqu'au 30 juin — célèbre officiellement l'élargissement de l'UE de 15 à 25 membres, avec l'entrée de huit pays de l'ancien bloc communiste (Pologne, République

tchèque, Slovénie, Hongrie, Estonie, Lettonie, Lituanie, Slovaquie) et de deux îles méditerranéennes
(Chypre et Malte). L'Europe ainsi unifiée comptera
désormais 188 régions, 450 millions de citoyens, et
20 langues officielles.

DE LA CECA À SIX À L'UE À VINGT-CINQ

9 mai 1950 : Robert Schuman propose une autorité commune
du charbon et de l'acier.

1951 : Belgique, Allemagne de l'Ouest, France, Italie, Luxembourg, Pays-Bas signent le traité de Paris instituant la Communauté
européenne du charbon et de l'acier (CECA).

1954 : Échec du projet de Communauté européenne de défense
(CED).

1957 : Signé par les Six de la CECA, le 25 mars, le traité de
Rome donne naissance à la Communauté économique européenne
(CEE).

1963 : La Turquie signe un accord d'association.

1968 : Les Six abolissent entre eux les droits de douane.

1973 : La CEE s'élargit au Royaume-Uni, au Danemark, à l'Irlande.

1975 : Premier Conseil européen des chefs d'État et de gouvernement à Dublin.

1979 : Élection du Parlement européen au suffrage universel.

1981 : Adhésion de la Grèce.

1985 : Lancement du processus de Schengen, qui aboutira à la
suppression des contrôles aux frontières internes.

1986 : Adhésion de l'Espagne et du Portugal.

1986 : Acte unique européen. Les Douze s'engagent à achever
le grand marché d'ici à la fin de 1992.

1990 : L'Allemagne est réunifiée le 3 octobre.

1991 : Premiers accords d'association à l'Est, avec la Hongrie,
la Pologne et la Tchécoslovaquie.

1992 : Signature du traité de Maastricht. Lancement de l'Union
économique et monétaire, qui aboutira à la monnaie unique.

1995 : Entrée de l'Autriche, de la Finlande et de la Suède.

1997 : Engagement officiel du processus d'élargissement à l'Est.

1998 : Le sommet franco-britannique de Saint-Malo relance l'Europe de la défense.

1ᵉʳ janvier 1999 : L'euro devient la monnaie unique de onze des quinze États membres (Danemark, Royaume-Uni et Suède restent à l'écart ; la Grèce rejoindra l'euro en 2001).

Le sommet d'Helsinki reconnaît à treize pays, dont la Turquie, la qualité de candidats potentiels.

2000 : Adoption de la charte des droits des citoyens européens, et signature du traité de Nice. Lancement du processus constitutionnel.

2002 : Mise en circulation définitive de l'euro. Les monnaies nationales disparaissent dans douze États de l'UE. Lancement de la Convention qui doit élaborer un projet de Constitution (mars). Le sommet de Copenhague entérine l'élargissement de l'UE à dix nouveaux pays (décembre).

2003 : Signature à Athènes du traité d'adhésion des dix nouveaux membres. Remise aux gouvernements du projet de Constitution élaboré par la Convention.

1ᵉʳ ARABIE SAOUDITE : Cinq ingénieurs (deux Américains, deux Britanniques, un Australien) et un policier saoudien ont été tués lors d'une fusillade visant les bureaux d'une filiale du groupe helvético-suédois Asea Brown Boveri Ltd, dans la ville de Yanbou, à 350 km au nord-ouest de la capitale, Riyad.

2 POLOGNE : Le premier ministre social-démocrate, Leszek Miller, cède son poste au libéral Marek Belka, qui conserve huit ministres de l'ancienne équipe dans son gouvernement. M. Miller, marginalisé par l'éclatement de son parti et la création d'une nouvelle formation « *pro-européenne* », avait annoncé qu'il démissionnerait quand la Pologne aurait intégré l'UE. Mais, **le 14**, le Parlement refuse à M. Belka sa confiance pour former le gouvernement.

2 NIGERIA : Au moins 630 musulmans sont massacrés lors d'une attaque menée par des Taroks (chrétiens) dans le village de Yelwa (centre du pays). **Le 18,** le président Olusegun Obasanjo décrète l'état d'urgence dans l'État du Plateau, où il suspend pour au moins six mois le gouverneur et son adjoint.

2 PANAMA : Martin Torrijos, dirigeant du Parti révolutionnaire démocratique (gauche), fils du leader nationaliste qui négocia le traité Carter-Torrijos sur la voie interocéanique, remporte, avec 47 % des voix, l'élection présidentielle. Il succède à Mireya Moscoso, veuve du caudillo Arnulfo Arias, fondateur du parti arnulfiste (droite).

2 PROCHE-ORIENT : Consultés par référendum, 60 % des membres du Likoud, parti de droite du premier ministre Ariel Sharon, rejettent son projet de désengagement de la bande de Gaza. **Le 4**, le Quartet (États-Unis, Russie, Union européenne, ONU) désapprouve la méthode unilatérale d'Ariel Sharon de gérer le conflit israélo-palestinien, mais «*encourage*» le retrait israélien de Gaza. **Le 11,** six soldats israéliens sont tués à Gaza, dans l'explosion de leur véhicule. **Le 13**, douze Palestiniens sont tués, à Rafah, au sud de la bande de Gaza, dans des raids israéliens décidés après l'explosion, la veille, d'un transport de troupes dans laquelle cinq soldats israéliens ont péri. Ces derniers décès portent à 4 015 le nombre de tués depuis le début de l'Intifada, dont 3 029 Palestiniens et 916 Israéliens. **Le 15**, plus de 100 000 manifestants se rassemblent sur la place Rabin à Tel-Aviv pour demander l'évacuation de la bande de Gaza par les colons et les militaires israéliens.

4 FMI : L'ancien ministre espagnol de l'économie Rodrigo Rato succède à l'Allemand Horst Köhler comme directeur général du Fonds monétaire international pour cinq ans.

→ *Une page « Horizons » (6 mai).*

5 GÉORGIE-ADJARIE : Sous la pression de

la rue, Aslan Abachidze, qui régnait d'une main de
fer sur la République autonome d'Adjarie depuis
1991, et en conflit ouvert avec le gouvernement central de Tbilissi, démissionne et se réfugie à Moscou.
Le 6, le président géorgien Mikhaïl Saakachvili est
acclamé à Batoumi, la capitale de la région.

5 IRAK : Intervenant sur deux chaînes télévisées
retransmises dans les États arabes, le président
George Bush qualifie d'« *odieux et ne représentant pas
l'Amérique* » les sévices et humiliations pratiqués par
les forces d'occupation dans la prison d'Abou
Ghraib, à l'ouest de Bagdad, et dont les photos ont
commencé à être diffusées le 28 avril par la chaîne
de télévision CBS, relayées par d'autres médias.
L'impact de ces révélations est immense, particulièrement dans les pays islamiques. **Le 6**, le président
américain présente ses « *excuses* », lors d'une conférence de presse commune avec le roi Abdallah II de
Jordanie, à Washington. **Le 7**, Donald Rumsfeld,
secrétaire à la défense, présente à son tour, devant
le Congrès américain, ses « *profondes excuses* », mais
ne démissionne pas, comme le réclament les démocrates et une partie de la presse. **Le 9**, Tony Blair
s'excuse à son tour devant les Communes pour ces
sévices. **Le 10**, George Bush félicite Donald Rumsfeld pour son « *superbe travail* » en Irak. **Le 11**, alors
qu'un rapport d'Amnesty International met en cause
l'armée britannique dans la mort de 37 civils irakiens, un site Internet diffuse les images de la décapitation au couteau d'un civil américain, Nick Berg,
par un homme se présentant comme étant le dirigeant terroriste Abou Moussab Al-Zarkaoui, proche
d'Al-Qaida. **Le 13**, Donald Rumsfeld se rend en visite
éclair à la prison d'Abou Ghraib, où il récuse les
« *saletés* » publiées sur le Pentagone. **Le 14**, Piers
Morgan, rédacteur en chef du journal britannique
Daily Mirror, démissionne, en raison de la publica-

tion, le 1ᵉʳ, de photos de militaires britanniques brutalisant un prisonnier irakien, qui se sont révélées être des faux. **Le 21**, de nouvelles photos, ainsi qu'une vidéo d'humiliations de prisonniers irakiens, sont mises en ligne sur le site du *Washington Post*. Le même jour, plus de 450 prisonniers sont libérés. **Le 24**, George Bush, dans un discours prononcé à l'école de guerre de Carlisle (Pennsylvanie), reconnaît «*quelques erreurs*», promet «*une pleine souveraineté*» aux Irakiens, et annonce la destruction prochaine de la prison d'Abou Ghraib.

→ *Supplément «Torture dans la guerre» (10 mai)*.

5 LIAISON FERROVIAIRE : Paris et Rome signent l'accord de liaison ferroviaire Lyon-Turin, destinée aux TGV et au ferroutage. Impliquant la construction, sous les Alpes, d'un tunnel long de 52 km, ce projet, d'un coût estimé à 12,5 milliards d'euros, devrait être mis en service entre 2015 et 2018.

7 POLLUTION : De nombreuses personnalités, chercheurs et scientifiques, lancent à l'occasion d'un colloque à l'Unesco leur Appel de Paris, une déclaration internationale destinée à faire prendre conscience des dangers de la pollution chimique.

7 PÉTROLE : Les cours du pétrole brut atteignent 40 dollars le baril à New York, prix le plus haut depuis quatorze ans, en raison de l'inquiétude sur l'approvisionnement au Proche-Orient. Cette crainte de la flambée des prix, et celle de la hausse des taux directeurs de la Banque centrale américaine font chuter, **le 10**, les places financières : −4,84% à Tokyo, −3,36% en Allemagne. **Les 22 et 23**, réunis à New York, les ministres des finances des États les plus industrialisés (G7) lancent un appel aux producteurs de pétrole pour qu'ils baissent les prix et augmentent leur production.

7   PAKISTAN : Un attentat contre une mosquée chiite à Karachi fait quatorze morts et une centaine de blessés. **Le 31**, un nouvel attentat dans une mosquée chiite de la capitale fait vingt morts, et une cinquantaine de blessés.

7   INFORMATIQUE : Un lycéen allemand de 18 ans, Sven J., interpellé par la police à Rotenburg (Basse-Saxe), serait le créateur de «Sasser», virus dévastateur qui, en une semaine, a contaminé des millions d'ordinateurs, et causé des dégâts incalculables en Europe, aux États-Unis et en Asie.

7   IRAN : Le second tour des élections législatives confirme la tendance du premier tour de février, en donnant la majorité absolue aux conservateurs, avec 195 sièges sur 290.

9   TCHÉTCHÉNIE : Le président Akhmed Kadyrov, dont Moscou avait cherché à légitimer le pouvoir durant toute l'année 2003, trouve la mort dans l'explosion de la tribune officielle du stade de Grozny lors du défilé commémorant la victoire de 1945. Le bilan officiel fait état de sept morts, dont le chef du Conseil d'État, Hussein Issaev. **Le 9**, le président russe, Vladimir Poutine, effectue une visite éclair à Grozny pour réaffirmer l'autorité de Moscou sur la Tchétchénie. **Le 17**, le chef de guerre radical tchétchène Chamil Bassaev revendique l'attentat.

9   IRAK : 19 miliciens chiites et 9 autres Irakiens (3 policiers et 6 civils) sont tués, à Bagdad, dans plusieurs accrochages entre les militaires américains et les hommes de Moqtada Al-Sadr, l'imam chiite radical. **Le 12**, John Kerry sort de sa réserve pour dénoncer l'échec de George Bush en Irak, et appeler à un changement de la politique. **Le 15**, alors que redouble la violence en pays chiite, où plusieurs dizaines de miliciens sont tués, Moqtada Al-Sadr refuse le désarmement, comme le demandaient d'autres dignitaires chiites. **Le 17**, Abdel Zahra Osmane

Mohammed, dit Ezzedine Salim, président du Conseil intérimaire de gouvernement irakien, l'exécutif irakien, est tué dans l'explosion d'une voiture piégée à Bagdad. **Le 20**, le président du Congrès national irakien, Ahmed Chalabi, allié depuis des années de Washington, annonce qu'il cesse toute relation avec la coalition. Soupçonné de corruption et détournements, il voit son bureau et son domicile perquisitionnés. **Le 23**, les forces de la coalition saluent la victoire de l'opération Sabre d'acier contre les miliciens chiites, dont 32 ont été tués à Koufa, et 14 à Nadjaf. **Le 24**, les États-Unis et la Grande-Bretagne présentent, au Conseil de sécurité de l'ONU, un projet de résolution sur le transfert de souveraineté à l'Irak et le processus politique après le 30 juin, sur laquelle la France, l'Allemagne, la Chine, et le Mexique émettent des réserves et des critiques. **Le 27**, Moqtada Al-Sadr accepte de signer une trêve à Nadjaf, Kerbala et Koufa. **Le 28**, le Conseil intérimaire de gouvernement, prenant de court l'ONU, désigne le chiite Iyad Allaoui comme premier ministre du futur gouvernement auquel la coalition doit transférer la souveraineté le 30 juin.

→ *Portrait de Moqtada Al-Sadr (14 mai).*

10 ÉTATS-UNIS : Citigroup accepte de verser 2,65 milliards de dollars (2,23 milliards d'euros) pour mettre fin à une procédure judiciaire collective (*class action*) engagée par des actionnaires et créanciers du groupe de télécommunications WorldCom.

11 ARGENTINE : Pour lutter contre la pénurie d'énergie, le président Nestor Kirchner annonce la création d'une compagnie publique, Energia Argentina S. A. (Enarsa), qui sera détenue à 53 % par l'État fédéral.

12 ÉTATS-UNIS - FRANCE : Le français Vivendi et l'américain General Electric lancent NBC Universal, nouveau géant des médias, regroupant les chaînes NBC, les studios de cinéma et de télévision Universal Pictures, Universal Television et NBC Studios. Le groupe français possède 20% du nouvel ensemble, dont il pourra se retirer progressivement à partir de 2006, ce qui lui permettra de réduire sa dette de 5 milliards d'euros

13 INDE : Au terme de trois semaines d'élections législatives, du 20 avril au 10 mai, le premier ministre (BJP, Parti du peuple indien, nationaliste) Atal Bihari Vajpayee présente sa démission, après la victoire surprise du Parti du Congrès. Sa présidente, Sonia Gandhi, veuve de l'ex-premier ministre Rajiv Gandhi, assassiné en 1991, doit pourtant renoncer, **le 18**, à former le gouvernement, en raison de l'hostilité provoquée par son origine italienne. **Le 19**, elle fait désigner à sa place Manmohan Singh, économiste sikh, ancien ministre des finances. **Le 22**, il est investi premier ministre, le premier non hindou depuis l'indépendance de l'Inde.

→ *Portrait de Sonia Gandhi (20 mai).*

13 COLOMBIE : Le gouvernement et les Autodéfenses unies de Colombie (AUC, milices d'extrême droite) signent un accord prévoyant le regroupement des paramilitaires en vue de leur désarmement.

13 SUISSE : L'Union européenne signe avec la Suisse un accord de coopération sur la fiscalité qui ouvre la voie à l'entrée de Berne dans l'espace Schengen en 2006.

14 CUBA : Fidel Castro prend la tête d'une manifestation de plus d'un million de personnes contre le durcissement de l'embargo américain.

16 RÉPUBLIQUE DOMINICAINE : Le candidat de l'opposition libérale, Leonel Fernandez, remporte l'élection présidentielle dès le premier tour, avec plus de 51% des suffrages, devant le président sortant, Hipolito Mejia, «*président atypique*», défenseur des pauvres, qui recueille moins de 40%.

17 BIRMANIE : La Convention nationale chargée par la junte au pouvoir de doter le pays d'une Constitution reprend ses travaux sans l'opposition, après huit ans d'interruption.

17 HONDURAS : Un incendie à la prison de San Pedro Sula entraîne la mort de 103 détenus.

17 ÉTATS-UNIS : Le Massachusetts est le premier État américain à légaliser le mariage homosexuel, rejoignant ainsi les Pays-Bas et la Belgique, et trois provinces du Canada (Ontario, Québec et Colombie-Britannique).

18 SÉNÉGAL : Le cardinal Hyacinthe Thiandoum, ancien archevêque de Dakar, décède, à l'âge de 83 ans, dans une clinique de Marseille. Disparaît ainsi l'une des grandes figures de l'Église catholique d'Afrique, acteur du concile Vatican II (1962-1965), proche des papes Paul VI et Jean-Paul II, avocat du dialogue islamo-chrétien.

18 JAPON : Le Parti démocrate, principale formation d'opposition, se dote d'un nouveau président, Katsuya Okada. Il remplace Naoto Kan, démissionnaire pour avoir « *oublié* » de payer ses cotisations, alors qu'il était ministre de la santé et des affaires sociales.

19 CÔTE D'IVOIRE : Le président Laurent Gbagbo limoge trois ministres de l'opposition. Parmi eux figure Guillaume Soro, ministre d'État chargé de la communication et leader de l'ex-rébellion qui contrôle la moitié nord du pays.

19 RUSSIE : La Cour européenne des droits de l'homme condamne Moscou pour avoir emprisonné pendant quelques jours, en juin 2000, l'ancien magnat des médias actuellement en exil, Vladimir Goussinski, patron de Media-Most.

19 OGM : La Commission européenne lève, pour la première fois depuis 1999, le moratoire sur l'importation d'un aliment génétiquement modifié, le maïs BT-11 de Syngenta, destiné à la consommation humaine. Cette décision provoque de nombreuses critiques, et la firme productrice déclare qu'elle ne le commercialisera pas, les consommateurs n'étant « *pas prêts* ».

21 GRÈCE : Le plus long pont à haubans du monde, d'une longueur de 2 883 m, reliant le Péloponnèse à la partie continentale du pays, au-dessus du détroit de Corinthe, est achevé.

22 ESPAGNE : Le prince héritier Felipe de Bourbon épouse, à Madrid, Letizia Ortiz, roturière, divorcée civile, et ancienne journaliste de télévision. Deux mois après les attentats d'Atocha, des mesures de sécurité exceptionnelles paralysent la ville pendant plusieurs jours.

23 ALLEMAGNE : L'Assemblée fédérale élit Horst Köhler président de la République fédérale d'Allemagne (RFA). Candidat de l'opposition chrétienne-démocrate et libérale, le nouveau président succédera, **le 1ᵉʳ juillet**, au social-démocrate Johannes Rau. Il était, depuis 2000, directeur général du Fonds monétaire international (FMI), qu'il a quitté en mars.

23 AFGHANISTAN : Réouverture officielle de la salle de cinéma l'Ariana, à Kaboul, reconstruite par deux architectes français, Frédéric Namur et Jean-Marc Lalo.

23 MALAWI : Des émeutes éclatent après l'annonce de la victoire, à l'élection présidentielle du 20, de Bingu wa Mathurika, candidat du parti au pouvoir. Il succède au président Bakili Muluzi, au pouvoir depuis 1994, qui ne pouvait pas se représenter pour un troisième mandat.

24 PROCHE-ORIENT : L'armée israélienne annonce la fin de l'opération Arc-en-ciel à Rafah, dans le sud de la bande de Gaza, déclenchée **le 17**, et marquée, **le 19**, par le bombardement, par l'armée israélienne, d'une manifestation pacifique, où au moins dix personnes sont tuées, et plus de soixante-dix blessées, dont une majorité d'enfants. Le Conseil de sécurité de l'ONU adopte une résolution condamnant Israël, en dépit du refus des États-Unis. Destinée à détruire les tunnels utilisés pour la contrebande d'armes entre l'Égypte et Gaza, l'opération a fait 43 morts palestiniens, et de nombreuses maisons ont été détruites.

25 CARAÏBES : Un premier bilan des pluies torrentielles qui se sont abattues depuis le 23 sur l'île d'Hispaniola, partagée entre Haïti et la République dominicaine, fait état de plus de 1 800 morts, de centaines de disparus, et de 13 000 sinistrés.

25 KOSOVO : Fortement critiqué, le Finlandais Haari Holkeri quitte ses fonctions à la tête de la mission des Nations-Unies (Minuk) qui administre la province, neuf mois après sa nomination, et deux mois après de violents affrontements interethniques.

26 AUSTRALIE : Décès d'un des principaux chefs de file aborigènes, Gatjil Djerrkura.

27 ITALIE : Décès d'Umberto Agnelli, 69 ans. Il avait succédé, en janvier 2003, à son frère Giovanni à la présidence de Fiat, qu'il a recentré sur l'automobile. **Le 30**, un conseil de famille désigne Luca Cordero di Montezemolo, président de Ferrari et depuis le 26 à la tête de la Cofindustria, le patronat italien, comme nouveau président du groupe. Le petit-fils de Giovanni, John Elkann, devient vice-président. Écarté, Giuseppe Morchio, l'administrateur délégué, démissionne.

27 GRANDE-BRETAGNE : Arrestation à Londres de l'imam extrémiste Abou Hamza Al-Masri, sous le coup d'une demande d'extradition vers les États-Unis.

28 CHILI : La Cour d'appel de Santiago lève l'immunité de M. Pinochet, ouvrant la porte à un éventuel procès de l'ex-caudillo pour les crimes de l'opération Condor, commis sous sa dictature.

28 SOUDAN : Le gouvernement et les rebelles du Mouvement pour la justice et l'égalité (MJE) et du Mouvement de libération du Soudan (MLS) opérant au Darfour, région déshéritée de l'ouest du pays, signent à Addis-Abeba (Éthiopie), sous l'égide de l'Union africaine, un accord permettant le déploiement, à partir du 2 juin, des premiers observateurs internationaux chargés de mettre en œuvre le cessez-le-feu conclu le 8 avril à N'Djamena (Tchad). Depuis février 2003, ce conflit « oublié » a fait plus de 10 000 morts, 1 million de personnes déplacées, et plus de 100 000 réfugiés au Tchad voisin.

28 TERRORISME : Selon un accord conclu entre l'Union européenne et les États-Unis, tout passager européen embarquant sur un vol transatlantique à destination des États-Unis ou du Canada doit désormais consentir à la communication de trente-quatre données personnelles aux autorités américaines.

28 IRAN : Un séisme meurtrier d'une magnitude de 5,5 sur l'échelle de Richter frappe la région de Téhéran, et fait 45 morts et 360 blessés, selon un bilan provisoire.

29 ÉTATS-UNIS : Décès d'Archibald Cox, ancien procureur spécial lors de la crise du Watergate, qui mena à la démission le président Richard Nixon, en août 1974.

29-30 ARABIE SAOUDITE : Vingt-deux personnes, dont un Américain, un Britannique, un Italien et un Suédois, sont tuées, lors d'une prise d'otages dans le complexe pétrolier d'Al-Khobar, sur la côte est du pays. L'attaque, revendiquée par Al-Qaida, qui déclare vouloir « *nettoyer la péninsule des mécréants* », provoque une flambée des cours du pétrole sur les marchés.

31 BRÉSIL : Une trentaine de cadavres mutilés, décapités ou brûlés, sont découverts à la fin d'une mutinerie dans la prison de Benfica, au nord de Rio de Janeiro. ■

Science

7. MÉDECINE : Décès d'Alexandre Minkowski, pionnier de la médecine néonatale, chercheur de renom, résistant, militant de tous les combats. Jacques Chirac, qui l'a personnellement soutenu dans les dernières années, salue la «*mémoire d'un homme engagé, qui fut toujours debout*».

17 INTERNET : La compagnie aérienne allemande Lufthansa est la première à proposer un accès payant à l'Internet sur ses vols long-courriers. Le système, baptisé Flynet, est inauguré sur un vol reliant Munich (Bavière) à Los Angeles. ■

Culture

3 DÉCÈS, à Rio de Janeiro, de Lygia Pape, figure novatrice de l'art du XXe siècle. Elle était passée de la peinture à la sculpture, de la danse au cinéma.

5 PEINTURE : *Le Garçon à la pipe*, peint par Picasso en 1905, pendant sa période rose, devient le tableau le plus cher du monde, au cours d'une vente organisée par Sotheby's à New York. Adjugé

104,16 millions de dollars (85,9 millions d'euros)
avec les frais, il détrône *le Portrait du docteur Gachet*
de Van Gogh, vendu 82,5 millions de dollars en 1990.

15 DÉCÈS, à 79 ans, d'une maladie cérébrale,
du compositeur et chef d'orchestre Marius Constant,
membre de l'Académie des beaux-arts française.

18 RUSSIE : Neuf œufs du joaillier des tsars
Peter Carl Fabergé, rachetés pour 100 millions de
dollars en février à la famille américaine Forbes par
le milliardaire russe Viktor Vekselberg, sont exposés
au Kremlin, à Moscou, avant d'entamer une tournée
dans plusieurs villes du pays.

21 DÉCÈS du cinéaste et scénariste français
Jean-Pierre Blanc, dont *la Vieille Fille*, en 1972, avec
Annie Girardot et Philippe Noiret, avait lancé la car-
rière.

22 SPECTACLES : Le jour de son quatre-ving-
tième anniversaire, Charles Aznavour clôt une série
de 24 concerts au Palais des Congrès de Paris.
Entouré de nombreux artistes, il reçoit les vœux de
Jacques Chirac et son épouse.

22 CINÉMA : Au terme du 57ᵉ Festival de
Cannes, qui a pu se dérouler normalement, malgré
quelques incidents avec les intermittents occupant
une salle de cinéma, le 15, et la grève des employés
de certains des palaces, la Palme d'or est décernée
au documentaire de l'Américain Michael Moore
Farenheit 9/11, dénonçant la politique de George
Bush. Le cinéma asiatique est également honoré
(grand prix du jury à *Old Boy*, du Coréen Park
Chan-Wook, prix du jury au Thaïlandais Apichat-
pong Weerasethakul pour *Tropical Malady*, prix d'interprétation masculine au Japonais Yagira Yuuya,
pour *Nobody Knows*), ainsi que les trois films français en compétition (prix de la mise en scène pour
Exils, de Tony Gatliff, du scénario à Agnès Jaoui et
Jean-Pierre Bacri pour *Sage comme une image*, et de

l'interprétation féminine à Maggie Cheung, dans *Clean*). **Le 23**, inaugurant un nouveau rituel, le président du jury, le cinéaste américain Quentin Tarentino, réunit une conférence de presse pour justifier le palmarès, se défendant d'avoir fait un choix politique pour la Palme d'or.

23 DÉCÈS de l'historien Maxime Rodinson, à 89 ans. Fils d'émigrés juifs morts en déportation, il est l'auteur de nombreux livres sur le monde musulman, qui ont marqué la sociologie de cette religion.

25 DÉCÈS de Roger W. Strauss Jr., célèbre éditeur new-yorkais, qui présida pendant près de soixante ans aux destinées de Farrar, Straus and Giroux, la plus prestigieuse des maisons d'édition américaines.

28 ÉDITION : Lagardère vend Editis, le deuxième éditeur français, à Wendel Investissement, dirigé par Ernest-Antoine Seillière, pour 660 millions d'euros.

UN AN DE PÉRIPÉTIES ET D'HÉSITATIONS

2002

Juillet : Vivendi Universal engage un programme de cessions dont fait partie Vivendi Universal Publishing (VUP).

Octobre : Vivendi Universal cède ses activités d'édition, hors Houghton Mifflin, au groupe Lagardère, pour 1,25 milliard d'euros.

Novembre : Vivendi Universal vend Houghton Mifflin aux fonds Thomas H. Lee Partners et Bain Capital pour 1,7 milliard d'euros.

Décembre : Natexis annonce l'acquisition des actifs de VUP en vue de leur revente à Lagardère. Ces actifs sont détenus par la société Investima 10.

2003

Mars : Jean-Luc Lagardère décède.

Avril : Arnaud Lagardère notifie à la Commission européenne son plan de rachat de VUP.

Mai : Arnaud Nourry est nommé P-DG d'Hachette Livre, à la

place de Jean-Louis Lisimachio, qui quitte ses fonctions pour « *désaccord stratégique* ».

Juin : La Commission européenne ouvre une enquête approfondie sur le rachat de VUP, en faisant part de ses « *doutes sérieux quant à l'impact concurrentiel de l'opération sur plusieurs marchés* » (droits, diffusion, distribution, vente).

Juillet : Bruxelles refuse le rapatriement du dossier à Paris.

Octobre : Arnaud Lagardère estime pouvoir garder environ 50 % du chiffre d'affaires de VUP. Le 14, Investima 10 devient Editis. Le 27, la Commission européenne envoie une liste de « *griefs* » à Lagardère. Les services de Mario Monti, commissaire européen à la concurrence, ont recensé douze marchés dominants (poche, jeunesse, scolaire, dictionnaires, distribution…).

Novembre : Lagardère confirme l'existence de négociations en vue d'une solution française avec Média-Participations (Dargaud, Fleurus Éditions, Mango, Rustica), dont les principaux actionnaires sont Michelin et Axa. Le 12, le groupe italien Rizzoli, propriétaire de Flammarion, se dit intéressé par la reprise de 40 % d'Editis. Le 17, Lagardère affirme être prêt à céder les Éditions Nathan, Bordas, Robert Laffont et Pocket, soit 34 % d'Editis (45 % en France), ainsi que le dictionnaire Le Robert. En revanche, le groupe vendeur souhaite conserver la distribution. Le 24, la Commission renvoie un questionnaire centré sur l'avenir de la distribution. Le 27, Média-Participations et Rizzoli confirment leur offre pour Bordas, Le Robert, Robert Laffont, Pocket.

Décembre : Pour satisfaire aux exigences de la Commission, Lagardère annonce qu'il ne gardera que 40 % d'Editis.

2004

7 janvier : La Commission européenne l'y autorise.

Mars : Wendel Investissement affiche son intérêt.

Mai : Rizzoli se retire de la course, Gallimard se déclare candidat au rachat. Le 19, Lagardère annonce le choix de Wendel comme candidat exclusif.

28 DÉCÈS, à 82 ans, de Jean-Philippe Charbonnier, un des principaux photographes de l'école documentaire française des années 1940 à 1980, dont les reportages paraissaient dans la revue *Réalités*.

31 DÉCÈS du comédien et metteur en scène Maurice Jacquemont, à l'âge de 94 ans.

31 DÉCÈS du parolier Étienne Roda-Gil, auteur de nombreuses chansons de Julien Clerc, Juliette Gréco, Claude François, et Vanessa Paradis. Il a également écrit plusieurs romans.

Sport

5 JEUX OLYMPIQUES : À moins de cent jours de l'ouverture des Jeux olympiques, et alors que la sécurité est la principale préoccupation des organisateurs et des athlètes, trois bombes de moyenne puissance explosent à Athènes, sans faire de victimes, ni de gros dégâts. Les attentats sont revendiqués, **le 13**, par un groupe d'extrême gauche, Lutte révolutionnaire, qui menace les visiteurs attendus au mois d'août à Athènes.

9 CYCLISME : Sylvain Chavanel (équipe Brioches-La Boulangère) gagne les Quatre Jours de Dunkerque, en devançant Laurent Brochard (Ag2R Prévoyance), et son coéquipier Didier Rous.

9 TRIATHLON : Avec Juliette Benedicto, **17** ans, qui remporte le titre juniors des championnats du monde de Madère, le triathlon français trouve sa relève.

9 AUTOMOBILE : L'Allemand Michael Schumacher remporte, sur le circuit de Barcelone, son cinquième grand prix d'affilée depuis le début de la saison.

15 FOOTBALL : L'Afrique du Sud est désignée

par la Fédération internationale de football (FIFA)
pour organiser la Coupe du monde 2010, quatre ans
après son échec à organiser le Mondial 2006. **Le 20**,
pour le centenaire de la FIFA, la France et le Brésil
se rencontrent au Stade de France, à Saint-Denis. Le
match, décevant, se solde par un score nul.

16 BASKET : Les filles de Valenciennes sont,
pour la quatrième fois d'affilée, championnes de
France, en s'imposant face à Bourges (79-56) lors de
la finale retour de la Ligue féminine.

16 TENNIS : Amélie Mauresmo gagne les Internationaux d'Italie, battant l'Américaine Jennifer
Capriati en trois manches.

16 NATATION : Au terme des championnats
d'Europe de Madrid, les nageurs — et surtout
nageuses — français se classent seconds après
l'Ukraine, en remportant quinze médailles, (cinq
d'or, sept d'argent, et trois de bronze), auxquelles il
faut ajouter les deux médailles (or et bronze) décro-
chées avec la natation synchronisée. Il s'agit du
meilleur résultat depuis les championnats d'Europe
de Monaco, en 1947.

19 FOOTBALL : Le club espagnol de Valence
gagne (2-0) la coupe de l'UEFA, face à l'Olympique
de Marseille, affaibli par l'expulsion de son gardien
de but, Fabien Barthez.

19 DOPAGE : La sprinteuse américaine Kelli
White accepte les deux ans de suspension prononcés
à son encontre par l'Agence antidopage américaine
(Usada). Elle ne pourra donc pas participer aux Jeux
olympiques d'Athènes, prévus du 13 au 29 août.

21 ALPINISME : Le sherpa népalais Pemba
Dorji (26 ans) bat de plus de deux heures le record
de l'ascension la plus rapide du mont Everest
(8 848 m), se hissant sur le plus haut sommet du
monde en 8 heures et 10 minutes.

23 FOOTBALL : L'Olympique lyonnais remporte pour la troisième année d'affilée le championnat de France de L1.

23 AUTOMOBILE : Le pilote italien Jarno Trulli remporte le 62ᵉ Grand Prix de Monaco, ce qui permet à l'écurie Renault de s'imposer pour la première fois dans la Principauté. Il met ainsi fin à l'invincibilité, cette saison, de Michael Schumacher, contraint à l'abandon, et de Ferrari.

23 RUGBY : Toulouse perd la finale de la Coupe d'Europe de rugby (27-20) contre l'équipe anglaise des Wasps, à Twickenham.

26 FOOTBALL : Le FC Porto remporte la finale de la Ligue des champions en écrasant l'AS Monaco (3-0) à Gelsenkirchen (Allemagne).

→ *Portrait de Didier Deschamps, entraîneur de l'AS Monaco (26 mai).*

29 FOOTBALL : Le Paris-SG gagne la Coupe de France, en s'imposant devant Châteauroux (1-0). Le capitaine, Frédérix Déhu, qui va rejoindre l'OM de Marseille, est hué par le public du Stade de France.

30 CYCLISME : L'Italien Damiano Cunego remporte, à 22 ans, le Tour d'Italie. ■

pour plus la recherche ...uité daffilié le champion-
et de France 11.

23. AUTOMOBILE : Le pilot italien ...ric
Ludi remporte le 55e Grand Prix Monaco en qui
permet à l'écurie Renault de l'imposer pour la pre-
...cette saison. le Finlandais ...kai ...la. ...tre
...cond 20..., ...lie saison. de Michael Sc...macher
...ter...ant à l'Allemand ...st de Ferrari.

24. RUGBY : Toulouse perd la finale de la Coupe
d'Europe de rugby (22-20) contre l'équipe anglaise
des Wasps à Twickenham.

26. FOOTBALL : Le FC Bourg-en-...ent, le finale
de la ligue de champions ...t chanti, l'AS Monaco
(3-0) à celle le...tion (Allemagne)

— Pourrit se Dieter Ale... se s'...tradrise de
l'AS Monaco (20-20).

29. FOOTBALL : Paris-SG gagne la Coupe de
France, ...e a imposant devant O...teau-roux (1-0). Le
capitaine ...dery B...osque ...... Mondins POM de
Marseille, est dis...te ...publie du Stade de Frarte.

30. CYCLISME : L'italier Fausto... Tour d'Italie,
remporte à 72 ans, le Tour d'Italie.

Juin

- Le soixantième anniversaire du Jour J scelle la réconciliation franco-allemande

- Noël Mamère célèbre le premier mariage homosexuel

- La famille Agnelli cède le Club Med à Accor

- Prévision INSEE : vers un retour de la croissance

- Les élections européennes sanctionnent les gouvernements en place

- Accord « historique » sur la Constitution européenne à Bruxelles

- Transfert de souveraineté au nouveau gouvernement irakien avec 48 heures d'avance sur le calendrier

- Marc Dutroux condamné à la prison à vie

- Mort de Ray Charles

- Marie-José Pérec annonce sa retraite

France

1er FISCALITÉ : Entrée en vigueur du dispositif de donation gratuite aux enfants et petits-enfants
majeurs (jusqu'à 20 000 euros) annoncé en mai par
le ministre des finances, Nicolas Sarkozy.

2 PÊCHE : Les pêcheurs de Sète (Hérault) bloquent le port, pour protester contre la hausse du prix
du gasoil.

3 PRIX : Nicolas Sarkozy réunit à Bercy les professionnels de la distribution et de l'alimentaire, afin
d'obtenir une baisse des prix, donc une relance de la
consommation des ménages. **Le 16**, un accord est
trouvé pour une réduction de 2 % des prix des produits de marque dans la grande distribution, pour
septembre.

3 POLYNÉSIE : Antony Géros, indépendantiste ayant remporté, le 23 mai, les élections territoriales en battant le sénateur (UMP) Gaston Flosse,
est élu président de l'Assemblée de la Polynésie française.

4 VIOLENCE : Un adolescent juif est poi-
gnardé en pleine rue, à Épinay-sur-Seine (Seine-
Saint-Denis). Il est hospitalisé dans un état sérieux.

Le 8, un suspect est appréhendé, qui serait responsable de six autres attaques à l'arme blanche. **Le 9**, le ministre de la justice, Dominique Perben, estime à 180 les actes antisémites recensés en France depuis le 1er janvier 2004. **Le 12**, une fresque réalisée en 1942 par des enfants juifs détenus au camp de Rivesaltes (Pyrénées-Orientales) est découverte vandalisée à coups de burin.

5 ASSURANCE-MALADIE : Entre 120 000 et 270 000 personnes, selon les sources, manifestent en France pour la sauvegarde de l'assurance-maladie. **Le 7**, Philippe Douste-Blazy, ministre de la santé, amende son projet de réforme, en proposant de verser 150 euros aux personnes dont les revenus sont de 15 % supérieurs au plafond prévu par la Couverture maladie universelle (CMU). **Le 16,** le conseil des ministres approuve le projet de loi destiné à rétablir les comptes de la Sécurité sociale, faisant supporter aux patients l'essentiel de l'effort. Le même jour, la publication des comptes de la « Sécu » fait apparaître que, pour la première fois depuis 1994, les quatre branches (maladie, vieillesse, famille, accidents du travail) sont en déficit. **Le 29**, le débat s'ouvre à l'Assemblée nationale, qui se réunit en session extraordinaire, le 1er juillet. 8 030 amendements ont été déposés par l'opposition.

5 HOMOSEXUALITÉ : Noël Mamère, maire (Verts) de Bègles (Gironde), célèbre le premier mariage homosexuel en France. Conformément aux avertissements qu'il a lancés avant la cérémonie, le gouvernement demande aussitôt l'annulation de cette union et, **le 15**, le suspend de ses fonctions pour un mois. **Le 26**, Noël Mamère est applaudi au cours de la traditionnelle Marche des fiertés lesbiennes, gaies, bi et trans (ex-Gay Pride), qui réunit environ 700 000 personnes à Paris réclamant « *l'égalité, maintenant !* ». **Le 28**, Jean-Luc Romero démissionne de ses fonctions de secrétaire national de l'UMP pour protester contre le report de l'examen du projet de loi contre l'homophobie, qui devait être adopté en juillet.

6 COMMÉMORATION : La reine d'Angleterre Elizabeth II, le président américain George W. Bush, Vladimir Poutine, président de Russie, Jacques Chirac, et huit mille invités, dont un millier de vétérans, assistent à la cérémonie associant les pays alliés organisée à Arromanches, dans le cadre des célébrations du soixantième anniversaire du Débarquement. Invité par Jacques Chirac, le chancelier Gerhard Schröder, premier homme d'État allemand à assister à cette commémoration, reconnaît, dans son allocution de Caen, la responsabilité allemande dans la seconde guerre mondiale, avant d'échanger une accolade « historique » avec le président français.

→ *Série sur les oubliés du Jour J (du 2 au 5 juin).*

LES DATES DE LA RÉCONCILIATION FRANCO-ALLEMANDE

8 mai 1945 : Signature de la capitulation allemande.

1962 : Voyage triomphal du général de Gaulle en Allemagne, qui rend hommage au « *grand peuple allemand* ».

1970 : Le chancelier Brandt, qui a lancé sa politique de détente avec l'Est, s'agenouille devant le monument du ghetto de Varsovie.

1984 : Le chancelier Kohl et le président Mitterrand se recueillent main dans la main à Verdun.

1985 : Le président Reagan et le chancelier Kohl se rendent au camp de Bergen-Belsen et sur les tombes de soldats alliés et allemands à Bitburg. La présence de tombes SS fait scandale. Le président von Weizsäcker invite les Allemands à commémorer le 8 mai comme une « *libération* ».

1990 : Réunification allemande.

> 1994 : Refus de Helmut Kohl de participer aux cérémonies pour le cinquantième anniversaire du Jour J.
>
> 1994 : Cérémonie d'hommage au mémorial russe de Treptow pour le départ des troupes russes d'Allemagne.
>
> 1995 : François Mitterrand rend hommage à Berlin aux soldats allemands de la Wehrmacht.
>
> 2004 : Gerhard Schröder se rend aux cérémonies du Jour J.

7 PRESSE : Une médiation judiciaire met un terme au différend opposant *Le Monde*, Pierre Péan et Philippe Cohen au sujet de l'ouvrage *la Face cachée du « Monde »*.

7 EDF : Des coupures de courant, organisées par le syndicat CGT parisien du Réseau de transport d'électricité (RTE), provoquent l'annulation ou le retard de plus de 250 trains de banlieue, ce qui perturbe le transport d'environ un demi-million d'usagers. **Le 8**, Nicolas Sarkozy, ministre de l'économie et des finances, en visite à la tour EDF de la Défense, met en garde les syndicalistes de ne pas « *se couper de l'opinion publique* ». Tandis que les coupures et les actions ciblées se multiplient, **le 15**, le jour même où il reçoit à déjeuner quelque 200 parlementaires de l'UMP, Nicolas Sarkozy présente à l'Assemblée nationale le projet de loi sur le changement de statut d'EDF et de Gaz de France. Pour déminer le dossier, il propose le recours à une commission pour débattre de l'ouverture du capital. **Le 16**, sur TF1, Jean-Pierre Raffarin annonce que des sanctions seront prises contre les auteurs de ces actes illégaux, mais, **le 28**, de nouvelles coupures « sauvages », revendiquées par des grévistes, mais non par la CGT, perturbent à nouveau le trafic à la SNCF et à la RATP. **Le 29**, l'Assemblée nationale adopte, en première lecture, le projet de loi sur le « *service public de l'électricité et du gaz et les entreprises électriques et gazières* » permettant le changement de statut.

7 ROYALISME : Le cœur de Louis XVII, fils de Louis XVI et de Marie-Antoinette, mort en 1795 dans la prison du Temple, est solennellement transféré dans la crypte de la basilique de Saint-Denis.

8 BIOÉTHIQUE : Adoption définitive, au Sénat, de la loi sur la bioéthique interdisant le clonage et instaurant une Agence de la biomédecine.

10 NOUVELLE-CALÉDONIE : Battue aux élections territoriales du 9 mai, l'UMP locale, dirigée par Jacques Lafleur, ouvre une crise politique en démissionnant collectivement du gouvernement local. **Le 29**, après trois semaines d'âpres discussions, l'UMP joue l'apaisement en joignant ses voix à celles de L'Avenir ensemble (AE), ce qui permet à Marie-Noëlle Thémereau, anti-indépendantiste de l'AE, d'être élue à la tête du gouvernement.

10 DISPARITION : Décès du colonel Antoine Argoud, adversaire de toujours du général de Gaulle, un des acteurs du putsch des généraux d'Algérie, en 1961.

10 PRISONS : Gabriel Mouesca, ancien membre d'Iparretarrak, lui-même incarcéré pendant dix-sept ans, est nommé président de l'Observatoire international des prisons, alors que la population carcérale atteint le chiffre record de 63 448 personnes au 1er juin.

11 AFFAIRES : Le groupe hôtelier français Accor acquiert les parts détenues par la famille italienne Agnelli dans le capital du Club Méditerranée (28,9 %), et la totalité de celles que possède la Caisse des dépôts et consignations. En échange, celle-ci prend 7,5 % du capital d'Accor.

11 JUSTICE : La Cour de cassation confirme la condamnation de Maurice Papon, en rejetant le pourvoi de l'ancien secrétaire général de la préfecture de Gironde contre sa peine de dix ans de réclusion pour complicité de crimes contre l'humanité prononcée en 1998.

13 ÉLECTION EUROPÉENNE : Marquée par une abstention record de 57,20 %, l'élection des 78 eurodéputés français, dans le cadre de huit circonscriptions regroupant chacune plusieurs régions, voit la nette victoire du PS, qui, avec 28,89 % des voix, s'impose à gauche, et devance l'UMP (16,63 %), elle-même suivie par l'UDF de François Bayrou (11,94 %). Les Verts avec 7,40 % et le PCF 5,25 % sont en recul. Le Front national recueille 9,81 % des suffrages, le Mouvement pour la France de Philippe de Villiers, 6,67 %. S'ajoutant au revers des élections régionales, l'échec de la majorité affaiblit encore la position du premier ministre Jean-Pierre Raffarin. **Le 14**, Jacques Chirac déclare, à Aix-la-Chapelle, que *« le gouvernement doit continuer, et continuera sa tâche »*, alors que, pour François Hollande (PS), *« le départ de Raffarin s'impose »*.

→ *Cahier des résultats (15 juin).*

14 JUSTICE : La cour d'assises d'Ille-et-Vilaine condamne Francisco Arce Montes, 54 ans, à trente ans de réclusion criminelle, assortie d'une peine de sûreté de vingt ans, pour le meurtre et le viol de Caroline Dickinson, jeune Anglaise violée et tuée le 18 juillet 1996, à l'auberge de jeunesse de Pleine-Fougères.

14 JUSTICE : Gravement malade, Joëlle Aubron est la première membre d'Action directe à être remise en liberté, après dix-sept années de prison. Elle avait été condamnée à la réclusion à perpétuité après les assassinats du général René Audran en 1985 et du P-DG de Renault, Georges Besse, en 1986.

14 PROFANATION : Le carré musulman du cimetière de la Meinau, dans la banlieue de Strasbourg, est vandalisé. **Le 24**, on découvre une cinquantaine de tombes de soldats musulmans du cimetière militaire d'Haguenau recouvertes d'inscriptions néonazies.

DEPUIS DEUX MOIS, EN ALSACE, LES ACTES RACISTES SE MULTIPLIENT

5 avril : Cinq stèles (quatre musulmanes et une juive) sont détériorées au cimetière militaire de Cronenbourg, à Strasbourg.

Nuit du 14 au 15 avril : Des inscriptions racistes sont peintes sur la mosquée marocaine de Haguenau (Bas-Rhin). Une poubelle est incendiée.

Nuit du 19 au 20 avril : Des inconnus inscrivent des croix gammées et la phrase « *Mort aux Arabes !* » à l'entrée de la mosquée turque Eyyub Sultan, dans le quartier de la Meinau, à Strasbourg.

Nuit du 21 au 22 avril : Une épicerie musulmane est incendiée à Koenigshoffen, à l'ouest de Strasbourg. Une croix gammée est taguée sur le mur.

30 avril : La profanation de 127 tombes est découverte dans le cimetière juif de Herrlisheim. Des inscriptions néonazies et antisémites couvrent les tombes, ainsi que des formules comme « *Juden Raus* » (« Les juifs dehors »).

Nuit du 1er au 2 mai : Une vingtaine de tombes sont profanées dans le cimetière communal de Niederhaslach (Bas-Rhin). Ce cimetière chrétien fait l'objet d'une seconde agression raciste, découverte le 7 juin : 14 tombes ont été dégradées.

27 mai : 15 stèles chrétiennes sont renversées au cimetière de la Meinau, à Strasbourg.

30 mai : La maison d'un membre du conseil régional du culte musulman est couverte d'inscriptions racistes.

Week-end du 30 mai : Des inscriptions sont tracées sur les murs d'un collège de Lutterbach (Haut-Rhin) : « *Hitler on t'aime* », « *Les nègres au four* », une croix gammée. Deux adolescents de 14 ans sont mis en examen.

---

15 DROIT : Dans une décision prise le 10 juin, mais rendue publique après les élections européennes du 13, le Conseil constitutionnel s'interdit de censurer une loi sur l'économie numérique qui n'est que la transposition d'une directive communautaire.

16 SNECMA : Au terme de la mise en Bourse, commencée le 4 mai, du fabricant de moteurs et d'équipements aéronautiques, 800 000 personnes ont réservé des actions, les particuliers ayant demandé, au total, deux fois plus de titres que ce qui était proposé. La vente rapportera à l'État 1,45 milliard, soit moins que les 1,6 à 2 milliards prévus initialement par Bercy.

17 PRESSE : La Commission européenne donne son accord au rachat de la Socpresse, éditeur du *Figaro*, de *L'Express*, et de quelque 70 titres français, par le groupe Dassault, industriel de l'armement, qui fait passer sa participation au capital de 30 % à 82 %. **Le 18**, Serge Dassault déclare vouloir vendre les titres déficitaires de la Socpresse, ce qui suscite l'inquiétude des rédactions.

17 AFFAIRES : Dans *Paris-Match*, l'homme d'affaires François Marland révèle avoir, par vengeance, révélé aux Américains le rachat, par le Crédit Lyonnais, de la compagnie d'assurances californienne Executive Life, pour lequel la France a été condamnée à payer une amende de plus de 770 millions de dollars.

18 TRAVAIL AU NOIR : Jean-Louis Borloo, ministre de la cohésion sociale, présente son plan national de lutte (2004-2005) contre le travail illégal, un « *scandale* » qui coûte 55 milliards d'euros par an à l'État.

21 GOUVERNEMENT : Élue au Parlement européen, Tokia Saïfi, secrétaire d'État au développement durable, et première ministre issue de l'immigration, quitte le gouvernement, sans être remplacée.

21 ENVIRONNEMENT : Le gouvernement

présente un plan national santé-environnement sur cinq ans, destiné à lutter contre les méfaits de la pollution. Parmi les 45 mesures prévues, figure la mise en place, à compter du 1er janvier 2005, d'un système de « bonus-malus » de certains véhicules polluants, en particulier des 4×4. Mais le premier ministre précise, les jours suivants, que cette mesure est seulement *« à l'étude »*.

LE RÉCHAUFFEMENT CLIMATIQUE : UN PHÉNOMÈNE TRAQUÉ DEPUIS LE XIXe SIÈCLE

1827 : Première description de l'effet de serre par Jean-Baptiste Fourier (1786-1830) dans ses *Remarques générales sur les températures du globe terrestre et des espaces planétaires*.

1861 : Début des observations météorologiques standardisées.

1895 : Le chimiste suédois Svante Arrhenius (1859-1927) suggère l'influence du CO_2 dans le réchauffement du climat, dans sa *« théorie de la serre chaude »*.

1957 : Début des mesures systématiques de CO_2 et des gaz à effet de serre par Charles Keeling à Hawaï et en Alaska.

1967 : Premières prévisions d'un doublement de la concentration de CO_2 d'ici au début du XXIe siècle et d'une élévation de la température moyenne de 2,5 degrés.

1972 : Le sujet est abordé à la conférence mondiale sur l'environnement de Stockholm.

1979 : Première conférence mondiale sur le climat à Genève.

1988 : Création du Groupe intergouvernemental sur l'évolution du climat (GIEC, IPCC en anglais).

1989 : Deuxième conférence sur le climat (La Haye). La CEE s'engage à stabiliser ses émissions de CO_2 au niveau de 1990 d'ici à 2000.

1990 : Dans son premier rapport, le GIEC estime que *« l'importance du réchauffement observé est grossièrement cohérente avec les prédictions des modèles climatiques »*, mais aussi comparable à la variabilité naturelle du climat.

1992 : Signature, à Rio, en juin, de la convention-cadre sur les changements climatiques, qui entrera en vigueur en mars 1994 : les pays développés s'engagent à stabiliser leurs émissions de gaz à effet de serre à leur niveau de 1990.

1995 : Le second rapport du GIEC prévoit un réchauffement moyen de 1 à 3,5 °C d'ici à 2100 et une augmentation du niveau de la mer de 15 à 95 cm. Il indique qu'« *un faisceau d'éléments suggère une influence perceptible de l'homme sur le climat global* ».

1997 : Le protocole de Kyoto fixe comme objectif une réduction de 5,2 % des émissions en 2008-2012 par rapport au niveau de 1990. Il introduit des mécanismes de flexibilité.

1998 : L'Organisation météorologique mondiale (OMM) constate qu'en 1997 la température du globe a été supérieure en moyenne de 0,44 °C, par rapport à la moyenne calculée entre 1961 et 1990. Ce record dépasse celui (+ 0,38 °C) de 1995.

2000 : L'OMM déclare le xxe siècle le plus chaud du millénaire, et la décennie 1990 la plus chaude depuis 1860, date depuis laquelle on dispose de mesures fiables.

2001 : Les experts du GIEC rendent public à Genève, le 19 février, leur rapport aux « décideurs ». Celui-ci établit que la température moyenne du globe a augmenté de 0,6 °C depuis 1861, soit 0,15 °C de plus que ne l'annonçait le rapport de 1995. Le niveau des mers s'est élevé de 10 à 20 cm pendant le xxe siècle, et les experts prévoient qu'à l'horizon 2100 le taux de CO_2 pourrait se situer entre 540 et 970 parties par million (ppm), contre 280 ppm en 1750. La température moyenne du globe pourrait augmenter de 1,4 °C à 5,8 °C et le niveau des mers de 9 à 88 cm.

2003 : Après 1998 et 2002, l'année 2003 est la plus chaude jamais enregistrée. L'OMM estime à 21 000 le nombre de décès liés à la canicule de l'été en Europe.

21 AFFAIRES : Jean-Marie Messier, l'ex-P-DG de Vivendi Universal, est placé en garde à vue à la brigade financière de Paris. La justice lui reproche une information financière « *non fidèle* », des manipulations de cours et le franchissement du seuil d'autocontrôle. Dans un entretien accordé à *L'Ex-*

press daté du 28 juin, il affirme ne pas avoir les moyens de payer la caution de 1,35 million d'euros que lui demande la justice.

22 PRESSE : Treize kiosquiers parisiens sont mis en examen pour «*recel et vol en bande organisée*» dans le cadre d'une enquête portant sur un vaste trafic de journaux volés dans les imprimeries, et revendus à bas prix dans une cinquantaine de points de vente à Paris, aux dépens d'une cinquantaine de titres de presse, pour un préjudice évalué à plusieurs millions d'euros.

22 CRIMINALITÉ : Un réseau de faux-monnayeurs, le plus important découvert depuis la mise en circulation des billets en euros, le 1er janvier 2002, est démantelé dans la région parisienne. Plus de 200 000 faux billets, d'une valeur totale de près de 1,8 million d'euros, sont saisis par les policiers.

22 POLITIQUE : Jacques Chirac indique à Nicolas Sarkozy qu'il ne s'opposerait pas à sa candidature à la présidence de l'UMP à condition qu'il quitte le ministère des finances. La lutte pour la succession d'Alain Juppé est ouverte.

22 MÉDIAS : La chaîne télévisée d'information continue LCI fête ses dix ans en recevant le Tout-Paris au Centre Pompidou.

23 ACCIDENT : Un chauffeur est placé en garde à vue, après l'accident d'un autocar marocain qui fait 11 morts et 39 blessés, dont 6 graves, sur la RN 10, au sud de Poitiers. **Le 25**, le chauffeur est mis en examen.

23 URBANISME : Le dynamitage des « barres » Ravel et Pressov de La Courneuve (Seine-Saint-Denis) est la plus grande opération de démolition d'immeubles datant des années soixante jamais réalisée en France.

24 ÉCONOMIE : Une note de conjoncture de l'INSEE estime que la croissance pourrait atteindre

+ 2,3 % en 2004 (contre + 0,5 % en 2003), au lieu des 1,7 % prévus par le ministère des finances. Mais cette embellie ne profite pas à l'emploi, le taux de chômage s'établissant à 9,9 % (+ 0,1 %).

28 DÉCÈS de Marie-Claire Mendès France, veuve de l'ancien président du Conseil de la IVᵉ République, à l'âge de 83 ans. Elle présidait l'Institut Pierre-Mendès France, qu'elle avait fondé en 1985, trois ans après la disparition de « PMF », et tenait de son père, Robert Servan-Schreiber, fondateur des *Échos*, la passion de la presse et de la politique.

30 TEMPS DE TRAVAIL : Devant plusieurs centaines de patrons de PME réunis à Paris, Jean-Pierre Raffarin, Nicolas Sarkozy et Dominique Bussereau, le secrétaire d'État au budget, dressent un véritable réquisitoire contre les 35 heures. S'appuyant sur ce qui se passe en Allemagne, le premier ministre estime que la France doit « *augmenter le nombre total d'heures travaillées* ». Quant au ministre de l'économie et des finances, il se prononce pour une « *réforme profonde* » des 35 heures, qu'il a qualifiées de « *contresens économique* ».

30 SOCIAL : Jean-Louis Borloo, ministre de la cohésion sociale, présente en conseil des ministres son plan de « *cohésion sociale* ». Au terme d'arbitrages difficiles, le ministre a obtenu du chef du gouvernement une loi de programmation sur cinq ans pour le logement social, l'emploi et l'insertion des jeunes, financée, d'un montant de 12,7 milliards, prévoyant, entre autres, la création d'un million de contrats d'activité en faveur des jeunes.

30 TERRORISME : La chambre d'instruction de la Cour d'appel de Paris se déclare favorable à l'extradition vers son pays, l'Italie, de Cesare Battisti, ancien militant d'extrême gauche condamné par contumace à perpétuité en 1993 par la Cour d'assises de Milan pour plusieurs meurtres. Cette décision suscite la réprobation de la gauche, des Verts et des milieux intellectuels, qui invoquent notamment la « *doctrine Mitterrand* » en la matière, que la Cour d'appel de Paris vient d'écarter au nom de la séparation des pouvoirs.

30 COMMUNISME : Décès, à l'âge de 94 ans, de Jacques Rossi, ancien agent du Komintern. Après avoir passé vingt-quatre ans dans les camps soviétiques pour « *espionnage* » entre 1937 et 1961, il a dénoncé l'horreur du système concentrationnaire soviétique dans son ouvrage *le Manuel du goulag*. ■

International

1er BURUNDI : Une mission des Nations unies (Monub), forte de 5 650 casques bleus, prend le relais de la mission de paix destinée à mettre fin à plus de dix ans de guerre civile.

1er HAÏTI : La mission des Nations unies pour la stabilisation en Haïti (Minustah) prend le relais de la force intérimaire mise en place en février après le départ du président Aristide, qui a été accueilli, le 29 février, en chef d'État en Afrique du Sud, troisième pays à l'héberger depuis son départ en exil.

1er IRAK : Le sunnite Ghazi Al-Yaour est désigné président de l'Irak, au terme de difficiles tractations, par le Conseil intérimaire de gouvernement (CIG), qui est dissous. Le premier ministre, le chiite Iyad Allaoui, désigné fin mai, forme un gouvernement de 33 membres. Cette nouvelle administration sera appelée à gouverner du 30 juin jusqu'aux élections générales, prévues au plus tard en janvier 2005. George Bush salue, de Washington, «*une étape majeure vers l'émergence d'un Irak libre*». Dans une interview publiée **le 3** dans *Paris-Match*, le président américain établit un parallèle entre la seconde guerre mondiale et l'Irak, mais admet que les «*combattants* [contre les forces de la coalition ne sont] *pas tous des terroristes*».

1er AFRIQUE DU SUD : Nelson Mandela fait ses adieux à la vie publique.

2 AFGHANISTAN : Cinq membres de la branche néerlandaise de Médecins sans frontières (MSF) sont tués, dans la province de Badghis (nord-ouest du pays).

2 RÉPUBLIQUE DÉMOCRATIQUE DU CONGO : Les forces du général «dissident» Laurent Nkunda prennent la ville de Bukavu, dans l'est du pays. **Le 6**, sous la pression de l'ONU, la ville est évacuée, après des violences ayant fait une centaine de morts.

2 ÉTATS-UNIS : George Tenet, directeur de la CIA depuis 1997, annonce sa démission «*pour des raisons personnelles*». Ce départ intervient avant la publication de plusieurs rapports pointant les échecs et manipulations de la «centrale» sur l'Irak et le terrorisme.

3 GRANDE-BRETAGNE : Une panne informatique provoque le chaos à l'aéroport londonien d'Heathrow.

4 ÉTATS-UNIS : George W. Bush entame à Rome une tournée européenne. Tandis que 30 000 manifestants défilent dans les rues, le président américain rencontre Silvio Berlusconi, et, au Vatican, le pape Jean-Paul II, qui ne ménage pas ses critiques sur la politique américaine à l'égard de l'Irak. **Le 5**, à Paris, il s'entretient avec Jacques Chirac. C'est l'occasion de négocier le vote français du projet de résolution américano-britannique organisant le « transfert de souveraineté » aux Irakiens.

5 ÉTATS-UNIS : Décès de Ronald Reagan, quarantième président américain entre 1981 et 1989. Ancien journaliste sportif, vedette de cinéma, et gouverneur (républicain) de Californie, il avait révélé, le 5 novembre 1994, à l'âge de 83 ans, qu'il souffrait de la maladie d'Alzheimer, avant de se retirer de la vie publique. L'hommage populaire qui lui est rendu est d'une ampleur inattendue et, **le 11**, ses obsèques nationales ont lieu à Washington.

6 PROCHE-ORIENT : Le plan de retrait de la bande de Gaza, présenté par le premier ministre israélien, Ariel Sharon, est approuvé par le gouvernement, que deux ministres d'extrême droite quittent.

7 IRAK : Le premier ministre, Iyad Allaoui, annonce avoir conclu un accord de désarmement avec neuf milices armées, mais pas avec celle du Mahdi, du chef radical chiite Moqtada Al-Sadr. **Le 8**, George W. Bush réussit à faire adopter à l'unanimité par le Conseil de sécurité de l'ONU la résolution américano-britannique 1546 sur le transfert de souveraineté au nouveau gouvernement irakien. Des élections sont prévues pour 2005, ainsi qu'une collaboration militaire entre forces de la coalition et pouvoir irakien. Le même jour, six otages, dont trois Italiens détenus depuis le 12 avril, sont libérés par des unités spéciales des forces de la coalition, tandis que des attaques ou des attentats causent la mort de 23 personnes. **Le 12**, Bassam Kouba, vice-ministre des affaires étrangères irakien, est le premier membre du tout nouveau gouvernement à être victime d'un attentat. **Le 13**, le directeur général du ministère de l'éducation est tué à son tour. **Le 14**, un attentat-suicide en plein centre de Bagdad fait 22 morts, dont 5 étrangers. **Le 15**, le sabotage d'un oléoduc, à Bassora, contraint l'Irak à stopper sa production, ce qui prive le marché d'environ 1,65 million de barils/jour. **Le 17**, un nouvel attentat-suicide visant un centre de recrutement de l'armée fait, à Bagdad, 33 morts et 127 blessés. **Le 19**, une opération de l'armée américaine visant une maison fait une vingtaine de morts à Fallouja, cité rebelle devenue l'emblème de la lutte armée en Irak. **Le 22**, l'Irak rétablit près de la moitié de ses exportations de brut via les terminaux off shore de Bassora et de Ceyhan en Turquie. Le même jour, un otage sud-coréen est décapité.

8 TERRORISME : Rabei Osman Sayed Ahmed, dit « Mohamed l'Égyptien », est arrêté à Milan par les policiers italiens. Il est considéré comme l'un des cerveaux des attentats qui ont fait 191 morts et plus de 1 430 blessés, le 11 mars, à Madrid.

8 ARABIE SAOUDITE : Le meurtre d'un Américain, instructeur de la garde nationale saoudienne, est suivi, **le 12**, par celui, à Riyad, d'un cadre américain de la société AEC, tandis qu'un autre est enlevé. Ces actions sont revendiquées par un groupe terroriste proche d'Al-Qaida.

8-10 G8 : Les chefs d'État des huit pays les plus industrialisés se réunissent à Sea Island, en Géorgie (États-Unis). L'initiative pour la promotion des réformes dans le Grand Moyen-Orient, présentée par George W. Bush, est adoptée, **le 9**, après avoir toutefois subi de nombreux amendements, qui en modifient la portée. Des divergences subsistent entre les États-Unis et la France, particulièrement en ce qui concerne un éventuel engagement de l'OTAN en Irak.

9 TURQUIE : Leyla Zana et trois autres ex-députés kurdes sont libérés après dix ans de détention, alors que la confirmation de leur condamnation à quinze ans de prison, le 21 avril, par la Cour de sûreté de l'État d'Ankara, avait provoqué un tollé en Europe. Ce signe en direction de l'Union européenne coïncide avec la première émission diffusée en kurde sur les chaînes publiques de radio et de télévision.

11 BOSNIE : Les autorités serbes de Bosnie reconnaissent, pour la première fois depuis la fin de la guerre de Bosnie (1992-1995), le massacre, par les forces serbes bosniaques, de «*plusieurs milliers de musulmans*» à Srebrenica en 1995.

11 GRANDE-BRETAGNE : Jumelées avec les élections européennes, les élections locales sanctionnent le Parti travailliste de Tony Blair qui, avec 26 % des suffrages, n'arrive qu'en troisième position après le Parti conservateur (38 %) et les libéraux-démocrates (29 %).

11-13 ÉLECTIONS EUROPÉENNES : Avec une moyenne d'abstention de 52 % chez les Quinze, et de 74 % chez les dix nouveaux membres de l'Union européenne, l'élection des 732 eurodéputés (parfois jumelée avec des élections locales ou régionales) apparaît comme un vote sanction à l'encontre des gouvernements en place. En Grande-Bretagne, le Parti travailliste de Tony Blair obtient 22 % des voix (–4 % par rapport à 1999), derrière le Parti conservateur (27,4 %), tandis que le Parti pour l'indépendance du Royaume-Uni (UKIP), ouvertement anti-européen, recueille 16,8 %. En Allemagne, le SPD du chancelier Gerhard Schröder réalise, avec 21,5 % des voix, son plus mauvais score en vingt-cinq ans. En Italie, Forza Italia, de Silvio Berlusconi (20,9 %), arrive loin derrière l'Olivier de Romano Prodi (31,5 %). Seul, le PSOE de José-Luis Zapatero, avec 43,3 %, devance le Parti populaire d'opposition (PP, 41,3 %). Le Parlement européen issu de ce scrutin restera dominé par le groupe du Parti populaire européen (PPE, droite), avec 276 députés, tandis qu'au sein du groupe socialiste (PSE, 200 députés), le PS français comptera 31 représentants.

14 SUISSE : Le Conseil national (chambre basse du Parlement) lève l'interdiction de l'absinthe, qui datait de 1908.

16 ÉTATS-UNIS : La commission indépendante enquêtant sur les attaques du 11 septembre 2001 rend publics deux prérapports révélant qu'Al-Qaida voulait en fait détourner dix avions, et qu'il n'existe «*aucune preuve solide*» établissant un lien entre Al-Qaida et l'Irak, contrairement à ce qu'a immédiatement affirmé l'administration Bush.

16 THAÏLANDE : Décès de Thanom Kittikachorn, dictateur de 1963 à 1973.

17 POLOGNE : Décès de Jacek Kuron, cofondateur du KOR, le Comité de défense des ouvriers, et «conseiller» du syndicat Solidarité depuis sa création, en 1980. Il fut une figure marquante de la lutte contre le régime communiste de Pologne.

17 BELGIQUE : Après trois jours de délibérations, et trois mois de procès aux audiences souvent émouvantes, incluant une visite des lieux du crime, le jury du tribunal d'Arlon reconnaît la responsabilité de Marc Dutroux et de ses deux coaccusés pour une série d'enlèvements, de viols et d'assassinats de fillettes et d'adolescentes belges entre juin 1995 et août 1996. **Le 22**, les magistrats condamnent Marc Dutroux à la prison à vie, et infligent de lourdes peines de trente et vingt-cinq ans de prison à ses plus proches complices. Par contre, l'escroc bruxellois Michel Nihoul, acquitté de toute accusation pédophile, n'est condamné qu'à cinq ans de prison pour trafic de stupéfiants, ce qui confirme l'abandon de l'hypothèse d'un éventuel réseau.

18 UNION EUROPÉENNE : Les Vingt-cinq, réunis à Bruxelles, adoptent à l'unanimité le projet de traité constitutionnel, appelé « Constitution européenne ». Cet accord, qualifié d'« *historique* », devra être suivi d'une ratification dans chacun des pays membres. Par contre, aucun consensus ne se dégage autour du nom du successeur du président de la Commission, Romano Prodi.

18 ARABIE SAOUDITE : Le chef de la section saoudienne d'Al-Qaida, Abdel Aziz ben Issa Al-Mouqrin, est abattu, avec trois autres activistes, à Riyad, peu après que son groupe a décapité un otage américain, Paul Johnson, enlevé le 12 juin.

18 ESPACE : Le groupe français Alcatel s'allie avec l'italien Finmeccanica pour devenir le troisième acteur mondial dans les satellites.

19 AFRIQUE DU SUD : Décès d'Aggrey Klaaste, rédacteur en chef du *Sowetan* de 1988 à 2002, journaliste respecté pour son combat en faveur du « Black Empowerment », l'amélioration et la promotion des compétences de la communauté noire.

20 INDE-PAKISTAN : Les deux pays tombent d'accord pour remettre en service un « téléphone rouge » entre leurs deux capitales, et prolonger un moratoire sur les essais nucléaires.

21 ÉTATS-UNIS : À 78 ans, le président de la Réserve fédérale, Alan Greenspan, est reconduit dans sa fonction pour un cinquième mandat. Il occupe ce poste stratégique depuis dix-sept ans.

21 PAYS-BAS : Reconnus coupables, en appel, d'appartenance à la « cellule de Rotterdam », qui préparait des attentats en Europe, le Français Jérôme Courtailler, alias « Salman » (France), Abdelghani Rabia (Algérie) et deux de leurs complices algériens, sont les premiers condamnés pour terrorisme aux Pays-Bas.

21 BRÉSIL : Décès de Leonel Brizola, chef historique du travaillisme brésilien. Le président Luis

Iñacio Lula da Silva décrète un deuil national de trois jours.

Nuit du 21 au 22 INGOUCHIE : 95 personnes trouvent la mort dans l'attaque menée par des rebelles tchétchènes dans cette « république autonome » du Caucase russe, voisine de la Tchétchénie, où vivent de nombreux réfugiés du conflit tchétchène.

22 ÉTATS-UNIS : Parution, en librairie, des Mémoires du président Bill Clinton, tirés à 1,5 million d'exemplaires. Le livre paraît le lendemain en France.

→ *Extraits de* Ma vie, *de Bill Clinton (23 juin).*

24 PHILIPPINES : Le Congrès proclame, après six semaines de recomptages et de contestations, la victoire de la présidente sortante, Gloria Macapagal Arroyo, à l'élection du 10 mai.

24 ALLEMAGNE : Sur plainte de la princesse Caroline de Monaco, devenue princesse de Hanovre par son mariage, la Cour européenne des droits de l'homme condamne l'Allemagne pour non-respect du droit à sa vie privée, après la publication de photos dans les groupes de presse Burda et Heinrich Bauer.

24 POLOGNE : Marek Belka obtient la confiance du Parlement pour diriger le nouveau gouvernement social-démocrate. Ce vote met temporairement fin à la crise gouvernementale qui secoue le pays depuis la démission, le 2 mai 2004, de Leszek Miller.

24 ALLEMAGNE : Pour éviter les délocalisations, le syndicat IG Metall accepte que Siemens abandonne les 35 heures pour revenir à la semaine de 40 heures, sans augmentation de salaires. Des négociations identiques ont lieu chez Daimler-Chrysler. La veille, le gouvernement a annoncé qu'il envisageait de faire passer le temps de travail de

300 000 fonctionnaires fédéraux de 38,5 heures à 40 heures à partir du mois d'octobre, pour réaliser des économies.

24 IRAK : À l'approche de la date du transfert de souveraineté aux autorités irakiennes, la guérilla intensifie son action, avec des attentats et des attaques coordonnées contre les troupes américaines et la police irakienne dans les villes de Baaqouba, Fallouja, Ramadi, Mossoul et Bagdad, qui font près de 100 morts et 300 blessés en une seule journée. Ce même jour, un sondage réalisé pour USA Today et CNN fait apparaître que, pour la première fois depuis le début de la guerre, une majorité d'Américains (54%) jugent qu'intervenir dans ce pays était une erreur. **Le 25**, à Bagdad, l'imam radical chiite Moqtada Al-Sadr ordonne une trêve pour se démarquer des « *terroristes* », alors que les combats se poursuivent dans le pays sunnite, où un nouveau raid fait 20 morts à Fallouja.

25-26 ÉTATS-UNIS - UNION EUROPÉENNE : George W. Bush participe, à Dublin, au sommet annuel entre les États-Unis et l'Union européenne. Outre l'examen du périmètre d'action de l'OTAN en Irak, les partenaires y finalisent un accord de coopération entre les systèmes de radionavigation par satellite européen Galileo (opérationnel vers 2010), et américain GPS.

26 PROCHE-ORIENT : Sept responsables de groupes armés palestiniens sont tués dans une cache située dans la vieille ville de Naplouse. Parmi eux, Nayef Abou Chareh, chef des Brigades des martyrs d'Al-Aqsa en Cisjordanie.

26 PAKISTAN : Le premier ministre Mir Zafarullah Khan Jamali démissionne, en nommant son successeur Chaudry Shujaat Hussein, président de la Ligue musulmane (PML-Q), parti soutenant le président pakistanais, le général Pervez Moucharraf.

27 LITUANIE : Valdas Adamkus, 77 ans, est élu président avec 52,40 % des voix au second tour, avec le soutien de la droite. Cet ancien citoyen américain, battu en janvier 2003 par Rolandas Paksas (destitué le 6 avril par le Parlement pour corruption et violations de la Constitution), est rentré dans l'ex-République balte soviétique en 1997.

27 SERBIE : Le candidat proeuropéen du Parti démocrate (DS) Boris Tadic sort vainqueur du deuxième tour de l'élection présidentielle, en recueillant plus de 54 % des suffrages, contre 46 % pour son adversaire ultranationaliste, le chef du Parti radical (SRS) Tomislav Nikolic.

→ *Entretien avec Boris Tadic (2 juillet)*.

27 ITALIE : Le second tour des élections municipales et provinciales confirme le revers électoral déjà enregistré, les 12 et 13 juin, aux européennes et au premier tour de ces scrutins locaux par Silvio Berlusconi, le chef du gouvernement. Au total, l'opposition de centre-gauche remporte 52 des 63 provinces soumises à renouvellement, et 22 des 30 plus grandes villes en jeu.

27 INFORMATIQUE : La Commission européenne décide de suspendre provisoirement l'amende record de 497 millions d'euros infligée en mars à Microsoft pour abus de position dominante.

28 OTAN : Précédée par un attentat à Istanbul qui a fait, **le 24**, quatre morts, le sommet de l'Alliance atlantique s'ouvre, à Istanbul, ville en état de siège, sur l'annonce d'un accord entre les pays membres pour aider l'Irak à former ses forces de sécurité.

LES ADAPTATIONS
DE L'ALLIANCE ATLANTIQUE

1949 : Le traité de l'Atlantique Nord est signé par 12 pays (les États-Unis et le Canada, la France, la Grande-Bretagne, l'Allemagne de l'Ouest, le Danemark, la Norvège, le Portugal, l'Italie, la Belgique, les Pays-Bas et le Luxembourg).

1951 : La Grèce et la Turquie rejoignent l'Alliance.

1966 : La France sort de l'organisation militaire intégrée de l'Alliance.

1982 : L'Espagne rejoint l'Alliance.

1999 : La Pologne, la République tchèque et la Hongrie intègrent l'Alliance.

2002 : Signature d'un partenariat avec la Russie.

2004 : Sept nouveaux pays rejoignent l'OTAN (les trois baltes, la Slovaquie, la Slovénie, la Roumanie, la Bulgarie).

28 IRAK : Avec deux jours d'avance sur la date prévue, la coalition transmet les attributs d'une pleine souveraineté au gouvernement intérimaire irakien dirigé par Iyad Allaoui, qui prête serment le jour même. La crainte d'un embrasement du pays par la guérilla a incité à précipiter cette transition. Dans sa déclaration d'investiture, le premier ministre reconnaît que la tâche qui l'attend est « *très difficile* ». Il lance un appel aux baassistes « *qui n'ont pas commis de crimes* » à se rallier. Il offre l'amnistie à ceux qui ont rejoint la guérilla et promet « *le châtiment* » aux « *mercenaires* ». Saddam Hussein, et d'autres hauts responsables de l'ancien régime, sont transférés sous la responsabilité du nouveau pouvoir, qui rétablit le jour même la peine de mort. Du côté américain, John Negroponte, nouvel ambassadeur à Bagdad, prend le relais de Paul Bremer, ancien administrateur.

→ *Portrait d'Iyad Allaoui (29 juin).*

28 ÉTATS-UNIS : Le jour même où le transfert de souveraineté devient effectif en Irak, la Cour suprême, dans deux arrêts sur les libertés civiles et les pouvoirs du gouvernement en matière de justice, accorde aux prisonniers considérés comme des terroristes le pouvoir de saisir la justice civile américaine, qu'ils soient américains ou étrangers, détenus aux États-Unis ou sur la base de Guantanamo Bay, à Cuba.

→ *Supplément de 8 pages sur la guerre et le droit (30 juin).*

28 CANADA : Aux élections générales, le Parti libéral l (LPC) obtient 135 sièges à la chambre des communes, alors que la majorité absolue est de 155. Leur président, Paul Martin, va donc devoir former un gouvernement minoritaire en s'alliant avec un parti d'opposition.

28 ÉTATS-UNIS - LIBYE : Après une rupture de vingt-quatre ans, les deux pays rétablissent leurs relations diplomatiques directes à l'occasion d'une visite du secrétaire d'État américain adjoint, William Burns, à Tripoli.

29 UNION EUROPÉENNE : Réunis à Bruxelles, les chefs d'État et de gouvernement de l'Union désignent à l'unanimité le premier ministre portugais, José Manuel Durao Barroso, pour succéder, le 1er novembre, à Romano Prodi comme président de la Commission européenne.

30 UNION EUROPÉENNE : La justice belge prononce un non-lieu au bénéfice d'Édith Cresson, ancienne commissaire européenne à la recherche et à l'éducation qui avait, en 2003, été inculpée par un juge d'instruction bruxellois de faux, usage de faux, prise d'intérêts et détournement. Cette décision met un point final à une affaire qui avait fait tomber la Commission en 1999.

30 PROCHE-ORIENT : Dans un arrêt sans précédent, la Cour suprême israélienne ordonne des modifications dans le tracé de la « barrière de sécurité » en construction depuis deux ans en Cisjordanie pour assurer une protection contre les attaques terroristes.

30 ÉTATS-UNIS : En relevant son principal taux directeur d'un quart de point, à 1,25 %, la Réserve fédérale (FED) marque une pause dans sa politique de crédit bon marché. ■

Science

5 DÉCÈS de Gérard Mégie, spécialiste de l'atmosphère terrestre, et président du Centre national de la recherche scientifique (CNRS).

8 ASTRONOMIE : La planète Vénus passe entre le Soleil et la Terre. Ce phénomène, très rare, et qui ne s'était pas produit depuis le 6 décembre 1882, est visible de la plupart des continents.

21 ESPACE : L'engin spatial américain SpaceShipOne, conçu par Burt Rutan et piloté par Mike Melvill, 62 ans, dépasse les 100 km d'altitude lors d'un vol suborbital, devenant le premier appareil privé de l'histoire à atteindre l'espace. L'expérience, d'un coût de 20 millions de dollars, est entièrement financée par Paul Allen, cofondateur, avec Bill Gates, de Microsoft, qui vise ainsi le marché du tourisme spatial. ■

Culture

2 DÉCÈS du chanteur d'opéra bulgare Nikolaï Ghiaurov, l'une des plus grandes basses du XXᵉ siècle, et la vedette des plus importantes scènes internationales.

4 DÉCÈS de l'acteur italien de cinéma Nino Manfredi, rendu immensément populaire par les comédies des années 60 et 70, devenu réalisateur lui-même.

4 PHOTO : Cinq mois après sa mort, alors que l'État français a « raté » une donation d'une cinquantaine de ses œuvres, la Fondation Helmut Newton ouvre ses portes, à Berlin, en présentant sa première exposition dans un bâtiment de l'armée prussienne réaménagé.

4 DÉCÈS du musicien de jazz américain Steve Lacy, spécialiste du saxophone soprano.

7 INTERMITTENTS : Renaud Donnedieu de Vabres, ministre de la culture, annonce la création d'un fonds d'urgence provisoire, dans lequel l'État versera 80 millions d'euros pour indemniser 13 000 intermittents.

8 ÉDITION : Claude Cherki, président des Éditions du Seuil, doit démissionner après avoir réalisé une plus-value lors du rachat de la maison par La Martinière via la société Friedland Investissement, sans en avertir les salariés.

9 PHOTO : Le Centre Pompidou préempte, pour un prix de 82 233 euros, deux photographies de Marcel Duchamp, datant de 1917. Il s'agit de deux portraits multiples, représentant, l'un, Marcel Duchamp, l'autre, Henri-Pierre Roché, parmi les premiers et les plus célèbres exemples de la photographie dada.

10 DÉCÈS d'Odette Laure, fantaisiste, comédienne de cinéma et de théâtre.

10 DÉCÈS de Ray Robinson, dit Ray Charles, « The Genius ». Compositeur, chanteur et pianiste, le musicien aux célèbres lunettes noires a réussi l'alliance entre le jazz, le gospel, la country, pour porter la soul music à son plus haut niveau.

11 PATRIMOINE : Inauguration, dans le parc du château de Versailles, du bosquet des Trois Fontaines, reconstitué dans son état du XVIIe siècle essentiellement grâce au mécénat de l'association The American Friends of Versailles.

15 DÉCÈS d'Olga Lecaye, auteure et illustratrice d'albums pour enfants.

17 MUSÉE : Inauguration du musée rénové des Beaux-Arts d'Angers, dans un cadre agrandi, après cinq ans de travaux.

18 SPECTACLE : Jean-Marie Bigard est le premier humoriste à oser se produire, dans un one-man-show, devant 50 000 personnes au Stade de France, à Saint-Denis.

19 DÉCÈS d'André-Gillois, nom de plume de Maurice Diamant-Berger, écrivain qui a été aussi un des pionniers de la radio et le porte-parole du général de Gaulle à Londres.

24 PHOTO : Le Jeu de Paume, dans le jardin des Tuileries, inaugure, avec une exposition consacrée à Guy Bourdin, le nouveau lieu phare parisien en matière de photographie et d'image.

25 ÉDITION : Le groupe franco-belge Média-Participations, qui possède déjà les maisons Dargaud et Le Lombard, annonce le rachat des Éditions

Dupuis à Albert Frère, devenant ainsi le premier groupe européen de bande dessinée.

26 ART : Renaud Donnedieu de Vabres inaugure la donation faite à l'État par l'artiste suisse Gottfried Honegger et par son épouse, Sybil Albers, des quelque cinq cents œuvres de leur collection. Elle est hébergée, à Mouans-Sartoux (Alpes-Maritimes), dans un bâtiment construit par les architectes Annette Gigon et Mike Guyer.

27-29 CINÉMA : Pour son vingtième anniversaire, la Fête du cinéma connaît un succès inégalé depuis dix ans (1,5 million de billets vendus au cours de la première journée de l'événement).

28 DÉCÈS de Georges de Caunes, journaliste, homme de radio et de télévision, ancien présentateur vedette du « JT », dont il a été un des pionniers. Il était également un saute-frontières, poursuivi par l'énergie du grand voyageur.

28 DÉCÈS, à l'âge de 82 ans, de Marcel Jullian, premier président d'Antenne 2, mais aussi scénariste de *La Grande Vadrouille* et éditeur des *Mémoires d'espoir* du général de Gaulle. Écrivain, scénariste, producteur, homme de radio, Marcel Jullian était surtout un fou de télévision.

28 DÉCÈS de l'organiste Jean Boyer, à Lille, à l'âge de 56 ans.   ■

Sport

3 FOOTBALL : À une semaine du début de l'Euro 2004, Jacques Santini, le sélectionneur de l'équipe de France, annonce son départ pour l'équipe londonienne des Tottenham Hot Spurs (D1 anglaise), dont il sera l'entraîneur. Il prendra ses fonctions après l'Euro.

5 TENNIS : Après l'élimination de la Française Amélie Mauresmo, et des sœurs américaines Williams, la Russe Anastasia Myskina s'impose facilement (6-1, 6-2) à Roland-Garros face à sa compatriote Elena Dementieva. **Le 6**, la finale hommes, entièrement argentine, voit la victoire, inattendue (0-6, 3-6, 6-4, 6-1, 8-6), de Gaston Gaudio sur son compatriote Guillermo Coria.

7 ATHLÉTISME : Marie-José Pérec, triple championne olympique, et double championne du monde, annonce qu'elle met fin à sa carrière. Elle déclare avoir des projets dans le domaine du tourisme en Guadeloupe, d'où elle est originaire.

8 VOILE : Le Français Michel Desjoyeaux, le skipper de *Géant*, remporte la Transat anglaise en solitaire dans le temps record de 8 jours 8 heures 29 minutes et 55 secondes. L'ancien record avait été établi en 2000 par son compatriote Francis Joyon, en 9 jours, 23 heures et 21 minutes.

15 DOPAGE : Dans leur ouvrage *L.A. Confidentiel, les Secrets de Lance Armstrong*, les journalistes américains Pierre Ballester et David Walsh accumulent les témoignages mettant en cause le quintuple vainqueur du Tour de France.

19 SPORTS DE GLACE : La Fédération française des sports de glace (FFSG) se dote d'un nouveau président, Norbert Tourne, 55 ans, issu du patinage de vitesse.

20 GOLF : Le Sud-Africain Retief Goosen remporte, sur le parcours de Shinnecock Hills (États-Unis), son deuxième US Open.

20 SPORT AUTOMOBILE : Avec le Grand Prix des États-Unis à Indianapolis, Michael Schumacher remporte son huitième succès de la saison, et distance rivaux et records.

25 JEUX OLYMPIQUES : La flamme olympique, allumée le 25 mars à Olympie, et qui parcourt
le monde avant les Jeux d'Athènes du mois d'août,
arrive de Genève à Paris, qu'elle traverse portée par
une cinquantaine de sportifs et de personnalités.

25 FOOTBALL : En quart de finale de l'Euro
2004, qui s'est ouvert au Portugal le 12, l'équipe de
France est éliminée (1-0) par la Grèce. Cette défaite
lance la bataille pour la succession de son entraîneur, Jacques Santini.

26 RUGBY : Le Stade français remporte, pour
la seconde année consécutive, le championnat de
France de rugby, en battant (38-20) Perpignan. Il
s'agit du douzième titre remporté par l'équipe parisienne.

27 GOLF : Jean-François Remesy remporte, à
40 ans, l'Open de France. Il est le premier Français
à remporter l'épreuve depuis Jean Garaialde, en
1969. ■

Juillet

- Une fausse agression raciste emballe le monde politique et médiatique

- Jacques Chirac annonce un référendum sur la Constitution européenne

- Adoption du projet de réforme de l'assurance-maladie

- Saddam Hussein officiellement accusé de crimes de guerre

- Un socialiste espagnol à la présidence du Parlement européen

- John Kerry candidat démocrate aux élections américaines

- Mort de Marlon Brando, de Sacha Distel et Serge Reggiani

- La Grèce championne d'Europe de football

- Lance Armstrong est le premier cycliste à gagner six Tours de France

France

1ᵉʳ SALAIRES : Le SMIC horaire brut est revalorisé de 5,8 % en moyenne, tandis que la hausse est de 11 % dans les secteurs de l'hôtellerie et de la restauration.

1ᵉʳ JUSTICE : L'ancien P-DG de Moulinex, Pierre Blayau, est mis en examen pour « *banqueroute par emploi de moyens ruineux et détournement d'actifs* ».

1ᵉʳ LAÏCITÉ : L'Union des organisations islamiques de France (UOIF) publie une « Lettre aux musulmans de France » conseillant aux élèves musulmanes de se présenter à la rentrée scolaire avec « *les tenues qu'elles auront choisi de porter* » (y compris donc, de manière implicite, le voile islamique), faisant ainsi opposition à la loi sur la laïcité.

1ᵉʳ ÉNERGIE : Les concurrents d'EDF et de GDF peuvent désormais proposer leurs services aux PME-PMI et aux commerces, mais peu de fournisseurs alternatifs se sont présentés sur ce marché.

1ᵉʳ DÉLINQUANCE SEXUELLE : En Belgique, le Français Michel Fourniret avoue neuf meurtres sur les dix dénoncés par sa femme. Ils concernent huit jeunes filles et un homme (pour le dévaliser). Des fouilles effectuées dans le parc du château de Sautou (Ardennes), acheté, *Libération* le révèle **le 24**, avec le butin détourné du « *gang des postiches* » qui sévissait en Belgique dans les années 80, permettent de retrouver deux corps de victimes. Après enquête, 12 crimes lui sont finalement imputés. Incarcéré déjà trois fois, ce tueur en série n'avait fait l'objet d'aucun suivi judiciaire ou médical. **Le 1er** également, Pierre Bodein, alias « Pierrot le fou », est mis en examen et incarcéré pour « *enlèvement et séquestration suivie de mort* » sur la personne de Julie Scharsch (15 ans), disparue le 25 juin en Alsace. **Le 21**, il est également poursuivi après la disparition, dans la même région, de Jeanne-Marie Kegelin (11 ans). Soupçonné d'être aussi impliqué dans un troisième meurtre de femme, toujours en Alsace, il avait été qualifié de « *sain* » mais « *caractériel* » par les experts avant d'être libéré en mars 2003.

2 JUSTICE : Au terme des neuf semaines du procès de l'affaire de pédophilie d'Outreau, les jurés de la cour d'assises du Pas-de-Calais rendent un verdict qui ne fait qu'accroître la confusion. Les quatre accusés ayant reconnu les faits sont condamnés à de lourdes peines, six autres, qui clamaient leur innocence, sont condamnés à des peines plus légères (l'un d'entre eux tente de se suicider) et sept accusés sont acquittés. Ce procès, marqué par de nombreux rebondissements, met en lumière les dysfonctionnements du système judiciaire français, et Dominique Perben, le garde des Sceaux, fait part de « *toute* [sa] *compassion et de tous* [ses] *regrets* ». **Le 5**, six des condamnés décident de faire appel ; **le 20**, l'abbé Dominique Wiel, qui a toujours clamé son innocence, est remis en liberté, suivi, **le 22**, par Franck Lavier.

3 CORSE : Le FLNC-Union des combattants

revendique le mitraillage de la gendarmerie de Pietrosella (Corse-du-Sud), qui intervient exactement un an après l'arrestation d'Yvan Colonna.

4 ASSEMBLÉE NATIONALE : Laurent Wauquiez, élu député UMP à l'issue de l'élection législative partielle de Haute-Loire provoquée par la démission de Jacques Barrot (UMP), nommé commissaire européen, devient, à 29 ans, le plus jeune député français.

6 EXCLUSION : Jean-Pierre Raffarin réunit pour la première fois le Comité interministériel de lutte contre l'exclusion (CILE) qui arrête une série de mesures en faveur des défavorisés, notamment la création d'un guichet unique d'accueil pour les droits sociaux dans chaque département.

6 POLITIQUE : Alain Juppé préside son dernier bureau politique de l'UMP, dont il démissionne officiellement **le 16**, tandis que François Hollande installe la «Commission nationale du projet» du PS en vue des élections de 2007.

7 SÉCURITÉ ROUTIÈRE : Un conseil interministériel consacré à la sécurité routière préconise l'expérimentation des feux de croisement en plein jour à compter du 30 octobre, ainsi que l'abaissement du taux limite d'alcoométrie de 0,5 à 0,2 % pour les chauffeurs de transport collectif.

7 ALSTOM : La Commission européenne donne son feu vert au plan de secours d'Alstom en échange d'une série de garanties, entérinant ainsi un accord conclu fin mai entre le commissaire à la concurrence, Mario Monti, et le ministre français des finances, Nicolas Sarkozy.

7 JUSTICE : L'ancien secrétaire d'État aux handicapés, Michel Gillibert, est condamné à trois ans d'emprisonnement avec sursis et 20 000 euros d'amende par la Cour de justice de la République (CJR) pour escroquerie au détriment de l'État.

7 DÉLINQUANCE SEXUELLE : Alors que les affaires Fourniret et Bodein (voir le 1ᵉʳ) ont un retentissement considérable dans les médias et l'opinion, la mission parlementaire sur le traitement de la récidive rend un rapport dans lequel, tout en écartant l'idée d'une mise en place de « *peines planchers* », elle préconise des mesures de suivi socio-judiciaire qui pourraient déboucher sur un texte législatif.

8 JUSTICE : Le parquet fait appel de la relaxe, **le 7**, suite au désaccord des experts sur son état psychiatrique, du jeune Vincent X qui a tué ses deux parents à coups de couteau. Il est interné le jour même.

8 RACISME : Au Chambon-sur-Lignon (Haute-Loire), terre huguenote de résistance et de mémoire où furent cachés et sauvés, pendant la seconde guerre mondiale, des milliers d'enfants juifs, Jacques Chirac prononce un discours solennel contre l'intolérance, dans lequel il dénonce « *les actes de haine odieux et méprisables* » et appelle les Français à la « *vigilance* » et au « *sursaut* » face à la montée du racisme et de l'antisémitisme.

9 BIOÉTHIQUE : Après trois ans de travaux et un ultime vote des sénateurs, le Parlement adopte définitivement le projet de loi sur la bioéthique qui interdit le clonage humain et encadre très strictement la recherche sur l'embryon humain.

9 NAUFRAGE : L'épave du *Bugaled-Breizh*, le chalutier de 24 mètres, immatriculé au Guilvinec, qui a coulé le 15 janvier au sud du cap Lizard (Grande-Bretagne) avec cinq hommes à bord, est remontée à la surface. Le corps de Patrick Gloaguen, second mécanicien, est retrouvé à l'intérieur de l'épave, qui est ramenée à Brest, **le 13**, pour enquête.

9 RACISME : Une jeune femme, Marie Leblanc, déclare avoir été molestée dans une rame du RER D, un train de banlieue du Val-d'Oise, parce qu'elle aurait été prise pour une juive par ses agresseurs. Six hommes, maghrébins ou africains, lui auraient peint des croix gammées sur le ventre, coupé une mèche de cheveux puis auraient renversé la poussette de son bébé de 13 mois. Aucun passager n'aurait réagi. **Le 10**, le ministre de l'intérieur, Dominique de Villepin, condamne « *une agression ignoble* » tandis que le président de la République exprime son « *effroi* ». Alors que l'affaire connaît un énorme retentissement médiatique, **le 12**, le premier ministre Jean-Pierre Raffarin intervient à son tour et Nicole Guedj, secrétaire d'État aux droits des victimes, reçoit la jeune femme. Mais **le 13**, la « *victime* », placée en garde à vue à la suite des contradictions et des incohérences de ses déclarations, avoue avoir tout inventé, provoquant ainsi une polémique sur l'emballement des réactions politiques et médiatiques. **Le 15**, inculpée de « *dénonciation de délit imaginaire* », elle est relâchée, et, **le 17**, présente ses excuses à tous ceux qu'elle a « *trompés et blessés* ». **Le 26**, elle est condamnée à quatre mois d'emprisonnement avec sursis et mise à l'épreuve pendant deux ans, avec obligation de soins.

10 POLITIQUE : Quatre jours avant l'interview télévisée de Jacques Chirac, Nicolas Sarkozy dévoile dans *Le Monde* son intention d'instaurer le « *libre choix* » pour les salariés sur les 35 heures et de diminuer les charges sur les heures supplémentaires pour augmenter les salaires. Entre Bercy et l'UMP, il s'interroge : « *Où serai-je le plus utile aux idées que je veux défendre ?* »

→ *Interview dans* Le Monde *(12 juillet)*

12 CRIMINALITÉ : Jacques Chirac signe, avant la fête nationale du 14 juillet, un décret de grâce qui exclut pour la première fois les auteurs d'infractions racistes et ceux de violences sexuelles sur les enfants, ou ayant donné lieu à une peine d'au moins sept ans.

12 BUDGET : Jean-Pierre Raffarin réaffirme
que le budget 2005 respectera les engagements de la
loi de programmation militaire (LPM), en particulier pour les crédits d'équipements, soulignant qu'il
y va de *« la sécurité des Français »* mais aussi de
« l'emploi ». Il donne ainsi raison à la ministre des
armées, Michèle Alliot-Marie, qui s'opposait sur ce
sujet à Nicolas Sarkozy, ministre des finances, Bercy
réclamant des efforts budgétaires à tous les ministères pour réduire le déficit de la France.

13 35 HEURES : Après les exemples allemands, l'usine Bosch de Vénissieux, en banlieue
lyonnaise, crée un précédent français. Ses employés
acceptent de travailler plus longtemps, sans augmentation de salaire, pour échapper à la délocalisa-
tion en République tchèque. Le volailler Doux, installé en Bretagne, et le fabricant d'électroménager
SEB, dans deux usines des Vosges, remettent également en cause les accords négociés dans le cadre de
l'application de la loi Aubry sur les 35 heures. **Le 25**,
dans un entretien accordé au *Journal du Dimanche*,
le premier ministre Jean-Pierre Raffarin, s'il se prononce pour le *« changement »* de la loi, se déclare
contre le *« chantage »* de certaines directions d'entreprise proposant le maintien de l'emploi contre
l'abandon des 35 heures.

14 POLITIQUE : Au terme du traditionnel
défilé militaire sur les Champs-Élysées, qui est ouvert
par des unités britanniques pour célébrer le centenaire de l'Entente cordiale, Jacques Chirac, au cours
de son entretien radiotélévisé, annonce que *« les
Français seront directement consultés »* par référendum sur le projet de traité constitutionnel européen.
Il insiste sur la *« cohésion sociale »*, se dit favorable à
de *« nouveaux assouplissements »* des 35 heures, qui
sont des *« droits acquis »*, et confirme une *« pause
d'un an »* dans la baisse de l'impôt sur le revenu. Très

offensif, il clarifie également ses relations avec Nicolas Sarkozy : «*Je décide, il exécute*», et répète que si celui-ci prend la présidence de l'UMP, il devra démissionner du gouvernement. Le ministre de l'économie réplique qu'il «*préfère regarder le Tour de France que de polémiquer*», et, **le 16**, devant des militants de l'UMP réunis à La Baule, il détaille son projet pour le parti, critiquant ouvertement la gestion du président sortant Alain Juppé. **Le 30**, Nicolas Sarkozy revient sur la formule de Jacques Chirac, en précisant, dans une interview au *Figaro*, que s'il avait «*exécuté*», c'est qu'il était d'accord.

LES HUIT RÉFÉRENDUMS
DE LA Ve RÉPUBLIQUE

8 janvier 1961 : Le projet sur «l'autodétermination des populations algériennes» recueille 74,9 % de «oui».

8 avril 1962 : Les accords d'Évian sur le cessez-le-feu en Algérie sont approuvés à 90,8 %.

28 octobre 1962 : L'instauration de l'élection du président de la République au suffrage universel direct est adoptée avec 62,2 % de «oui».

27 avril 1969 : Les Français rejettent le projet de réforme du Sénat et la régionalisation à 53,17 %, ce qui provoque la démission du général de Gaulle.

23 avril 1972 : L'élargissement de la CE, notamment à la Grande-Bretagne, est adopté avec 67,70 % des suffrages.

6 novembre 1988 : Le nouveau statut de la Nouvelle-Calédonie recueille 80 % de «oui».

20 septembre 1992 : Le traité de Maastricht est approuvé avec 51,05 % de «oui».

24 septembre 2000 : La réduction de sept à cinq ans du mandat présidentiel recueille 73,21 % des suffrages exprimés.

---

15 LIBERTÉS : La réforme de la loi sur l'informatique et les libertés, définitivement adoptée, affaiblit les pouvoirs de la Commission nationale de l'informatique et des libertés (CNIL) en matière de fichiers de police, ce qui provoque l'inquiétude de plusieurs associations.

15-16 TRANSPORTS FERROVIAIRES : Une panne informatique paralyse le système de réservation SNCF aux guichets des gares françaises. Les voyageurs sont invités à s'en remettre aux automates et à Internet.

16 EMPLOI : Le ministre de la fonction publique Renaud Dutreil présente, lors d'une visite à l'ANPE de Lille, les Pactes « juniors » qui vont être ouverts à des jeunes de moins de 26 ans dans les trois fonctions publiques. Ces « Parcours d'accès aux carrières de la Territoriale, de l'Hospitalière et de l'État » sont destinés, à partir du deuxième semestre 2005, à des jeunes de 16 à 26 ans, sortis sans diplôme du système scolaire ou universitaire.

18 ANTISÉMITISME : Alors qu'on commémore à Paris la rafle du Vél' d'Hiv' de juillet 1942, le premier ministre israélien, Ariel Sharon, appelle les juifs de France à émigrer « *immédiatement* » en Israël pour fuir un « *antisémitisme déchaîné* ». L'indignation est unanime dans la classe politique française, à droite comme à gauche, et le ministre des affaires étrangères, Michel Barnier, juge « *inacceptable* » cet appel. **Le 19**, Paris a fait savoir qu'une visite d'Ariel Sharon dans l'Hexagone ne pouvait être envisagée avant d'avoir obtenu des « *explications* », tandis que, **le 20**, Jérusalem évoque un « *malentendu culturel* ».

20 ARMÉE : Décès, à 87 ans, de l'amiral Antoine Sanguinetti, militaire anticonformiste et pétri de valeurs humanistes.

20 TÉLÉCOMMUNICATIONS : La Commission européenne condamne France Télécom à rembourser à l'État français entre 1,2 et 1,7 milliard d'euros d'aide indirecte. L'opérateur de télécommunications va déposer un recours en annulation devant le tribunal de première instance à Luxembourg.

21 DROIT DE GRÈVE : La commission Mandelkern sur la « continuité du service public dans les transports terrestres de voyageurs » remet au gouvernement son rapport, dans lequel elle préconise un allongement du délai de préavis et une déclaration individuelle de grève 48 heures avant la date prévue.

21 COUR DES COMPTES : Philippe Séguin, ancien ministre des affaires sociales, ancien président de l'Assemblée nationale et ex-président du RPR, est nommé premier président de la Cour des comptes, où il succède à François Logerot, atteint par la limite d'âge. Il s'était peu à peu retiré de la vie politique après son échec aux municipales à Paris, en 2001.

21 VINICULTURE : Après concertation avec les professionnels, le ministre de l'agriculture Hervé Gaymard annonce des mesures pour contrer l'offensive des vins du *« Nouveau monde »*. Bourgogne et Bordelais pourront produire des vins de pays mentionnant le cépage, et le boisage (introduction de copeaux de bois) sera autorisé.

22 POLLUTION : Présentant son plan sur le climat, le ministre de l'écologie, Serge Lepeltier, s'il maintient le principe d'un bonus-malus concernant les véhicules automobiles, en diffère l'application.

22 EDF-GDF : Adoption définitive du projet de loi réformant le statut d'EDF et de GDF, qui deviennent ainsi des sociétés anonymes, dont l'État gardera 70 % des parts.

23 DÉCENTRALISATION : Face aux 4 356 amendements déjà déposés par la gauche, Jean-Pierre Raffarin annonce qu'il utilisera la procédure de l'article 49-3 de la Constitution pour faire adopter le projet de loi sur les responsabilités locales, second volet de la décentralisation. **Le 27**, la motion de censure déposée par le PS ne recueillant que les 175 voix des députés PS, PCF et Verts sur 577, le texte, voté sans débat, est définitivement adopté **le 30**.

DÉCENTRALISATION : CINQ LOIS DEPUIS 2003

Depuis 2003, Jean-Pierre Raffarin a fait adopter cinq lois sur la décentralisation.

— Loi constitutionnelle du 28 mars 2003 : elle inscrit dans la Constitution l'« organisation décentralisée » de la République.

— Loi organique sur l'expérimentation du 1er août : elle prévoit, pour les collectivités qui le demandent, le droit de déroger, à titre expérimental, à la loi et aux règlements pour l'exercice de leurs compétences.

— Loi organique relative au référendum local du 1er août : elle donne la possibilité à une collectivité locale d'organiser un référendum local sur les affaires relevant de sa compétence.

— Loi organique sur l'autonomie financière du 21 juillet 2004 : elle fixe la règle selon laquelle « *les recettes fiscales et les autres ressources propres des collectivités territoriales représentent une part déterminante de l'ensemble de leurs ressources* ».

— Loi sur les responsabilités locales, second volet de la décentralisation, du 23 juillet 2004.

---

23 AVORTEMENT : Jusque-là réservée à l'hôpital, l'interruption volontaire de grossesse peut se pratiquer, grâce à un comprimé de Mifégyne (l'ancien RU 486), chez les gynécologues ou chez certains généralistes, quand la grossesse n'a pas dépassé 5 semaines.

24-25 OGM : Réuni à Verdun-sur-Garonne, le collectif « Les faucheurs volontaires », qui rassemble des opposants aux organismes génétiquement modifiés (OGM), procède à la destruction de parcelles expérimentales. José Bové et Noël Mamère (Verts) participent à cette opération, effectuée sous contrôle policier.

24-27 INCENDIES : Les premiers incendies de forêt de l'été ravagent le Gard, la Corse et surtout les Bouches-du-Rhône, où près de 3 000 hectares partent en fumée. **Le 28**, un cadre commercial au chômage âgé de 38 ans est écroué à la prison d'Aix-Luynes (Bouches-du-Rhône) dans le cadre de l'enquête sur ces incendies.

27 VALIANCE : La société de transport de fonds lyonnaise Valiance dépose son bilan, la banque suisse UBS, son actionnaire à 80 %, refusant de combler le passif. **Le 29**, les représentants des syndicats se rendent à Londres, au siège d'UBS Private Equity, le fonds d'investissement qui gère toutes les participations du groupe suisse dans des sociétés non cotées en Bourse, pour plaider leur cause : 3 000 emplois sont concernés.

27 TERRORISME : Quatre des sept Français arrêtés en 2002 en Afghanistan et au Pakistan et détenus depuis par les États-Unis sur la base militaire de Guantanamo, à Cuba, sont remis aux autorités françaises. Mourad Benchellali, Nizar Sassi, Brahim Yadel et Imad Kanouni, âgés de 22 à 33 ans, sont mis en examen, **le 1er août**, pour « *association de malfaiteurs en relation avec une entreprise terroriste* » et écroués.

28 BUDGET : Le premier ministre annonce une revalorisation plus faible que prévue du salaire minimum en 2005, la préparation d'une mesure en faveur d'un rapatriement des capitaux illégalement expatriés et la suppression de 8 000 postes de travail de fonctionnaires par non-remplacement de départs à la retraite. **Le 29**, les lettres plafond adressées aux ministères font apparaître un « *coup de rabot* » de 0,2 % par rapport aux précédents arbitrages budgétaires. **Le 30**, dans une interview au *Figaro*, le ministre des finances annonce qu'il n'y aura pas de hausse d'impôts en 2005.

29 TOXICOMANIE : Le plan quinquennal de lutte contre les drogues illicites ne prévoit pas, contrairement aux promesses gouvernementales, de réformer la loi de 1970, texte largement inappliqué et peu adapté au cannabis dont la consommation a doublé en 10 ans.

29 JOURNALISME : Renaud Donnedieu de Vabres, ministre de la culture et de la communication, dévoile, sur le parvis des Libertés et des Droits de l'Homme du Trocadéro, à Paris, une plaque en mémoire des journalistes disparus ou décédés au cours de leur mission.

30 ASSURANCE-MALADIE : Adoption définitive par le Parlement du projet de réforme de l'assurance-maladie, instaurant le « dossier médical personnel », le système du « médecin traitant » et une contribution non remboursée sur les actes médicaux.

30 SANTÉ : La loi sur la santé publique, définitivement adoptée, prévoit une interdiction totale des distributeurs de confiserie dans les écoles à compter du 1er septembre 2005.

30 PROTECTION CIVILE : La loi sur la sécurité civile reconnaît la dangerosité du métier de sapeur-pompier, réclamée depuis longtemps, et parfois violemment.

30 PARLEMENT : La clôture de la session extraordinaire du Parlement, commencée le 1er juillet, est l'occasion pour le président de l'Assemblée nationale, Jean-Louis Debré, de dénoncer, dans une lettre aux députés, « *l'inflation du débat législatif* », et de proposer de revenir au rythme des deux sessions antérieur à 1995.

International

1ᵉʳ IRAK : Saddam Hussein et 11 anciens responsables de son régime, dont Ali Hassan Al-Majid, dit « Ali le Chimique », et Tarek Aziz, ancien vice-premier ministre, comparaissent devant le Tribunal spécial irakien (TSI). Le dictateur déchu, qui est officiellement accusé de crimes de guerre, crimes contre l'humanité et actes de génocide, dénonce le « *théâtre* » organisé par l'« *ignoble Bush* ». **Le 3**, un de ses avocats affirme qu'il a été torturé pendant ses interrogatoires.

3 ITALIE : Silvio Berlusconi se sépare de son ministre de l'économie, Giulio Tremonti, et assure l'intérim de ce ministère pour éviter une crise gouvernementale avec l'Alliance nationale de Gianfranco Fini. C'est le troisième départ du gouvernement depuis mai 2001, après ceux du ministre des affaires étrangères Renato Ruggiero et du ministre de l'intérieur Claudio Scajola.

3 SOUDAN : À l'issue de la visite de Kofi Annan, le gouvernement s'engage à désarmer les milices janjawids et autres « *groupes armés* » à l'œuvre dans la région du Darfour.

3 ESPAGNE : Le premier ministre José Luis Rodriguez Zapatero est réélu pour quatre ans secrétaire général du PSOE, avec 95,81 % des voix, par le 36ᵉ congrès du parti socialiste.

4 ÉTATS-UNIS : George Pataki, gouverneur de l'État de New York, et Michael Bloomberg, maire de la ville, posent symboliquement, le jour de la fête nationale américaine, la première pierre de la future

Tour de la Liberté, qui s'élèvera à l'emplacement des tours jumelles du World Trade Center, détruites le 11 septembre 2001.

5   INDONÉSIE : Le premier tour des élections présidentielles, les premières au suffrage direct, confirme l'avance du général à la retraite Susilo Bambang Yudhoyono sur la présidente sortante Megawati Sukarnoputri. Le second tour est prévu pour le 20 septembre.

6   ÉTATS-UNIS : John Kerry présente le « ticket » démocrate pour les prochaines élections présidentielles, en choisissant comme colistier John Edwards, sénateur de Caroline du Nord aux origines modestes, qui a fait fortune comme brillant avocat.

6-8   AFRIQUE : À Addis-Abeba, le sommet de l'Organisation de l'unité africaine (OUA) rassemble près de 40 chefs d'État et de gouvernement du continent africain. La réunion est principalement consacrée aux conflits au Darfour et en République démocratique du Congo (RDC).

7   ÉTATS-UNIS : Kenneth Lay, fondateur d'Enron, qui en a repris la direction en août 2001, quatre mois avant la faillite, est inculpé par la justice américaine. De janvier 1999 à janvier 2002, ses revenus se sont élevés à plus de 200 millions de dollars.

7   AUTRICHE : Le président autrichien, Thomas Klestil, décède à 71 ans des suites d'un arrêt cardiaque, deux jours avant la fin de son troisième mandat. **Le 8**, le social-démocrate Heinz Fischer lui succède, et assiste, **le 11**, à Vienne, aux funérailles nationales de son prédécesseur.

7   IRAK : Une semaine après le « *transfert de souveraineté* », des scènes de guérilla urbaine ont lieu dans Bagdad, où un barrage de la Garde nationale et une résidence du premier ministre Iyad Allaoui sont visés. Des attaques ont également lieu à Mossoul et à Kirkouk, dans le nord du pays. Six policiers trouvent la mort dans ces deux villes.

7 RUSSIE : La justice russe entame une procédure de saisie d'actifs contre la société pétrolière Ioukos pour récupérer 3,4 milliards de dollars d'arriérés fiscaux. Ces poursuites inquiètent les marchés, et, **le 28**, le baril de brut atteint le prix record de 43,3 dollars.

UN AN DE GUÉRILLA POLITICO-JUDICIAIRE

1995 : Privatisation de Ioukos, selon le système très controversé « prêts contre actions ». Mikhaïl Khodorkovski, alors patron de la banque Menatep, acquiert le groupe pour 350 millions de dollars. Au printemps 2003, la valeur de Ioukos est estimée à 30 milliards de dollars (le double de sa valeur actuelle).

Printemps 2003 : Mikhaïl Khodorkovski annonce une fusion avec Sibneft pour créer le 4e groupe mondial du secteur.

2 juillet 2003 : Platon Lebedev, l'un des principaux actionnaires de Ioukos, est arrêté sur des accusations de détournement de fonds publics.

20 septembre 2003 : Le président Vladimir Poutine déclare que l'affaire relève du domaine économique et pénal. Il dément envisager de revenir sur la privatisation.

25 octobre 2003 : Mikhaïl Khodorkovski est interpellé, accusé d'escroquerie et d'évasion fiscale et incarcéré.

30 octobre 2003 : Les autorités saisissent la participation de contrôle des principaux actionnaires du groupe.

28 novembre 2003 : Sibneft suspend la fusion avec Ioukos.

29 décembre 2003 : Le fisc chiffre à 3,4 milliards de dollars les arriérés d'impôts de Ioukos pour l'année 2000.

26 avril 2004 : Les banques occidentales mettent en garde Ioukos contre un risque de défaut de paiement sur 2,6 milliards de dollars de créances.

27 avril 2004 : Ioukos nomme Victor Guerachtchenko, ancien patron de la banque centrale russe, *nouveau président du groupe.*

20 mai 2004 : Ouverture du procès de Platon Lebedev.

26 mai 2004 : La justice condamne Ioukos à payer les arriérés réclamés par le fisc.

16 juin 2004 : Début du procès de Mikhaïl Khodorkovski.

1ᵉʳ juillet 2004 : Ioukos se voit réclamer une nouvelle ardoise fiscale — 3,4 milliards de dollars au titre de 2001 — qui vient s'ajouter à celle de 2000.

6 juillet 2004 : Washington renouvelle ses critiques. Cette affaire, selon le porte-parole du département d'État, « *soulève des questions sérieuses sur le respect du gouvernement russe pour les droits à l'investissement* ».

9 PROCHE-ORIENT : La Cour internationale de justice (CIJ) de La Haye déclare illégal au regard du droit international le mur de sécurité construit par Israël en Cisjordanie. Yasser Arafat salue cette « *victoire* ». **Le 11**, un attentat à la bombe a lieu près d'un arrêt d'autobus à Tel Aviv, faisant un mort et une dizaine de blessés. Ariel Sharon établit un lien entre ce nouvel attentat et le jugement de la CIJ. **Le 21**, l'Assemblée générale des Nations unies adopte, à une majorité écrasante (150 voix pour, 6 contre — dont les États-Unis — et 10 abstentions) une résolution demandant à Israël de démanteler son mur de sécurité.

12-16 SIDA : La 15ᵉ conférence internationale de Bangkok sur le sida met en lumière le problème du financement de la lutte contre la maladie, ainsi que celui de l'accès aux médicaments dans les pays les plus atteints (Afrique, Asie). Nelson Mandela y lance un vibrant appel à la solidarité internationale.

12 PORTUGAL : Le président portugais, le socialiste Jorge Sampaio, nomme Pedro Santana Lopes, ex-maire de Lisbonne et nouveau président du parti social-démocrate (centre droit), premier ministre. Sa nomination met fin à la crise ouverte par le départ de José Manuel Durao Barroso qui prendra en novembre la tête de la Commission européenne.

12 IRAK : La France et l'Irak rétablissent leurs relations diplomatiques, ouvrant un nouveau chapitre dans leur coopération, très étroite jusqu'à la rupture décrétée par Bagdad en 1991, lors de la guerre du Golfe.

13 UNION EUROPÉENNE : La Cour de justice européenne annule la décision du conseil des ministres du 25 novembre 2003 suspendant les procédures de déficit excessif engagées contre la France et l'Allemagne. Paris et Berlin devront donc respecter le pacte de stabilité.

14 GRANDE-BRETAGNE : Le premier ministre britannique, soupçonné depuis des mois d'avoir exagéré la menace irakienne pour justifier une guerre impopulaire, sort blanchi du rapport indépendant rendu par lord Butler. Ce dernier met en évidence les sérieuses défaillances des services secrets britanniques avant le déclenchement de la guerre en Irak.

QUAND TONY BLAIR
ÉTAIT ABSOLUMENT CATÉGORIQUE

Voici quelques déclarations faites depuis deux ans par le premier ministre britannique, Tony Blair, sur les armes de destruction massive (ADM) irakiennes.

10 avril 2002 : « *Le régime de Saddam Hussein est détestable, il développe des armes de destruction massive et nous ne pouvons le laisser faire ça.* »

24 septembre 2002 : « *Le programme [irakien] d'armes de destruction massive n'est pas arrêté. Il est en pleine activité [...]. Je n'ai aucun doute sur le fait que la menace est grave et actuelle.* »

25 février 2003 : « *Les renseignements sont clairs : Saddam Hussein continue de penser que son programme d'ADM est indispensable, à la fois pour réprimer en interne et pour agresser à l'ex-*

térieur [...]. *Les agents biologiques que l'Irak peut, selon nous, produire incluent le bacille du charbon, la botuline, l'aflatoxine et la ricine.* »

18 mars 2003 : « *On nous demande maintenant d'accepter sérieusement l'idée que, au cours des dernières années — en contradiction avec l'histoire et les services de renseignement —, Saddam a décidé unilatéralement de détruire ces armes. Je dis que de telles affirmations sont complètement absurdes.* »

8 juillet 2003 : « *Je n'ai absolument aucun doute sur le fait que nous trouverons des preuves de programmes d'armes de destruction massive.* »

6 juillet 2004 : « *Je dois accepter le fait que nous ne trouverons peut-être pas [des ADM]. Il a peut-être retiré, caché ou même détruit ces armes.* »

14 juillet 2004 : « *Je ne peux pas honnêtement dire que se débarrasser de Saddam Hussein était une erreur. Mais je dois accepter que, les mois passant, il semble de plus en plus clair qu'à l'époque de l'invasion Saddam n'avait pas de stocks d'armes chimiques et biologiques prêtes à être déployées.* »

14 IRAK : Vingt-trois personnes sont tuées par l'explosion d'une voiture piégée à Bagdad, près du siège du gouvernement irakien. Le gouverneur de Mossoul, Oussama Kachmoula, est assassiné dans une embuscade tendue au sud de la ville. Un des deux otages bulgares enlevés **le 8** est décapité, **le 13**, par le groupe Tawhid wal Jihad, qui menace de tuer le second à défaut de la libération par l'armée américaine de prisonniers irakiens. **Le 15**, un nouvel attentat à la voiture piégée, à Hadit, fait 10 morts, et, **le 17**, Malik al-Hassan, ministre irakien de la justice, échappe à l'attentat qui le visait et fait 5 morts. **Le 18**, les Philippines, cédant aux ravisseurs d'un de leurs ressortissants, retirent leurs troupes avec un mois d'avance sur le calendrier prévu. C'est la première fois qu'un pays de la coalition cède à un tel chantage. **Le 19**, un camion-citerne piégé explose près d'un commissariat de police à Bagdad, faisant 9 morts et 62 blessés, et, **le 20**, l'ex-vice-gouverneur de Bassora est assassiné. **Le 28** est la journée la plus sanglante depuis la passation de pouvoirs : plus de 120 personnes trouvent la mort, dont 70 dans un attentat à la voiture piégée devant un commissariat à Baaqouba, au nord-est de Bagdad. Le même jour, deux otages pakistanais sont tués par leurs ravisseurs.

15 ESPAGNE : Quatre mois après les attentats de Madrid, un important incendie, à 200 mètres de la gare d'Atocha, paralyse la capitale espagnole sans faire de victime.

17 PALESTINE : Yasser Arafat refuse la démission du premier ministre palestinien Ahmed Koreï, au lendemain d'une série d'enlèvements, dont celui de quatre Français, opérés dans la bande de Gaza par des activistes réclamant des réformes et protestant contre la nomination à la tête du service de sécurité générale de Moussa Arafat, neveu du dirigeant palestinien. **Le 18**, les locaux du QG des renseignements militaires sont pris d'assaut, à Rafah, par des militants des Brigades des martyrs d'Al-Aqsa et des civils dénonçant ce népotisme. **Le 19**, Yasser Arafat qualifie ces troubles d'« *irresponsables* », mais **le 20** les désordres s'étendent de la bande de Gaza à la Cisjordanie et à Ramallah, où le ministre de l'information, Nabil Amr, est blessé lors d'un guet-apens. Il s'agit de la plus grave crise politique et sécuritaire depuis la création de l'Autorité palestinienne que Yasser Arafat dirige depuis 1994.

17-18 ALGÉRIE : Lors de la première visite d'un ministre français de la défense à Alger depuis l'indépendance (1962), Michèle Alliot-Marie plaide pour que les deux pays « *tournent la page* » et coopèrent dans la lutte contre le terrorisme.

19-21 TURQUIE : À Paris, pour plaider en

faveur de l'intégration de son pays à l'Union européenne, le premier ministre turc, Recep Tayyip
Erdogan, est reçu, **le 20**, par Jacques Chirac, qui
confirme à son interlocuteur que l'intégration de la
Turquie lui semble « *souhaitable dès qu'elle sera possible* ». La visite se termine par la signature d'un protocole d'accord entre Airbus et Turkish Airlines sur
la vente de 36 avions.

20-22 UNION EUROPÉENNE : Le nouveau
Parlement européen, élargi aux représentants des
10 nouveaux membres de l'Union, élit à sa présidence le socialiste espagnol de Catalogne Josep Bor-
rell, qui succède ainsi à l'Irlandais Pat Fox. **Le 22**, le
Parlement investit, avec 58 % des voix, le conservateur portugais José Manuel Durao Barroso comme
successeur du centriste italien Romano Prodi à la
tête de la Commission. Il prendra ses fonctions le
1er novembre.

22 ÉTATS-UNIS : Le rapport de la commission parlementaire d'enquête sur les attentats du
11 septembre 2001, s'il dédouane aussi bien Bill
Clinton que George Bush, est accablant pour le FBI
et la CIA. Aussi préconise-t-il une réforme des services américains de renseignements en créant un
centre national antiterrorisme.

PRÈS DE DEUX ANS D'ENQUÊTE

La commission indépendante sur les attentats du 11 septembre
2001 a enquêté pendant presque deux ans avant de remettre son
rapport.

21 septembre 2002 : Sous la pression du Congrès et des
familles des 2 749 victimes, la Maison-Blanche accepte la création
d'une commission d'enquête indépendante.

27 novembre 2002 : George Bush nomme l'ex-secrétaire d'État
Henry Kissinger à la tête de la commission. Démissionnaire le
13 décembre, il est remplacé par le républicain Thomas Kean. Le

vice-président est un démocrate, Lee Hamilton. La commission se compose de cinq républicains et de cinq démocrates.

10 février 2004 : L'administration accepte de donner un accès plus large à des informations classées secret défense.

23 mars 2004 : Un rapport préliminaire de la commission met en cause les administrations Clinton et Bush en indiquant qu'elles auraient dû recourir à la force contre Al-Qaida beaucoup plus tôt. Le secrétaire d'État Colin Powell, le secrétaire à la défense Donald Rumsfeld et Madeleine Albright, secrétaire d'État sous la présidence Clinton, défendent leurs politiques antiterroristes devant la commission.

24 mars 2004 : Audition publique de Richard Clarke, ancien responsable de la lutte antiterroriste à la Maison-Blanche sous plusieurs présidences.

8 avril 2004 : Témoignage de Condoleezza Rice, conseillère du président pour la sécurité. Elle reconnaît qu'un mémorandum classé secret défense et intitulé «Ben Laden est déterminé à attaquer à l'intérieur des États-Unis» a été remis à George Bush le 6 août 2001.

8-9 avril 2004 : Auditions à huis clos de Bill Clinton et Al Gore, ex-président et ex-vice-président.

13 avril 2004 : La commission affirme que le FBI souffrait de sérieuses insuffisances.

14 avril 2004 : Dans un rapport d'étape, la commission critique la CIA. Son directeur, George Tenet, démissionnera le 2 juin pour «raisons de santé».

29 avril 2004 : George Bush et le vice-président Dick Cheney témoignent à huis clos.

23 BOSNIE : Inauguration solennelle du nouveau «Vieux Pont» de Mostar, construit par les Turcs au XVIe siècle, détruit par l'artillerie croate en 1993 et reconstruit à l'identique. Ce geste symbolique devrait contribuer à guérir les blessures de la guerre (1992-1995) qui a déchiré le pays.

27 FRANCE-ALLEMAGNE : Décès, à l'âge de 86 ans, de Joseph Rovan, professeur émérite à la Sorbonne, pionnier de la réconciliation franco-allemande.

28 ITALIE : Le Parlement italien adopte la réforme du régime des retraites, à l'occasion d'un vote de confiance à la Chambre des députés. À compter du 1ᵉʳ janvier 2008, l'âge légal du départ à la retraite passera de 57 à 60 ans, avec 35 annuités de contribution.

29 ÉTATS-UNIS : Officiellement désigné candidat pour les élections présidentielles par la Convention du parti démocrate, qui se tient à Boston depuis le 26, John Kerry prononce son discours d'investiture, dans lequel il promet de se battre pour défendre une Amérique forte, à l'intérieur et à l'extérieur de ses frontières. Critiquant le président Bush, il déclare que les États-Unis ne doivent jamais *« faire la guerre parce qu'ils le peuvent, mais seulement parce qu'ils le doivent »*.

30 BELGIQUE : Un gazoduc souterrain, reliant le port de Zeebrugge à la frontière française, explose à Ghislenghien, dans le sud-ouest du pays, faisant 17 morts, 3 disparus et 116 blessés. **Le 31**, le roi, qui a interrompu ses vacances, se rend sur les lieux de la catastrophe, et un deuil national est décrété, **le 4 août**, jour des obsèques des victimes.

31 URUGUAY : Décès du général Liber Seregni, deux fois président de la République, rassembleur de la gauche uruguayenne. ■

Science

1ᵉʳ ESPACE : Après un voyage de sept ans et de 3,5 milliards de kilomètres, la sonde américano-européenne Cassini-Huygens se met en orbite autour de Saturne et envoie vers la Terre ses premiers clichés des anneaux de la planète.

1er BIOÉTHIQUE : Décès de Jacques Ruffié, professeur honoraire au Collège de France, médecin humaniste et brillant biologiste.

3 ESPACE : Décès du cosmonaute Andrian Grigorievitch Nikolaïev, troisième Soviétique à avoir effectué un vol spatial en 1962.

8 BIOLOGIE : En rejetant la requête d'une Française qui désirait obtenir réparation après un avortement lié à une erreur médicale, la Cour européenne des Droits de l'homme refuse de donner un statut juridique au fœtus.

18 ESPACE : Après trois reports de lancement, la fusée Ariane 5 met en orbite le satellite canadien de télécommunication Anik F2, construit par Boeing, l'engin commercial le plus gros jamais lancé, avec une masse de plus de 5 950 kg au décollage.

28 BIOLOGIE : Décès de Sir Francis Crick, prix Nobel britannique de médecine en 1962 pour avoir découvert en 1953, avec l'américain James Watson, la structure en double hélice de l'acide désoxyribonucléique (ADN), une des plus grandes révolutions des sciences de la vie. ■

Culture

1er PRESSE : Le légendaire *Pif Gadget*, devenu mensuel, renaît avec ses accessoires, après une disparition de 11 ans.

2 CINÉMA : Le cinéma américain perd en Marlon Brando un de ses derniers monstres sacrés. Décédé à Los Angeles des suites d'une embolie pulmonaire, il était âgé de 80 ans. Après avoir révolutionné le style de jeu dans les années 50, il a mené une carrière éblouissante et tumultueuse avant de terminer sa vie isolé, endetté et miné par les drames de sa vie familiale.

UNE QUARANTAINE DE FILMS

Marlon Brando a joué, depuis 1950, dans de nombreux films et a réalisé un western : *One-Eyed Jacks* (*la Vengeance aux deux visages*), au début des années 1960.

Principaux films :

C'étaient des hommes, de Fred Zinnemann (1950).

Un tramway nommé Désir, d'Elia Kazan (1951).

L'Équipée sauvage, de Laslo Benedek (1952).

Viva Zapata ! d'Elia Kazan (1952).

Jules César, de Joseph Mankiewicz (1953).

Désirée, de Henry Koster (1954).

Sur les quais, d'Elia Kazan (1954).

Blanches colombes et vilains messieurs, de Joseph Mankiewicz (1955).

La Petite Maison de thé, de Daniel Mann (1956).

Le Bal des maudits, d'Edward Dmytryk (1957).

Sayonara, de Joshua Logan (1957).

L'Homme à la peau de serpent, de Sydney Lumet (1959).

Les Révoltés du Bounty, de Lewis Milestone (1961).

La Vengeance aux deux visages, de et avec Marlon Brando (1961).

Le Vilain Américain, de George Englund (1962).

La Comtesse de Hongkong, de Charlie Chaplin (1965).

La Poursuite impitoyable, d'Arthur Penn (1965).

Reflets dans un œil d'or, de John Huston (1967).

Queimada, de Gillo Pontecorvo (1970).

Le Corrupteur, de Michael Winner (1971).

Le Dernier Tango à Paris, de Bernardo Bertolucci (1972).

Le Parrain, de Francis Ford Coppola (1972).

The Missouri Breaks, d'Arthur Penn (1975).

Superman I, de Richard Donner (1977).

Apocalypse Now, de Francis Ford Coppola (1979).

La Formule, de John Avildsen (1981).
Une saison blanche et sèche, d'Euzhan Palcy (1989)
Don Juan DeMarco, de Jeremy Leven (1995).
The Score, de Frank Oz (2001)

9 DÉCÈS de Jean Lefebvre, l'un des acteurs comiques français les plus populaires, victime d'une crise cardiaque à Marrakech, à l'âge de 84 ans. Il était connu pour ses rôles dans *les Tontons Flingueurs*, ainsi que dans la série des *Gendarmes* et celle de *la Septième compagnie*.

11 DÉCÈS, à 99 ans, de la comédienne Renée Saint-Cyr, doyenne du cinéma français. Son fils, le réalisateur Georges Lautner, l'avait dirigée dans *le Monocle rit jaune* (1964).

12-17 VARIÉTÉS : Les 20e Francofolies de La Rochelle, les dernières à être dirigées par Jean-Louis Foulquier, leur fondateur en 1985, rassemblent 122 000 spectateurs.

15 OPÉRA : Le Belge Gérard Mortier est nommé directeur de l'Opéra de Paris en remplacement d'Hugues Gall, qui l'a dirigé pendant neuf ans. Étant déjà «directeur désigné» de l'Opéra depuis novembre 2001, il a pu établir le programme de la saison 2004-2005.

19 DÉCÈS du journaliste et homme de lettres André Castelot, à l'âge de 93 ans. D'origine belge, il était célèbre pour sa collaboration avec Alain Decaux aux émissions de vulgarisation historique «La tribune de l'Histoire», à la radio (1950), et «La Caméra explore le temps», à la télévision (1956-1966).

20 DISQUE : Les autorités européennes de la concurrence autorisent le rapprochement des majors japonaise Sony et allemande BMG, donnant ainsi naissance à un groupe faisant jeu presque égal avec le numéro un mondial américain, Universal, et devançant EMI et Warner.

20 DÉCÈS du danseur et chorégraphe espagnol Antonio Gades à l'âge de 67 ans.

22 DÉCÈS de Sacha Distel, à l'âge de 71 ans. Grand guitariste de jazz, neveu de Ray Ventura, il était devenu le crooner français, archétype du play-boy des années 1960, avant de s'imposer sur les scènes de comédies musicales anglo-saxonnes.

23 DÉCÈS de Serge Reggiani, à 82 ans. Après une carrière de comédien au théâtre, puis au cinéma, marqué par son rôle dans *Casque d'or* de Jacques Becker (1952), il entama, à 44 ans, une seconde carrière d'interprète de textes exigeants.

28 PIRATAGE : Les représentants de l'industrie musicale et les fournisseurs d'accès à Internet signent à l'Olympia, à Paris, la charte qui prévoit une série de mesures pour lutter contre le piratage en ligne.

30 BIBLIOTHÈQUE : Michel Garel, conservateur en chef au département des manuscrits de la Bibliothèque nationale de France (BNF), est mis en examen pour « *vol aggravé* ». Suspecté d'avoir dérobé cinq manuscrits, il ne reconnaît que le vol d'une Bible du XIVe siècle, revendue en 2000 pour 300 000 dollars.

30 DÉCÈS à l'âge de 68 ans, de Donald Cardwell, costumier et décorateur américain installé en France depuis 40 ans. Associé de 1966 à 1984 avec le décorateur Roger Hart, il a réalisé les costumes de plus de 300 pièces de la série télévisée « Au théâtre ce soir ».

31 DÉCÈS de la comédienne italienne Laura Betti, égérie de Pasolini et gardienne de sa mémoire.

31 DÉCÈS, à Paris, de Joaquín Galarza, ethnologue mexicain, chercheur en ethnologie au CNRS, spécialisé dans l'interprétation de l'écriture ancienne des Indiens aztèques du Mexique. Il était âgé de 75 ans.

Sport

3-4 TENNIS : Aux finales du 118e tournoi de Wimbledon, la jeunesse prend le pouvoir. Chez les dames, la Russe Maria Chaparova, 17 ans, bat la tenante du titre, Serena Williams ; la finale hommes voit la victoire d'un Suisse de 22 ans, Roger Federer, sur Andy Roddick ; chez les juniors, le Français Gaël Monfils s'impose devant le Britannique Miles Kasir.

4 FOOTBALL : Équipe surprise de l'Euro 2004 qui se déroule depuis le 12 juin, la Grèce s'impose en finale face au pays organisateur, le Portugal, battu 0-1 par un but de Charisteas sur corner. La déception immense des Portugais n'a d'égale que la joie des Grecs, dont l'équipe est entraînée par l'Allemand Otto Rehhagel.

8 ATHLÉTISME : Stéphane Diagana décide, à un mois des JO d'Athènes, de mettre fin à une carrière de 18 ans, couronnée par un titre mondial du 400 mètres haies en 1997, et européen en 1999.

11 AUTOMOBILE : Michael Schumacher (Ferrari) remporte le grand prix de Silverstone (Grande-Bretagne) devant Kimi Raikkonen. **Le 25**, le sextuple champion du monde réjouit son public en gagnant, sur le circuit de Hockenheim, le grand prix d'Allemagne, la 12e manche du championnat du monde et sa 11e course de la saison.

12 FOOTBALL : La Fédération française de football désigne Raymond Domenech comme entraîneur de l'équipe de France. Préféré à Laurent Blanc et à Jean Tigana, il succède ainsi à Jacques Santini.

20 FOOTBALL : L'OM cède l'attaquant ivoirien

Didier Drogba au club anglais de Chelsea pour un montant de « *35 à 40 millions d'euros* ».

PLUS CHER QUE BECKHAM ET RONALDINHO

Deux des trois plus gros transferts de l'histoire du football concernent des joueurs du Real Madrid :

Zinedine Zidane (Fra), de la Juventus Turin (Ita) au Real Madrid (Esp), saison 2001-2002 : 75,1 millions d'euros.

Luis Figo (Por), du FC Barcelone (Esp) au Real Madrid (Esp), saison 2000-2001 : 61,7 millions d'euros.

Hernan Crespo (Arg), de Parme (Ita) à la Lazio Rome (Ita), saison 2000-2001 : 56,5 millions d'euros.

Didier Drogba (Civ), de l'Olympique de Marseille (Fra) à Chelsea (Ang), saison 2004-2005 : entre 35 et 40 millions d'euros. Le transfert de Drogba est le plus élevé des deux dernières saisons.

David Beckham (Ang), de Manchester United (Ang) au Real Madrid (Esp), saison 2003-2004 : 25 millions d'euros fermes et une variable de 10 millions.

Ronaldinho (Bré), du Paris SG (Fra) au FC Barcelone (Esp), saison 2003-2004 : 30 millions d'euros environ.

23 DOPAGE : C. J. Hunter accuse dans le *San Francisco Chronicle* son ancienne épouse, l'athlète Marion Jones, triple championne olympique des Jeux de Sydney (2000), d'avoir eu recours à un usage massif de produits dopants.

25 CYCLISME : L'Américain Lance Armstrong est le premier coureur à remporter son sixième Tour de France, tandis que Richard Virenque remporte pour la septième fois le titre de meilleur grimpeur.

Août

- Jean-Paul II en pèlerinage à Lourdes

- Les choix budgétaires divisent le gouvernement

- Enlèvement de deux journalistes français en Irak

- Nouvelle fausse agression antisémite à Paris

- Accord à l'OMC sur la libéralisation des échanges

- Après sa victoire au référendum, le président vénézuélien Chavez reste au pouvoir

- Double attentat aérien en Russie

- L'ayatollah Al-Sistani, de retour en Irak, impose la trêve à Nadjaf

- Le Chili lève l'immunité de Pinochet

- 25e Jeux olympiques à Athènes

- Michael Schumacher champion du monde pour la 7e fois

France

2 AFFAIRES : Jean-Charles Marchiani, homme de confiance de l'ancien ministre de l'intérieur Charles Pasqua, est mis en examen par le juge Philippe Courroye, deux semaines après la perte de son mandat, donc de son immunité de député européen. L'ancien préfet du Var, qui est immédiatement placé en détention provisoire, est accusé d'avoir touché des commissions occultes dans cinq affaires différentes. Le 3, Jean-Paul Kauffmann, ex-otage français au Liban, à la libération duquel Jean-Charles Marchiani a pris part en 1988, prend sa défense dans les colonnes du *Monde*.

→ *Portrait de Jean-Charles Marchiani, page « Horizons », Le Monde (3 août).*

5 INCENDIE : Six mineurs et deux jeunes adultes décèdent dans l'incendie qui détruit, dans la nuit, le centre équestre de Lescheraines, dans les Bauges (Savoie).

5 DISTRIBUTION : Le tribunal de commerce de Paris désigne le groupe Vetura, et, à travers lui, l'enseigne de vêtements hard discount Fabio Lucci, pour reprendre, pour 14,5 millions d'euros, la chaîne de distribution Tati. 330 emplois sur 997 seront supprimés et cinq magasins devront trouver des repreneurs.

5   EDF : En annulant l'amendement au projet de loi sur le statut d'EDF qui prévoyait de lever la limite d'âge, fixée à 65 ans, pour les patrons d'entreprises publiques, le Conseil constitutionnel désavoue Jean-Pierre Raffarin. Avec cet amendement, le premier ministre espérait pouvoir nommer son ancien ministre de l'économie et des finances, Francis Mer, âgé de 65 ans révolus, à la tête de l'entreprise d'électricité.

6   PROFANATIONS : Quinze tombes musulmanes sont profanées au cimetière militaire de Cronenbourg (Strasbourg). Adrien Zeller, président (UMP) du conseil régional d'Alsace, propose que 15 000 à 18 000 euros, tirés du budget de la région, servent à rémunérer tout informateur permettant l'identification des auteurs des profanations. **Le 9**, une soixantaine de tombes juives et le monument aux morts du cimetière de la Mouche, à Lyon, sont découverts profanés. **Le 15**, Michaël Tronchon se livre au commissariat du 18ᵉ arrondissement de Paris, avouant être le « Phineas » signataire de la profanation de Lyon, ainsi que l'auteur de l'agression d'un passant à coups de machette, le 5, à Villeurbanne. **Le 16**, il est mis en examen et écroué.

DES SÉPULTURES
DE TOUTES CONFESSIONS PROFANÉES
CES DERNIERS MOIS

30 avril : 127 tombes juives sont saccagées dans le cimetière de Herrlisheim (Bas-Rhin), près de Colmar.

2 mai : 22 tombes sont couvertes de croix gammées à l'envers dans le cimetière chrétien de Niederhaslach (Bas-Rhin).

7 mai : Le mémorial juif de Verdun, à Fleury-Devant-Douaumont (Meuse), est couvert de slogans néonazis. Arrêtés le 28 juillet, deux jeunes hommes de 17 et 22 ans ont été mis en examen et écroués pour « *profanation d'un monument aux morts en raison de l'origine religieuse des personnes décédées*».

19 mai : Deux cimetières catholiques sont profanés à Allauch (Bouches-du-Rhône), près de Marseille.

2 juin : 14 tombes sont taguées de croix gammées inversées dans le cimetière de Niederhaslach (Bas-Rhin).

4 juin : Une cinquantaine de tombes musulmanes sont recouvertes d'inscriptions néonazies dans un cimetière de Strasbourg.

9 juin : Trois tombes musulmanes sont vandalisées dans le cimetière du Canet, à Marseille. Des croix gammées ont été dessinées à proximité.

23 juin : 56 tombes de soldats musulmans sont renversées ou souillées de peinture rouge dans le cimetière militaire de Haguenau (Bas-Rhin). Les tombes chrétiennes des soldats morts pour la libération de l'Alsace entre 1944 et 1945 ont été épargnées.

28 juillet : Une trentaine de tombes sont souillées dans le cimetière juif de Saverne (Bas-Rhin).

6 AFFAIRES : L'ancien trésorier du Parti socialiste, Henri Emmanuelli, député (PS) des Landes, bénéficie d'un non-lieu dans l'enquête sur le financement du PS et de l'ex-MRG par les grandes surfaces, entre 1988 et 1992. Cette ordonnance clôt ainsi « l'affaire Destrade ».

7-8 CORSE : Aux Journées internationales de Corte, Jean-Guy Talamoni, porte-parole d'Indipendenza, hausse le ton en déclarant au gouvernement : «*Nous sommes vos adversaires et sommes prêts à devenir vos ennemis*», et en traitant certains élus insulaires de «*harkis*».

11 ANTISÉMITISME : La cour administrative d'appel confirme l'annulation de l'exclusion de deux élèves du lycée Montaigne de Paris, sanctionnés pour violences physiques, menaces de racket et insultes antisémites.

14 RELIGION : Décès du Père Xavier Thévenot, théologien moraliste et spécialiste des homosexualités.

14-15 CATHOLICISME : Jean-Paul II, accueilli à Tarbes par Jacques Chirac, se rend à Lourdes pour participer aux cérémonies commémorant le 150ᵉ anniversaire du dogme de l'Immaculée Conception. Malgré des signes évidents de grande fatigue, le pape célèbre la messe devant près de 300 000 fidèles et lance un appel très applaudi au « *respect de toute la vie* », faisant ainsi allusion à l'avortement et à l'euthanasie.

15 COMMÉMORATION : Les cérémonies du 60ᵉ anniversaire du débarquement en Provence sont marquées par une revue navale à Toulon à laquelle assistent, sur le porte-avions *Charles-de-Gaulle*, Jacques Chirac en compagnie de 15 chefs d'État et de gouvernement africains. Le président de la République y rend hommage aux anciens combattants maghrébins et africains et décerne la croix de la Légion d'honneur à la ville d'Alger, « *capitale de la France combattante* ». **Le 16**, le chef de l'État reçoit à déjeuner pendant près de quatre heures au fort de Brégançon (Var) son homologue algérien. Pour ce dernier, « *les vieilles plaies sont bien cicatrisées* ».

16 COMMERCE : À la demande du ministre de l'économie Nicolas Sarkozy, les groupes de grande distribution acceptent de respecter un prix d'achat minimum pour les fruits et légumes. Cet accord fait suite à une semaine d'actions des producteurs contre des magasins hyper ou supermarchés.

17 UMP : En réunissant à Arcachon (Gironde) les militants qui lui sont favorables, Nicolas Sarkozy fait « *un pas de plus* » vers la présidence d'un « *parti de mouvement* » dont il dessine les contours.

17-18 MÉTÉO : Des intempéries causées par le passage du reliquat du cyclone tropical Bonnie sur l'Europe font neuf morts et trois disparus en France, principalement en raison d'imprudences de vacanciers ne respectant pas les consignes de sécurité sur les plages.

19 POLITIQUE : Au terme des derniers arbitrages adoptés au conseil des ministres marquant la rentrée politique, Jean-Pierre Raffarin annonce que le SMIC sera revalorisé de 8 % en 2005. Le premier ministre privilégie ainsi l'approche sociale défendue par le ministre du travail, de l'emploi et de la cohésion sociale, Jean-Louis Borloo, alors que Nicolas Sarkozy prône un étalement de cette revalorisation sur deux ans. **Le 20**, dans *Le Monde*, Jean-Louis Borloo, évoquant le surplus fiscal généré par la hausse de la croissance, estimé à cinq milliards, déclare «*préférer mettre rapidement 4 millions de personnes au travail plutôt que de rembourser la dette tout de suite*». **Le 24**, en visite à Limoges, Nicolas Sarkozy lui répond que «*quand il y a un peu plus d'argent, il faut penser à rembourser ses dettes*».

20 ENLÈVEMENT : Deux journalistes français, Georges Malbrunot, du *Figaro*, et Christian Chesnot, pigiste à Radio France, ainsi que leur chauffeur-interprète Mohammed Al-Joundi disparaissent alors qu'ils se rendaient à Nadjaf.

20 ESPÈCE MENACÉE : Le Conseil d'État valide l'arrêté pris le 12 août par Serge Lepeltier, ministre de l'écologie, autorisant l'abattage du loup. Les écologistes veulent porter l'affaire à Bruxelles.

21 JUSTICE : Pour la première fois depuis son arrestation, Cesare Battisti, ancien activiste des «*années de plomb*», condamné en 1978 en Italie à la prison à perpétuité pour quatre meurtres et braquages, évadé en octobre 1981 et réfugié en 1990 à Paris après sept ans de fuite au Mexique, ne se présente pas au Palais de justice de Paris, comme l'exige la procédure. Dominique Perben, ministre de la justice, lance un mandat d'arrêt pour l'incarcérer. **Le 30**, la cour d'appel de Paris lance un mandat d'arrêt contre l'ex-activiste italien dont l'extradition est réclamée par Rome.

22 POLITIQUE : Invité d'honneur de la Fête de la rose de Frangy-en-Bresse organisée par Arnaud Montebourg, député (PS) de Saône-et-Loire, Jack Lang effectue sa rentrée politique en appelant les socialistes à faire une «*révolution pacifique*» pour changer les institutions et à conquérir le pouvoir «*pour changer la vie*» et «*le régime de la France*».

22 ANTISÉMITISME : Un centre social juif du 11ᵉ arrondissement de Paris est détruit par un incendie criminel. Des inscriptions antisémites et plusieurs croix gammées sont découvertes sur place. Le président Jacques Chirac fait part de sa «*profonde indignation*», tandis que Bertrand Delanoë, maire (PS) de Paris, et Jean-Pierre Raffarin, premier ministre, se rendent sur les lieux. **Le 23**, Dominique Perben, ministre de la justice, rappelle que «*le gouvernement a déclaré la guerre au racisme, à tous les racismes*». **Le 24**, en visite à Paris, le ministre des affaires étrangères israélien, Sylvan Shalom (Likoud), réclame un «*signal fort*» des responsables français contre l'antisémitisme, tandis que le ministre de l'intérieur, Dominique de Villepin, estime à 160 ce type d'agressions depuis le début de l'année. Mais, **le 30**, un suspect se présente à la police, et, **le 1ᵉʳ septembre**, Raphaël Benmoha, ex-employé bénévole du centre social, qui aurait agi par vengeance, est mis en examen et placé en détention.

23 POSTE : Dans un entretien au *Figaro*, Jean-Paul Bailly, président de La Poste, s'engage à maintenir ses 17 000 «*points de contacts*», répondant ainsi aux syndicats qui affirment que la suppression de quelque 6 000 bureaux de poste est envisagée. **Le 24**, recevant Jean-Paul Bailly, Jean-Pierre Raffarin note « *avec satisfaction* [...] *le maintien d'environ 17 000 implantations* ».

24 MÉDECINE : Le ministre de la santé, Philippe Douste-Blazy, conclut un accord avec les représentants des médecins sur un plan de sauvegarde de la chirurgie publique, doté de 52 millions d'euros en 2004 et de 61 millions en 2005. Le collectif Chirurgiens de France projetait d'organiser l'« *exil symbolique* » à Londres d'au moins 2 000 spécialistes entre le 31 août et le 5 septembre.

25 COMMÉMORATION : À l'occasion du soixantième anniversaire de la libération de Paris, Jacques Chirac salue, sur le parvis de l'Hôtel de Ville, « *la victoire de toute la France sur ses déchirements* » et appelle « *les plus jeunes à l'esprit de résistance pour faire barrage au mépris et à* [la] *haine de l'autre* ». Des défilés et un bal populaire, place de la Bastille, organisés par le metteur en scène Jérôme Savary, rassemblent malgré la pluie plusieurs dizaines de milliers de Parisiens.

27 DÉONTOLOGIE MÉDICALE : Philippe Douste-Blazy, ministre de la santé, annonce que le gouvernement, acceptant les conclusions de la mission parlementaire sur l'accompagnement de la fin de vie créée le 15 octobre 2003 et présidée par le député des Alpes-Maritimes Jean Leonetti (UMP), va préparer un texte de loi pour redéfinir l'accompagnement des malades en fin de vie, sans pour autant légaliser l'euthanasie.

28 PS : L'ancien premier ministre Lionel Jospin participe au dîner des élus au cours de l'Université d'été du PS qui se tient à La Rochelle **du 27 au 29**. C'est la première fois depuis 2001 qu'il s'y rend, alors que les débats, dominés par la question du référendum sur le traité constitutionnel européen, ne

cachent pas les tensions entre les deux présiden-
tiables potentiels pour 2007, François Hollande et
Laurent Fabius.

LA ROCHELLE, NOUVELLE ÉTAPE
DU RETOUR DE LIONEL JOSPIN
CHRONIQUE DE SES PETITES PHRASES
ET APPARITIONS
DEPUIS SON RETRAIT DE LA VIE POLITIQUE

1er février 2003 : Dans les pages «Horizons» du journal *Le Monde* : «*Parler, ce n'est pas revenir. J'ai quitté la vie politique, je n'y reviens pas. Je n'exerce plus de fonctions, je ne brigue pas de mandats.*»

15 janvier 2004 : À Marseille, en campagne pour le PS : «*Ma présence a un sens, elle est le symbole d'un soutien politique.*»

16 février 2004 : À Dijon (Côte-d'Or), aux côtés de François Patriat qui conduit la liste régionale de la gauche en Bourgogne : «*Les Français ont du mal à comprendre une politique aussi étroite, qui ne sert que les avantages particuliers d'un clan.*»

28 février 2004 : À Lens (Pas-de-Calais), aux côtés de Daniel Percheron, candidat à sa succession à la tête de la région Nord - Pas-de-Calais : «*Les Français ont vu ce qui s'est passé il y a deux ans, la politique qui est conduite. [...] S'ils ont envie de faire passer un message, c'est maintenant.*»

25 mars 2004 : À Besançon (Doubs), avec le candidat PS-Verts Raymond Forni : «*J'ai trouvé que les Français avaient envoyé un message impressionnant. Mais ils savent que c'est le second tour qui va être décisif.*»

11 mai 2004 : Aux côtés d'Harlem Désir, tête de liste du PS pour l'Île-de-France, à Paris dans le 18e : «*Lorsqu'on vote PS, on vote contre la politique nationale et en même temps pour une construction européenne.*»

16 mai 2004 : Dans *Le Journal du dimanche* : «*On peut réprouver et combattre l'homophobie tout en n'étant pas favorable au mariage homosexuel, [...] c'est mon cas.*»

28 mai 2004 : À Toulouse, premier discours depuis la défaite

du 21 avril 2002 : « *Le pouvoir n'a tiré aucune conclusion du message [...] qui lui a été adressé en mars. [...] [Le scrutin européen] n'aura pas la même force, le même impact, mais je ne vois pas pourquoi les Français voteraient différemment.* »

30 AMIANTE : EDF est reconnue inexcusable d'avoir exposé ses employés à de l'amiante, suite à la plainte de familles de 23 anciens agents contaminés, dont 10 sont décédés.

31 CHÔMAGE : Selon les statistiques du ministère de l'emploi, le chômage a reculé de 0,5 % en juillet, mais son taux reste stable à 9,8 %. C'est la première baisse du nombre des chômeurs après quatre mois de hausse ininterrompue. ■

International

1er COMMERCE INTERNATIONAL : Les 147 pays de l'Organisation mondiale du commerce (OMC) concluent à Genève un accord de libéralisation des échanges internationaux, qualifié d'« *historique* » par son directeur général, Supachai Panitchpakdi. Ce texte, qui prévoit, entre autres, la suppression des subventions à l'exportation, permet de sortir les négociations commerciales internationales de l'impasse dans laquelle elles se trouvaient depuis l'échec de la réunion de Cancún en septembre 2003.

1er IRAK : Pour la première fois, une série d'attentats — quatre à Bagdad, un à Mossoul, un autre à Kirkouk dans le nord du pays — vise la communauté chrétienne, faisant 11 morts et plus de 50 blessés. Ces attentats sont condamnés par les principaux dirigeants sunnites et chiites. **Le 2,** un otage turc musulman est tué par ses ravisseurs. **Le 7**, le gouvernement intérimaire irakien rétablit la peine de mort pour lutter contre le terrorisme et la poursuite de la résistance.

IRAK : DOUZE MOIS D'ATTAQUES SANGLANTES

19 août 2003 : Attentat contre le siège de l'ONU à Bagdad. 22 morts, dont le chef de mission, le Brésilien Sergio Vieira de Mello, et près de 200 blessés.

29 août 2003 : Voiture piégée devant la mosquée de l'imam Ali à Nadjaf. Au moins 83 morts, dont le dirigeant chiite Mohammed Baker Al-Hakim.

27 octobre 2003 : Attentats contre le Comité international de la Croix-Rouge et des commissariats irakiens à Bagdad. 43 morts.

1er février 2004 : Kamikazes devant les sièges des partis kurdes à Erbil (Nord). Au moins 117 morts.

10 février 2004 : Voiture piégée devant un poste de police au sud de Bagdad. 53 morts.

11 février 2004 : Véhicule piégé contre un poste de l'armée irakienne à Bagdad. 47 morts.

2 mars 2004 : Kamikazes à Bagdad et Kerbala durant le deuil chiite. 171 morts, 400 blessés.

21 avril 2004 : Attentats-suicides à Bassora et Zoubayr. 73 morts dont 17 enfants.

24 juin 2004 : Attentats et fusillades à Mossoul, Ramadi, Fallouja, Bakouba et Bagdad. Une centaine de morts, plusieurs centaines de blessés.

1er TERRORISME : Lors d'une conférence de presse, Tom Ridge, le secrétaire américain à la sécurité intérieure, fait état de renseignements «*alarmants*» sur des préparatifs d'attaques contre des institutions financières, autour desquelles les mesures de sécurité sont renforcées. **Le 2**, George Bush annonce la création d'un poste de directeur national du renseignement, qui sera son principal interlocuteur en matière d'information. Mais, le même jour, une collaboratrice de la Maison-Blanche révèle que les renseignements utilisés ont été collectés en 2000 et 2001, laissant ainsi penser que la présidence utiliserait la menace terroriste à des fins électorales.

LES PRÉCÉDENTES ALERTES

Janvier 2001 : Le département d'État publie un « *avis de prudence* » à l'échelle mondiale mettant en garde les ressortissants américains.

Octobre 2001 : Sur insistance du FBI, le niveau d'alerte terroriste aux États-Unis passe de « *jaune* » (élevé) à « *orange* » (très élevé).

Novembre 2001 : Le gouverneur de Californie, Gray Davis, sème la panique en annonçant à ses administrés que quatre ponts californiens, dont le Golden Gate, sont visés par des terroristes.

Mai 2002 : Critiqué pour n'avoir pas pris en compte un rapport des services secrets du 6 mai 2001, évoquant de possibles attaques-suicides en avion, ce qui s'est produit le 11 septembre, le vice-président, Richard Cheney, évoque devant les télévisions de nouvelles menaces « *presque certaines* » planant sur les États-Unis.

Mars 2003 : Alerte « *orange* » pour le début de l'offensive anglo-américaine en Irak.

Novembre 2003 : Mise en garde du FBI et du département à la sécurité intérieure sur de possibles détournements d'avions, destinés à s'écraser sur des centres nucléaires américains.

Décembre 2003 : Nouvelle alerte « *orange* » à la suite de menaces d'Al-Qaida de frapper les Américains « *chez eux* ». L'alerte est maximale sur le trafic aérien. Le FBI craint une nouvelle attaque-suicide, cette fois à Los Angeles. Six vols Air France assurant la liaison sont annulés, d'autres escortés par des chasseurs. Panique dans les aéroports.

Le président de la commission sur la sécurité intérieure à la Chambre des représentants, le républicain Christopher Cox, estime sur *Fox News* qu'il pourrait s'agir d'« *une campagne de désinformation d'Al-Qaida pour pousser les États-Unis à des réactions exagérées* ».

1ᵉʳ   PALESTINE : Dans un entretien publié par le quotidien koweïtien *Al-Watan*, le colonel Mohammed Dahlan, ex-chef de la sécurité palestinienne tombé en disgrâce, somme Yasser Arafat de mettre en place des réformes, notamment au sein de l'appareil sécuritaire.

1ᵉʳ   PARAGUAY : L'incendie du centre commercial d'Ycua Bolanos, à Asunción, dont les portes avaient été cadenassées pour empêcher les clients de sortir sans payer, fait 448 morts et 409 blessés.

3   ALGÉRIE : En confirmant la démission «*pour raisons de santé*» du chef d'état-major de l'armée, le général Mohamed Lamari, et son remplacement par le commandant des forces terrestres, le général Salah Ahmed Gaïd, le président Abdelaziz Bouteflika, réélu le 8 avril avec 84,9% des suffrages, élimine «*l'éradicateur*» des années 1990 (entre 100 000 et 200 000 morts et des milliers de disparus).

3   MAROC : Hicham Mandari, ancien courtisan de Hassan II devenu pourfendeur du trône alaouite, est retrouvé mort, une balle dans la tête, sur un parking au nord de Marbella (Espagne). Les autorités espagnoles attendent **le 13** pour annoncer la nouvelle, sans confirmer l'assassinat.

6   SOUDAN : Le gouvernement soudanais entérine un accord conclu **le 5** entre son ministre des affaires étrangères, Moustapha Osman Ismaïl, et le représentant spécial de l'ONU, Jan Pronk, visant à établir un plan d'action destiné à ramener la paix au Darfour.

7   AFRIQUE DU SUD : Après avoir, pendant près d'un demi-siècle, prôné et appliqué l'apartheid et la suprématie de la race blanche, le Parti national annonce sa «*fusion*» avec son ennemi d'hier, le Congrès national africain (ANC).

7   ÉTATS-UNIS : Décès de Paul «Red» Adair, à l'âge de 89 ans, à Houston (Texas). Le «pompier volant», spécialiste américain de l'extinction des incendies dans les installations pétrolières, avait contribué à éteindre, en 1991, en quelques mois seulement, 117 des centaines de feux allumés dans les puits de pétrole koweïtiens par les Irakiens lors de leur retraite. John Wayne avait campé son personnage dans le film *les Feux de l'enfer* (1968).

9 CÔTE D'IVOIRE : Pour la première fois depuis plus de quatre mois, le «*gouvernement de réconciliation nationale*», mis en place au printemps 2003 à la suite des accords de Marcoussis, se réunit au grand complet à Abidjan. Le président Laurent Gbagbo réintègre trois ministres de l'opposition, dont Guillaume Soro, le chef politique de la rébellion.

9 JAPON : Une fuite de vapeur surchauffée, mais non radioactive, provoque la mort de quatre employés dans la centrale nucléaire de Mihama, à 350 km à l'ouest de Tokyo.

10 ÉTATS-UNIS : George Bush nomme Porter Goss (républicain), président de la commission du renseignement de la Chambre des représentants, directeur de l'Agence centrale de renseignement (CIA). Ce poste était vacant après la démission, le 2 juin, de George Tenet, qui dirigeait l'agence depuis juillet 1997.

12 SINGAPOUR : Lee Hsien Loong, fils du fondateur de la ville-État, devient premier ministre. Membre du gouvernement sortant de Goh Chok Tong, dont il était le principal adjoint, il a surmonté la crise financière de 1997-1998, ainsi que celle du SRAS.

12 UNION EUROPÉENNE : Le nouveau président de la Commission européenne, José Manuel Durao Barroso, rend publique, avec dix jours d'avance sur l'agenda fixé, la composition de son équipe. Avec une inspiration résolument libérale, les postes de la concurrence et du marché intérieur, les plus demandés, vont à deux «*petits pays*», les Pays-Bas (Neelie Kroes-Smit) et l'Irlande (Charlie McCreevy). La France obtient les transports, confiés à Jacques Barrot.

13 BURUNDI : Un commando attaque un camp de réfugiés d'origine congolaise, à Gatumba, et fait 160 morts et une centaine de blessés.

13 ÉTATS-UNIS : Le cyclone Charley traverse la Floride, fait 16 morts, ravage environ 500 000 habitations et cause des dégâts matériels estimés à plus de 15 milliards de dollars. **Le 15**, le président George Bush se rend dans l'État gouverné par son frère pour apporter son soutien aux victimes de cette catastrophe, la plus dévastatrice depuis 1992.

15 IRAK : Chargée de jeter les bases de futures institutions démocratiques, la Conférence nationale irakienne, composée de 1 300 délégués représentant le pays dans toutes ses composantes, se réunit à Bagdad. **Le 18**, elle forme un «Conseil national intérimaire» de 100 membres qui jouera le rôle d'un Parlement aux pouvoirs limités jusqu'aux élections de janvier 2005.

15 KOSOVO : Le nouveau chef de la Mission des Nations unies au Kosovo (Minuk), le Danois Soeren Jessen-Petersen, prend ses fonctions dans un climat politique délicat, en remplacement du Finlandais Harri Holkeri, démissionnaire le 25 mai pour raisons de santé.

15 PROCHE-ORIENT : Plusieurs milliers de prisonniers palestiniens incarcérés en Israël entament une grève de la faim pour protester contre leurs conditions d'incarcération. **Le 27**, les 800 grévistes de la faim de la prison israélienne d'Ashkelon suspendent leur mouvement, certaines de leurs revendications ayant été satisfaites. **Le 2 sep-**

tembre, les derniers grévistes de la faim suspendent leur action.

15 VENEZUELA : Le président Hugo Chavez remporte largement le référendum organisé contre lui par l'opposition. Le «non» à la révocation du chef de l'État l'emporte par 58,25 %, alors que le «oui» n'obtient que 41,74 %. Ces résultats, annoncés **le 16**, sont validés par les observateurs internationaux (dont l'ancien président américain Jimmy Carter) le même jour, et reconnus **le 17** par Washington, qui contestait la régularité du scrutin.

VENEZUELA :
PLUS DE DEUX ANS DE CRISE POLITIQUE

1992 : Le lieutenant-colonel Hugo Chavez tente un coup d'État, qui échoue, contre le président Carlos Andres Perez.

1998 : Hugo Chavez est élu président avec 56 % des voix.

2000 : Hugo Chavez est réélu pour six ans avec 56,9 % des voix.

6 avril 2002 : 19 personnes sont tuées lors d'une manifestation géante pour exiger son départ.

Du 11 au 14 avril 2002 : L'état-major militaire tente, sans succès, un coup d'État.

Du 2 décembre 2002 au 2 février 2003 : Une grève paralyse l'industrie pétrolière. Elle débouche sur une campagne de signatures pour une consultation électorale.

29 mai 2003 : Accord entre le gouvernement et l'opposition sur un référendum révocatoire.

28-29 février 2004 : Des heurts à Caracas entre la police et l'opposition font 11 morts.

3 juin 2004 : L'opposition obtient le nombre de signatures nécessaire pour organiser le référendum.

---

16 ÉTATS-UNIS : Le président George Bush annonce une restructuration du dispositif militaire américain à l'étranger en vigueur depuis la guerre de Corée et la guerre froide avec l'Union soviétique.

Quelque 70 000 hommes basés dans des pays étrangers, en particulier en Allemagne et en Corée du Sud, vont être rapatriés dans les dix prochaines années.

18 PROCHE-ORIENT : Le président Yasser Arafat prononce devant les députés palestiniens un discours consacré essentiellement au conflit avec Israël, mais n'annonce aucune des réformes attendues sur la réorganisation du régime et la lutte contre la corruption.

18 BOURSE : Après avoir révisé à la baisse le prix indicatif de son action, fixé à 85 dollars, le moteur de recherche Google fait son entrée sur le marché boursier des valeurs technologiques (Nasdaq) en utilisant une procédure originale qui lui permet de se passer des banques d'affaires. Cette entrée a failli être compromise par l'interview donnée **le 13** à *Playboy* par ses deux fondateurs, Larry Page et Sergey Brin. **Le 19**, l'action clôture sa première séance en hausse de 18,04 %, à 100,34 dollars.

19 IRAK : Le journaliste italien Enzo Baldoni, 56 ans, est enlevé. **Le 26**, via Al-Jazira, l'Armée islamique en Irak annonce son assassinat, aussitôt après l'expiration de l'ultimatum que les ravisseurs avaient fixé à l'Italie pour retirer ses troupes d'Irak.

ONZE OTAGES ÉTRANGERS
ONT DÉJÀ ÉTÉ EXÉCUTÉS EN IRAK

14 avril : Fabrizio Quattrocchi, enlevé ainsi que trois autres employés italiens de sociétés privées de sécurité, est tué d'une balle dans la tête. Ses ravisseurs réclamaient le retrait des 3 000 militaires et gendarmes italiens présents en Irak. Les autres otages sont libérés le 8 juin.

11 mai : Une vidéo montrant la décapitation de l'entrepreneur américain Nicholas Berg par un homme masqué, disant vouloir venger les sévices subis par les prisonniers irakiens d'Abou Ghraib, est diffusée sur un site Internet lié à Al-Qaida.

11 juin : Un otage libanais, employé des télécommunications, est retrouvé égorgé à Bagdad. Sa mort est revendiquée par le groupe des «Brigades de la colère islamique».

22 juin : Al-Jazira annonce la décapitation d'un ressortissant sud-coréen, Kim Sun-il, détenu par un groupe islamiste lié à Al-Qaida. L'otage était employé dans une société sud-coréenne livrant des équipements militaires à l'armée américaine.

29 juin : Al-Jazira reçoit le communiqué d'un groupe annonçant l'exécution du soldat américain Keith Maupin, âgé de 20 ans, disparu après une attaque. Une vidéo montre ensuite un homme à genoux, face à une fosse. Cet homme est tué par balles, mais son visage n'apparaît pas.

13 juillet : Al-Jazira annonce qu'un chauffeur bulgare, Gueorgui Lazov, enlevé le 8 juillet, a été décapité par ses ravisseurs. La chaîne indique avoir reçu une vidéo du groupe d'Abou Moussab Al-Zarkaoui, affilié à Al-Qaida, montrant sa décapitation.

22 juillet : Le corps du second otage bulgare, Ivaïlo Kepov, routier de 32 ans, est repêché dans le Tigre. Il a été décapité.

28 juillet : Al-Jazira dit avoir reçu une vidéo d'un groupe armé annonçant l'exécution de deux otages pakistanais, un chauffeur et un technicien, Sajid Naeem et Azad Hussein Khan, travaillant pour une société saoudienne.

2 août : L'ambassade de Turquie à Bagdad confirme qu'un citoyen turc, Murat Yuce, employé d'une entreprise hôtelière, a été tué par balles par ses ravisseurs.

20 PANDÉMIE : La Chine révèle que la souche mortelle du virus responsable de l'épidémie de grippe aviaire qui sévit dans plusieurs pays asiatiques a, pour la première fois, été retrouvée chez des porcs en Chine. Cette information inquiète l'Organisation mondiale de la santé (OMS), qui craint une nouvelle pandémie.

20 UNION EUROPÉENNE : La future Commission européenne se réunit à Bruxelles pour la première fois et adopte un code de conduite qui définit les règles éthiques auxquelles sont soumis ses membres, en application des traités.

21 PROCHE-ORIENT : Le *New York Times* révèle qu'à la suite de consultations avec le gouvernement d'Ariel Sharon la Maison-Blanche accepte désormais la « *croissance naturelle* » des colonies juives en territoire palestinien. Ce revirement de l'administration américaine remet en cause la « *feuille de route* », plan de paix élaboré par le Quartet (États-Unis, Union européenne, Russie et ONU) qui prévoit, outre la fin des violences, un arrêt des constructions dans les colonies.

22 RÉPUBLIQUE TCHÈQUE : Décès, à l'âge de 85 ans, de l'économiste suisse d'origine tchèque Ota Sik, ancien vice-premier ministre tchécoslovaque, et père des réformes économiques du « printemps de Prague ».

22 SOMALIE : Les membres d'un Parlement de transition, le premier depuis le début de la guerre civile en 1991 et la disparition du gouvernement, prêtent serment à Nairobi, au Kenya, où se tiennent des pourparlers intersomaliens. Ce Parlement, dont les membres représentent les principaux clans du pays, devrait élire, à terme, le futur président somalien.

23 ALLEMAGNE : Comme les lundis précédents, et pour la quatrième fois consécutive, des dizaines de milliers de manifestants descendent dans la rue dans plusieurs villes d'Allemagne. Ils protestent contre les réformes sociales du gouvernement du chancelier Schröder, et notamment contre la loi dite « Hartz IV » (du nom du directeur des ressources humaines de Volkswagen, Peter Hartz, inspirateur de ce texte) qui modifie à la baisse l'indemnisation du chômage de longue durée. Ces manifestations reprennent le rythme de celles qui, en 1989, avaient précédé et accéléré en RDA la chute du mur de Berlin. Le même jour, Volkswagen annonce une série de mesures destinées à réduire de 30 % ses frais de personnel d'ici à 2011, en proposant notamment un gel des salaires pendant deux ans.

23 ALLEMAGNE : Pour manque de preuves, la justice de Hambourg acquitte l'ancien bras droit du terroriste vénézuélien Illich Ramirez Sanchez, alias « Carlos », Johannes Weinrich, citoyen allemand de 57 ans, accusé d'avoir organisé trois attentats meurtriers en France en 1982 et 1983.

23 ÉTATS-UNIS : Le président George Bush s'inscrit en faux contre des accusations portées à l'encontre de son adversaire démocrate, John Kerry, par un groupe d'anciens combattants l'accusant de mensonge au sujet de son service pendant la guerre du Vietnam. Mais il ne condamne pas spécifiquement les publicités télévisées mettant en question le passé militaire de John Kerry.

24 ÉTATS-UNIS : Le jour où le premier des quatre détenus de la base américaine de Guantanamo devant passer devant une juridiction d'exception comparaît en audience préliminaire, un groupe de travail non partisan, présidé par James Schlesinger, rend public un rapport sur les conditions de détention des prisonniers des forces armées américaines en Afghanistan, en Irak et à Guantanamo, qui met en cause le Pentagone.

24 RUSSIE : Deux avions de ligne russes, l'un en direction de Volvograd, l'autre de Sotchi, s'écrasent en même temps dans le sud du pays, causant la mort de 90 personnes. **Le 30**, après avoir écarté l'hypothèse de l'attentat, malgré la revendication par un groupe jusque-là inconnu, les « Brigades Islambouli », les services secrets russes (FSB), chargés de l'enquête par le président Vladimir Poutine, la confirment pour les deux vols, soupçonnant particulièrement deux passagères tchétchènes.

25 IRAK : Le grand ayatollah Ali Al-Sistani, 73 ans, l'autorité la plus respectée des chiites, rentré

de Londres où il a subi une intervention chirurgicale, prend la tête d'une marche de Bassora à Nadjaf, la ville sainte, où s'affrontent depuis trois
semaines l'armée américaine et l'Armée du Mahdi,
composée des combattants du jeune imam radical
Moqtada Al-Sadr, à qui il propose le désarmement
des villes saintes de Nadjaf et de Koufa. **Le 26**, les
deux hommes étant parvenus à un accord de pacifi-
cation — retrait de la ville de tous les hommes en
armes et de l'armée américaine, et prise en charge
de la sécurité par la police irakienne — le gouvernement irakien décrète un cessez-le-feu de 24 heures.
Le 30, Moqtada Al-Sadr annonce l'arrêt des combats
de sa milice « *dans tout l'Irak, et l'entrée de son mouvement dans le processus politique* », mais le désarmement n'a pas eu lieu.

TROIS SEMAINES DE COMBATS
DANS LA VILLE SAINTE

Officiellement, les affrontements à Nadjaf entre les miliciens
chiites de l'Armée du Mahdi et les forces irakiennes et américaines
ont débuté le 5 août.

Jeudi 5 août : Début des affrontements à Nadjaf, Bassora et dans
le quartier populeux chiite de la Cité Sadr, à Bagdad. Ils sont particulièrement violents à Nadjaf. Le gouverneur est accusé par l'Armée du Mahdi de chercher à se débarrasser de Moqtada Al-Sadr.

Vendredi 6 août : Par la voix de son porte-parole, le gouvernement intérimaire se dit déterminé à écraser les milices. Il réclame
leur dissolution et invite leurs membres à s'intégrer au sein des
forces de sécurité irakiennes, faute de quoi ils seront considérés
comme des « *terroristes* ». Le même jour, le grand ayatollah Ali
Al-Sistani crée la surprise en quittant Nadjaf pour Londres afin d'y
soigner une « *faiblesse cardiaque* ».

Dimanche 8 août : Iyad Allaoui se rend à Nadjaf, appelle « *les
hors-la-loi à déposer les armes et à quitter la cité* », répète qu'il ne
négociera pas avec eux, assure « *qu'il n'est pas question d'arrêter*

Moqtada Al-Sadr» mais exige le «*désarmement des hommes qui se réclament de lui*». Le même jour, Iyad Allaoui propose une amnistie aux miliciens, à l'exception des meurtriers, des voleurs et de ceux qui ont détruit des biens publics et privés. La peine de mort est rétablie pour les meurtriers et les individus représentant une menace pour le pays.

Jeudi 19 août : Consécutivement à une mission de médiation de la conférence nationale réunie à Bagdad, un porte-parole de Moqtada Al-Sadr annonce que ce dernier, qui, quelques jours plus tôt, se disait prêt à combattre jusqu'à la mort, accepte de désarmer sa milice et de se retirer de Nadjaf, à condition qu'un cessez-le-feu soit décrété. Iyad Allaoui lance un «*ultime*» appel aux miliciens pour qu'ils renoncent à la lutte armée, quittent le mausolée de l'imam Ali et s'engagent dans le processus politique.

Vendredi 20 août : Moqtada Al-Sadr appelle ses hommes à continuer la lutte, refuse de dissoudre sa milice, mais se dit disposé à retirer ses miliciens du mausolée d'Ali et à en remettre les clefs à la Marjaya, la plus haute autorité religieuse chiite. À Londres, un porte-parole du grand ayatollah Ali Al-Sistani se dit prêt à recevoir les clefs du sanctuaire.

Mardi 24 août : Pour la première fois, la Garde nationale irakienne, auxiliaire de l'armée, est déployée dans les rues de Nadjaf. Les bombardements par l'artillerie et l'aviation américaines des positions des miliciens s'intensifient, et les véhicules militaires se rapprochent du réduit où se sont repliés les miliciens de l'Armée du Mahdi.

Jeudi 26 août : Le retour imminent et inattendu du grand ayatollah Ali Al-Sistani est annoncé de Londres. Le dignitaire gagne le soir même la ville de Bassora, dans le sud du pays.

26 CHILI : La cour suprême de justice chilienne décide de lever l'immunité d'Augusto Pinochet. L'ancien dictateur (1973-1990) est mis en cause pour sa participation à l'opération Condor, qui avait entraîné la mort, dans les années 1970 et 1980, de plusieurs milliers de personnes victimes de la répression des dictatures latino-américaines. Il est également poursuivi pour corruption, enrichissement illicite et fraude fiscale.

SIX ANS DE PROCÉDURE

11 mars 1998 : Augusto Pinochet devient sénateur à vie.

16 octobre 1998 : Arrestation du général Pinochet dans une clinique de Londres, à l'initiative du juge espagnol Baltasar Garzon. Deux instructions sont en cours à Madrid. L'une porte sur la disparition de dizaines d'Espagnols pendant la dictature chilienne : elle a été ouverte pour « *génocide* ». L'autre concerne l'enlèvement, la torture et l'assassinat d'opposants dans le cadre de l'opération Condor.

28 octobre 1998 : La Haute Cour de Londres juge qu'Augusto Pinochet bénéficie « *en tant qu'ancien chef d'un État souverain, de l'immunité diplomatique* ».

25 novembre 1998 : Les juges-lords britanniques cassent la décision de la Haute Cour et refusent l'immunité à l'ancien dictateur, ouvrant la voie à une procédure d'extradition vers l'Espagne.

17 décembre 1998 : Le comité d'appel de la Chambre des lords décide de réexaminer la décision concernant l'immunité.

24 mars 1999 : Les juges-lords refusent à nouveau l'immunité à Augusto Pinochet mais réduisent le champ des poursuites.

11 janvier 2000 : Jack Straw renonce à extrader Pinochet en raison de son état de santé.

2 mars 2000 : Londres libère Pinochet pour raisons médicales.

25 mars 2000 : Le Congrès chilien accorde l'immunité aux anciens présidents de la République.

8 août 2000 : La Cour suprême du Chili lève l'immunité d'Augusto Pinochet en raison de son rôle dans les crimes de la Caravane de la mort.

1er décembre 2000 : Le juge chilien Juan Guzman l'inculpe pour sa responsabilité dans l'enlèvement et l'assassinat de prisonniers politiques par la Caravane de la mort et l'assigne à résidence.

21 août 2001 : La Cour suprême annule les poursuites au motif qu'il serait atteint de « *démence légère* ».

1er juillet 2002 : La Cour suprême classe l'affaire Pinochet, estimant que sa « *démence légère* » ne lui permet pas d'assurer sa défense.

4 juillet 2002 : Pinochet démissionne de son poste de sénateur à vie mais conserve son immunité d'ancien président.

28 mai 2004 : Levée de l'immunité de Pinochet par la cour d'appel de Santiago au motif qu'il existe des *« présomptions fondées »* pour ses responsabilités dans l'opération Condor.

26 ÉTATS-UNIS : Selon les chiffres officiels publiés par le Census Bureau (service du recensement), le taux officiel de la population américaine vivant dans la pauvreté est passé de 12,1 % en 2002 à 12,5 % en 2003, faisant basculer 1,3 million de personnes supplémentaires dans l'extrême précarité. C'est la troisième année de hausse consécutive du nombre d'Américains vivant dans la pauvreté et sans couverture sociale.

27 PAKISTAN : Ancien ministre des finances, Shaukat Aziz, choisi comme nouveau premier ministre par le président-général Pervez Moucharraf, est élu par l'Assemblée nationale et prête serment **le 28**.

28 IRAK : Via Al-Jazira, l'Armée islamique en Irak, qui détient deux journalistes français, Georges Malbrunot, du quotidien *Le Figaro*, et Christian Chesnot, pigiste pour Radio France, ainsi que leur chauffeur syrien, enlevés **le 20** sur la route entre Bagdad et Nadjaf, fixe un ultimatum de 48 heures à la France pour répondre à sa demande d'*« annuler la loi sur le voile »*. **Le 29**, à Paris, le gouvernement et Jacques Chirac, qui demande *« solennellement »* leur libération dans une déclaration radiodiffusée, affichent leur fermeté. Tandis que les musulmans de France, unanimes, se mobilisent pour exiger la libération des otages et proclament leur solidarité avec le gouvernement, le ministre des affaires étrangères, Michel Barnier, entame par l'Égypte une tournée au Proche-Orient. Yasser Arafat appelle également *« au nom du peuple palestinien »* à la «*libération immédiate*» des deux Français. **Le 30**, Al-Jazira annonce le report de 24 heures de l'ultimatum et diffuse une cassette dans laquelle les deux prisonniers déclarent craindre pour leur vie, appelant les Français à «*manifester afin de réclamer l'annulation de la loi sur l'interdiction du voile*». À Paris, une manifestation solidaire de soutien de responsables religieux et politiques réunit 3 000 personnes de toutes tendances, à l'appel des présidents du Sénat et de l'Assemblée nationale. Michel Barnier se rend d'Égypte en Jordanie. **Le 31**, de Sotchi (Russie), où il est venu avec le chancelier Schröder apporter son soutien au président Poutine dans la crise tchétchène, Jacques Chirac renouvelle son appel à la libération des deux journalistes français. Alors que la mobilisation internationale est sans précédent, une prière est dite à la Mosquée de Paris, en présence des familles, du ministre de l'intérieur, Dominique de Villepin, et du maire de Paris, Bertrand Delanoë. Le même jour, on apprend l'exécution de 12 Népalais employés par les forces américaines, pris en otage dix jours plus tôt.

LES JOURNALISTES ENLEVÉS OU DISPARUS EN IRAK

Depuis mars 2003, plusieurs enlèvements ou disparitions de journalistes, dont le rythme s'est accéléré ces dernières semaines, se sont produits en Irak.

22 mars 2003 : Le cameraman français Fred Nérac, envoyé de la chaîne de télévision britannique ITN, disparaît dans le sud du pays. On ignore tout de son sort.

12 novembre 2003 : Le journaliste portugais Carlos Raleiras, envoyé spécial de la radio privée TSF, est enlevé dans le sud. Il est libéré le lendemain.

8 avril 2004 : Un photographe indépendant japonais, Soichiro Koriyama, et deux de ses compatriotes sont enlevés. Ils sont libérés

le 15 avril. Le 14, deux autres Japonais, dont un journaliste indépendant, Junpei Yasuda, sont enlevés alors qu'ils tentaient de rejoindre le bastion sunnite assiégé de Fallouja. Ils sont libérés le 17.

11 avril 2004 : Le journaliste français Alexandre Jordanov, travaillant pour l'agence CAPA, et son cameraman, Ivan Cerieix, sont pris en otages. Ils sont libérés trois jours plus tard devant le siège du Comité des oulémas sunnites, à Bagdad.

12 août 2004 : Un journaliste britannique du *Sunday Telegraph*, James Brandon, est enlevé à Bassora. Il est relâché le surlendemain.

14 août 2004 : Un journaliste américain, Micah Garen, fondateur et directeur de Four Corners Media, est enlevé avec son traducteur à Nassiriya. Il est libéré le 22 août.

19 août 2004 : Le journaliste italien Enzo Baldoni, travaillant pour l'hebdomadaire *Diario*, est porté disparu. Le 26 août, via Al-Jazira, l'Armée islamique en Irak annonce son assassinat.

29 TCHÉTCHÉNIE : Le candidat soutenu par le Kremlin, Alou Alkhanov, remporte comme prévu l'élection présidentielle avec 73,48 % des suffrages. Les habitants ne voient dans ce scrutin, marqué par un attentat-suicide, qu'une « *farce politique* » de plus, peu susceptible de ramener la paix.

29 ÉTATS-UNIS : Des centaines de milliers de manifestants opposés à la guerre en Irak défilent à New York pour « *changer les choses* » et « *sauver l'Amérique* », à la veille de l'ouverture de la convention du Parti républicain. **Le 31**, celle-ci désigne sans surprise, puisqu'il n'a pas d'opposant, le président George Bush comme candidat à l'élection présidentielle du 2 novembre. Après avoir fait confirmer le vice-président Dick Cheney comme colistier, George Bush prononce, **le 2 septembre**, le discours de clôture, où il présente un programme dans lequel il promet aux Américains d'« *étendre les frontières de la liberté* ». Selon un sondage publié par *Time*, le candidat républicain recueille alors 52 % des intentions de vote contre 41 % au candidat démocrate John Kerry.

31 PROCHE-ORIENT : Deux terroristes du Hamas, qui ont réussi à franchir la ligne verte séparant la Cisjordanie de l'État d'Israël, se font exploser à quelques minutes d'intervalle dans deux bus qui traversent le centre de Beersheba, dans le sud du pays, tuant 16 personnes, dont un enfant de trois ans, et faisant une centaine de blessés.

PRINCIPALES ATTAQUES EN ISRAËL DEPUIS UN AN

19 août 2003 : Attentat-suicide à bord d'un bus à Jérusalem-Ouest. 23 morts, outre le kamikaze.

4 octobre 2003 : Attentat-suicide perpétré par une militante du Jihad islamique dans un restaurant de Haïfa. 21 Israéliens ont été tués.

29 janvier 2004 : Attentat-suicide dans un bus au cœur de Jérusalem-Ouest. 11 morts, outre le kamikaze, et une cinquantaine de blessés.

14 mars 2004 : Double attentat-suicide dans le port israélien d'Ashdod. 10 morts, outre les deux kamikazes, et une vingtaine de blessés.

11 juillet 2004 : Une Israélienne est tuée dans un attentat à la bombe à Tel-Aviv.

31 RUSSIE : Une femme kamikaze se fait exploser près d'une station de métro située sur la Prospekt Mira, une des principales avenues de Moscou, faisant une dizaine de morts et une cinquantaine de blessés. Cet acte est revendiqué par les « Brigades Islambouli ». Ce groupe, qui a revendiqué une semaine auparavant les attentats contre deux avions de ligne russes, affirme avoir mené « *cette opération héroïque en soutien aux musulmans tchétchènes* ».

LES PRÉCÉDENTES ATTAQUES
DANS LA CAPITALE

Du 23 au 26 octobre 2002 : Un commando tchétchène de 41 membres retient plus de 800 personnes en otages dans un théâtre de Moscou. Tous les membres du commando sont tués par les forces spéciales russes, tandis que 129 otages périssent, tués par les gaz utilisés lors de l'assaut.

5 juillet 2003 : Un double attentat-suicide, perpétré par des femmes kamikazes, fait 15 morts, outre les deux kamikazes, et une cinquantaine de blessés, lors d'un concert de rock dans la capitale.

9 décembre 2003 : Six personnes sont tuées à Moscou dans un attentat-suicide visant la Douma (Parlement).

6 février 2004 : Un attentat à l'explosif fait au moins 41 morts dans une rame du métro de Moscou. Il est revendiqué par un groupe tchétchène inconnu. ∎

Science

3 ESPACE : Les États-Unis lancent de Cap Canaveral la sonde *Messenger*, qui a pour mission d'observer Mercure, la planète la plus proche du Soleil. Elle ne devrait atteindre son objectif qu'en mars 2011.

3 DÉCÈS, à Paris, de Georges Lanteri-Laura, grand praticien et théoricien de la psychiatrie, ami et élève de Georges Canguilhem.

9 DÉCÈS de René Taton, historien des sciences, à l'âge de 89 ans.

11 CLONAGE : Les autorités britanniques donnent à une équipe de biologistes de l'université de

Newcastle l'autorisation de créer des embryons humains à des fins exclusivement scientifiques et médicales. Le même jour, le Vatican renouvelle son opposition à tout clonage thérapeutique.

12 DÉCÈS de Sir Godfrey Hounsfield, scientifique britannique, prix Nobel de médecine 1979 pour l'ensemble de ses travaux, inventeur du scanner, dont le prototype a été mis au point à la fin des années 1960.

16 ESPACE : L'opérateur de satellites Intelsat, numéro deux mondial du secteur, annonce un accord définitif pour son rachat par un consortium de quatre fonds d'investissement pour un montant de 5 milliards de dollars, dont 2 milliards de reprise de dette.

24 DÉCÈS, aux États-Unis, d'Élisabeth Kübler-Ross, psychiatre d'origine suisse, à l'âge de 78 ans. Ses travaux sur la mort, son expérience d'accompagnement des mourants, ainsi que ses nombreux livres sur ce thème lui ont conféré une réputation internationale. ■

Culture

1er DÉCÈS de l'actrice et comédienne Madeleine Robinson, dont la longue carrière (elle avait 87 ans) embrasse une large part de la vie théâtrale et cinématographique du XXe siècle.

2 DISQUES : Dans le conflit qui l'oppose à sa maison de disques Universal Music France, Johnny Hallyday remporte une première manche en obtenant du conseil des prud'hommes de Paris une expertise de son contrat, ainsi que la restitution des bandes originales de ses chansons, mais sans leurs droits d'exploitation, ce qui rend la décision plutôt symbolique.

2 ÉDITION : Le groupe d'Ernest-Antoine Seillière, Wendel Investissement, annonce qu'il a obtenu l'agrément de la Commission européenne pour le rachat d'Éditis, vendu par le groupe Lagardère. Le même jour, Hachette Livre, filiale de Lagardère, annonce l'acquisition du quatrième éditeur britannique, Hodder Headline, vendu par la chaîne de distribution WH Smith, pour un montant de 223 millions de livres sterling (337,8 millions d'euros).

2 DÉCÈS, révélé **le 4**, du photographe français Henri Cartier-Bresson, cofondateur, avec son ami Robert Capa, de l'agence Magnum, en 1947. Âgé de 95 ans, ce grand maître de la photographie du XXe siècle a consacré les dernières années de sa vie à son autre passion, le dessin. Le président de la République salue « *avec beaucoup de peine* » la disparition d'Henri Cartier-Bresson, « *l'un des artistes les plus doués de sa génération et les plus respectés de par le monde* », pour qui il avait « *admiration, amitié et respect* ».

→ *À consulter en ligne 4 pages dans* Le Monde *(6 août).*

2 DÉCÈS, à 77 ans, de François Craenhals, un des grands noms de la bande dessinée belge, qui créa notamment, en 1966, dans le journal *Tintin*, les aventures de Chevalier Ardent. Il faisait partie des derniers «*monstres sacrés*» de la BD classique.

6 DÉCÈS, à 56 ans, de Rick James, chanteur vedette du funk dans les années 1980, considéré comme l'un des artisans du renouveau créatif de la musique funk, à la fin des années 1970.

6 DÉCÈS de Joseph-Marie Lo Duca, éditeur,

journaliste, écrivain et historien du cinéma. Il était âgé de 93 ans.

12 DÉCÈS, à l'hôpital de Cotonou, au Bénin, où il venait d'être rapatrié après son hospitalisation et plusieurs opérations chirurgicales récentes en France, de Gnonnas Pedro, chanteur, auteur-compositeur béninois, l'une des voix du groupe Africando.

14 DÉCÈS, à Cracovie, de Czeslaw Milosz, poète et penseur polonais, prix Nobel de littérature en 1980, porte-parole de la «deuxième Europe». Il était âgé de 93 ans.

BIBLIOGRAPHIE

Essais :
La Pensée captive. Essai sur les logocraties populaires, préface de Karl Jaspers, Gallimard, 1953.
Une autre Europe, Gallimard, 1964, nouvelle édition en 1980.
La Terre d'Ulro, Albin Michel, 1985.
Visions de la baie de San Francisco, Fayard, 1986.
Témoignage de la poésie, PUF, 1987.
L'Immoralité de l'art, Fayard, 1988.
De la Baltique au Pacifique, Fayard, 1990.
Abécédaire, Fayard, 2004.
Le Chien mandarin, Fayard, 2004.
Entretiens :
Milosz par Milosz, entretiens avec Ewa Czarnecka et Aleksander Fiut, Fayard, 1986.
Mon siècle. Confession d'un intellectuel européen, entretiens avec Aleksander Wat, de Fallois / L'Âge d'homme, 1989.
Poésie :
Poèmes 1934-1982, Luneau Ascot, 1984.
Romans :
La Prise du pouvoir, Gallimard, 1953.
Sur les bords de l'Issa, Gallimard, 1956.

16 DÉCÈS du photographe américain **Carl Mydans**, un des plus importants photographes de guerre, une figure du magazine *Life*, à l'âge de 97 ans.

17 DÉCÈS de Gérard Souzay, un des grands barytons du XXᵉ siècle.

18 DÉCÈS du compositeur américain Elmer Bernstein, un des derniers grands compositeurs de musique de films hollywoodiens, à son domicile près de Los Angeles. Il était âgé de 82 ans.

22 PEINTURE : Au musée Edvard Munch d'Oslo (Norvège), *le Cri*, œuvre majeure du maître, une des « *icônes* » du XXᵉ siècle, ainsi que *la Madone* sont dérobés en plein jour, en moins d'une minute, sous les yeux ébahis des visiteurs.

22 DÉCÈS, à Los Angeles, à l'âge de 83 ans, du réalisateur Daniel Petrie, qui a travaillé pour le cinéma (il a dirigé entre autres Sidney Poitier et Paul Newman) et pour la télévision.

29 DÉCÈS de Jean-Louis Gardies, spécialiste de la philosophie des mathématiques, catholique convaincu. ◾

Sport

5-12 FOOTBALL : **Le 5**, le joueur français Bixente Lizarazu décide de mettre un terme à sa carrière internationale, suivi **le 12** par Zinedine Zidane, qui continuera pourtant de jouer au Real Madrid. Des 22 « Bleus » champions du monde en 1998, seuls cinq restent à la disposition du nouveau sélectionneur, Raymond Domenech. Mais, **le 18**, cette nouvelle équipe a du mal à convaincre son public, en faisant match nul (1-1) en rencontre amicale contre la Serbie au stade de Rennes.

13 JEUX OLYMPIQUES : Au terme de la très réussie cérémonie d'ouverture des 25e Jeux olympiques d'été d'Athènes, la flamme est allumée par le champion de planche à voile Nikolaos Kaklamanakis, choisi comme remplaçant du sprinteur Costas Kenteris. Ce dernier, ainsi qu'Ekaterini Thanou, vice-championne olympique du 100 mètres, sont mis en cause pour avoir manqué un contrôle antidopage, après avoir été hospitalisés suite à un accident de moto. **Le 18**, après audition devant la commission de discipline du CIO, les deux athlètes, très populaires en Grèce, préfèrent déclarer forfait pour ne pas être exclus des épreuves.

15 AUTOMOBILE : La victoire de Michael Schumacher au Grand Prix de Hongrie permet à Ferrari de remporter son sixième titre consécutif au championnat des constructeurs, le quatorzième de son histoire. Pour le pilote allemand, il s'agit du 82e succès de sa carrière, de sa 12e victoire en une saison, son 7e succès d'affilée.

29 JEUX OLYMPIQUES : Avec 33 médailles, dont 11 en or, la France occupe, au terme des Jeux d'Athènes, la 7e place, alors qu'elle occupait la 6e à Sydney en 2000 et la 5e à Atlanta en 1996. Les États-Unis se classent premiers, avec 103 médailles (35 en or), devant la Chine (63 médailles, 32 en or), où se dérouleront les Jeux de 2008, et la Russie (92 médailles, 27 en or). Trente records du monde ont été battus pendant ces Jeux, où la multiplication des contrôles antidopage inopinés a permis de déceler 21 cas de positivité et a entraîné la destitution de trois champions.

29 AUTOMOBILE : Malgré la victoire du Finlandais Kimi Raikkonen au Grand Prix de Belgique, sur le circuit de Spa-Francorchamps, l'Allemand Michael Schumacher, arrivé deuxième, décroche son septième titre de champion du monde, record absolu en Formule1.

30   RAME : Anne Quémédé franchit la ligne d'arrivée de la traversée de l'Atlantique au large de la Charente-Maritime après avoir ramé sur son canot *Connétable* pendant 87 jours et 12 heures.   ■

Septembre

- Privatisation de France Télécom

- Division du Parti socialiste sur la Constitution européenne

- Une prise d'otages tourne au carnage en Ossétie, Poutine centralise les pouvoirs en Russie

- Les Caraïbes et le sud-est des États-Unis ravagés par cyclones et tempêtes

- Échec d'une tentative de libération des deux otages français en Irak

- Transition en douceur en Chine

- Proposition franco-brésilienne d'une taxe mondiale pour relancer l'aide au développement

- Les États-Unis favorables à une conférence internationale sur l'Irak qui sombre dans le chaos

- Décès de Françoise Sagan

- Les Jeux paralympiques d'Athènes

France

1er POLITIQUE : Au cours d'un entretien en tête à tête, *« dans une atmosphère chaleureuse »*, selon le communiqué de l'Élysée, Jacques Chirac et Nicolas Sarkozy parviennent à un compromis selon lequel le ministre de l'économie restera au gouvernement jusqu'à son élection à la tête de l'UMP, fin novembre.

→ *Portrait de Nicolas Sarkozy*, Le Monde *(3 septembre)*.

1er PRIVATISATION : En cédant 10,85 % du capital de France Télécom, l'État récupère 5,1 milliards d'euros. La vente des titres à 19,05 euros, un succès pour le ministre de l'économie Nicolas Sarkozy, revient à privatiser l'opérateur téléphonique, l'État devenant actionnaire minoritaire. Lors d'une assemblée générale extraordinaire, la direction fait approuver la possibilité de distribuer des stock-options.

UN MOUVEMENT ENGAGÉ IL Y A SEIZE ANS

1988 : La direction générale des télécommunications (DGT), qui gère les télécommunications en France, au sein du ministère des PTT, devient France Télécom.

Janvier 1991 : La Poste et France Télécom se transforment en établissements publics autonomes, assujettis aux règles du droit commercial, et non plus administratif.

Juillet 1996 : Sous l'égide de François Fillon, alors ministre des postes et télécommunications, une loi est adoptée. Elle transforme France Télécom en société anonyme, mais prévoit que l'État doit conserver au moins 51 % de son capital.

Février 1997 : Le gouvernement d'Alain Juppé engage le processus d'introduction en Bourse de 20 % à 30 % du capital de France Télécom ; l'opération est prévue pour mai. La victoire électorale de la gauche retarde cette ouverture du capital.

Octobre 1997 : 21 % du capital de France Télécom est mis en Bourse, 3,9 millions d'actionnaires individuels souscrivent, et l'État empoche près de 40 milliards de francs.

Novembre 1998 : Une deuxième opération de cession du capital fait descendre la part de l'État à 62 %.

Avril 2003 : Le capital est augmenté de 15 milliards d'euros dont 9,2 milliards souscrits par l'État.

Décembre 2003 : Le projet de loi qui autorise l'État à passer sous la barre des 50 % du capital, tout en maintenant le statut du personnel fonctionnaire, est définitivement adopté.

Septembre 2004 : Le gouvernement français annonce la privatisation de France Télécom, avec la cession d'au moins 9,6 % du capital. L'État détiendrait alors environ 43 % du capital.

1ᵉʳ DROIT CONSTITUTIONNEL : Décès de Louis Favoreu, constitutionnaliste reconnu internationalement, ancien président de l'université d'Aix-Marseille.

2 LAÏCITÉ : Le premier jour de la rentrée scolaire a lieu dans le contexte difficile de la prise d'otages français en Irak, alors que s'applique la nouvelle loi sur les signes religieux. Sur trois millions d'élèves, 240 jeunes filles se présentent voilées (à la rentrée 2003, on en avait dénombré 1 200) et seulement une centaine le reste.

5 UMP : L'université d'été des jeunes de l'UMP, qui se tient à Avoriaz (Haute-Savoie), est marquée par le discours du candidat à la présidence du parti, Nicolas Sarkozy, qui y est ovationné. C'est l'occasion pour le ministre des finances d'afficher sa proximité avec Jacques Chirac et sa liberté de parole à l'égard du gouvernement.

5 OGM : Dans le Gers, 500 personnes venues arracher des plants de maïs transgéniques sont accueillies à coups de matraque et de gaz lacrymogènes par les gendarmes. Arrêté, José Bové est relâché dans la soirée.

8 POLITIQUE : Décès de Raymond Marcellin, ministre de l'intérieur de 1968 à 1974. Nommé par le général de Gaulle le 31 mai 1968, il avait succédé à Christian Fouchet, afin de mettre fin, avec fermeté, à la «*chienlit*» de mai 68.

9 RELIGIONS : Le secrétaire général de l'Union des organisations islamiques de France (UOIF), Fouad Alaoui, rencontre la commission des rapports avec l'Islam du Conseil représentatif des institutions juives de France (CRIF), une première après des mois de tension entre ces deux organisations.

9 RÉFÉRENDUM : Invité sur France 2, le numéro deux du PS, Laurent Fabius, indique qu'il dira «*non*» au référendum sur le traité constitutionnel européen, en 2005, si les conditions qu'il pose au chef de l'État sur l'emploi, le budget et les services publics ne sont pas satisfaites. **Le 10**, il réitère son «*non*» au «Grand Jury RTL-*Le Monde*», exacerbant ainsi le débat au PS sur la ratification du texte, tandis que le groupe socialiste du Parlement européen est «*consterné*» par cette position. Le PCF et l'extrême gauche campent sur une ligne d'opposition, les Verts se montrant divisés. De Madrid, où il rencontre, **le 13**, les chefs de gouvernement espagnol et allemand, Jacques Chirac déclare qu'il fera tout pour que la campagne du référendum « *ne soit pas détournée à des fins parti-sanes* ». **Le 15**, François Hollande, dans un entre-tien au *Monde*, réplique au « *non* » de Laurent Fabius par un « *oui de combat* », faisant valoir que la position du PS « *décidera du sort du référendum* », s'opposant à une « *double crise, européenne et socia-liste* ». **Le 23**, dans une tribune publiée par *le Nou-vel Observateur*, Lionel Jospin s'engage pour le « *oui* » au projet de Constitution européenne. **Le 29**, la journée parlementaire du PS à Lorient met en évidence les tensions existant au sein du parti entre partisans du « oui » et du « non » à la Constitution européenne.

10-12 PARTI COMMUNISTE : La 64e Fête de *l'Humanité*, qui commémore le centième anniver-saire du quotidien communiste fondé en 1904 par Jean Jaurès, accueille 600 000 visiteurs au parc de La Courneuve (Seine-Saint-Denis). Pour la première fois, des élus de droite, le secrétaire d'État à l'assu-rance-maladie, Xavier Bertrand, et deux députés UMP, Hervé Novelli et Hervé Mariton, viennent par-ticiper à des débats contradictoires.

12 MALADIE : Suite à une alerte à la rage dans le Sud-Ouest, les autorités décident que les chas-seurs ne pourront pas emmener leurs chiens à l'ou-verture de la chasse. Le ministre de la santé, Philippe Douste-Blazy, se déclare favorable au rétablissement de la vaccination obligatoire.

13 MALADIE : Philippe Douste-Blazy, ministre de la santé, présente un ensemble de mesures desti-nées à lutter contre la maladie d'Alzheimer, qui touche 800 000 personnes, et dont 165 000 nouveaux cas sont recensés chaque année.

13 PRIVATISATION : La Société nationale d'électricité et de thermique (SNET), filiale du groupe public Charbonnages de France, est pri-vatisée au profit de l'électricien espagnol Endesa, qui en prend le contrôle à 65 %, pour 121 millions d'euros. Gaz de France doit acheter les 35 % restants.

14 EMPLOI : Dans un communiqué, le constructeur automobile Renault annonce vouloir embaucher, en 2005, 14 000 personnes dans le monde, dont 9 000 en France.

14 COLLECTIVITÉS LOCALES : En autorisant les conseils régionaux à moduler le taux de la taxe intérieure sur les produits pétroliers (TIPP), la Commission européenne lève le dernier obstacle au financement des nouvelles compétences transférées aux régions par la loi sur les libertés et les responsabilités locales du 13 août.

15 EDF : Pierre Gadonneix, président sortant de GDF, est nommé président d'EDF en remplacement de François Roussely, pourtant soutenu par Jacques Chirac. Mais le premier ministre Jean-Pierre Raffarin obtient son départ en brandissant la menace de sa démission. Il fait également nommer son directeur adjoint de cabinet, Jean-François Cirelli, président de GDF. **Le 17**, Pierre Gadonneix demande un « *état des lieux général de la situation* » du groupe. **Le 23**, dans un entretien au *Wall Street Journal*, Jean-Pierre Raffarin évoque une ouverture du capital de l'entreprise, provoquant de nombreuses protestations syndicales.

→ *Portrait de François Roussely*, Le Monde (*1er septembre*).

15 COHÉSION SOCIALE : Le projet de loi de programmation pour la cohésion sociale est présenté au conseil des ministres par Jean-Louis Borloo. Reprenant les grandes lignes du plan, annoncé le 30 juin, il représente pour l'État un effort budgétaire de 12,7 milliards d'euros sur cinq ans (2005-2009), articulé autour de vingt programmes d'action et de trois piliers (l'emploi, le logement et l'égalité des chances).

16 POLITIQUE : Jean-Luc Romero, qui a démissionné de son poste de secrétaire national de l'UMP, chargé de la lutte contre le sida, le 29 juin, annonce son intention de créer son propre mouvement, Aujourd'hui, autrement. Ce nouveau parti, « *100% différent* » devra « *trouver un juste milieu entre le libéralisme à tous crins et le socialisme* ».

16 OR : Euronext, la société qui gère la Bourse de Paris, cesse de coter le métal jaune en raison du nombre d'intervenants insuffisants sur ce marché. Mais le marché, libre en France, reste toujours actif hors de la Bourse.

16 CONDITIONS DE TRAVAIL : Plusieurs centaines d'inspecteurs, contrôleurs et agents de l'inspection du travail défilent dans les rues de Paris pour demander le soutien du ministère du travail après le meurtre de deux de leurs collègues, **le 2**, par un agriculteur qu'ils étaient venus contrôler sur son exploitation de Saussignac (Dordogne).

19 POLITIQUE : Invité du journal de TF1, le premier ministre Jean-Pierre Raffarin propose un « *contrat France 2005* », se substituant à « *l'agenda 2006* », prévu à la rentrée 2003. Il promet des « *résultats concrets* » sur la baisse du chômage, la réforme de l'école et la lutte contre la vie chère.

19 AUTOMOBILE : Invité du « Grand Jury RTL-*Le Monde* », Louis Schweitzer, P-DG de Renault, annonce que la Logan, voiture bon marché produite en Roumanie sous la marque Dacia, qui rencontre un grand succès, sera vendue 7 500 euros en Europe occidentale, à partir de juin 2005.

19 CORSE : Après deux semaines de grève, un accord est conclu entre la direction de la Société nationale Corse-Méditerranée (SNCM) et le Syndicat des travailleurs corses (STC), portant sur des revalorisations salariales, et sur un «*rééquilibrage*» des emplois au profit des résidents corses. **Le 21**, malgré l'opposition du ministre de l'agriculture Hervé Gaymard, qui stigmatise des «*discriminations basées sur des critères ethniques*», et de son collègue de l'industrie Patrick Devedjian, qui dénonce un accord «*ethnique scandaleux*» rappelant la période de «*l'Occupation*», le premier ministre, Jean-Pierre Raffarin, valide cet accord. **Le 23**, après une nouvelle grève de deux jours organisée par l'intersyndicale, le P-DG de la compagnie maritime, Bruno Vergobbi, accepte de revenir partiellement sur la préférence à l'embauche accordée aux résidents corses.

22 BUDGET : Le ministre de l'économie, des finances et de l'industrie, Nicolas Sarkozy, présente devant le conseil des ministres un projet de loi de finances, pour 2005, dont la rigueur est la principale priorité. Sur les 17 milliards d'euros de plus-values de recettes fiscales générées par la croissance, 10 milliards iront à la baisse du déficit budgétaire, 5 milliards à la hausse des dépenses (soit une stagnation en volume), et seulement 2 milliards à des baisses d'impôts, bénéficiant aux entreprises et aux particuliers.

24 EUTHANASIE : Un an après la mort de son fils Vincent, tétraplégique, Marie Humbert présente la proposition de loi sur l'euthanasie élaborée par l'association Faut qu'on s'active ! et autorisant «*une aide active*» à mourir.

24 SANTÉ : La Cour de justice de la République (CJR) est saisie d'une plainte déposée par les familles de cinq personnes, décédées après avoir été vaccinées contre l'hépatite B. Elle vise les ministres ou anciens ministres de la santé Philippe Douste-Blazy, Bernard Kouchner et Jean-François Mattei pour des faits de «*mise en danger de la vie d'autrui*», «*publi-*

cité trompeuse en matière de santé publique» et
«*non-assistance à personne en danger*».

26 ÉLECTIONS SÉNATORIALES : Un tiers
des sièges du Sénat, soit 128 dont 10 nouveaux, sont
renouvelés par le collège des grands électeurs.
L'UMP, en perdant huit sièges, perd du même coup
la majorité absolue, qui ne pourra être obtenue
qu'avec l'appui des élus du groupe centriste (+ 3). La
gauche gagne globalement 15 sièges (PS + 10,
Verts + 3, PCF + 2). Le nombre de femmes élues est
en légère augmentation (57 élues contre 34) et
Charles Pasqua, visé par plusieurs enquêtes judiciaires, retrouve une immunité parlementaire en
étant réélu dans les Hauts-de-Seine, département
désormais présidé par Nicolas Sarkozy. **Le
1er octobre**, Christian Poncelet (76 ans) est réélu à
la présidence du Sénat...

27 JUSTICE : Les sept personnes acquittées au
procès pour pédophilie d'Outreau et leurs avocats
sont reçus par le ministre de la justice, Dominique
Perben, qui leur promet une avance financière sur
les indemnités qu'ils percevront après ce drame judiciaire «*historique*».

27 VOL : Profitant de l'agitation causée par la
venue de Mme Raffarin à la Biennale des antiquaires, au Carrousel du Louvre à Paris, des malfaiteurs s'emparent sur le stand du joaillier suisse Cho-
pard de deux diamants d'une valeur totale de
11,5 millions d'euros.

UN BUTIN HISTORIQUE

Le vol de deux diamants d'une valeur globale de 11,5 millions
d'euros à la Biennale des antiquaires du Louvre est l'un des plus
importants commis en France au cours de ces vingt-cinq dernières
années.

Le 14 août 1981, 5 millions de dollars de bijoux (3,8 millions d'euros) avaient été dérobés dans la villa de Roquebrune-Cap Martin (Alpes-Maritimes) de la princesse Maria-Sol de Messiade-Lesseps, parente de la famille royale espagnole.

Le 7 octobre 1981, un couple de milliardaires mexicains s'était fait dérober 5 millions de dollars (3,8 millions d'euros) de joyaux à l'hôtel Ritz, à Paris.

En août 1996, des pirates de la route avaient dévalisé trois Saoudiennes à Antibes pour un butin évalué à 4 millions de dollars (3 millions d'euros) de bijoux.

Le 15 juillet 2001, trois hommes avaient dérobé 25 millions de francs de bijoux (3,8 millions d'euros) lors du braquage à la voiture-bélier d'une bijouterie Van Cleef & Arpels, à Cannes (Alpes-Maritimes).

28 ÉDUCATION : À l'occasion de la rentrée universitaire, le ministère de l'éducation nationale lance une opération visant à favoriser l'équipement des étudiants en ordinateurs portables, pour l'équivalent d'un euro par jour (le prix d'un café), sous forme d'un prêt bancaire à taux réduit (3,5 %).

28 FN : Le bureau exécutif du Front national suspend du bureau politique, pour trois mois, Marie-France Stirbois, conseillère régionale de Provence-Alpes-Côte d'Azur, et, pour six mois, Jacques Bompard, maire d'Orange, que Jean-Marie Le Pen accuse d'être *« responsables de la perte de quatre à cinq députés européens »*, ainsi que d'avoir critiqué sa fille Marine, vice-présidente du FN, pendant la campagne électorale.

28 EURODISNEY : Un accord ayant été trouvé avec ses bailleurs de fonds européens et américains pour réaménager sa dette (2,4 milliards d'euros à la fin mars), Eurodisney échappe au dépôt de bilan qui le menaçait.

30 PRESSE : Serge Dassault nomme Francis Morel à la direction générale du *Figaro* et Nicolas Beytout à la tête de la rédaction du quotidien. Yves de Chaisemartin quitte ses fonctions de vice-président et de directeur général du groupe.

→ *Portrait de Serge Dassault*, Le Monde *(21 septembre)*.

30 VALIANCE : La société de transport de fonds Valiance est reprise par le groupe suédois Securitas. L'entreprise, lâchée par son actionnaire, l'Union des banques suisses, avec un passif de 94 millions d'euros, annonce la suppression de 298 emplois. ■

International

1ᵉʳ OSSÉTIE DU NORD : Un commando armé demandant le retrait des troupes russes de Tchétchénie et la libération de plusieurs prisonniers prend plus de 1 100 personnes en otage, dont plusieurs centaines d'enfants, dans une école de Beslan, ville d'Ossétie du Nord, République russe du Caucase. **Le 3**, alors que des otages s'échappent sous des tirs d'armes et que le toit du gymnase s'effondre, l'assaut lancé contre le bâtiment tourne au bain de sang, faisant, selon le bilan officiel, au moins 339 morts, pour la moitié des enfants, sans compter les 31 morts du commando terroriste. **Le 4**, Vladimir Poutine, qui se défend d'avoir ordonné l'assaut, effectue une visite-éclair sur les lieux du drame, et, devant l'indignation soulevée par ce carnage, intervient à la télévision. Évoquant une «*manifestation du terrorisme international contre la Russie*», il annonce une réforme du système de sécurité. **Les 6 et 7** sont décrétés journées de deuil national en Russie et les victimes de la plus grande prise d'otages de l'histoire sont enterrées dans une grande confusion. **Le 7**, des dizaines de milliers de personnes manifestent à Moscou contre le terrorisme tandis que **le 8**, le nouveau chef d'état-major de l'armée russe, le général Iouri Balouevski, se dit prêt à procéder à *«des frappes préventives pour liquider les bases terroristes dans n'importe quelle région»* du monde et offre une prime de 10 millions de dollars pour toute information permettant de *«neutraliser»* les chefs de la rébellion tchétchène, Aslan Maskhadov et Chamil Bassaïev, accusés d'avoir organisé l'opération. Le même jour, à Vladikavkaz, capitale de l'Ossétie, des milliers de manifestants réclament la démission du président Alexandre Dsassokhov, qui promet l'ouverture d'une enquête. **Le 12**, Vladimir Poutine limoge les chefs de la sécurité en Ossétie, et annonce la réforme des services qu'ils dirigeaient. **Le 13**, au cours d'une réunion extraordinaire du gouvernement russe, Vladimir Poutine annonce, au nom de la lutte antiterroriste, une réforme des institutions, renforçant le pouvoir du Kremlin au détriment des régions. **Le 16**, dans une interview à l'hebdomadaire *Moskovskie Novosti*, l'ancien président russe Boris Eltsine met en garde contre un recul de la démocratie, menacée, selon lui, par les réformes *«radicales»* annoncées par son successeur. **Le 17**, Chamil Bassaïev, chef de guerre radical tchétchène, revendique la série d'attentats qui ont frappé la Russie depuis le mois d'août, dont la prise d'otages en Ossétie. Il assure que la *«terrible tragédie»* de Beslan est le résultat d'un assaut lancé par les forces russes.

OSSÉTIE :
LA PRISE D'OTAGES LA PLUS MEURTRIÈRE

La prise d'otages de Beslan est la plus meurtrière jamais perpétrée au monde.

En novembre 1979, l'occupation par des intégristes musulmans de la Grande Mosquée de La Mecque avait entraîné un assaut des forces saoudiennes, dont le bilan s'était élevé à 333 morts.

En novembre 1985, à Bogota, un commando du mouvement d'extrême gauche colombien M-19 occupe le palais de justice, prenant en otages près de 200 personnes. L'assaut de l'armée se solde par 155 morts.

En juin 1995, des combattants tchétchènes se retranchent dans un hôpital de Boudennovsk (sud de la Russie) où ils prennent 1 500 civils en otages. Les combats avec les forces russes font 150 morts.

En janvier 1996, un commando tchétchène prend en otages 2 000 personnes à Kizliar (Daghestan). Les combats font entre 50 et 100 morts.

En octobre 2002, à Moscou, un commando tchétchène retient en otages plus de 800 personnes dans un théâtre. L'assaut des forces russes fait 130 morts.

1er PANAMA : Prenant ses fonctions de nouveau président panaméen, Martin Torrijos, dirigeant du Parti révolutionnaire démocratique (gauche), déclare la guerre « *à la corruption et à l'impunité* ».

1er IRAK : Réuni pour la première fois, le Conseil national irakien, qui tient lieu de Parlement intérimaire, se donne un président kurde en élisant Fouad Maassoum, l'un des dirigeants de l'Union patriotique du Kurdistan.

1er IRAK : Sept otages (trois Indiens, trois Kenyans et un Égyptien), enlevés le 21 juillet, sont libérés. Au douzième jour de l'enlèvement par l'Armée islamique en Irak des journalistes français Christian Chesnot et Georges Malbrunot et de leur chauffeur syrien Mohammed Al-Joundi, le ministre français des affaires étrangères, Michel Barnier, se rend de Jordanie au Qatar, d'où il lance, sur la chaîne de télévision arabophone Al-Jazira, un message destiné à favoriser leur libération. **Le 2**, une délégation de trois membres du Conseil français du culte musulman (CFCM) arrive à Bagdad, où elle est bien accueillie par les oulémas. Pour le ministre de l'intérieur, interrogé le soir sur France 2, « *la plus grande prudence s'impose* ». Le groupe de l'islamiste jordanien Abou Moussab Al-Zarkaoui revendique l'assassinat de trois otages turcs. **Le 4**, l'offensive lancée par les forces américano-irakiennes dans la région de Latifiya, fief sunnite du sud de Bagdad où ont été enlevés les Français, amoindrit l'espoir de leur libération rapide. **Le 7**, deux Italiennes, Simona Torretta et Simona Pari, travaillant en Irak pour le compte de l'organisation humanitaire Un pont pour Bagdad, sont enlevées dans leur bureau. Le choc est grand en Italie, où l'émotion suscitée par l'exécution, le 26 août, du journaliste Enzo Baldoni, est encore vive. **Le 8**, Silvio Berlusconi reçoit pour la première fois les représentants de l'opposition pour examiner la situation. **Le 10**, environ 80 000 personnes défilent à Rome pour réclamer la libération des deux otages, tandis que le gouvernement italien multiplie les initiatives diplomatiques. Le **13**, le ministre italien des affaires étrangères, Franco Frattini, à la recherche d'appuis, entame au Koweit une tournée dans le golfe, tandis que les personnels des ONG présentes en Irak commencent à quitter le pays. **Le 16**, l'Armée islamique en Irak, qui détient, depuis le 20 août, les deux journalistes français et leur chauffeur syrien, publie un nouveau communiqué annonçant qu'elle rendra son « *verdict* » concernant les trois otages « *dans les prochains jours* ». Le groupe fait également savoir qu'il ne veut plus « *d'intermédiaires ni de médiateurs* ». Avec l'enlèvement, le même jour, de deux Américains et d'un Britannique à leur domicile, il apparaît de plus en plus évident que la prise d'otages devient la nouvelle arme de la guérilla : 200 à 300 étrangers ont ainsi été enlevés depuis le

5 avril, date du lancement de l'offensive américaine contre Fallouja. **Les 18 et 19**, les enlèvements se multiplient, dont 18 membres de la Garde nationale et une douzaine de chauffeurs turcs. **Les 20 et 21**, les deux otages américains détenus par le groupe d'Abou Moussab Al-Zarkaoui sont décapités, ce qui porte à six le nombre d'étrangers à avoir été exécutés de cette manière. John Kerry, candidat démocrate à l'élection présidentielle américaine, dénonce les « *fautes colossales* » de George Bush dans la gestion de la crise irakienne. **Le 27**, la libération de deux Égyptiens et d'un diplomate iranien fait naître une lueur d'espoir quant à une éventuelle libération des autres otages. **Le 28**, Simona Torretta et Simona Pari, les deux Italiennes enlevées le 7, sont libérées contre rançon, et regagnent Rome le soir même, où elles sont accueillies avec joie et soulagement.

→ *Portraits croisés de Christian Chesnot et Georges Malbrunot*, Le Monde *(2 septembre).*

3 LIBAN : Le parlement libanais adopte, par 96 voix contre 29, un projet d'amendement provisoire de la Constitution, soumis par le gouvernement, autorisant le président de la République, Émile Lahoud, à briguer une reconduction de son mandat pour une durée de trois ans.

5 ALLEMAGNE : Avec 30,8 % des suffrages, les sociaux-démocrates du SPD sortent grands battus de l'élection régionale en Sarre, où ils n'obtiennent que 18 des 51 sièges du Landtag (Parlement régional), contre 27 à la CDU (Union chrétienne-démocrate).

7 IRAK : De très violents affrontements avec les forces américaines à Fallouja, où les bombardements sont importants, mais aussi dans le quartier chiite de Sadr City à Bagdad, font plus de 150 morts en vingt-quatre heures. Au total, le nombre de soldats américains tués en Irak depuis la chute de Saddam Hussein dépasse le millier, alors qu'on estime à 10 000 le nombre de morts irakiens pour la même période. **Le 12**, l'attaque de la « *zone verte* » où se trouve l'ambassade américaine, la destruction d'un char Bradley par une voiture piégée et la réplique aveugle de l'armée américaine, avec des hélicoptères de combat, font 13 morts et 60 blessés. **Le 13**, Jacques Chirac estime, à l'issue du sommet tripartite de Madrid avec le chef du gouvernement espagnol José Luis Rodriguez Zapatero et le chancelier allemand Gerhard Schröder, qu'« *on a ouvert une boîte de Pandore* » en Irak « *que nous sommes incapables de refermer* ». **Le 14**, au moins 73 personnes périssent au cours d'attaques visant les policiers irakiens, dont 47 pour un seul attentat à Bagdad devant un centre de recrutement. **Le 16**, le secrétaire général de l'ONU Kofi Annan émet des doutes sur la possibilité, compte tenu du chaos régnant dans le pays, de pouvoir organiser les élections prévues pour janvier 2005, et déclare que l'invasion du pays était « *illégale car non conforme à la Charte de l'ONU* ». **Le 18**, une nouvelle journée de violence fait une quarantaine de morts, surtout dans le nord du pays. **Le 23**, devant le Congrès, à Washington, le chef du gouvernement intérimaire irakien Iyad Allaoui assure que son équipe est en train de « *réussir* » et minimise l'ampleur de l'insurrection. Mais, selon Donald Rumsfeld, les élections de janvier 2005 pourraient n'être organisées que sur une partie du territoire. **Le 24**, le secrétaire d'État américain Colin Powell annonce, dans un entretien au *New York Times*, que les États-Unis sont disposés à tenir une conférence internationale sur l'Irak. L'idée en avait été défendue en avril 2003 par la France et la Russie, et avait été reprise par le candidat démocrate John Kerry. **Le 27**, Michel Barnier, ministre des affaires étrangères, pose des conditions à la participation française à une telle conférence : que le retrait des forces d'occupation soit à l'ordre du jour, que l'ONU soit impliquée et que des groupes de la résistance irakienne soient invités. **Le 30**, un attentat dans le quartier d'El-Amel, à Bagdad, fait 42 morts, dont 35 enfants, et 200 blessés. Cette attaque, revendiquée par le groupe Tawhid Wal Djihad du Jordanien Abou Moussab Al-Zarkaoui, s'ajoute aux quelque 2 300 qui ont eu lieu en septembre, mois pendant lequel 76 soldats américains ont trouvé la mort.

9 TERRORISME : Un attentat contre l'ambassade d'Australie à Djakarta, en Indonésie, fait 9 morts et 160 blessés. L'explosion est revendiquée par la Jemaah Islamiyah, réseau terroriste local lié à Al-Qaida, alors que la chaîne de télévision qatarie Al-Jazira diffuse un enregistrement vidéo d'Ayman Al-Zawahiri, dans lequel le bras droit d'Oussama Ben Laden annonce que « *la défaite de l'Amérique en Irak et en Afghanistan est devenue une question de temps* ».

9-20 CATASTROPHES : Le cyclone Ivan, un des plus dangereux qui ait jamais traversé le bassin caraïbe, dévaste successivement l'île de la Grenade, aux deux tiers sinistrée, puis celle de la Jamaïque, frappant particulièrement la capitale, Kingston, frôle la pointe occidentale de Cuba, où plus d'un million et demi de personnes sont évacuées, avant de ravager quatre États du sud-est des États-Unis, dans lesquels les dégâts, considérables, sont évalués entre 4 et 10 milliards de dollars. La Floride subit ainsi son troisième ouragan en un mois, après les passages de Charley et Frances. Au total, Ivan fait environ 120 morts. **Les 17 et 18**, la tempête tropicale Jeanne ravage Haïti, où les inondations font au moins 1 316 morts, 1 097 disparus et 3 000 blessés, et où la distribution de l'aide internationale aux sinistrés donne lieu à des scènes de pillage. **Le 20**, Jeanne se dirige vers la Floride, ravagée pour la quatrième fois en six semaines.

10 UNION EUROPÉENNE : Les ministres des finances de la zone euro, réunis à La Haye, entérinent les propositions de la Commission sur la future réforme du pacte de stabilité et de croissance mais laissent aux experts le soin de définir les « circonstances exceptionnelles » permettant à un État de franchir la barre des 3 % du produit intérieur brut (PIB) fixé aux déficits publics, et celle des 60 % pour la dette. Les ministres élisent également le premier ministre luxembourgeois, Jean-Claude Juncker, à la tête de l'Eurogroupe, instance informelle réunissant les pays de la zone euro. Jean-Claude Juncker, qui prendra ses fonctions le 1er janvier 2005, devient ainsi le premier « *monsieur Euro* » de l'UE.

10 POLOGNE : La Diète (Parlement) polonaise adopte, à l'unanimité moins une voix, une résolution adressée à l'Union européenne, demandant des réparations à l'Allemagne pour les destructions commises par l'armée nazie durant la seconde guerre mondiale. **Le 27**, à Berlin, lors d'une conférence de presse conjointe, le chancelier, Gerhard Schröder, et le premier ministre polonais, Marek Belka, annoncent qu'ils contestent la base légale de ces revendications.

11 ÉGLISE ORTHODOXE : Le chef de l'Église grecque orthodoxe d'Alexandrie et de toute l'Afrique, Petros VII, et quinze autres personnes, dont plusieurs dignitaires orthodoxes, trouvent la mort dans un accident d'hélicoptère en mer Égée. Le vol se dirigeait vers le mont Athos, où se rendait la délégation.

12 HONGKONG : Avec un taux de participation record de 55,6 %, les électeurs expriment leur désapprobation envers les partis liés à la Chine en donnant trois sièges supplémentaires (25 sur 60) à la coalition des formations démocrates au Conseil législatif (Legco) de l'ancienne colonie britannique. Toutefois, les députés des partis favorables à Pékin restent majoritaires.

12 ISRAËL : 50 000 personnes de la droite nationaliste, favorables à la colonisation, manifestent à Jérusalem contre l'évacuation des colonies de Gaza.

12 DJIBOUTI : Décès à l'hôpital militaire français de Djibouti, à l'âge de 72 ans, d'Ahmed Dini Ahmed, ancien premier ministre de l'indépendance, rebelle afar, chef de l'opposition et figure de la lutte anticoloniale.

12 CORÉE DU NORD : Une mystérieuse explosion près de la frontière chinoise, dégageant un nuage gigantesque, fait croire pendant quelques heures à une déflagration atomique. Selon Pyongyang, il s'agirait de travaux destinés à raser une montagne pour un projet hydroélectrique.

12 PUBLICITÉ : Le groupe britannique de publicité WPP, numéro deux mondial du secteur, annonce l'acquisition de l'américain Grey Global, détenteur de budgets importants comme celui de Procter & Gamble, pour une valeur totale de 1,520 milliard de dollars (1,246 milliard d'euros). Le groupe français Havas, compte tenu de sa situation financière tendue, a préféré ne pas surenchérir.

15 GRANDE-BRETAGNE : Alors que 10 000 personnes manifestent dans les rues de Londres, et malgré l'irruption de cinq militants à la Chambre des Communes, celle-ci vote l'interdiction de la chasse à courre au renard. Deux jours plus tôt, les services de sécurité avaient déjà été mis en cause, lors de l'occupation d'une corniche du palais de Buckingham par un militant déguisé en Batman, représentant l'association Pères pour la Justice, qui plaide pour le droit des pères divorcés à voir leurs enfants.

16 AFRIQUE : Au Gallagher Estate, centre de conférences situé à mi-chemin entre Johannesburg et Pretoria (Afrique du Sud), se déroule la cérémonie d'ouverture du Parlement panafricain. Constitué en mars, cet organe consultatif, qui regroupe des représentants des 53 pays membres de l'Union africaine (UA), siégera deux fois par an.

16 ALLEMAGNE : La Cour constitutionnelle fédérale valide la condamnation de l'Union chrétienne-démocrate (CDU, droite) à une amende de 21,1 millions d'euros dans l'affaire des « *caisses noires* » enfreignant la loi sur le financement des partis.

16 ITALIE : Décès de Livio Maitan, intellectuel et militant, un des principaux dirigeants de la IVᵉ Internationale trotskiste.

17 UNION EUROPÉENNE : Réunis à Noordwijk, aux Pays-Bas, les ministres de la défense des Vingt-Cinq dotent l'Union européenne d'une « *gendarmerie européenne* » destinée à faire face aux tensions consécutives à un conflit régional.

19 CHINE : Jiang Zemin, âgé de 78 ans, ancien chef de l'État et du Parti communiste chinois, démissionne de son dernier poste, la direction des affaires militaires, qui est reprise par le président Hu Jintao, âgé de 61 ans. Il s'agit de la première transition en douceur à la tête du régime de Pékin depuis sa fondation en 1949.

19 ALLEMAGNE : Les élections régionales dans les Länder de Saxe (Dresde) et du Brandebourg (Potsdam) sont marquées par la poussée des néocommunistes du PDS et des néonazis du NPD, alors que les sociaux-démocrates (qui demeurent néanmoins le premier parti au Brandebourg) reculent et que les chrétiens-démocrates de la CDU enregistrent leur plus forte perte depuis 15 ans (– 15,8 % en Saxe). **Le 26**, les élections en Rhénanie-du-Nord-Westphalie (NRW), Land le plus peuplé d'Allemagne, confirment la baisse enregistrée par les grands partis la semaine précédente, le SPD obtenant 31,7 % des voix (contre 33,9 % en 1999) et l'opposition chrétienne-démocrate (CDU) régressant à 43,4 % (contre 50,3 %). Mais, contrairement aux élections régionales de Saxe et de Brandebourg, ni l'extrême gauche ni l'extrême droite ne progressent en Rhénanie du Nord.

20 INDONÉSIE : Au second tour des élections présidentielles, l'ex-général d'origine javanaise Susilo Bambang Yudhoyono, surnommé « SBY », l'emporte avec plus de 61 % des suffrages contre 39 % à la présidente sortante, Megawati Sukarnoputri.

20 ÉTATS-UNIS : Mgr Gerald Kicanas annonce le dépôt de bilan de son diocèse de Tucson, en Arizona. Assailli de procès pour pédophilie, il a dû verser 16 millions de dollars à des personnes ayant subi des abus sexuels de la part des prêtres de ses paroisses.

20 INFORMATIQUE : Microsoft annonce qu'il va donner un accès libre au code source de sa gamme de logiciels de bureautique Office aux gouvernements de plus de soixante pays.

20 ONU : Devant une cinquantaine de chefs d'État réunis au siège de l'ONU, Jacques Chirac, au cours d'un déplacement éclair à New York, pendant lequel il ne rencontre pas George Bush, présente avec le président brésilien Luis Iñacio Lula da Silva plusieurs propositions de taxe internationale pour relancer l'aide au développement. **Le 21**, le président George Bush réaffirme, devant l'Assemblée générale, la légitimité de la guerre en Irak et sa volonté de remodeler un « *Moyen-Orient élargi* ». Le secrétaire général, Kofi Annan, lui réplique en dénonçant un état de droit « *mis en péril* ». Le même jour, le Japon, le Brésil, l'Inde et l'Allemagne font officiellement acte de candidature au Conseil de sécurité.

21 COMMERCE MONDIAL : Robert Zoellick, représentant américain pour le commerce, annonce que les États-Unis ont décidé de saisir l'Organisation mondiale du commerce (OMC) au sujet du système douanier de l'Union européenne. Selon Washington, les exportateurs américains souffrent des «*incohérences*» entre les procédures douanières appliquées dans les différents États membres.

21 LIBAN : La Syrie retire 3 000 des 17 000 hommes de troupe présents au Liban. Ce retrait est jugé «*encourageant*» mais insuffisant par Paris et Washington.

21 ISRAËL : Une grève générale, lancée à l'initiative de la centrale syndicale Histadrout, paralyse le pays. La plupart des villes sont en faillite et les employés municipaux ne sont plus payés.

22 GAZ : Le pétrolier français Total annonce avoir signé un protocole d'accord visant à acquérir une participation de 25 % plus une action (soit la minorité de blocage en Russie) dans le gazier indépendant russe Novatek pour un montant d'environ 1 milliard de dollars (821 millions d'euros).

26 SYRIE : Un responsable de la branche extérieure du Mouvement de la résistance islamique (Hamas), Ezzedine Al-Cheikh Khalil, est tué dans un attentat à la voiture piégée à Damas. La Syrie et le Hamas accusent Israël, qui ne confirme ni ne dément être à l'origine de cet assassinat ciblé.

26 SUISSE : Pour la troisième fois en vingt ans, les Suisses rejettent par référendum la naturalisation simplifiée pour les étrangers de deuxième et de troisième génération. Ce résultat, qui met en valeur les divergences entre cantons francophones, favorables à la réforme, et alémaniques, opposés à celle-ci, constitue une victoire pour la droite populiste de Christoph Blocher.

26 UNION EUROPÉENNE : Au « Grand Jury RTL-*Le Monde* », le ministre de l'économie et des finances Nicolas Sarkozy déclare être favorable à l'organisation d'un référendum sur la question de l'adhésion de la Turquie à l'Union européenne. **Le 1er octobre**, à Strasbourg, où il rencontre le chancelier Schröder, le président Jacques Chirac annonce qu'il souhaite inscrire dans la Constitution l'obligation de soumettre au référendum tout nouvel élargissement de l'UE.

26 TURQUIE : Mettant fin à deux semaines d'atermoiements, le Parlement turc, réuni en session extraordinaire, vote une réforme du code pénal, expurgée du projet controversé de criminalisation de l'adultère, ouvrant ainsi la voie à des pourparlers sur la candidature d'Ankara à l'Union européenne.

27 PÉTROLE : À New York, le cours du baril de pétrole franchit la barre symbolique des 50 dollars. La succession de cyclones dévastateurs aux États-Unis, les attentats en Arabie saoudite, les troubles en Irak, l'insécurité au Nigeria et les difficultés de la compagnie pétrolière russe Ioukos font planer des doutes sur les capacités d'approvisionnement mondial de brut.

27 ENTREPRISES : Le cimentier mexicain Cemex acquiert l'anglais RMC pour 4,7 milliards d'euros. En France, 1 900 salariés sont concernés par ce rachat qui constitue la principale acquisition internationale faite par un groupe mexicain.

27 JAPON : En remaniant son cabinet, le premier ministre japonais, Junichiro Koizumi, réaffirme l'autorité de son gouvernement, entamée par le revers des élections sénatoriales en juillet, et montre qu'il entend poursuivre l'impopulaire privatisation des services postaux.

28 UNION EUROPÉENNE : L'audition par le Parlement européen de la nouvelle commissaire néerlandaise à la concurrence, Neelie Kroes, qui succédera à Mario Monti, suscite une polémique, les eurodéputés de gauche mettant en avant «*le risque de liens conflictuels*» entre sa carrière passée dans le monde des affaires et son futur poste à la Commission européenne.

29 YÉMEN : La cour pénale de Sanaa (Yémen) condamne deux militants islamistes à mort et quatre autres à des peines de prison pour leur participation à l'attentat contre le destroyer américain *Cole*, le 12 octobre 2000, dans la rade d'Aden, qui avait coûté la vie à 17 militaires américains.

30 ÉTATS-UNIS : Au cours du premier des trois débats de la campagne présidentielle, qui a lieu à l'université de Miami, George Bush et John Kerry confrontent leurs divergences sur l'Irak, la lutte contre le terrorisme et sa prolifération. Le candidat démocrate accuse le président sortant d'avoir commis «*une colossale erreur de jugement*» en choisissant d'attaquer l'Irak après les attentats du 11 septembre 2001. George Bush, au contraire, réaffirme que «*l'Irak est une partie centrale de la guerre contre le terrorisme*». Les sondages réalisés après ce débat montrent un renversement de tendance en faveur de John Kerry.

30 PROCHE-ORIENT : Trente-deux Palestiniens sont tués par l'armée israélienne dans le nord de la bande de Gaza, où des troupes israéliennes ont lancé depuis plusieurs jours l'opération Jours de repentir, pour limiter les tirs de roquettes artisanales palestiniennes. Il s'agit de l'un des plus lourds bilans d'opération militaire, quatre ans après le début de la seconde Intifada, le 29 septembre 2000, qui a fait plus de 4 300 morts.

30 ENVIRONNEMENT : Après plusieurs

années d'atermoiements, la Russie décide de ratifier le protocole de Kyoto, destiné à freiner le réchauffement climatique. Cette décision devrait permettre à terme l'entrée en vigueur de cet accord international, conclu en 1997, portant sur la réduction des émissions de gaz à effet de serre, auquel les États-Unis s'opposent toujours.

30 PHARMACIE : Le laboratoire américain Merck & Co annonce le retrait du marché du Vioxx, son médicament vedette, anti-inflammatoire qui occasionnerait des risques d'infarctus du myocarde et d'accident vasculaire cérébral après 18 mois de traitement. Ce retrait pourrait avoir de graves conséquences commerciales pour le laboratoire, dont il représente 11 % du chiffre d'affaires. ■

Science

5 DÉCÈS du professeur Raymond Dedonder, directeur de recherche au CNRS, directeur de l'Institut Pasteur de 1982 à 1987.

8 ESPACE : Aucun des deux parachutes ne s'étant ouvert pour freiner la capsule dans l'atmosphère, la sonde spatiale américaine *Genesis*, qui rapportait sur Terre quelques microgrammes de poussière solaire, s'écrase dans le désert de l'Utah. Toutefois, les principaux instruments de la sonde paraissant intacts, les responsables de la mission ont bon espoir de réussir à exploiter les données rapportées et de faire ainsi avancer les connaissances sur l'origine du système solaire.

10 ESPACE : Le Centre national de la recherche scientifique (CNRS) et l'Observatoire européen austral (ESO), installé au Chili, annoncent qu'un objet céleste très faiblement lumineux, qui pourrait être une planète extrasolaire (ou exoplanète), vient d'être découvert et photographié par une équipe internationale, comprenant des chercheurs français, dans le voisinage d'une jeune naine brune (étoile de faible masse). ■

Culture

1er PHOTOGRAPHIE : En décidant de ne pas faire appel du jugement limitant le droit de publier des photos de personnalités rendu le 24 juin par la Cour européenne de justice, le gouvernement allemand entérine la victoire de Caroline de Monaco sur les éditeurs de presse et les syndicats de journalistes allemands.

3 DÉCÈS de l'écrivain André Stil, membre de l'académie Goncourt, fidèle du Parti communiste de l'époque stalinienne.

6 DÉCÈS de Maurice Frot, écrivain, ancien régisseur et confident de Léo Ferré, qui participa en 1977 à la création du Printemps de Bourges, et qui en assura la programmation.

8 DÉCÈS, à l'âge de 92 ans, de Frank Thomas, pilier du studio d'animation américain Walt Disney, de 1934 à 1977, animateur des personnages de Grincheux, Pinocchio ou Bambi.

9 DÉCÈS de Jean-Daniel Pollet, un des cinéastes les plus singuliers du cinéma français moderne, franc-tireur et expérimentateur insolite.

10 ARCHITECTURE : La 9e Mostra d'architecture de Venise, qui a pour thème les « métamorphoses », décerne ses Lions d'or à l'Américain Peter Eisenman, au pavillon de la Belgique et à l'agence du Japonais Kazuo Sejima.

11 CINÉMA : Grâce à son nouveau directeur, Marco Müller, la 61ᵉ Mostra de Venise renoue avec le succès. Son palmarès distingue *Vera Drake*, du Britannique Mike Leigh (Lion d'or), *Mare dentro* de l'Espagnol Alejandro Amenabar (grand prix du jury) et *Bin-Jip* du Coréen Kim Ki-duc (prix de la mise en scène).

11 DÉCÈS à Paris de Margaret Kelly-Leibovici, alias « Miss Bluebell », créatrice, en 1948, de la troupe des célèbres Bluebell's Girls du Lido. Elle en assura la direction artistique pendant quarante ans, pendant lesquels elle forma environ dix mille danseuses.

12 CINÉMA : Le jury du Festival du cinéma américain de Deauville, présidé par Claude Lelouch, attribue son Grand Prix au premier long-métrage de Joshua Marston, *Maria Full of Grace*, le prix du jury à un autre premier film, *The Woodsman* de Nicole Kassel, et le prix du scénario à *The Final Cut* d'Omar Naïm.

12 PEINTURE : Ouverture à Venise d'une rétrospective rassemblant près de 300 œuvres de Salvador Dali, à l'occasion du centenaire de sa naissance.

13 CINÉMA : Le japonais Sony, numéro un mondial de l'électronique de loisir, rachète les studios de cinéma Metro Goldwyn Mayer (MGM), pour 2,94 milliards de dollars (2,39 milliards d'euros), plus 1,9 milliard de reprise de dettes. L'annonce intervient après le retrait surprise du repreneur jugé favori, le groupe Time Warner, qui a refusé de suivre une dernière surenchère du japonais. Les studios de cinéma étaient surtout convoités pour leur catalogue de 4 100 films.

13 FONDATION : La municipalité de Boulogne-

Billancourt (Hauts-de-Seine) délivre à François Pinault le permis de construire de sa Fondation sur le site des anciennes usines Renault de l'île Seguin. Les travaux du projet de l'architecte japonais Tadao Ando démarreront comme prévu fin 2004-début 2005. La Fondation, à la tête de laquelle est nommé Philippe Vergne, conservateur au Walker Art Center de Minneapolis (États-Unis), s'étendra sur 33 000 m².

16 DÉCÈS, à l'âge de 74 ans, près de Pretoria, de Dolly Rathebe, grande dame du jazz sud-africain.

17 MAISON DE LA CULTURE : Agrandie et rénovée, dotée du nouveau nom de MC2, la Maison de la culture de Grenoble, inaugurée en 1968 par André Malraux, rouvre ses portes après six ans de travaux. Le lieu, qui a abandonné son statut associatif, accueille désormais une troisième formation résidente, Les Musiciens du Louvre.

17 CINÉMA : Pour contrer l'« *agression de la critique* », Claude Lelouch, réalisateur mais aussi producteur et distributeur de son film *les Parisiens*, premier volet d'une trilogie intitulée *le Genre humain*, offre une séance gratuite dans les 400 salles où le film est projeté.

18 MUSIQUE : La septième édition de la TechnoParade rassemble 600 000 personnes dans les rues de Paris selon les organisateurs, 100 000 selon la police.

18-19 PATRIMOINE : Placée sous le thème des sciences et des techniques, la 21ᵉ édition des Journées du Patrimoine connaît une affluence record de douze millions de visiteurs, soit 500 000 de plus qu'en 2003.

19 DÉCÈS du photoreporter américain Eddie Adams, lauréat du prix Pulitzer 1968, pour sa célèbre photo de l'exécution d'un prisonnier, d'une balle dans la tête, dans le quartier chinois de Saïgon, ancienne capitale du Vietnam du Sud.

19 DANSE : 200 000 spectateurs applaudissent le cinquième défilé de la Biennale de la Danse de Lyon, placé sous le thème des mythes européens.

20 DÉCÈS de Raymond Borde, essayiste, critique de cinéma, créateur en 1964 de la Cinémathèque de Toulouse, dans sa ville natale, à l'âge de 84 ans.

21 MUSÉE : L'inauguration, à Washington, du Musée national des Indiens d'Amérique est célébrée par le défilé de plusieurs milliers de natifs en parures traditionnelles.

24 DÉCÈS de Françoise Sagan, de son vrai nom Françoise Quoirez, à l'hôpital d'Honfleur, à l'âge de 69 ans. Ayant connu un succès fulgurant avec la parution de *Bonjour tristesse*, en 1954, elle a marqué sa génération par une cinquantaine de livres, dont plusieurs best-sellers, et par des pièces de théâtre. Sa vie privée, mouvementée, fut marquée par la vitesse (elle fut victime d'un grave accident de la route en 1957), l'alcool et la drogue. Proche de François Mitterrand, son nom avait été mêlé à l'affaire Elf. Jacques Chirac salue en elle «*une figure éminente de notre vie littéraire*».

→ *3 pages dans* Le Monde *(26-27 septembre).* ∎

Sport

4 FOOTBALL : Pour son entrée en lice dans les éliminatoires de la Coupe du monde 2006 au Stade de France, l'équipe de France, remodelée par Raymond Domenech, n'obtient qu'un match nul (0-0) face à Israël. **Le 8**, en s'imposant (2-0) aux îles Féroé, l'équipe de France préserve ses chances pour le Mondial 2006, mais sans rassurer ni son sélectionneur ni son public.

10   TENNIS : En éliminant (1-6, 6-2, 6-4) l'Américaine Lindsay Davenport, affaiblie par une blessure à la cuisse, en demi-finale de l'US Open, la joueuse russe Svetlana Kouznetsova permet à la Française Amélie Mauresmo de devenir numéro un mondiale. Avant elle, aucun joueur français ni aucune joueuse française n'avait occupé cette place.

19   GOLF : L'équipe européenne conserve la Ryder Cup en battant nettement (18,5 à 9,5) celle des États-Unis sur le parcours d'Oakland Hills, près de Detroit (États-Unis). Thomas Levet devient le premier Français à s'imposer dans cette prestigieuse épreuve.

21   DOPAGE : L'équipe Phonak, formation suisse dont Tyler Hamilton porte les couleurs, révèle que le cycliste américain, champion olympique du contre-la-montre, a été contrôlé positif sur le Tour d'Espagne après avoir eu recours à une transfusion sanguine. C'est la première fois qu'un tel mode de dopage est constaté.

22   FOOTBALL : L'arrivée à TF1 du commentateur vedette Thierry Gilardi, transfuge de Canal+, pour remplacer Thierry Roland, met fin au duo que ce dernier formait depuis 1980 avec Jean-Michel Larqué, après une carrière longue de 49 ans, qui l'a mené de la RTF à Antenne2.

24   CYCLISME : À 34 ans, Richard Virenque annonce qu'il met un terme à sa carrière. Le coureur français, qui n'a jamais remporté le Tour de France, mais qui a porté le maillot jaune en 1992, a terminé troisième en 1996 et deuxième en 1997, avant d'en être évincé, en 1998, avec toute l'équipe Festina, pour dopage à l'EPO, va se reconvertir dans les relations publiques pour le compte d'Omega Pharma, cosponsor de son équipe actuelle.

25 VOILE : Le maxi-catamaran *Orange-II*, mené par Bruno Peyron, bat le record de la traversée de la Méditerranée en équipage en effectuant le parcours Marseille-Carthage (Tunisie) en 17 heures 56 minutes 13 secondes.

26 AUTOMOBILE : Michael Schumacher remporte le premier Grand Prix de F1 de Chine, disputé à Shanghaï.

28 JEUX PARALYMPIQUES : Au terme des XIIe Jeux paralympiques d'Athènes, dont la cérémonie de clôture est partiellement annulée en raison de la mort, dans un accident de la route, de sept lycéens grecs qui se rendaient au stade, la Chine se classe première avec 141 médailles, dont 63 en or, et la France neuvième avec 74 médailles, dont 18 en or, alors qu'elle s'était classée septième à Sydney en 2000. Les 25 pays de l'Union européenne totalisent plus de 550 médailles. ■

Octobre

- Fiasco de la mission de libération des otages français en Irak

- Imbroglio politico-juridique en Polynésie

- Mini-remaniement gouvernemental en France

- Feu vert européen pour l'ouverture des négociations avec la Turquie

- Face à la fronde du Parlement européen, José Manuel Barroso remanie la composition de sa Commission

- Vote historique en Israël sur le retrait de la bande de Gaza, Yasser Arafat hospitalisé à Paris

- Le Traité constitutionnel européen est signé à Rome par les chefs d'État et de gouvernement

- Ben Laden s'invite dans la campagne électorale américaine

- Mort de Jacques Derrida

France

1ᵉʳ JUSTICE : La nouvelle procédure judiciaire du plaider coupable est appliquée pour la première fois en France, à Saint-Étienne. Permettant au parquet de proposer une peine — au maximum un an de prison — à une personne qui reconnaît avoir commis un délit, cette procédure résulte de la loi dite « Perben 2 », adoptée en mars.

1ᵉʳ BOURSE : L'action du groupe Publicis fait son entrée parmi les valeurs du CAC 40 à la Bourse de Paris, où elle remplace celle du groupe pharmaceutique Aventis, absorbé par Sanofi-Synthelabo.

2 POLITIQUE : Décès de René Billières, président d'honneur du Parti radical de gauche (PRG), ancien ministre de l'éducation nationale, ancien député et sénateur.

4 ADMINISTRATION : Le « 39-39 », numéro de téléphone unique de renseignement administratif, déjà expérimenté en Rhône-Alpes et Aquitaine, est généralisé à la France entière.

5 BANQUES : La Cour de justice des communautés européennes (CJCE) condamne l'interdiction française de rémunérer les dépôts à vue, la jugeant contraire au droit communautaire. Cet arrêt, demandé par le Conseil d'État, qui avait lui-même été saisi d'une plainte de la banque espagnole Caixa Bank en juin 2002, va contraindre les banques à revoir leur politique tarifaire. **Le 7**, devant le Comité consultatif du secteur financier, le ministre des finances, Nicolas Sarkozy, présente une méthode et un calendrier pour obtenir des banques des tarifs plus justes et transparents.

5 ISLAM : Abdelkader Bouziane, ancien imam de Vénissieux, est expulsé de France vers Oran (Algérie) à la suite de la décision du Conseil d'État de mettre fin à la suspension de l'arrêté de reconduite à la frontière prise le 23 mai par le tribunal administratif de Lyon.

5 PÊCHE : Les marins-pêcheurs lèvent le blocus des ports de Méditerranée après l'annonce par Hervé Gaymard, ministre de l'agriculture et de la pêche, d'une série de mesures destinées à atténuer, pour la profession, les conséquences de la hausse du prix du gazole.

6 NUCLÉAIRE : Cent quarante kilos de plutonium américain d'origine militaire sont débarqués à Cherbourg, d'où ils devraient être transportés à La Hague (Manche) avant d'être traités dans l'usine de la Cogema à Cadarache (Bouches-du-Rhône). Les écologistes se mobilisent contre ce transport considéré comme risqué.

DU PLUTONIUM MILITAIRE AMÉRICAIN
SUR LES ROUTES DE FRANCE
LES ACCORDS DE DÉSARMEMENT

1991, 1993 : Les États-Unis et la République de Russie ratifient deux traités, Start I et Start II, relatifs au désarmement nucléaire. Septembre 2000 : Les Deux Grands signent, dans le prolongement de Start I et Start II, un accord politique visant à réduire leur stock de plutonium militaire (34 tonnes chacun).

2002 : Le département d'État à l'énergie (DOE) décide d'éliminer ce plutonium en le brûlant dans des centrales nucléaires civiles.

2003 : Les États-Unis confient à la France la fabrication de quatre assemblages de combustible Mox faits à partir de ce plutonium.

Septembre 2004 : Le DOE envoie par bateau en France la matière fissile (140 kilos de plutonium) nécessaire à cette opération.

7 PRESSE : L'éditeur italien Poligrafici Editoriale, propriétaire du quotidien *France Soir* depuis le 21 décembre 2000, annonce la vente de 70 % du capital de Presse Alliance, la société éditrice du quotidien, à l'homme d'affaires franco-égyptien Raymond Lakah, pour un montant de 4,5 millions d'euros. **Le 19**, ce dernier installe une nouvelle direction.

8 TERRORISME : Une bombe de moyenne puissance explose à 5 heures 10 du matin devant l'ambassade d'Indonésie à Paris, dans le 16e arrondissement, faisant 10 blessés légers. Cet attentat est le premier dans la capitale depuis 1997.

9 POLYNÉSIE : Le premier gouvernement, présidé depuis le 14 juin par l'indépendantiste Oscar Temaru, est renversé par l'Assemblée de Polynésie à la majorité absolue de 29 voix sur 57. La motion de censure a été déposée par l'opposition conduite par le sénateur UMP Gaston Flosse, précédent président du gouvernement, battu aux élections territoriales du 23 mai. Il se porte, **le 12**, candidat à la succession d'Oscar Temaru. **Le 16**, plus de 20 000 personnes manifestent à Papeete pour réclamer la dissolution de l'Assemblée locale et demander la convocation de nouvelles élections. Il s'agit du rassemblement le plus important de l'histoire de la Polynésie française.

Le 19, l'Assemblée de Polynésie ne peut procéder, faute de quorum, à l'élection du successeur d'Oscar Temaru, alors qu'on apprend que Gaston Flosse a été mis en examen, en octobre 2003, pour « *prise illégale d'intérêts* » et « *détournement de fonds publics* ». **Le 22**, l'Assemblée, en élisant Gaston Flosse à la tête de l'archipel, crée un imbroglio juridique car le mandat d'Oscar Temaru courant jusqu'au 25, la Polynésie a donc deux présidents. **Le 25**, Oscar Temaru entame, avec son gouvernement et tous les élus de la coalition écartés du pouvoir par Gaston Flosse, un « *jeûne spirituel* » qu'il cesse **le 29**.

→ *Portrait d'Oscar Temaru, page « Horizons »*, Le Monde *(30 octobre)*.

POLYNÉSIE : UNE CRISE EN GERME
DEPUIS QUATRE MOIS

27 février : La Polynésie est dotée d'un nouveau statut d'autonomie. Le volet électoral prévoit l'attribution d'une prime majoritaire aux listes arrivées en tête dans chacune des six circonscriptions électorales.

2 avril : L'Assemblée de Polynésie est dissoute par décret pris en conseil des ministres par le président de la République, à la demande du président du gouvernement territorial, le sénateur (UMP) Gaston Flosse.

23 mai : Le Tahoeraa Huiraatira, parti de Gaston Flosse, n'obtient que 28 des 57 sièges de l'Assemblée aux élections territoriales. Les indépendantistes en ont 27. Leur chef de file, Oscar Temaru, parvient à constituer une nouvelle majorité grâce à une alliance avec deux élus autonomistes.

3 juin : Antony Géros, indépendantiste, est élu, par 29 voix contre 28, président de l'Assemblée de Polynésie.

14 juin : Oscar Temaru est élu président de la Polynésie par 30 voix sur 57.

5 octobre : Assurée du ralliement d'un élu indépendantiste, l'op-

position dépose une double motion de censure contre le gouvernement.

6 octobre : Oscar Temaru demande la dissolution de l'Assemblée et la convocation de nouvelles élections.

10 AUTOMOBILE : Le Salon de l'auto 2004 de
Paris bat un nouveau record d'affluence avec près de
1,5 million de visiteurs. Il est marqué par une forte
hausse des prises de commande sur les stands des
constructeurs. L'ombre de la Logan, la « voiture à
5 000 euros » de Renault, bientôt produite en Chine,
plane sur la manifestation.

11 FRONT NATIONAL : Défendant les thèses
révisionnistes soutenues à Lyon III, le numéro deux
du parti, Bruno Gollnisch, estime qu'« *il n'y a plus
aucun historien sérieux qui adhère aux conclusions
du procès de Nuremberg* » puis revendique le droit
de « *discuter librement* » du « *drame concentrationnaire* ». **Le 18**, Marine Le Pen « *désapprouve* » ces
propos, alors que le bureau politique du parti les
soutient. **Le 27**, Bruno Gollnisch est suspendu pour
un mois de ses fonctions d'enseignant à l'université
Lyon III.

12 ENSEIGNEMENT : Le rapport définitif de
la Commission du débat national sur l'avenir de
l'école, présidée par Claude Thélot, est remis à
Jean-Pierre Raffarin et à François Fillon. Il préconise, entre autres, l'augmentation du temps de présence des enseignants dans les établissements scolaires. Le premier ministre déclare vouloir faire de
la réforme de l'école une des trois priorités de son
action en 2005, avec la baisse du chômage et la lutte
contre la vie chère.

13 CORSE : Dans un entretien accordé au
Monde, l'ancien préfet de Corse Bernard Bonnet
assume la responsabilité de l'incendie de la paillote
Chez Francis dans la nuit du 19 au 20 avril 1999. Il

s'agissait, selon lui, «*d'un ordre implicite mais non formalisé*». **Le 14**, la Cour de cassation confirme les condamnations de Bernard Bonnet à trois ans de prison dont un an ferme et du colonel Henri Mazères, alors commandant de la gendarmerie de l'île, à deux ans et demi de prison dont six mois ferme, prononcées par la cour d'appel de Bastia en janvier 2003. Mais la sanction de Bernard Bonnet ne sera pas mise à exécution tant que la demande de remise de peine n'aura pas été examinée.

SIX ANS DE REBONDISSEMENTS ET DE POLÉMIQUES

11 février 1998 : Bernard Bonnet est nommé préfet de Corse après l'assassinat de Claude Érignac, le 6 février.

27 juillet 1998 : Création d'une unité d'élite de la gendarmerie en Corse, le groupe de peloton de sécurité (GPS).

31 octobre 1998 : Le nationaliste Paul Quastana prend à partie le nouveau préfet dans l'hémicycle de l'Assemblée de Corse : «*Quand comptez-vous partir ?*» « *Je partirai quand vos amis cesseront de racketter, d'assassiner dans les fêtes de village, de déposer des explosifs*», répond le préfet.

7 mars 1999 : Incendie d'une paillote, l'Aria Marina, sur la route des Sanguinaires à Ajaccio.

14 mars 1999 : Au second tour des élections à l'Assemblée de Corse, Corsica Nazione, vitrine légale du FLNC-Canal historique, recueille 16,77 % des voix, meilleur score obtenu par une formation soutenant la lutte armée.

Nuit du 19 au 20 avril 1999 : La paillote Chez Francis, restaurant construit sur une plage au sud d'Ajaccio, est détruite par un incendie. Le 23, les gendarmes trouvent sur place un tract portant en lettres majuscules «*Féraud balance des flics*».

26 avril 1999 : Le colonel Henri Mazères est mis en examen par le juge Patrice Camberou pour « *complicité de destruction volontaire d'un bien appartenant à autrui par l'effet d'un incendie en bande organisée*» et écroué à la maison d'arrêt de Borgo (Haute-Corse).

3 mai 1999 : Bernard Bonnet et le directeur de son cabinet, Gérard Pardini, sont placés en garde à vue.

4 mai 1999 : Le ministre de l'intérieur, Jean-Pierre Chevènement, donne lecture à l'Assemblée nationale de la lettre que Bernard Bonnet lui a adressée la veille et dans laquelle il affirme sur l'honneur n'avoir « *appris que le mardi 20 avril, tôt dans la matinée, que la paillote Chez Francis avait brûlé dans la nuit*».

5 mai 1999 : Bernard Bonnet et Gérard Pardini sont mis en examen. Le préfet est écroué à la prison de la Santé, à Paris.

2 juillet 1999 : Bernard Bonnet est libéré et placé sous contrôle judiciaire.

11 janvier 2002 : Bernard Bonnet est condamné à trois ans de prison, dont un ferme, par le tribunal correctionnel d'Ajaccio.

15 janvier 2003 : La cour d'appel de Bastia confirme la peine.

13 AGRICULTURE : Après le blocage de cinq dépôts de carburant ou de raffineries par des agriculteurs mobilisés contre la hausse du prix du pétrole, le ministre de l'économie, Nicolas Sarkozy, annonce une détaxation partielle du fioul agricole. **Les 25 et 26**, ce sont les jeunes agriculteurs qui bloquent une dizaine de dépôts de carburant pour demander la détaxation « *totale et pérenne* » du fioul à usage agricole.

13 SANTÉ : Par 102 voix contre 12, les députés adoptent, malgré l'opposition modérée du ministre de la santé, Philippe Douste-Blazy, un amendement au projet de loi sur les territoires ruraux visant à assouplir les règles de la loi Evin sur la publicité pour l'alcool. La référence aux « *caractéristiques qualitatives du produit* » sera désormais autorisée, ce qui constitue une victoire pour le lobby viticole.

13 SNCF : La direction de la SNCF et cinq des huit organisations syndicales (UNSA, CFDT, CFTC, CGC et FGAAC) que compte l'entreprise signent le premier accord salarial chez le transporteur ferroviaire depuis 1994, prévoyant notamment une hausse des salaires de 1,8 %. **Le 28**, un accord « *historique* » sur « *l'amélioration du dialogue social et la prévention des conflits à la SNCF* » est signé par sept organisations syndicales, représentant au total 80 % des suffrages aux élections professionnelles, dont, fait exceptionnel, la fédération CGT (47 % des voix). Cet accord prévoit la mise en place d'un système de « *veille sociale* », s'inspirant de celui de la RATP, pour éviter les grèves.

13 CORSE : À la veille d'une confrontation avec son ami d'enfance Yvan Colonna, arrêté en juillet 2003 dans le cadre de l'enquête sur le meurtre du préfet Érignac en 1998, Pierre Alessandri, condamné à perpétuité comme coauteur de l'assassinat, s'accuse d'être l'auteur des coups de feu meurtriers. Selon l'avocat de la famille Érignac, il s'agit d'« *une manipulation sinistre* ».

L'AFFAIRE ÉRIGNAC :
SEPT ANS DE REBONDISSEMENTS

6 septembre 1997 : Attaque de la gendarmerie de Pietrosella (Corse-du-Sud), où est volée l'arme qui servira à tuer, cinq mois plus tard, le préfet Érignac.

6 février 1998 : Le préfet de Corse Claude Érignac est tué de trois balles dans la nuque à Ajaccio.

21 mai 1999 : Quatre militants nationalistes sont interpellés en Corse-du-Sud : Pierre Alessandri, Alain Ferrandi, Marcel Istria et Didier Maranelli. Ce dernier cite Yvan Colonna comme l'auteur des coups de feu mortels.

23 mai 1999 : Yvan Colonna prend le maquis après avoir clamé son innocence. Deux autres militants, Martin Ottaviani et Joseph Versini, sont interpellés.

26 mai 1999 : Vincent Andriuzzi, suspecté d'appartenir au groupe de Bastia, est interpellé.

2 décembre 1999 : Le Bastiais Jean Castela, incarcéré depuis 1998 pour d'autres faits, est mis en examen dans l'affaire Érignac.

2 juin 2003 : Le procès du commando Érignac s'ouvre devant la cour d'assises spéciale de Paris. Huit nationalistes comparaissent.

4 juillet 2003 : Yvan Colonna est arrêté dans une bergerie près de Propriano (Corse-du-Sud), après quatre ans de cavale. Son cas est disjoint du procès en cours.

11 juillet 2003 : Alain Ferrandi et Pierre Alessandri sont condamnés à la réclusion criminelle à perpétuité, Jean Castela et Vincent Andriuzzi à 30 ans de prison, Didier Maranelli à 25 ans, Martin Ottaviani et Marcel Istria à 20 ans, Joseph Versini à 15 ans. Jean Castela, Vincent Andriuzzi et Didier Maranelli ont fait appel.

13 AFFAIRES : Au premier jour du procès en appel du financement du RPR, Alain Juppé, ancien secrétaire général du parti chiraquien condamné en janvier en première instance à dix-huit mois d'emprisonnement avec sursis, ainsi qu'à une peine d'inéligibilité de dix ans pour «*prise illégale d'intérêts*», reconnaît avoir su que le RPR avait recours à des «*pratiques discutables*». Mais, **le 15**, il rectifie cette déclaration en réaffirmant qu'il ignorait les emplois fictifs du RPR, avant de faire porter le soupçon, **le 21**, sur Michel Roussin, l'ex-directeur de cabinet du maire de Paris. **Le 27**, l'avocat général requiert contre Alain Juppé dix-huit mois de prison avec sursis et deux ans d'inéligibilité pour prise illégale d'intérêts. **Le 29**, au dernier jour du procès, les avocats de l'ancien premier ministre réclament la relaxe de leur client.

14 JUSTICE : L'enquête sur la mort de Jacques Mesrine, le 2 novembre 1979, se conclut par un non-lieu après 25 ans d'investigations.

16 EMPLOI : Vingt-quatre heures après la présentation de son avant-projet de loi sur «*la gestion prévisionnelle des emplois et de l'accompagnement des mutations économiques*» devant la commission nationale de la négociation collective, Jean-Pierre

Raffarin annonce qu'il renonce à ce que la «*sauve-garde de la compétitivité de l'entreprise*» puisse constituer un motif de licenciement économique, point contesté par les syndicats. Le président du Medef, Ernest-Antoine Seillière, dénonce immédia-tement une «*reculade précipitée*» et accuse le pre-mier ministre de «*n'avoir pas tenu sa parole*».

18 PRIX : Guy Canivet, premier président de la Cour de cassation, remet au ministre de l'économie et des finances, Nicolas Sarkozy, son rapport sur les relations entre la grande distribution et les indus-triels. Il y préconise une profonde révision du sys-tème de seuil de revente à perte pour le ramener au niveau du prix réel d'achat entre distributeurs et fournisseurs, en y intégrant les «*marges arrière*». Le ministre délégué au commerce, Christian Jacob, cri-tique ces propositions, parlant de «*blanchiment de marges arrière*».

19 GOUVERNEMENT : Hubert Falco, élu le 26 septembre sénateur du Var, demande au prési-dent de la République de mettre fin à ses fonctions de ministre délégué aux personnes âgées. **Le 28**, il est remplacé par Catherine Vautrin, jusqu'alors secrétaire d'État à l'intégration et à l'égalité des chances, qui devient secrétaire d'État aux personnes âgées. Le secrétaire d'État au logement, Marc-Phi-lippe Daubresse, est promu ministre délégué au logement et à la ville et reprend le dossier de la réno-vation urbaine, qui était confié à Catherine Vautrin. Enfin, la ministre déléguée à la lutte contre la pré-carité et l'exclusion, Nelly Olin, voit ses attributions étendues à l'intégration et à l'égalité des chances.

19 BUDGET : En présentant à l'Assemblée nationale son projet de loi de finances pour 2005 — son premier et dernier budget en tant que ministre des finances — Nicolas Sarkozy promet de restituer aux ménages les éventuels surplus fiscaux liés à la

hausse du prix du pétrole. Il maintient une hypothèse de croissance de 2,5 % pour l'année à venir.

19 EMPLOI : Dans un rapport sur « *les freins à
l'emploi* », Michel Camdessus, ancien directeur du
Fonds monétaire international (FMI), estime que le
« *déficit de travail* » explique le retard de la croissance
en France. Appelant à un « *sursaut* » urgent, il prône
un assouplissement des règles sociales, en particulier l'instauration d'un contrat de travail unique,
ainsi qu'un effort massif en faveur de la recherche.
Le récipiendaire, Nicolas Sarkozy, trouve ce rapport
« *remarquable* » et déclare vouloir en faire son « *livre
de chevet* ».

19 HANDICAPÉS : On apprend la mort de
Michel Gillibert, ancien secrétaire d'État aux handicapés dans le gouvernement de Michel Rocard de
1988 à 1991, puis d'Édith Cresson de 1991 à 1992 et
enfin de Pierre Bérégovoy jusqu'en 1993 ; il était
devenu tétraplégique en septembre 1979 après un
accident d'hélicoptère. Il a été condamné en juillet
2003 à 10 mois d'emprisonnement avec sursis et
5 000 euros d'amende pour utilisation illicite de subventions par plusieurs associations qu'il avait créées.

19 LAÏCITÉ : Les premières exclusions pour
non-respect de la loi du 15 mars sur l'interdiction du
port de signes religieux sont prononcées contre deux
élèves du collège Jean-Macé de Mulhouse. **Le 20**,
trois nouvelles adolescentes sont exclues, une à Flers
(Orne) et deux à Mulhouse.

20 JUSTICE : Le conseil des ministres renouvelle les titulaires des postes les plus sensibles du
ministère public, dont la nomination est une préro-
gative du chef de l'État. Jean-Louis Nadal, 62 ans,
remplace ainsi Jean-François Burgelin comme procureur général de la Cour de cassation, tandis
qu'Yves Bot, 57 ans, devient procureur général de la
cour d'appel de Paris.

20 DISCRIMINATION POSITIVE : Marc Tessier, président de France Télévision, signe avec deux écoles préparant au métier de journaliste, Sciences-Po et l'Institut pratique de journalisme de Paris (IPJ), des conventions offrant des bourses qui permettent aux étudiants d'origine extra-européenne de continuer leurs études à Paris. **Le 22**, 35 grandes entreprises s'engagent, par une « charte de la diversité », à mieux refléter dans leurs effectifs les différentes composantes de la société française en recrutant plus largement des personnes issues des minorités ethniques.

21 NUCLÉAIRE : Le conseil d'administration d'EDF décide d'installer le prototype du nouveau réacteur nucléaire EPR (European Pressurized Reactor) à Flamanville (Manche). Ce choix, imposé par le gouvernement, divise les élus normands, un autre site ayant été envisagé en Haute-Normandie.

21 ISF : Nicolas Sarkozy, ministre de l'économie et des finances, donne son aval, lors du débat budgétaire, à l'actualisation du barème de l'impôt sur la fortune (ISF) en fonction de l'inflation, demandée par les députés de la majorité UMP. Le ministre d'État soutient également un amendement affectant une partie des recettes de l'ISF aux PME. Le plafonnement sera, lui, mis à l'étude.

21 VACHE FOLLE : Le ministère de la santé annonce qu'un huitième cas de la nouvelle variante de la maladie de Creutzfeldt-Jakob — forme humaine de la maladie de la vache folle — a été diagnostiqué en France. La victime ayant effectué des dons de sang à plusieurs reprises, entre 1993 et 2003, les autorités sanitaires ont pris une série de mesures de précaution. **Le 28**, le premier cas probable de contamination d'une chèvre par l'agent responsable de l'encéphalopathie spongiforme bovine (ESB, ou maladie de la vache folle) est révélé. L'animal, originaire de l'Ardèche, a été abattu en 2002 à Alès (Gard).

22 REDEVANCE TV : Les députés adoptent, dans le cadre du débat budgétaire, une modification du régime de la redevance audiovisuelle. Désormais, la perception de la redevance sera adossée à la taxe d'habitation pour les particuliers et à la TVA pour les professionnels. Chaque foyer fiscal ne paiera plus la redevance que pour un téléviseur, ce qui exclut la prise en compte des résidences secondaires.

22 SANTÉ : Les conclusions d'une enquête sur la santé mentale, menée de 1999 à 2003 auprès de 36 000 personnes de plus de 18 ans, sont rendues publiques. Il apparaît que 11 % d'entre elles ont connu récemment un épisode dépressif et que 12,8 % déclarent souffrir d'anxiété généralisée. L'enquête conduit également à réviser à la hausse le risque suicidaire, 0,7 % déclarant avoir fait une tentative récemment. C'est la première fois qu'une enquête épidémiologique d'une telle ampleur est menée en France sur ces sujets.

22 JUSTICE : Le premier ministre, Jean-Pierre Raffarin, signe un décret d'extradition visant l'ancien activiste d'extrême gauche Cesare Battisti, rendant possible la remise immédiate de celui-ci aux autorités italiennes, dès qu'il sera arrêté. L'ancien activiste des « années de plomb », condamné en 1978 en Italie à la prison à perpétuité pour quatre meurtres et braquages, évadé en octobre 1981 et réfugié en 1990 à Paris après sept ans de fuite au Mexique, a disparu depuis le mois d'août.

23 COMMERCE : Picard Surgelés, racheté par le fonds d'investissement paneuropéen BC Partners, change pour la troisième fois de propriétaire en 10 ans. Vendue 1,3 milliard d'euros, l'entreprise a multiplié par huit sa valeur depuis 1994. Le nouvel actionnaire veut continuer à ouvrir 40 magasins par an.

23 SERVICES PUBLICS : Deux cent soixante-trois élus locaux du département de la Creuse (un conseiller général, 28 maires et 234 conseillers municipaux), toutes tendances politiques confondues, démissionnent de leur mandat pour protester contre le recul des services publics dans leur département.

23 CATHOLICISME : Décès à l'âge de 91 ans du père Louis Bouyer, prêtre de l'Oratoire, théologien du néoconservatisme catholique à Paris.

24 CATHOLICISME : L'Église catholique installe une croix de 17 mètres sur le parvis de la cathédrale Notre-Dame de Paris dans le cadre d'une manifestation internationale de foi, intitulée Toussaint 2004. Jusqu'au 1er novembre, près de 100 000 Parisiens se rendent, dans les paroisses, à ce rendez-vous de la « *nouvelle évangélisation* » organisé sur le modèle pentecôtiste.

26 HÔPITAL : Quelques heures avant l'ouverture à l'Assemblée nationale du débat sur le projet de loi de financement de la Sécurité sociale (PLFSS) pour 2005, Philippe Douste-Blazy, dans un entretien aux *Échos*, demande aux hôpitaux de se mobiliser pour économiser « *850 millions d'euros en trois ans* » sur leurs achats.

27 MEURTRE : Un adolescent de 14 ans tue ses parents et son frère, et blesse grièvement sa sœur, dans le village d'Ancourteville-sur-Héricourt (Seine-Maritime). Il affirme avoir « *eu l'idée* » de tuer ses parents en faisant une rédaction, il a attendu leur retour armé d'un fusil et les a tués un à un, en regardant le film *Shrek*.

27 POLICE : Martine Monteil, 54 ans, est nommée directeur central de la police judiciaire (DCPJ) en conseil des ministres. Première femme à occuper ce poste, elle était jusqu'alors directeur de la police judiciaire de la préfecture de police de Paris (PJPP), où elle avait été nommée par Nicolas Sarkozy, en juillet 2002.

29 ÉLECTRONIQUE : La fusion entre le groupe d'électronique privé Sagem et le motoriste public Snecma privatise de fait la Snecma. Avec 30 % du capital, l'État restera néanmoins le plus gros actionnaire du nouvel ensemble, devant les salariés (entre 15 % et 17 %), le groupe nucléaire public Areva (environ 7 %) et la Caisse des dépôts (2 % à 2,5 %).

30 PROFANATION : Quatre-vingt-douze tombes du cimetière juif de Brumath (Bas-Rhin) sont découvertes souillées d'inscriptions antisémites, racistes et néonazies par des policiers municipaux. Des sigles SS, des croix gammées et des slogans tels que « *Mort aux juifs* » ont été tagués sur les pierres tombales.

30-31 TÉLÉPHONE : Des centaines de milliers d'abonnés d'Île-de-France, mais aussi à Nice, Marseille, Caen, Rouen et Strasbourg, pâtissent au cours du week-end d'une panne inédite affectant les lignes fixes. France Télécom s'interroge sur l'origine de ces dysfonctionnements informatiques, et n'exclut aucune hypothèse, pas même celle d'un virus informatique. ■

International

1ᵉʳ ESPAGNE : Malgré les critiques de l'Église catholique, le gouvernement de José Luis Rodriguez Zapatero présente au conseil des ministres un projet de loi légalisant le mariage homosexuel, accordant également le droit d'adopter des enfants.

1ᵉʳ IRAK : Les forces de la coalition prennent la ville rebelle de Samarra, au nord de Bagdad, au terme de sanglants combats qui font au moins 150 morts. **Le 13**, le premier ministre, Iyad Allaoui, réclame que les moudjahidins de Fallouja livrent Abou Moussab Al-Zarkaoui et ses partisans à la justice. Ce même jour — on ne l'apprendra que le 18 — un peloton de réservistes américains refuse une mission. Il s'agit du premier cas de mutinerie avérée. **Le 14**, deux kamikazes parviennent à perpétrer des attentats dans la « zone verte » de Bagdad, quartier fermé abritant l'ambassade des États-Unis et le siège du gouvernement irakien, faisant au moins 5 morts. **Le 15**, premier jour du ramadan, plus d'un millier de soldats américains et irakiens encerclent la ville de Fallouja, bastion sunnite rebelle que fuit la population civile. **Le 16**, cinq églises chrétiennes sont visées par des bombes à Bagdad. **Le 17**, les premiers combats terrestres depuis la bataille d'avril ont lieu, tandis que le Jordanien Abou Moussab Al-Zarkaoui, dont les États-Unis ont mis la tête à prix, annonce avoir fait allégeance à Oussama Ben Laden et Al-Qaida. **Le 23**, 43 jeunes soldats irakiens, issus du Sud chiite, sont retrouvés assassinés d'une balle dans la nuque au nord-est de Bagdad, dans la province de Diyala. **Le 25**, le *New York Times* et CBS annoncent le vol, dans un bunker situé à une cinquantaine de kilomètres de Bagdad, de 342 tonnes d'explosifs pouvant servir à la fabrication d'armes nucléaires. Ce vol, intervenu début 2003, déclenche une vive polémique aux États-Unis, où le secrétaire américain à la défense Donald Rumsfeld juge « *très probable* » que ces explosifs aient été déménagés avant la guerre. **Le 27**, à la demande des États-Unis, le contingent britannique en Irak, jusqu'alors cantonné au sud du pays, se redéploie vers Bagdad. **Le 28**, le ministère russe de la défense qualifie de « *men-*

songes » les accusations portées par le sous-secrétaire adjoint américain à la défense, John Shaw, selon lesquelles les forces spéciales russes seraient à l'origine de la disparition des 342 tonnes d'explosifs en 2003. **Le 29**, la revue médicale britannique *The Lancet* publie une étude scientifique américaine selon laquelle au moins cent mille civils irakiens, parmi lesquels une majorité de femmes et d'enfants, auraient trouvé la mort depuis la chute de Saddam Hussein, en mars 2003.

3 BRÉSIL : Au Brésil, le Parti des travailleurs (PT) du président Luis Iñacio Lula da Silva remporte six des quinze capitales d'États fédérés au premier tour des élections municipales, et devient le premier parti en voix (16,3 millions). Cesar Maia (Parti du front libéral [PFL], droite), est réélu maire de Rio de Janeiro, tandis que la maire sortante de Sao Paulo, Marta Suplicy, figure de proue du PT, est largement devancée par son challenger José Serra, dirigeant du Parti social-démocrate. Mais au second tour, **le 31**, le Parti des travailleurs subit deux défaites politiques sévères en perdant les municipalités de Sao Paulo et de Porto Alegre.

3 ITALIE : Confrontée au déferlement des « boat people » sur l'île de Lampedusa, située à moins de 140 kilomètres de la côte tunisienne et à 300 kilomètres de la Libye, l'Italie met en place un pont aérien inédit, renvoyant près de 500 personnes vers la Libye. Le naufrage, au large des côtes tunisiennes, d'un bateau surchargé d'immigrants clandestins marocains qui tentaient de gagner l'Italie fait au moins 22 noyés et 42 disparus.

3 FRANCE-ESPAGNE : Deux des principaux dirigeants de l'organisation séparatiste basque ETA, Mikel Albizu Iriarte, dit « Antza », et sa compagne, Soledad Iparragirre Goenetxea, alias « Anboto », sont arrêtés par la police française à Salies-de-Béarn

(Pyrénées-Atlantiques). L'opération, menée en coordination avec la police espagnole, permet d'arrêter 17 autres personnes, en majorité de nationalité française, et de découvrir sept caches d'armes, contenant un véritable arsenal, dont un missile sol-air. Le ministre espagnol de l'intérieur estime que ces interpellations, d'une « *importance extraordinairement grande* », ont « *décapité* » l'ETA.

LES ARRESTATIONS SE SONT MULTIPLIÉES EN FRANCE DEPUIS L'ACCORD DE 1987

L'accord franco-espagnol de coopération antiterroriste, signé en 1987, a permis l'arrestation en France de plusieurs personnalités considérées comme des dirigeants importants de l'ETA.

30 septembre 1987 : Santiago Arrospide Sarasola, dit « Santi-Potros », considéré par Madrid comme le numéro deux de l'ETA-militaire, est arrêté à Anglet (Pyrénées-Atlantiques, Sud-Ouest).

11 janvier 1989 : Jose Antonio Urruticoetcha, dit « Josu Ternera », successeur de « Santi-Potros », est arrêté à Bayonne (Sud-Ouest), en même temps que Maria Elena Beloqui Reza, seule femme du comité exécutif de l'ETA.

23 septembre 1990 : Arrestation de José Javier Zabaleta Elasegui, dit « Waldo », chef présumé des commandos et de la logistique de l'ETA-militaire, près de Biarritz (Sud-Ouest).

29 mars 1992 : Arrestation à Bidart (Pyrénées-Atlantiques) de Francisco Mugica Garmendia, « Artapalo », considéré comme le chef de l'ETA.

25 août 1994 : Maria Idoya, dite « la Tigresse », soupçonnée de 23 assassinats de membres des forces de l'ordre en Espagne, est arrêtée à Aix-en-Provence.

17 novembre 1994 : Felix Alberto Lopez de la Calle Gauna, dit « Mobutu », chef des commandos armés de l'ETA, est arrêté à Toulon. Assigné à résidence dans la Creuse en juillet 2000. Il s'évade le 13 novembre 2000.

21 mai 1997 : Arrestation à Saint-Jean-de-Luz du dirigeant « historique » de l'ETA, Carlos Ibarguren Aguirre, alias « Nervios ».

9 mars 1999 : Arrestation à Paris de Javier Arizcuren Ruiz, alias

« Kantauri », soupçonné notamment d'être le commanditaire d'un attentat manqué contre le roi Juan Carlos en 1995.

15 septembre 2000 : Le chef présumé de l'ETA, Ignacio Gracia Arregui, dit « Inaki de Renteria », est arrêté à Bidart en compagnie de sa femme, Fabienne Tapia, de nationalité française.

22 février 2001 : Le chef présumé de l'appareil militaire de l'ETA, l'Espagnol Xavier Garcia Gaztelu, 35 ans, dit « Txapote », est interpellé à Anglet.

4 décembre 2003 : Ibon Fernandez Iradi, dit « Susper », est interpellé à Mont-de-Marsan (Landes). Il s'était évadé du commissariat de Bayonne en décembre 2002.

2 avril 2004 : Arrestation dans les Landes de Felix Ignacio Esparza Luri, dit « Navarro », considéré comme le chef présumé de l'appareil logistique de l'ETA, et de Felix Alberto Lopez de la Calle Gauna, dit « Mobutu », interpellé dans la région d'Angoulême.

4 INDE : Six personnes sont tuées et neuf autres blessées dans un village de l'État d'Assam, dans le nord-est de l'Inde, lors d'une attaque de rebelles suspectés d'appartenir à un mouvement armé séparatiste, ce qui porte à 69 morts et plus de 200 blessés le bilan de trois jours de violences.

4 IRAK : Depuis Damas (Syrie), le député (UMP) Didier Julia reconnaît l'échec de sa tentative de libérer les deux journalistes français, Christian Chesnot et Georges Malbrunot, et leur chauffeur syrien, Mohammed Al-Joundi, pris en otages le 20 août. Entamée le 28 septembre, cette démarche individuelle, apparemment financée par la Côte d'Ivoire, soulève une tempête de protestations à Paris, où le premier ministre Jean-Pierre Raffarin en appelle « *au sens des responsabilités de chacun* ». À la suite des révélations du *Monde*, l'Élysée et le ministère des affaires étrangères admettent cependant avoir été informés de la démarche, ce que confirme Didier Julia. **Le 5**, le premier ministre, qui réunit à l'Hôtel Matignon les chefs des partis représentés au

Parlement, désapprouve l'initiative du député et déclare que « *la France ne joue pas double jeu* ». **Le 8**, l'otage britannique Ken Bigley, détenu depuis trois semaines par le groupe Al-Tawhid wal Jihad (Unification et guerre sainte) de l'islamiste jordanien Abou Moussab Al-Zarkaoui, est décapité. L'émotion est grande en Grande-Bretagne, où le premier ministre Tony Blair exprime son « *extrême révulsion* ». **Le 19**, Margaret Hassan, une Irakobritannique d'origine irlandaise travaillant en Irak pour l'ONG Care, est enlevée. **Le 28**, une Polonaise, un Sri-Lankais et un Bangalais sont enlevés. **Le 29**, le corps d'un routard japonais, enlevé le 26, est retrouvé avec deux balles dans la tête.

→ *Page* « *Horizons* », Le Monde *(4 octobre).*

5 ÉTATS-UNIS : Un face-à-face télévisé oppose les deux candidats à la vice-présidence, le sortant Richard Cheney (républicain) et le démocrate John Edwards. Outre la situation en Irak, les deux colistiers évoquent également les questions économiques, ce qui donne à John Edwards l'occasion d'attaquer le numéro deux actuel de la Maison-Blanche sur ses liens avec la firme Halliburton. **Le 8**, interrogés par des électeurs indécis à Saint Louis (Missouri), George Bush et John Kerry s'affrontent vivement au cours du deuxième débat les opposant. Si le représentant démocrate marque des points dans sa dénonciation de la guerre en Irak, le président sortant lui tient tête sur les questions de politique intérieure. **Le 13**, le troisième et dernier débat présidentiel, qui se déroule dans l'Arizona, met en lumière les différences opposant les deux programmes sur les questions intérieures. Les trois débats télévisés entre les candidats ont permis au challenger démocrate, pour qui le *New York Times* se prononce **le 17**, de réduire l'écart le séparant du président républicain sortant, mais celui-ci conserve une courte avance dans les sondages nationaux. **Le 18**, les premiers votes anticipés commencent, faisant craindre de nouvelles contestations en justice, d'autant plus qu'on apprend, **le 27**, que 58 000 formulaires de vote par correspondance ont déjà été égarés en Floride.

5 PROCHE-ORIENT : Au Conseil de sécurité des Nations unies, les États-Unis opposent leur veto à un projet de résolution présenté la veille par le groupe arabe et exigeant la fin de l'offensive israélienne dans la bande de Gaza, en cours depuis le 28 septembre. Celle-ci, nommée « Jours de repentir », a déjà causé la mort de 85 Palestiniens.

5-12 ASIE : Accompagné d'une cinquantaine de chefs d'entreprise et de plusieurs ministres, Jacques Chirac effectue un de ses plus longs voyages à l'étranger. De Singapour, sa première étape, il se rend, **le 6**, au Vietnam, où il vilipende la culture américaine « *qui a tendance à effacer les autres* », tandis qu'Hanoï confirme son intention d'acheter 10 Airbus A321. **Le 7**, entamant en Chine une visite d'État de quatre jours, le président français se déclare favorable à une levée « *le plus vite possible* » de l'embargo européen sur les ventes d'armes à Pékin en vigueur depuis le massacre de Tiananmen, en 1989. **Le 10**, à Pékin, il préside l'ouverture solennelle de l'année de la France en Chine, avant de se rendre à Shangaï, puis, **le 12**, à Hongkong, où il rend hommage « *aux valeurs démocratiques* » qui constituent « *une chance pour la Chine tout entière* ». Si des contrats d'un montant global de près de quatre milliards sont signés, dont un de 1,5 milliard d'euros avec Alstom, le bilan reste décevant pour le nucléaire, l'aéronautique et le TGV.

→ *Page « Horizons » sur le Vietnam*, Le Monde (7 octobre).

6 UNION EUROPÉENNE : La Commission européenne propose d'ouvrir des négociations avec la Turquie en vue de son adhésion à l'Union. Le processus habituel est durci et une clause de suspension inédite est introduite. La date d'ouverture des discussions est laissée à l'appréciation des chefs d'État et de gouvernement, qui la fixeront lors du Conseil européen du 17 décembre. Devant le Conseil de l'Europe, à Strasbourg, le premier ministre turc Recep Tayyip Erdogan critique la clause de suspension et s'insurge contre l'idée d'un report en attendant la ratification de la Constitution européenne. **Le 7,** le premier ministre Jean-Pierre Raffarin annonce au Parlement un débat sans vote sur l'adhésion de la Turquie à l'Union européenne, mais après la décision du Conseil européen qui doit intervenir le 17 décembre. **Le 10,** pour calmer les protestations de l'UDF et d'une partie des élus UMP, le président de la République intervient à la télévision, depuis Pékin, pour indiquer que les députés seront saisis du sujet avant le 17 décembre. **Le 11**, le gouvernement décide finalement d'un débat sans vote à l'Assemblée nationale, qui a lieu **le 14.** C'est l'occasion pour les intervenants d'affirmer qu'ils préfèrent un «*partenariat privilégié* » à une adhésion. **Le 26**, lors du conseil des ministres franco-allemand de Berlin, Jacques Chirac réaffirme qu'il appuiera, lors du Conseil européen du 17 décembre, la recommandation de la Commission européenne d'ouvrir ces négociations «*en 2005 ou autour de 2005* ». Le président ne veut exclure aucune hypothèse, y compris «*un modus vivendi sur un lien fort* ».

QUARANTE-CINQ ANS DE NÉGOCIATIONS

1959 : Deux ans après le traité de Rome, la Turquie présente sa demande d'association à la CEE.

1963 : Signature de l'accord d'association qui donne à la Turquie une perspective d'adhésion « *ultérieurement*».

1987 : La Turquie présente sa demande d'adhésion.

1995 : Entrée en vigueur d'une union douanière après la levée du blocage grec.

1997 : Le sommet européen de Luxembourg, qui examine les modalités du nouvel élargissement de l'UE, ne retient pas la candidature turque en raison de Chypre et de la situation des droits de l'homme.

1999 : Le sommet d'Helsinki reconnaît finalement le statut de candidat à la Turquie.

2002 : Recep Tayyip Erdogan, à la tête d'un parti musulman modéré, arrive au pouvoir et engage une démocratisation accélérée.

2002 : Le sommet de Copenhague fixe une clause de rendez-vous. La Commission doit rendre à l'automne 2004 un rapport sur les réformes en Turquie et faire une recommandation sur l'engagement des négociations d'adhésion. La décision reviendra au Sommet du 17 décembre.

2003 : La Turquie a rang d'observateur à la Convention sur l'élaboration de la Constitution de l'UE.

6 ÉTATS-UNIS - IRAK : Le chef du Groupe d'inspection en Irak (ISG), Charles Duelfer, publie un rapport concluant à l'absence d'armes de destruction massive (ADM), alléguées par George Bush pour justifier la guerre, et pointant le rôle de la France et de la Russie dans le système de corruption organisé par Saddam Hussein en marge du programme de l'ONU « Pétrole contre nourriture ». Paris dément ces accusations, ainsi que les personnalités citées, dont l'ancien ministre de la défense Pierre Joxe et l'ancien ministre de l'intérieur Charles Pasqua.

6 PROCHE-ORIENT : Dans un entretien au quotidien *Haaretz*, le conseiller du premier ministre Ariel Sharon, Dov Weissglass, déclare que le plan israélien de retrait de la bande de Gaza vise à *« empêcher la création d'un État palestinien pour une durée indéterminée »*, sonnant ainsi le glas de la « feuille de route » publiée en mai 2003. **Le 18**, au cours d'une visite de trois jours en Israël, Michel Barnier, ministre français des affaires étrangères, s'entretient avec le premier ministre Ariel Sharon, à qui il déclare estimer « *courageux* » ce plan de retrait unilatéral de la bande de Gaza. **Le 26,** les députés israéliens l'adoptent par 67 voix contre 45. Pour la première fois depuis les accords de Camp David en 1978, Israël s'engage à démanteler des colonies dans des territoires conquis en 1967.

6 AÉRONAUTIQUE : En rachetant Racal Instruments, firme californienne, le groupe aéronautique franco-allemand EADS réalise sa première acquisition majeure aux États-Unis, où il entend prendre part aux appels d'offre du gouvernement américain.

6 PÉTROLE : Poursuivant sa hausse, le baril de pétrole franchit à New York la barre des 52 dollars et, **le 15**, celle des 55 dollars.

7 PAKISTAN : Au moins 39 personnes sont tuées et 100 blessées par l'explosion de deux bombes contre un rassemblement de musulmans sunnites à Multan, la grande ville du Sud de la province du Pendjab.

7 UNION EUROPÉENNE : Les ministres des transports des Vingt-cinq parviennent, à Luxembourg, à un accord sur le projet de permis de conduire européen proposé par la Commission de Bruxelles.

7 TERRORISME : Trois attentats sont perpétrés contre plusieurs stations balnéaires égyptiennes fréquentées par des touristes israéliens. L'explosion la plus forte frappe l'hôtel Hilton de Taba, situé sur la mer Rouge à la frontière israélo-égyptienne. Deux complexes hôteliers situés plus au sud, à Noueibaa et Ras Satan, sont également visés. Le bilan est de

30 morts, 122 blessés et 38 disparus. Israël accuse Al-Qaida d'être responsable de ces attentats.

8 KENYA : Le prix Nobel de la paix est attribué à la militante écologiste kényane Wangari Maathai. Première femme africaine à recevoir cette récompense, elle a fondé en 1977 le « Mouvement de la ceinture verte », projet de plantation d'arbres en Afrique qui vise à promouvoir la biodiversité, tout en créant des emplois pour les femmes et en valorisant leur image dans la société.

→ *Portrait, page « Horizons »*, Le Monde *(10-11 octobre)*.

8 TERRORISME : Le Conseil de sécurité des Nations unies vote à l'unanimité la résolution 1556 visant à renforcer la lutte contre le terrorisme en facilitant la mise en œuvre de poursuites judiciaires et de procédures d'extradition contre des individus ou des groupes accusés de mener des activités terroristes.

9 GRANDE-BRETAGNE : La reine Elizabeth II inaugure à Edimbourg le bâtiment ultramoderne du Parlement écossais, œuvre (posthume) de l'architecte catalan Enric Miralles.

9 AFGHANISTAN : La première élection présidentielle au suffrage universel de l'histoire du pays, ouverte aux femmes, se déroule dans le calme. Les observateurs internationaux estiment que le vote a eu lieu dans des conditions « *plutôt honnêtes* », malgré une polémique sur la qualité de l'encre indélébile censée interdire les votes multiples. **Le 3 novembre**, au terme du dépouillement, Hamid Karzaï, d'ethnie pachtoune, est officiellement déclaré président avec 55,4 % des suffrages, contre 16,3 % à son rival immédiat, l'ancien ministre et leader de l'ex-Alliance du Nord, Younis Qanouni, un Tadjik.

9 AUSTRALIE : Le premier ministre conservateur John Howard, grand allié des États-Unis et partisan de la guerre contre l'Irak, remporte les élections législatives. Il est donc reconduit pour un quatrième mandat.

10 SOMALIE : Pour la première fois depuis 1991, les parlementaires somaliens, réunis à Nairobi (Kenya) pour des raisons de sécurité, élisent le nouveau chef de l'État par 189 voix sur 275. Au terme de trois tours de scrutin, c'est finalement un militaire de 70 ans, Abdullai Yusuf Ahmed, qui est élu.

10 HAÏTI : Décès de Gérard Pierre-Charles, intellectuel et dirigeant politique, acteur de la lutte pour la démocratisation, exilé pendant 26 ans au Mexique.

11 CAMEROUN : Paul Biya, recueillant 75,24 % des suffrages avec une participation proche de 80 %, est réélu président. Au pouvoir depuis 1982, il bat John Fru Ndi, président du Social Democratic Front (SDF), le principal parti de l'opposition, qui n'obtient que 17,4 % des voix, et qui dénonce des fraudes massives.

11 PÉTROLE : À son tour, le baril de Brent de la mer du Nord franchit la barre des 50 dollars.

11 LIBYE : Les ministres européens des affaires étrangères, réunis à Luxembourg, décident la levée des sanctions commerciales imposées après les attentats de Lockerbie (1988) et du DC-10 d'Air France (1989). Parmi celles-ci figure l'embargo sur les ventes d'armes.

12 RUSSIE : En annonçant la mise en vente des actifs de sa principale filiale de production, Iouganskneftegaz, pour combler sa dette fiscale, le ministère de la justice donne le signal du démembrement du géant pétrolier Ioukos.

14 ALLEMAGNE : Le groupe automobile américain General Motors annonce la suppression de 12 000 emplois en Europe, dont environ 10 000 dans sa filiale allemande Opel, tandis que le distributeur

Karstadt présente un plan de redressement prévoyant 5 500 réductions de postes en trois ans. Les ouvriers de l'usine Opel de Bochum entament aussitôt une grève sauvage, ce qui fait craindre au gouvernement allemand, ainsi qu'au syndicat IG Metal, un dérapage social. **Le 19**, une journée européenne est organisée par les syndicats de la métallurgie sur les 13 sites européens de GM (Opel, Saab et Vauxhall) en Suède, Grande-Bretagne, Allemagne, Belgique, Espagne, Pologne et au Portugal. Selon les syndicats, 100 000 personnes participent à cette « eurogrève ».

14 CAMBODGE : Le prince Norodom Sihamoni, 51 ans, est élu roi par le Conseil du trône une semaine après l'abdication surprise de son père, Norodom Sihanouk, en sa faveur. Monté sur le trône en 1941, Norodom Sihanouk avait abdiqué une première fois en 1955, au profit de son père, pour diriger le gouvernement. La monarchie avait été abolie par un régime pro-américain en 1970. Après des années de guerres et de massacres ainsi qu'une intervention de l'ONU, la monarchie avait été restaurée en 1993. **Le 30**, au terme de trois jours de festivités, le nouveau roi est solennellement intronisé à Phnom Penh.

15 ITALIE : La Cour de cassation confirme le verdict controversé de la cour d'appel innocentant partiellement Giulio Andreotti de l'accusation de complicité envers les parrains de Cosa Nostra, la Mafia sicilienne. Elle met ainsi un terme définitif aux démêlés judiciaires de l'ancien président du conseil.

16 ÉTATS-UNIS : Décès, à 79 ans, de Pierre Salinger à l'hôpital de Cavaillon (Vaucluse). Journaliste, il fut le porte-parole des présidents Kennedy et Johnson. Il avait choisi de vivre en France après l'élection de George W. Bush, en novembre 2000.

17 MONDIALISATION : À Londres, où s'achève le troisième Forum social européen, environ 20 000 altermondialistes manifestent contre la guerre en Irak. Ce rassemblement, qui montre un certain essoufflement faute d'unité, donne lieu à des attaques contre la loi française interdisant le port de signes religieux à l'école.

17 BIÉLORUSSIE : Plus des trois quarts des électeurs biélorusses approuvent le référendum sur les changements constitutionnels proposés par le président Alexandre Loukachenko, qui demande à pouvoir briguer un troisième mandat en 2006.

17-18 UNION EUROPÉENNE : Réunis à Florence, les ministres de l'intérieur des cinq grands pays de l'Union européenne (Allemagne, Espagne, France, Grande-Bretagne, Italie) prennent acte de leur complet accord sur les moyens de lutter contre le terrorisme en échangeant, par exemple, des listes d'islamistes radicaux. En revanche, ils ne parviennent pas à réduire leurs divergences sur la manière de lutter contre l'immigration clandestine : la proposition de création de camps de réfugiés dans les pays du Maghreb divise Paris et Berlin.

18 BIRMANIE : Le premier ministre, le général Khin Nyunt, est arrêté, démis de ses fonctions et assigné à résidence. Le chef de l'État, le généralissime Than Shwe, concentre les pouvoirs entre ses mains.

20 INDONÉSIE : Le nouveau président indonésien, Susilo Bambang Yudhoyono, annonce la composition d'un gouvernement de 34 membres, fruit d'un difficile compromis entre politiques et technocrates.

20 CHYPRE : Le gouvernement de la République turque de Chypre du Nord (RTCN, reconnue par la Turquie seulement) conduit par Mehmet Ali Talat, un ardent partisan du « oui » à la réunification de l'île divisée depuis trente ans, démissionne. Il était fragilisé depuis le départ, en avril, de trois députés des partis de la coalition au pouvoir.

20 CHINE : Un coup de grisou survenu dans une mine de charbon de la province centrale du Henan fait 141 morts et sept disparus, selon le dernier bilan.

20 LIBAN : Le gouvernement de Rafic Harriri démissionne. **Le 26**, le nouveau premier ministre libanais, Omar Karamé, annonce la composition d'un cabinet de 30 membres, tous proches de la Syrie. Pour la première fois dans l'histoire du Liban moderne, ce cabinet compte deux femmes.

20 JAPON : Le typhon Tokage ravage le sud de l'archipel, où l'on déplore 46 morts, 300 blessés et une quarantaine de disparus. **Le 23**, c'est un violent tremblement de terre, suivi de centaines de répliques, qui secoue le centre du Japon, faisant 37 morts et 3 174 blessés dans la région de Niigata. Il s'agit du séisme le plus meurtrier depuis celui de Kobé (ouest du Japon) en 1995.

21 CUBA : Fidel Castro, 78 ans, est victime d'une double fracture à la suite d'une chute spectaculaire en public. **Le 25**, il annonce la fin des transactions en dollars sur l'île à compter du 8 novembre.

22 ENVIRONNEMENT : En approuvant sa ratification par la Russie, les députés de la Douma sauvent le protocole de Kyoto, ce vote permettant l'application de cet accord international visant à lutter contre le réchauffement climatique. **Le 5 novembre**, le président Vladimir Poutine ratifie le protocole.

QU'EST-CE QUE LE PROTOCOLE
DE KYOTO ?

Signé en décembre 1997, le protocole de Kyoto est une étape majeure dans un processus diplomatique lancé en 1992. Était alors signée, à Rio de Janeiro, la convention sur le changement climatique, qui adopte l'objectif d'une stabilisation des émissions de gaz à effet de serre d'ici à 2010. À Kyoto (Japon), les pays de l'Organisation de coopération et de développement économiques (OCDE), les pays d'Europe de l'Est, la Russie et l'Ukraine ont été plus loin en s'engageant à limiter globalement de 5 % en 2012 leurs émissions de gaz à effet de serre par rapport au niveau de 1990. Ces pays, dits « de l'annexe I », peuvent respecter leurs engagements en utilisant d'une part des « *politiques et mesures* », et d'autre part des « *mécanismes de flexibilité* ».

En mars 2001, le président Bush a officialisé son opposition au protocole de Kyoto, reniant ainsi un accord pourtant signé par les États-Unis (Al Gore, alors vice-président et futur opposant de George Bush, s'était même rendu à Kyoto lors des négociations).

23 KOSOVO : Malgré une forte abstention de la minorité serbe, la Ligue démocratique du Kosovo (LDK) du président de la province à majorité albanaise Ibrahim Rugova remporte, avec 45,30 % des voix, les élections législatives. Elle devance le Parti démocratique du Kosovo (PDK) du premier ministre Bajram Rexhepi (28,65 %).

24 TUNISIE : Le président Zine El-Abidine Ben Ali est réélu, avec 94,48 % des suffrages, pour un quatrième quinquennat. Aux élections législatives, organisées parallèlement au scrutin présidentiel, le parti du chef de l'État, le RCD, remporte 80 % des sièges du Parlement.

24 LITUANIE : À l'issue du second tour, les partis de l'opposition de droite remportent les élections législatives en obtenant 43 sièges sur 141 au

Parlement, devant le parti populiste de l'homme d'affaires Viktor Ouspaskitch (39 sièges).

25 INDE : Le milliardaire indien Lakshmi Mittal annonce qu'il va fusionner ses deux groupes sidérurgiques, Ispat International et LNM Holdings, avec l'américain International Steel Group. Le nouvel ensemble, qui devrait voir le jour à la mi-2005, s'appellera Mittal Steel et deviendra le numéro un mondial de l'acier, avec 165 000 employés dans 14 pays et une capacité de production globale de 70 millions de tonnes. Mittal Steel devancera ainsi l'européen Arcelor.

26 ESPAGNE : Le ministre espagnol du travail et des affaires sociales, Jesus Caldera, signe avec l'organisation patronale et les syndicats un accord sur la régularisation des travailleurs clandestins entrés dans le pays avant juin 2004. Le processus devrait être mené entre février et mars 2005.

27 UNION EUROPÉENNE : Menacé d'être censuré par les parlementaires européens, le président désigné de la nouvelle Commission européenne, José Manuel Barroso, décide de retirer son équipe. Le vote est reporté d'un mois pendant lequel il consultera les États membres. Jusqu'à la présentation de la nouvelle équipe modifiée devant le Parlement de Strasbourg, l'ancienne Commission Prodi assurera l'intérim. Parmi les commissaires contestés par les eurodéputés figurent l'italien Rocco Buttiglione, pressenti à la justice, dont les déclarations homophobes et sexistes ont suscité l'indignation de plusieurs groupes politiques, et la Néerlandaise Neelie Kroes, pressentie à la concurrence, mais dont l'appartenance à de nombreux conseils de surveillance risque de créer des conflits d'intérêts. **Le 30**, Rocco Buttiglione se retire, déclarant être victime d'un «*préjugé antichrétien*», suivi, **le 2 novembre**, par la Lettonne Ingrida Udre.

28 AFGHANISTAN : Trois membres de l'ONU, une Irako-britannique, une Kosovare et un diplomate philippin, sont enlevés à Kaboul. Cet enlèvement est le premier concernant des étrangers dans la capitale afghane depuis la chute des talibans, il y a trois ans. Ils sont libérés le 23 novembre.

28 ASIE : Le groupe américain Dow Jones annonce l'arrêt de la publication du célèbre *Far Eastern Economic Review* sous sa forme d'hebdomadaire. Le magazine sera relancé à partir de décembre, mais comme mensuel d'opinion.

28 PALESTINE : L'état de santé du président de l'Autorité palestinienne, Yasser Arafat, s'aggrave brusquement. Tous les responsables de son parti, le Fatah, sont convoqués à Ramallah, où il réside, et les services de sécurité palestiniens sont placés en état d'alerte. **Le 29**, avec l'accord des autorités israéliennes qui lui garantissent son retour, il est transféré à Paris via la Jordanie, dans un avion affrété par la France. À Paris, où réside sa femme, il est hospitalisé à l'hôpital militaire Percy de Clamart (Hauts-de-Seine).

QUARANTE ANS DE LEADERSHIP

Yasser Arafat, 75 ans, incarne depuis plus de quarante ans la résistance palestinienne.

Né en août 1929 au Caire, Mohammad Abdel Raouf Arafat Al-Koudwa Al-Husseini rejoint à 17 ans les groupes armés palestiniens qui luttent contre la création d'un État juif en Palestine. Celle-ci étant réalisée en 1948, il se réfugie à Gaza, puis en Égypte. Il fait des études d'ingénieur.

En 1959, au Koweït, il crée le mouvement nationaliste Fatah, qui déclenche la lutte armée contre Israël le 31 décembre 1964. Passé dans la clandestinité sous le nom d'Abou Ammar, Yasser Arafat est élu président du Comité exécutif de l'OLP (Organisation de libération de la Palestine) en 1969.

En 1974, le sommet arabe de Rabat reconnaît l'OLP comme

« *seul et légitime représentant du peuple palestinien*». Installé de 1971 à 1982 à Beyrouth, il doit quitter la ville assiégée pour se réfugier à Tunis.

En décembre 1988, Yasser Arafat renonce publiquement au terrorisme. Isolé après avoir soutenu l'Irak durant la crise du Golfe (1990-1991), il revient sur la scène internationale en acceptant des négociations secrètes avec Israël.

En septembre 1993, poignée de main historique avec le premier ministre israélien, Itzhak Rabin, à Washington lors de la conclusion de la Déclaration de principe sur l'autonomie palestinienne.

En 1994, de retour dans les territoires palestiniens, il forme un gouvernement autonome : l'Autorité palestinienne. En octobre, Yasser Arafat reçoit le prix Nobel de la paix, avec Itzhak Rabin et Shimon Pérès…

En 1995, assassinat d'Itzhak Rabin. La victoire de la droite israélienne affaiblit Yasser Arafat et le camp de la paix.

En 1996, il est élu président de l'Autorité palestinienne.

En septembre 2000, déclenchement de la seconde Intifada. Ariel Sharon devient premier ministre israélien en février 2001.

28-31 CHINE : Des milliers de paysans, les uns musulmans d'ethnie hui, les autres d'ethnie han (la majorité de la population chinoise), s'affrontent dans des villages du Henan (centre) lors d'émeutes d'une ampleur inhabituelle entre les deux communautés. Ces affrontements auraient officiellement fait 7 morts et 42 blessés, mais le *New York Times* parle d'un bilan de 148 tués et affirme que les violences auraient été la conséquence de la mort d'une fillette de 6 ans, heurtée par un chauffeur de taxi hui.

29 UNION EUROPÉENNE : Les chefs d'État et de gouvernement des vingt-cinq pays membres de l'Union européenne signent solennellement à Rome le Traité constitutionnel. Pour entrer en vigueur, cette constitution devra être ratifiée par un vote des Parlements nationaux ou par voie de référendum.

29 ÉTATS-UNIS : Oussama Ben Laden, chef

du réseau terroriste Al-Qaida, fait un retour spectaculaire sur les écrans de télévision. Dans une vidéo
diffusée par la chaîne Al-Jazira, il s'adresse directement au peuple américain : « *Votre sécurité n'est*
entre les mains ni de John Kerry, ni de George Bush,
ni d'Al-Qaida. Votre sécurité est entre vos mains »,
déclare-t-il.

→ *Série en page « Horizons »* *(26 au 28 octobre).*

LES PRINCIPALES VIDÉOS DIFFUSÉES
PAR AL-JAZIRA

4 octobre 2001 : Al-Jazira diffuse des images non datées d'Oussama Ben Laden. En tenue militaire devant une cinquantaine de militaires cagoulés, dans les montagnes, il revendique le 11 septembre.
À sa droite se tient Ayman Al-Zawahri, le leader du djihad égyptien.

7 octobre 2001 : Assis en tailleur, Ben Laden, armé, annonce
que l'Amérique « *ne connaîtra plus jamais la sécurité* ». L'attaque
américano-britannique contre l'Afghanistan des talibans vient de
commencer.

9 octobre 2001 : « *La tempête des avions ne cessera pas* », proclame l'organisation d'Oussama Ben Laden. Le porte-parole Sou-
leiman Abou Ghaïth déclare en présence d'Oussama Ben Laden et
Ayman Al-Zawahri que « *le djihad est devenu un devoir incontes-*
table pour tout musulman ».

3 novembre 2001 : Nouvelles menaces d'Oussama Ben Laden
sur une vidéo expurgée de certains gestes et expressions et diffusée au moins trois jours après sa réception.

---

29 FORUM ÉCONOMIQUE MONDIAL :
Démission du directeur général José Maria Fui-
gueres, mis en cause dans un scandale de corruption
au Costa Rica.

30 BOTSWANA : Le Parti démocratique du
Botswana (BDP), au pouvoir depuis 38 ans, remporte la majorité des 57 sièges à pourvoir au Parle-

ment, offrant ainsi un deuxième mandat à la tête du pays à son chef de file, Festus Mogae.

31 URUGUAY : Le candidat socialiste Tabare Vazquez, 64 ans, ancien maire de Montevideo, remporte l'élection présidentielle avec une majorité de 50,7 %, faisant basculer à gauche le pays pour la première fois de son histoire. Son principal adversaire, l'avocat et sénateur Jorge Larranaga, 48 ans, du Parti national (droite rurale conservatrice), obtient 34,06 % des suffrages.

31 CHILI : La Concertation démocratique, coalition de centre gauche du président Ricardo Lagos, remporte les élections municipales avec 48 % des votes, contre 37,7 % à l'Alliance pour le Chili (opposition de droite), dont le candidat, Raul Alcaino, enlève la mairie de Santiago.

31 VENEZUELA : Aux élections régionales et municipales, les partisans du président Hugo Chavez confortent leur position en remportant 20 des 23 postes de gouverneurs alors que l'opposition n'en obtient que deux. Ce « raz-de-marée rouge » constitue la neuvième victoire électorale d'affilée du président depuis 1998. ∎

Science

2 DÉCÈS de Maurice Hugh Frederick Wilkins, prix Nobel de médecine avec Francis Crick et James Watson en 1962, pour la découverte de la structure de l'ADN.

3 DÉCÈS, au cours d'une intervention chirurgicale à l'hôpital de la Pitié-Salpêtrière à Paris, de Jacques Benveniste, directeur de recherche émérite à l'Inserm, médaille d'argent du CNRS. Biologiste brillant et atypique, il restera associé à la querelle de la « mémoire de l'eau », en juin 1988.

4 ESPACE : En franchissant une deuxième fois en moins d'une semaine les 100 kilomètres d'altitude au-dessus du désert de Mojave (Californie), l'avion-fusée américain SpaceShipOne, conçu par Burt Rutan, ouvre l'ère du tourisme spatial et permet à son sponsor, Paul Allen, cofondateur de Microsoft, d'empocher les 10 millions de dollars du Ansari X Prize.

4 MÉDECINE : Le prix Nobel de physiologie et de médecine 2004 est attribué aux scientifiques américains Richard Axel, 58 ans, et Linda B. Buck, 57 ans, pour l'ensemble de leurs travaux sur la physiologie du système olfactif.

5 PHYSIQUE : Le prix Nobel de physique est attribué à trois Américains, David Gross, David Politzer et Frank Wilczek, pour leurs travaux sur les hautes énergies qui règlent l'univers.

6 CHIMIE : Les Israéliens Aaron Ciechanover et Avram Hershko et l'Américain Irwin Rose reçoivent le prix Nobel pour leurs travaux sur l'étude d'une substance impliquée dans la dégradation des protéines.

11 ÉCONOMIE : Le prix Nobel consacre deux théoriciens libéraux de la macroéconomie, le Norvégien Finn Kydland et l'Américain Edward Prescott, dont les travaux ont notamment conduit à donner plus d'indépendance aux banques centrales pour conduire la politique monétaire.

26 ESPACE : La sonde américano-européenne Cassini survole Titan, un des satellites de Saturne, après un voyage de 3,5 milliards de kilomètres qui a duré 7 ans. Les clichés de l'une des plus mystérieuses lunes du système solaire qu'elle a transmis sont les plus précis à ce jour.

28 ESPÈCE : La revue britannique *Nature* rend

publique la découverte en Indonésie d'un cousin inattendu d'Homo sapiens, baptisé «Homo floresiensis». De petite taille, ce descendant d'Homo erectus suscite la stupéfaction et l'enthousiasme de la communauté scientifique. ∎

Culture

1er DÉCÈS à San Antonio (Texas, États-Unis) du photographe américain Richard Avedon. Il a marqué l'histoire de la photo de mode, mais restera surtout connu pour ses portraits en noir et blanc (Chaplin, Cocteau, Coco Chanel, Braque, Picasso, Marilyn Monroe).

RICHARD AVEDON, LE PORTRAITISTE DES ÂMES

1923 : Naissance le 15 mai à New York dans une famille juive aisée.

1933 : Il prend en photo le compositeur Sergueï Rachmaninov : «*C'est mon premier portrait*».

1945 : Il devient photographe à New York tout en suivant les cours d'Alexey Brodovitch, enseignant à la New School for Social Research et directeur artistique au *Harper's Bazaar*.

1947 : Il couvre pour la première fois les collections de la haute couture française pour *Harper's Bazaar*.

1951 : Couverture du *Harper's Bazaar* avec la tête du modèle féminin «coupée» en haut du cadre.

1956 : Conseiller sur le film *Funny Face*. Fred Astaire joue le rôle d'un photographe de mode.

1959 : Il publie son premier livre, *Observations*.

1962 : Première exposition à la Smithsonian Institution, à Washington.

1963 : Photos à Times Square, le 22 novembre, au soir de l'assassinat de John Kennedy.

1964 : Il publie *Nothing Personal*.

1966 : Il quitte *Harper's Bazaar* pour *Vogue*.

1968 : Portrait panoramique des Beatles et solarisé de John Lennon pour le magazine *Look*.

1969 : Triptyque d'Andy Warhol et des membres de la Factory.

1970 : Publication du *Journal d'un siècle*, livre de Lartigue qu'Avedon popularise.

1971 : Il se rend au Vietnam pendant la guerre.

1972 : Il est arrêté et incarcéré après une manifestation pacifiste à Washington.

1976 : Soixante-treize portraits représentant l'élite du pouvoir aux États-Unis sont publiés dans *Rolling Stone*.

1978 : Exposition sur ses trente ans de photographe de mode au Metropolitan Museum of Art de New York.

1979 : Projet «The American West». Il photographie, pendant sept ans, 752 personnes dans 17 États de l'Ouest.

1980 : Rétrospective à Berkeley, en Californie.

1989 : Il couvre pour la revue française *Égoïste* la réunification de Berlin.

1992 : Premier et unique photographe du *New Yorker*.

1993 : Il publie *An Autobiography*.

1994 : Exposition «Evidence 1944-1994 » au Musée Whitney de New York.

2002 : Exposition de ses portraits au Met à New York.

2 FÊTE : La troisième édition de la Nuit Blanche s'étend à la Région parisienne, ainsi qu'à Bruxelles.

3 DÉCÈS de l'actrice américaine Janet Leigh, à l'âge de 77 ans. Deux films ont marqué sa carrière, *la Soif du mal* (1958) d'Orson Welles, et, surtout, *Psychose* (1960) d'Alfred Hitchcock, dans lequel la scène de son assassinat sous la douche appartient aux morceaux d'anthologie du cinéma.

3 DÉCÈS de Jean-François Labie, musicologue, ancien élève de René Dumézil.

5 LITTÉRATURE : Le journaliste Bernard Pivot est élu à l'Académie Goncourt, où il succède à l'écrivain André Stil, décédé en septembre. Pendant plus de 25 ans, Bernard Pivot a animé à la télévision les émissions littéraires « Apostrophes » et « Bouillon de culture ».

7 LITTÉRATURE : Le prix Nobel est attribué à la romancière et dramaturge autrichienne Elfriede Jelinek, auteur du subversif *la Pianiste*, porté à l'écran par Michael Haneke.

9 DÉCÈS du philosophe Jacques Derrida d'un cancer, à Paris, à l'âge de 74 ans. Avec le penseur de la « déconstruction », c'est non seulement le philosophe français le plus traduit et le plus commenté dans le monde qui disparaît, mais encore l'un des derniers témoins d'une génération qui a profondément marqué le paysage intellectuel, avec Foucault, Deleuze ou Bourdieu.

→ *Dossier de 8 pages,* Le Monde, *(12 octobre).*

UN THÉORICIEN
DE LA « DÉCONSTRUCTION »

Jacques Derrida est né en 1930 à Alger et a subi dans son enfance les vexations consécutives aux statuts des juifs décrétés par Vichy. Après l'École normale supérieure de la rue d'Ulm et l'agrégation de philosophie, il enseigne au lycée du Mans puis à la Sorbonne. À partir de 1964, il est « caïman » de philosophie à l'ENS, c'est-à-dire chargé de préparer à l'agrégation les élèves de cette institution. Il exerce cette fonction en même temps que le philosophe marxiste Louis Althusser. Jacques Derrida appartient depuis 1984 à l'École des hautes études en sciences sociales.

L'œuvre de Jacques Derrida est considérable. Le livre le plus célèbre du philosophe est probablement *l'Écriture et la différence*, paru en 1967 au Seuil. On peut citer *De la grammatologie* (1967), *la Dissémination* (1972), *la Vérité en peinture* (1978), *la Carte postale* (1980), *Heidegger et la question* (1987), *Du droit à la philosophie* (1990), *le Droit à la philosophie du point de vue cosmopolitique* (Verdier) et *De l'hospitalité* (Calmann-Lévy) en 1997.

10 DÉCÈS à New York d'un arrêt cardiaque de l'acteur américain Christopher Reeve, âgé de 52 ans. Interprète à quatre reprises du rôle de Superman, tétraplégique depuis 1995 à la suite d'une chute de cheval, l'acteur avait milité, depuis son accident, en faveur des handicapés et de la recherche médicale, soutenant les thérapies expérimentales, et s'était prononcé pour le candidat démocrate John Kerry.

13 PEINTURE : Ouverture à Paris de l'exposition regroupant des œuvres de Turner, Whistler et Monet, trois paysagistes aux sources de l'impressionnisme.

18 RADIO : Alain Ménargues, directeur général adjoint chargé des antennes et de l'information de Radio France Internationale (RFI), démissionne à la suite de l'émotion causée, lors d'un débat, par ses déclarations sur Israël, qu'il qualifie d'« *État raciste* », et sur le ghetto de Venise, créé, selon lui, par les juifs eux-mêmes, « *pour se séparer du reste* ».

20 MUSÉE : La Maison des ailleurs, un musée consacré à Arthur Rimbaud, est inaugurée à Charleville-Mézières (Ardennes), ville d'origine du poète, à l'occasion du 150e anniversaire de sa naissance.

23 DÉCÈS à Neuilly-sur-Seine d'Alexandre Vona, de son vrai nom Alberto Henrique Samuel Béjary Mayor, écrivain roumain, auteur des *Fenêtres murées*.

25 ART : À la clôture de la 31e Foire internationale d'art contemporain (FIAC) de Paris, qui connaît une affluence record de 80 000 visiteurs, Jean-Daniel Compain, directeur et propriétaire de la Foire, annonce la nomination de Martin Bethenod comme nouveau commissaire général.

25 TÉLÉVISION : Lancement de Pink TV, première chaîne gay française, diffusée sur le câble et le satellite, dont TF1, M6 et Canal + sont actionnaires.

25 DÉCÈS à Lima (Pérou) du disc-jockey John Peel, légende du rock britannique, animateur vedette de Radio One, une des stations de la BBC.

25 ARCHITECTURE : Le jury international d'architecture du Moniteur 2004, réuni à Paris, attribue l'Équerre d'argent, la plus prestigieuse de ses récompenses, à Antoinette Robain et Claire Guieysse (maîtres d'œuvre) pour le Centre national de la danse (CND) de Pantin.

27 DÉCÈS de Claude Helffer, pianiste, professeur et musicologue engagé pour la musique de son temps.

27 DÉCÈS à l'âge de 102 ans de Pierre Béarn, auteur du fameux slogan de Mai 68 « *Métro, boulot, dodo* ».

28 DÉCÈS à l'âge de 70 ans de l'écrivain et éditeur Michel Bernard, auteur notamment de *la Négresse muette*.

28 DÉCÈS à Lausanne du musicien de jazz américain Prince Roland Haynes, dit « Robin Kenyatta », à l'âge de 62 ans.

28 LITTÉRATURE : L'Académie française attribue son Grand Prix du roman à Bernard Du Boucheron pour *Court Serpent* (Gallimard).

→ *Critique dans « Le Monde des livres » du 3 septembre.*

29 DÉCÈS à l'âge de 66 ans du journaliste littéraire et écrivain Jean-Jacques Brochier, figure de la vie littéraire parisienne. Il avait été rédacteur en chef du *Magazine littéraire* de 1968 — il était arrivé peu après son lancement — jusqu'au début 2004.

Sport

3 CYCLISME : L'Espagnol Oscar Freire remporte à Vérone (Italie) le titre de champion du monde sur route pour la troisième fois de sa carrière, rejoignant ainsi Alfredo Binda, Rik Van Steenbergen et Eddy Merckx.

17 MOTO : Le pilote italien Valentino Rossi, en s'imposant au Grand Prix d'Australie, remporte sa 8e victoire de la saison, et emporte son 6e titre mondial. Il donne ainsi à sa nouvelle écurie japonaise, Yamaha, le titre qu'elle attendait.

17 AUTOMOBILE : Dix ans après Didier Auriol, le pilote Citroën Sébastien Loeb devient le second Français sacré champion du monde des rallyes en terminant 2e du Tour de Corse derrière l'Estonien Markko Martin, sur Ford Focus.

18 ÉCHECS : Le joueur russe Vladimir Kramnik, en remportant la 14e et dernière partie du championnat du monde l'opposant au Hongrois Peter Leko, conserve son titre mondial. ◼

Novembre

- Émile Louis condamné à la réclusion à perpétuité

- Nicolas Sarkozy « intronisé » président de l'UMP

- Gouvernement Raffarin III bis : Hervé Gaymard remplace Nicolas Sarkozy à Bercy

- Adoption à la quasi-unanimité des députés du droit de « laisser mourir »

- George Bush, réélu président des États-Unis, remanie son gouvernement

- La Commission, remaniée, est investie par le Parlement européen

- Yasser Arafat, mort en France, est enterré en Cisjordanie

- Tensions franco-ivoiriennes, les Français quittent massivement le pays

- Mort du cinéaste Philippe de Broca

France

2 ENVIRONNEMENT : Cannelle, la dernière ourse de souche pyrénéenne en vallée d'Aspe, est abattue par des chasseurs. **Le 4**, le ministre de l'écologie, Serge Lepeltier, se rend sur place et annonce que l'État se portera partie civile dans l'instruction qui va être ouverte. **Le 6**, environ 3 000 personnes manifestent à Paris pour la défense des grands prédateurs.

3 FISCALITÉ : Un mois avant de prendre la présidence de l'UMP, le ministre des finances Nicolas Sarkozy présente une trentaine de mesures pour inciter l'administration fiscale à davantage prendre en compte la bonne foi des contribuables et donner plus de « *sécurité juridique* » aux entreprises.

3 POLICE : Le directeur général de la gendarmerie nationale, Pierre Mutz, est nommé par Jacques Chirac préfet de police de Paris à la place de Jean-Paul Proust, en poste depuis mars 2001. Le choix du général Guy Parayre pour remplacer Pierre Mutz à la tête de la gendarmerie constitue un revers pour Nicolas Sarkozy, qui souhaitait placer son directeur de cabinet, Claude Guéant.

4 POLYNÉSIE : Les deux délégations rivales du territoire, celle de l'ex-« majorité plurielle » de l'indépendantiste Oscar Temaru, renversé le 9 octobre, et celle des représentants du gouvernement du président Gaston Flosse, sont reçues à l'Élysée pour plaider leur cause. L'éventualité de nouvelles élections est évoquée.

5 LAÏCITÉ : Trois sikhs, élèves du lycée Louise-Michel de Bobigny (Seine-Saint-Denis), sont exclus pour port de turban, considéré comme ne respectant pas la loi interdisant les signes religieux ostensibles dans les établissements scolaires publics.

5 DROIT DU TRAVAIL : Cinq ans après la fermeture de leur usine, annoncée en juillet 1999, les ex-salariés de l'usine Wolber (groupe Michelin), à Soissons (Aisne), obtiennent du conseil des prud'hommes la réintégration « *immédiate* » de 115 d'entre eux qui s'étaient pourvus devant cette juridiction et, par extension, des 451 salariés d'alors.

7 RACISME : La manifestation contre le racisme et l'antisémitisme organisée dans les grandes villes à l'appel de 120 organisations et des principaux syndicats ne rassemble, à Paris, que 5 000 personnes. Les divisions entre associations antiracistes, ainsi que la participation de l'UOIF (Union des organisations islamiques de France), proche des intégristes, ont pesé sur le défilé.

7 ENVIRONNEMENT : Un jeune militant antinucléaire, Sébastien Briard, qui s'était enchaîné à la voie ferrée pour s'opposer au passage d'un convoi de déchets radioactifs, meurt, heurté par le train, à Avricourt (Meurthe-et-Moselle). Le convoi avait quitté la veille le terminal de la Cogema, à Valognes (Manche), et se dirigeait vers Gorleben, en Allemagne.

LE PRÉCÉDENT DE CREYS-MALVILLE,
EN 1977

Le 31 juillet 1977, un enseignant de 23 ans et officier de réserve, Vital Michalon, qui faisait partie des quelque 20 000 à 40 000 manifestants antinucléaires venus protester à Creys-Malville (Isère) contre la construction du surgénérateur Superphénix, succombait à des lésions pulmonaires dues à l'explosion d'une grenade offensive. C'était la première victime de la répression d'une manifestation depuis 1968. Ce drame devait donner un coup d'arrêt durable aux grands rassemblements écologistes, en particulier contre le nucléaire. À l'époque, ce mouvement, lancé en 1971, s'était développé parallèlement à la mise en place, pendant la présidence de Valéry Giscard d'Estaing, du programme d'essor de l'énergie nucléaire décidé après le premier choc pétrolier de 1973. En 1974, des «comités antinucléaires» avaient été créés autour des sites des centrales prévues à Plogoff, Civaux, Flamanville, etc. En avril 1975, 25 000 manifestants antinucléaires avaient défilé à Paris. Superphénix est aujourd'hui en cours de démantèlement.

8 PROFANATIONS : Le tribunal correctionnel de Verdun condamne Matthieu Massé, le profanateur du mémorial juif de Douaumont, en mai, à un an de prison ferme.

9 AFFAIRES : *Le Monde* révèle que le ministre de l'économie, Nicolas Sarkozy, est accusé par un mystérieux corbeau d'être le titulaire de comptes occultes placés à l'étranger alimentés par des rétro-commissions versées via la société luxembourgeoise Clearstream, en marge de la vente de frégates à Taïwan en 1991. Il reproche au ministre de l'intérieur, Dominique de Villepin, de tenir secrète une investigation du contre-espionnage qui le mettrait hors de cause. Ce dernier dément toute dissimulation.

9 JUSTICE : Dominique Perben donne son accord au lancement d'une étude scientifique destinée à tester l'efficacité d'un traitement chimique des délinquants sexuels récidivistes. Ces essais thérapeutiques commenceront début 2005, seront menés sur 48 patients volontaires et dureront vingt-quatre mois.

9 CATHOLICISME : La conférence des évêques de France, réunie à Lourdes, se dote d'un nouveau conseil permanent (son exécutif), entièrement renouvelé et rajeuni.

9 AMÉNAGEMENT DU TERRITOIRE : Le gouvernement abandonne le projet de TGV reliant Paris, Orléans, Limoges et Toulouse (POLT).

9 BANQUES : Au terme d'un mois de négociations avec les représentants de la profession, le ministre de l'économie et des finances Nicolas Sarkozy annonce 15 mesures améliorant la transparence des tarifs bancaires. Si les baisses escomptées n'ont pas été obtenues, des dispositions sont prises pour enrayer l'exclusion bancaire. Néanmoins, **le 16**, l'association de consommateurs UFC-Que choisir assigne en justice 5 banques françaises pour obtenir la suppression de frais qu'elle juge « *excessifs* »

10 SANTÉ : Philippe Douste-Blazy, ministre de la santé, annonce un « plan périnatalité » doté de 270 millions d'euros sur trois ans, visant à améliorer la sécurité de la grossesse et de la naissance.

10 CHÔMAGE : Sur France 2, Jean-Pierre Raffarin s'engage solennellement « *devant les Français* » à faire passer le nombre des demandeurs d'emploi « *sous la barre des 9 %* » de la population active, misant ainsi sur les effets de la croissance et du plan Borloo. Il annonce également la reconduction de la « prime de Noël » pour les chômeurs en fin de droits.

10 PRIVATISATIONS : Le gouvernement annonce la mise à l'étude de la privatisation partielle du groupe nucléaire Areva, détenu à plus de 50 % par l'État. Elle interviendrait « *dès le premier semestre 2005, si les conditions du marché le permettent* ». **Le**

24, la société des Autoroutes Paris-Rhin-Rhône, sous le sigle APRR, fait son entrée en Bourse, après la mise sur le marché de 20% du capital du concessionnaire autoroutier public.

14 LAÏCITÉ : En visite à Marseille, Jacques Chirac réfute toute réforme de la loi sur la laïcité, déclarant qu'«*il ne faut pas remettre en cause un pilier du temple*». À Saint-Étienne, le premier ministre Jean-Pierre Raffarin fustige les «*apprentis sorciers*» qui veulent «*déséquilibrer l'organisation même de la République*». Ces propos visent, sans le nommer, Nicolas Sarkozy, ministre des finances, qui doit bientôt prendre la direction de l'UMP.

14 HISTOIRE : Suivant l'avis de la commission consultative du secret de la défense nationale, Michèle Alliot-Marie, ministre de la défense, lève le secret-défense sur tous les documents concernant la disparition de Mehdi Ben Barka, dirigeant de l'opposition marocaine enlevé à Paris le 29 octobre 1965.

16 COLLECTIVITÉS LOCALES : Lors de la première journée du 87e congrès de l'Association des maires de France, à Paris, les élus locaux manifestent leur mécontentement à l'encontre de Jean-Pierre Raffarin, à qui ils reprochent une décentralisation transférant aux maires davantage de compétences, mais sans moyens financiers correspondants.

→ *Le cri de la Creuse, page «Horizons»*, Le Monde *(18 novembre).*

16 PS : En prévision du référendum interne du 1er décembre sur le Traité constitutionnel européen, Lionel Jospin se prononce pour un «*oui de la responsabilité*», tandis que, **le 17**, Laurent Fabius appelle à un «*non de la volonté*» devant un millier de militants réunis à la Mutualité, à Paris.

→ *Portraits de François Hollande et de Laurent Fabius, pages « Horizons »,* Le Monde *(29 novembre et 15 octobre).*

16 TRANSPORTS : Voies navigables de France (VNF) signe un contrat d'objectifs avec l'État pour les années 2005-2008. Il prévoit, entre autres, la réalisation du canal Seine-Nord-Europe, long de 120 kilomètres et d'un coût de l'ordre de 2,5 milliards d'euros, projet relancé en raison de la hausse du prix du pétrole.

17 SANTÉ : Bernadette Chirac inaugure à l'hôpital Cochin, à Paris, la Maison de Solenn-Maison des adolescents, largement financée par l'opération « pièces jaunes ».

17 TRANSPORTS : La SNCF lance son idTGV, le nom officiel du TGV avec réservation uniquement sur Internet. La première ligne, qui relie Paris, Avignon, Marseille et Toulon, vise à lutter contre la concurrence des compagnies aériennes à bas coûts.

17-18 TÉLÉPHONE : Après les perturbations ayant affecté les lignes fixes de France Télécom dans certaines régions les 30 et 31 octobre, c'est au tour du réseau mobile Bouygues Telecom de subir une panne nationale, **le mercredi 17** de 6 heures du matin jusqu'à 1 heure 30 le **18**.

18 TECHNOLOGIES : Un rapport du Conseil d'analyse économique (CAE), remis au premier ministre Jean-Pierre Raffarin, s'inquiète de la perte de compétitivité des entreprises françaises dans les secteurs les plus innovants.

18 ENSEIGNEMENT : Le ministre de l'éducation nationale, François Fillon, présente sur France 2 les principales mesures de son projet de loi d'orientation sur l'école. Parmi celles-ci figurent l'acquisition par 100 % des élèves d'un « socle commun de connaissances », la réforme du baccalauréat avec un contrôle continu renforcé, l'instauration d'une langue vivante dès le CE1 et la prise en compte d'un brevet réformé en fin de 3ᵉ déterminant pour l'orientation.

18 HOMOPHOBIE : La Commission nationale consultative des droits de l'homme (CNCDH) estime, dans un avis, que le projet de loi contre l'homophobie présenté par le gouvernement doit être retiré, par crainte de dérive communautariste. **Le 23**, ses dispositions les moins controversées sont reprises dans le projet de loi créant la Haute Autorité de lutte contre les discriminations et pour l'égalité (Halde).

19 ENFANCE : Claire Brisset, la défenseure des enfants, remet à Jacques Chirac son rapport la veille de la Journée nationale des droits de l'enfant. Elle y dénonce l'absence de *« politique unifiée »* de l'État et les disparités entre départements, et propose de créer une autorité indépendante.

19 EDF-GDF : Deux décrets publiés au *Journal officiel* font passer Électricité de France (EDF) et Gaz de France (GDF) du statut d'établissement public à celui de société anonyme. **Le 24**, lors de son dernier conseil des ministres, Nicolas Sarkozy propose une augmentation du capital d'EDF qui devrait lui rapporter de 8 à 11 milliards d'euros.

19 CONSTITUTION : Le Conseil constitutionnel décide que la ratification du Traité constitutionnel européen, signé à Rome le 29 octobre par les dirigeants des 25 pays membres de l'Union, nécessite une révision de la Constitution française. Cette révision, qui s'effectuera par la voie parlementaire, sera le préalable à l'organisation du référendum annoncé par Jacques Chirac pour 2005.

20 SANTÉ : À quinze jours du Téléthon des 3 et 4 décembre sur France 2, le gouvernement présente un « plan national » en faveur des quelque 7 000 maladies rares qui touchent moins d'une personne sur 2 000.

21 UMP : Avec une participation de 53,94%, les adhérents désignent le successeur d'Alain Juppé à la présidence du parti présidentiel. **Le 28**, les résultats officiels sont dévoilés au Bourget lors du congrès du parti, réunissant 30 000 participants. Nicolas Sarkozy, avec 85,10% des voix, y est « intronisé » président, devant le premier ministre et Mme Chirac. Dans son discours, il déclare vouloir être *« libre de penser, de proposer, de débattre »*.

21 RELIGIONS : Fondation, à la Cité des sciences à Paris, de l'Amitié judéo-musulmane de France (AJMF), plus de cinquante ans après la création de l'Amitié judéo-chrétienne.

21 GUADELOUPE : Un séisme d'une magnitude de 6,3 sur l'échelle de Richter touche le sud de Basse-Terre et l'archipel des Saintes. Une fillette de trois ans est tuée, et plusieurs personnes grièvement blessées.

22 VIEILLESSE : Le premier ministre Jean-Pierre Raffarin annonce une prime de 70 euros pour les allocataires du minimum vieillesse, financée par les surplus des taxes sur l'essence.

22 INTÉGRATION : Le président d'Axa, Claude Bébéar, remet au premier ministre un rapport avançant diverses propositions, dont l'anonymat obligatoire des CV, pour éviter les discriminations à l'embauche. **Le 23**, sortant de sa mission habituelle, la Cour des comptes, dont le premier président est Philippe Séguin, publie un rapport dénonçant les politiques d'immigration conduites depuis trente ans par la France.

23 PENSIONS : Le premier ministre revient sur le décret du 25 août qui modifiait substantiellement les règles d'attribution des pensions de reversion, et qui avait suscité la colère des syndicats et l'inquiétude des veuves et des veufs. Les revenus du patrimoine et les retraites complémentaires ne rentreront pas dans le calcul des ressources du conjoint survivant.

23 SANTÉ : La direction générale de la santé (DGS) annonce qu'un neuvième cas de la forme humaine de l'encéphalopathie spongiforme bovine (ESB ou maladie de la « vache folle ») a été identifié et confirmé par le dispositif de surveillance mis conjointement en place par l'Institut de veille sanitaire (InVS) et l'Institut national de la santé et de la recherche médicale (Inserm).

25 JUSTICE : Dans le cadre de l'affaire des « disparues de l'Yonne », Émile Louis, soupçonné de l'assassinat de sept jeunes filles, est condamné à la réclusion criminelle à perpétuité, assortie d'une période de sûreté de dix-huit ans. Il fait appel.

VINGT-CINQ ANS DE BATAILLE JUDICIAIRE

1975-1979 : Sept jeunes filles disparaissent dans l'Yonne.

4 décembre 1979 : Le parquet d'Auxerre classe une première enquête sur la disparition de Martine Renault. Émile Louis, entendu, n'est pas inquiété.

4 mai 1984 : Mis en examen et écroué depuis le 28 décembre 1981 pour le meurtre de Sylviane Lesage, Émile Louis obtient un non-lieu.

26 juin 1984 : L'adjudant-chef Christian Jambert remet au parquet un compte rendu d'enquête dans lequel il met en cause Émile Louis dans la disparition de cinq jeunes filles. Aucune suite ne lui est donnée.

3 juillet 1996 : L'Association de défense des handicapés de l'Yonne (ADHY) et des familles de disparues déposent six plaintes avec constitution de partie civile.

13 février 1997 : Refus d'informer du juge d'instruction pour qui les faits sont prescrits.

7 mai 1997 : La cour d'appel de Paris ordonne l'ouverture d'une enquête.

4 août 1997 : Le gendarme Jambert est retrouvé mort. L'enquête conclut au suicide.

12 décembre 2000 : Émile Louis avoue, en garde à vue, avoir tué sept jeunes filles. Il est mis en examen pour « *enlèvement et séquestration* ».

18 décembre 2000 et 4 janvier 2001 : Sur ses indications, les squelettes de deux victimes sont retrouvés à Rouvray.

16 février 2001 : Il est mis en examen pour « *viols avec actes de torture et de barbarie* » sur sa seconde épouse et agression sexuelle contre sa belle-fille dans une autre affaire, dans le Var.

6 mars 2002 : Émile Louis est mis en examen pour l'assassinat des sept jeunes disparues après que la Cour de cassation a jugé que rien n'était prescrit dans le dossier.

8 mars 2004 : La cour d'appel de Paris confirme le renvoi d'Émile Louis devant les assises de l'Yonne en retenant la qualification d'« *assassinat* » pour les sept disparues.

26 mars 2004 : Émile Louis est condamné dans le Var à vingt ans de réclusion criminelle assortie d'une période de sûreté des deux tiers pour les actes commis sur sa seconde épouse et sa belle-fille. Il a fait appel.

26 TRANSPORTS : La cessation d'activité de la petite compagnie aérienne réunionnaise Air Bourbon bloque un millier de passagers à l'aéroport de Saint-Denis-de-la-Réunion.

27 RACISME : Des inconnus tirent plusieurs coups de feu sur la porte d'une maison abritant un lieu de culte musulman, à Sartène (Corse du Sud). L'imam de la mosquée, Mohamed El Atrache, échappe de peu à la mort.

29 GOUVERNEMENT : Au lendemain de son intronisation comme président de l'UMP, Nicolas Sarkozy démissionne du gouvernement. Hervé Gaymard lui succède au ministère de l'économie et des finances ; il est remplacé au ministère de l'agriculture par Dominique Bussereau, qui abandonne le secrétariat d'État au budget à Jean-François Copé, ministre délégué, toujours porte-parole du gouvernement. Philippe Douste-Blazy, qui avait la préférence de Jean-Pierre Raffarin pour Bercy, voit ses compétences de ministre de la santé élargies aux solidarités et à la famille. Ce remaniement favorise des quadragénaires, tous proches de Jacques Chirac.

29 PRESSE : Edwy Plenel annonce sa démission de ses fonctions de directeur de la rédaction du *Monde*, poste auquel il avait été nommé en février 1996 par le directeur de la publication, Jean-Marie Colombani. **Le 30**, l'homme d'affaires Vincent Bolloré annonce qu'il suspend son offre d'investissement dans le capital de *Libération*, laissant la place au financier Édouard de Rothschild qui déclare vouloir devenir « *un actionnaire de référence à long terme* ».

30 ÉTHIQUE : L'Assemblée nationale adopte par 548 voix pour et trois abstentions (la quasi-unanimité) une proposition de loi définissant un droit au « laisser mourir » en faveur des malades incurables, sans toutefois légaliser l'euthanasie. ∎

International

1ᵉʳ PALESTINE : Selon Leïla Shahid, déléguée générale de Palestine en France, Yasser Arafat « *va beaucoup mieux* ». Elle dément la thèse d'un « *empoisonnement ou [d'une] intoxication* » du raïs, hospitalisé depuis le 29 octobre à l'hôpital Percy de Clamart (Hauts-de-Seine). **Le 2**, le premier bulletin de santé officiel exclut qu'il soit atteint d'une leucémie. Mais **le 3**, son état s'aggravant brusquement, il est admis dans une unité de soins intensifs. Mahmoud Abbas, numéro deux de l'OLP, se rend à son chevet, de même que Farouk Kaddoumi, chef du département politique de l'OLP, venu de Tunis. **Le 4**, des informations contradictoires circulent sur un coma éventuel, voire sur son décès, alors que Jacques Chirac se rend à son chevet. À Ramallah, la direction palestinienne se réunit en urgence. **Le 5** se tient à Gaza une réunion extraordinaire des représentants de 13 mouvements palestiniens, tandis que les médecins de l'unité de soins intensifs estiment, dans un communiqué, son état de santé « *stable* ». **Le 8,** après plusieurs jours de confusion, le premier ministre, Ahmed Qoreï, le numéro deux de l'OLP, Mahmoud Abbas, le ministre des affaires étrangères, Nabil Chaath, et le président du Parlement, Rawhi Fattouh, arrivent à Paris, malgré l'opposition réitérée de la femme de Yasser Arafat. **Le 9**, les quatre responsables palestiniens sont reçus par le ministre des affaires étrangères Michel Barnier, ainsi que par Jacques Chirac à l'Élysée, et se rendent au chevet de Yasser Arafat, victime d'une hémorragie cérébrale. **Le 11**, cette longue agonie s'achève à 3 heures 30 par la mort, officiellement annoncée, de Yasser Arafat. Le processus de succession se met immédiatement en place : Rawhi Fattouh lui succède comme président par intérim de l'Autorité palestinienne, Mahmoud Abbas prend la tête de l'OLP et Farouk Kaddoumi celle du Fatah. Parmi les très nombreuses réactions des dirigeants du monde entier souhaitant une relance du processus de règlement du conflit au Proche-Orient, Ariel Sharon, le premier ministre israélien, estime que la mort de Yasser Arafat peut « *représenter un tournant historique pour le Moyen-Orient* ». Jacques Chirac se rend à Clamart pour lui rendre un dernier hommage, avant une cérémonie sur l'aéroport de Villacoublay à laquelle assiste le premier ministre, Jean-Pierre Raffarin. **Le 12**, au Caire, les obsèques officielles se déroulent près de l'aéroport, à l'écart d'éventuels débordements populaires. Seize chefs d'État et de gouvernement du monde arabe et musulman, et plusieurs dizaines de ministres des affaires étrangères de pays occidentaux sont présents, avant le transfert du cercueil vers Ramallah (Cisjordanie). Il est enterré, avec de la terre apportée de Jérusalem, dans son quartier général de la Mouquata'a, qu'envahit une foule fervente. À Washington, au cours d'une conférence de presse tenue conjointement avec le premier ministre britannique Tony Blair, le président George Bush estime que « *nous avons une grande chance d'établir un État palestinien* », mais ne fixe aucune échéance. **Le 15**, le premier ministre palestinien, Ahmed Qoreï, demande à la France de lui communiquer « *un rapport médical sur la mort* » de Yasser Arafat, ainsi que « *les raisons de son décès* », la rumeur, en Palestine, faisant état d'un empoisonnement. **Le 17**, les médecins excluent cette éventualité, précisant que le leader palestinien souffrait d'un trouble sanguin à l'origine de multiples hémorragies, s'accompagnant de lésions hépatiques graves sans origine alcoolique. **Le 19**, une copie du dossier médical est remise à sa veuve Souha, et, **le 22**, une autre à son neveu, Nasser Al-Qidoua.

→ « *Arafat vu par* Le Monde », *double page* « *Horizons* », Le Monde *(11 novembre).*

DESTINS CROISÉS D'UN HOMME ET DE CINQUANTE ANS DE LUTTE

1952 : Au Caire, où il est né, l'étudiant palestinien Mohammad Abdel Raouf Arafat-Al-Koudwa Al-Husseini s'engage à l'âge de 23 ans dans l'action politique. Il préside jusqu'en 1956 l'Union des étudiants palestiniens.

1957 : Ingénieur diplômé, Yasser Arafat part pour le Koweït. Il rencontre Abou Jihad qui sera son plus fidèle compagnon jusqu'à son assassinat en 1988 à Tunis. Création du Fatah, organisation militaire clandestine.

28 mai 1964 : Après la création au Caire de l'Organisation de libération de la Palestine (OLP), son instance suprême, le Conseil national palestinien (CNP), tient sa première réunion à Jérusalem-est et adopte une charte prônant la lutte armée contre l'État hébreu.

31 décembre 1964 : Premier attentat commis par le Fatah à l'intérieur d'Israël.

Juin 1967 : Guerre des Six-Jours. Israël occupe Jérusalem-est, la Cisjordanie et la bande de Gaza.

4 février 1969 : Yasser Arafat est élu président du comité exécutif de l'OLP.

Du 30 août au 20 septembre 1970 : Les tensions entre l'OLP et la monarchie hachémite jordanienne débouchent sur de sanglants massacres. Ce «Septembre noir» fait plus de 3 000 morts. Arafat quitte la Jordanie et se replie au Liban.

22 novembre 1974 : Yasser Arafat est reçu aux Nations unies à New York, où il apparaît avec un rameau d'olivier et un pistolet. L'OLP obtient un siège d'observateur à l'ONU.

Juin 1982 : Les forces israéliennes envahissent le Liban jusqu'à Beyrouth et contraignent l'OLP et Yasser Arafat à se réfugier à Tunis.

9 décembre 1987 : Début de l'Intifada, le soulèvement palestinien contre l'occupation israélienne dans les territoires, qui va durer six ans.

15 novembre 1988 : Le CNP proclame à Alger la création d'un État palestinien indépendant avec Jérusalem pour capitale et accepte la partition de la Palestine.

17 janvier 1991 : L'OLP soutient l'Irak pendant la première guerre du Golfe.

13 septembre 1993 : À Washington, Yasser Arafat et Itzhak Rabin échangent une poignée de main historique en présence de Bill Clinton. Israël et l'OLP se reconnaissent mutuellement.

1er juillet 1994 : Arafat retourne en terre palestinienne et installe à Gaza l'Autorité palestinienne. En octobre, il reçoit le prix Nobel de la paix avec Itzhak Rabin.

5 novembre 1995 : Itzhak Rabin est assassiné.

20 janvier 1996 : Après l'évacuation par Israël des principales villes de Cisjordanie, Arafat est élu président de l'Autorité palestinienne. Un conseil législatif de 88 membres est élu le même jour.

14 décembre 1998 : Visite historique de Bill Clinton à Gaza.

29 septembre 2001 : Début de la seconde Intifada. Le 3 décembre, Arafat est confiné dans son QG de Ramallah, plusieurs fois assiégé et endommagé par Tsahal.

29 mars 2002 : Opération «Rempart», la plus grande offensive israélienne en Cisjordanie depuis 1967. Destruction d'une grande partie du QG d'Arafat.

30 avril 2003 : Lancement de la «feuille de route», le plan de paix international qui doit conduire à la création d'un État palestinien d'ici à 2005.

1er décembre 2003 : Lancement de l'initiative de Genève, plan de paix informel élaboré par des personnalités israéliennes et palestiniennes.

29 octobre 2004 : Yasser Arafat, dont l'état de santé s'est brusquement dégradé, quitte la Cisjordanie pour Paris.

1er ALGÉRIE : Les célébrations du 50e anniversaire du début de la « guerre de libération », le 1er novembre 1954, mettent l'accent sur le rassemblement national. Le président Abdelaziz Bouteflika célèbre la «*lutte grandiose contre les forces d'occupation*» ayant mené à l'indépendance en 1962.

1954-2004 : FRANCE, ALGÉRIE, CINQUANTE ANS D'HISTOIRE

1954

1er novembre : Le Comité révolutionnaire pour l'unité et l'action (CRUA) se transforme en Front de libération nationale (FLN). Une série d'attentats marquent le début de l'insurrection.

3 décembre : De son côté, Messali Hadj, leader historique du nationalisme algérien, crée le Mouvement national algérien.

1955

Janvier : Premières grandes opérations françaises dans l'Aurès.

1er février : Pierre Mendès France nomme Jacques Soustelle gouverneur général.

20 août : Offensive de l'ALN (Armée de libération nationale algérienne) dans le Nord-Constantinois.

1956

1er février : Robert Lacoste nommé ministre résident en Algérie.

Mars : Paris reconnaît l'indépendance du Maroc (le 2) et de la Tunisie (le 23).

12 mars : L'Assemblée nationale française vote les «pouvoirs spéciaux» au gouvernement Mollet (SFIO).

22 avril : Ferhat Abbas rallie le FLN.

20 août : Congrès du FLN dans la vallée de la Soummam et création du Comité national de la révolution algérienne (CNRA).

22 octobre : Détournement sur Alger de l'avion des chefs FLN se rendant à Tunis. Ben Bella, Aït Ahmed, Khider, Boudiaf, Bitat et Mostefa Lacheraf sont arrêtés.

13 novembre : Le général Salan nommé commandant en chef en Algérie.

1957

Janvier-octobre : «Bataille d'Alger». Le général Massu est chargé du maintien de l'ordre à Alger.

18 février : Le général de Bollardière, opposé à la torture, est relevé de ses fonctions.

29 mai : Massacre par le FLN des hommes du village de Melouza.

Juin : Construction de barrières électrifiées le long des frontières avec le Maroc et la Tunisie.

11 juin : Arrestation de Maurice Audin, qui sera assassiné.

30 septembre : Le projet de «loi-cadre» pour l'Algérie est repoussé à l'Assemblée nationale. Bourgès-Maunoury démissionne.

1958

8 février : En riposte aux attaques du FLN venues de Tunisie, l'aviation française bombarde Sakhiet-Sidi-Youssef, faisant de nombreux morts. Tunis exige l'évacuation des bases françaises, Habib Bourguiba saisit le Conseil de sécurité de l'ONU.

13 mai : Des manifestants envahissent le gouvernement général à Alger. Création du Comité de salut public, dirigé par le général Massu.

14 mai : Appel de Massu au général de Gaulle.

15 mai : De Gaulle se dit prêt à «*assumer les pouvoirs de la République*».

1er juin : De Gaulle, chef du gouvernement, reconduit les pouvoirs spéciaux.

4 juin : À Alger, de Gaulle prononce son « *Je vous ai compris !*».

7 juin : Salan est nommé délégué général et commandant en chef en Algérie.

19 septembre : Fondation au Caire du «Gouvernement provisoire de la République algérienne» (GPRA) présidé par Ferhat Abbas.

28 septembre : La Constitution française est approuvée en Algérie par 95 % des suffrages exprimés.

3 octobre : De Gaulle annonce le plan de Constantine.

23 octobre : De Gaulle propose au FLN « *la paix des braves*», rejetée le 25 par le FLN.

19 décembre : Salan est remplacé par le délégué général Paul Delouvrier et le général Challe.

21 décembre : De Gaulle est élu président de la République.

1959

8 janvier : De Gaulle propose l'association de l'Algérie à la France.

Début août : De Gaulle effectue sa première tournée des popotes.

16 septembre : De Gaulle proclame le droit à l'autodétermination.

19 septembre : Georges Bidault forme le Rassemblement pour l'Algérie française.

1960

Du 24 au 31 janvier : «Semaine des barricades» à Alger. Après une fusillade qui fait 20 morts, les émeutiers se retranchent au centre de la ville, et se rendent le 1er février.

24 février : Découverte du «réseau Jeanson» (les «porteurs de valise») d'aide au FLN.

3-5 mars : Deuxième tournée des popotes. De Gaulle évoque l'« *Algérie algérienne*».

25-29 juin : Échec des pourparlers de Melun avec les émissaires du GPRA.

6 septembre : «Manifeste des 121 » sur le droit à l'insoumis-

sion. Premier défilé d'Algériens en faveur du GPRA ; 120 morts à Alger.

19 décembre : L'assemblée générale de l'ONU reconnaît le droit de l'Algérie à l'indépendance.

1961

8 janvier : L'autodétermination est approuvée par référendum par 75,25 % de « oui » (69,09 % en Algérie).

Février : Constitution de l'Organisation armée secrète (OAS).

21-25 avril : Putsch des généraux en retraite Challe, Jouhaud et Zeller à Alger. Le général Salan les rejoint peu après. Le gouvernement décrète l'état d'urgence, et le recours à l'article 16 de la Constitution. Le 25, Challe se rend. Salan, Jouhaud et Zeller se cachent.

20 mai-13 juin : Début des négociations d'Évian.

31 mai : Le général Challe est condamné à quinze ans de réclusion.

26 août : Ben Khedda succède à Ferhat Abbas à la tête du GPRA.

8 septembre : Attentat de l'OAS contre de Gaulle à Pont-sur-Seine.

17 octobre : 20 000 Algériens manifestent à Paris. La répression, sur l'ordre du préfet Papon, fait plus de 200 morts.

1er novembre : Une Journée nationale pour l'indépendance organisée par le FLN en Algérie provoque la mort de 100 personnes.

1962

Janvier-février : Série d'attentats OAS au plastic, dont un contre le domicile d'Hubert Beuve-Méry, directeur du *Monde*, et un autre chez André Malraux.

8 février : À la fin d'une manifestation anti-OAS à Paris, la répression policière fait 8 morts et plus de 200 blessés à la station de métro Charonne.

10 février : Rencontre des Rousses, entre le GPRA et le gouvernement français.

18 mars : Signature des accords d'Évian.

19 mars : Cessez-le-feu en Algérie. Christian Fouchet est nommé haut commissaire et Abderrahmane Farès président de l'exécutif provisoire. L'OAS appelle à la grève.

23 mars : À Alger, l'OAS ouvre le feu sur les forces de l'ordre. Violents combats à Bab el-Oued.

26 mars : Une fusillade rue d'Isly, à Alger, entre Européens et forces de l'ordre, fait 46 morts.

30 mars : Salan crée un Conseil national de la résistance (CNR).

8 avril : Les accords d'Évian sont approuvés par référendum par 90,70 % des votants.

14 avril : Condamnation à mort du général Jouhaud.

Mai : Exode massif des pieds-noirs.

15 juin : Contacts entre l'OAS et le FLN pour faire cesser les attentats (« accords Susini-Mostefaï »).

1er juillet : Référendum en Algérie. Près de six millions de voix pour le « oui », 16 534 pour le « non ».

3 juillet : La France reconnaît l'indépendance de l'Algérie.

22 août : De Gaulle échappe à un attentat OAS au Petit-Clamart.

1963

15 septembre : Ahmed Ben Bella est élu président de la République.

1er IRAK : Le vice-gouverneur de la ville de Bagdad, Hassan Kamel Abdel Fattah, est tué par balles, lundi 1er novembre à l'aube, dans le quartier sud de Dora. Alors que les violences continuent, les autorités irakiennes évoquent la possibilité d'instaurer l'« état d'urgence ». **Le 4**, dès le lendemain de l'annonce de la réélection de George Bush, des avions de guerre américains pilonnent Falllouja, marquant une intensification des frappes aériennes. Le même jour, trois soldats britanniques envoyés soutenir les Américains sont tués dans une embuscade, au sud de Bagdad. **Le 5**, l'aviation américaine largue sur Fallouja des tracts demandant à la population civile d'évacuer la ville, tout homme en âge de combattre étant considéré comme un ennemi. **Le 6**, des attaques contre des bâtiments de la police et de l'administration à Samarra font 36 morts, dont 24 policiers. Les préparatifs de l'assaut se confirment **le 7**, avec l'instauration de l'état d'urgence sur tout le territoire irakien, à l'exception du Kurdistan, pour une période de soixante jours. **Le 8**, les troupes américano-irakiennes lancent leur assaut contre le fief sunnite de Fallouja, sur lequel s'abat un déluge de feu. Cette offensive est la plus importante depuis l'invasion de l'Irak en 2003. **Le 9**, 3 commissariats de police sont attaqués à Bakouba (nord-est de Bagdad). 45 personnes sont tuées et une trentaine blessées. À Bagdad, plusieurs attentats à la voiture piégée contre des églises et un hôpital font 13 morts. **Le 13**, alors que les combats continuent à Fallouja, où des poches de résistance subsistent dans le sud de la « Mecque des moudjahidins », l'armée américaine est confrontée à une nouvelle « bavure », un soldat ayant achevé un blessé dans une mosquée. Le même jour, un nouveau front s'ouvre à Mossoul, la seule ville sunnite à être restée paisible en sept mois d'insurrection, et dont les rebelles prennent le contrôle. **Le 19**, les forces irakiennes et américaines commencent à y lancer des raids contre des objectifs tenus par des rebelles. **Le 25**, le Croissant rouge entre pour la première fois à Fallouja. Le bilan des combats donné par le secrétaire d'État irakien à la sécurité nationale fait état de 2 085 morts et de plus de 1 600 prisonniers. Selon le Pentagone, 109 soldats américains ont été tués en novembre.

1er IRAK : Six employés d'une société saoudienne sont enlevés à Bagdad. **Le 3**, 4 otages irakiens sont décapités, et un responsable du ministère du pétrole assassiné. **Le 12**, au cours de l'offensive contre Fallouja, les forces américaines retrouvent en vie Mohammed Al-Joundi, le compagnon syrien des deux journalistes français Christian Chesnot et Georges Malbrunot, enlevés le 20 août. Les familles des otages révèlent, à cette occasion, avoir visionné une cassette datant du 3 octobre, les montrant en bonne santé. **Le 16**, une cassette envoyée à la chaîne de télévision Al-Jazira semble accréditer la mort de

l'otage anglo-irakienne Margaret Hassan, responsable du bureau de l'organisation caritative Care en
Irak, enlevée le 19 octobre. Il s'agirait alors de la première femme ainsi exécutée en Irak. **Le 17**, le
ministre des affaires étrangères Michel Barnier
affirme que la vie des deux otages français « *n'est pas
en cause* ».

1er ÉMIRATS ARABES UNIS : Cheikha
Loubna Al-Qassemi est nommée ministre de l'économie et du plan. Il s'agit de la première femme
ministre depuis la création des Émirats en 1971.

2 PAYS-BAS : Le réalisateur Theo Van Gogh,
cinéaste et chroniqueur controversé, est abattu en
pleine rue à Amsterdam. Âgé de 47 ans, l'arrière-
petit-neveu du peintre, adversaire déclaré de l'islam
radical, est assassiné par un islamiste d'origine
marocaine. **Le 8**, plusieurs attentats contre des
centres musulmans ont lieu aux Pays-Bas, où l'in-
terrogation est grande quant à l'intégration suppo-
sée de la communauté musulmane. **Le 9**, les funérailles du cinéaste ont lieu en présence du
vice-premier ministre Gerrit Zalm. **Le 10**, alors que
les incidents xénophobes se multiplient, les forces
spéciales bloquent le quartier de Laak, à l'ouest de
La Haye, après une tentative d'interpellation de suspects de terrorisme, durant laquelle 3 policiers ont
été blessés. **Le 11**, le gouvernement annonce un
nouveau plan antiterroriste destiné essentiellement
à lutter contre l'islamisme radical. **Le 12**, la police
annonce le démantèlement d'un camp d'entraîne-
ment de la guérilla kurde, ayant conduit à l'arrestation de 38 personnes impliquées dans la formation
de groupes armés destinés à être envoyés en Armé-
nie. **Le 13**, une mosquée est incendiée à Heiden.
  → *Choc et peur à Amsterdam, (10 novembre).*

2 ÉTATS-UNIS : Au terme d'une campagne
électorale d'une rare intensité, les élections améri-

caines sont marquées par une participation record de plus de 56 %, la plus élevée depuis 1968. **Le 3**, après une nuit d'incertitude sur les résultats, le candidat démocrate John Kerry reconnaît sa défaite. George W. Bush obtient 51 % des voix, contre 48 % pour son challenger et 0,3 % pour Ralph Nader. Avec plus de 58,8 millions de voix, et une différence de 3,5 millions avec John Kerry, George Bush est le président le mieux réélu au scrutin populaire de l'histoire américaine. Cette avance se traduit par un collège de 274 grands électeurs (sur 538) contre 252 pour John Kerry. Parallèlement à l'élection présidentielle, les républicains progressent au Congrès, avec 4 sénateurs de plus (55 sur 100), ainsi qu'à la Chambre des représentants, où ils emportent 231 sièges sur 435, les démocrates en obtenant 200. Enfin, dans les onze États qui organisaient un référendum sur la question du mariage homosexuel, cette proposition est rejetée. De son côté, la Californie adopte à 59 % une proposition permettant le financement public de la recherche sur les cellules souches, à laquelle le président Bush est opposé. **Le 4**, commentant sa victoire devant la presse, George Bush appelle à l'unité du pays, annonce un programme de réformes, concernant en particulier la fiscalité et les retraites, et reconnaît que sa politique en Irak n'a pas toujours été *« populaire »* à l'étranger.

→ *Portraits de George Bush et John Kerry, pages « Horizons »*, Le Monde *(3 novembre)*.

→ *La foi de George Bush, 2 pages « Horizons »*, Le Monde *(5 novembre)*.

2 ÉMIRATS ARABES UNIS : Décès de Cheikh Zayed ben Sultan Al-Nahayan, fondateur et leader historique de la Fédération, à l'âge d'environ 90 ans. **Le 3**, son fils, l'émir d'Abou Dhabi, cheikh Khalifa Ben Zayed Al-Nahayan, est élu à l'unanimité

nouveau président de la Fédération par le Conseil
suprême.

3 SOMALIE : C'est à Nairobi, au Kenya, que le
nouveau président somalien Abdullai Yusuf Ahmed,
élu en octobre, nomme Ali Mohamed Gedi, un vété-
rinaire, premier ministre. Il s'agit d'un nouveau pas
vers la mise en place d'un gouvernement en Somalie, qui en est dépourvu depuis onze ans.

3 ALLEMAGNE : Un accord entre la direction
de Volkswagen et le syndicat IG Metall garantit,
contre l'acceptation par les salariés de mesures
d'économie, notamment un gel de salaires de vingt-
huit mois, l'absence de licenciements secs jusqu'en
2011.

4 CÔTE D'IVOIRE : L'aviation gouvernementale effectue plusieurs raids contre les forces
rebelles, au nord du pays, rompant ainsi le cessez-le-
feu garanti par la communauté internationale. Paris
fait part de son «*extrême préoccupation*», mais, **le 5**,
les attaques aériennes continuent sur Bouaké et Kor-
gholo, principales villes contrôlées par la rébellion.
Le 6, un avion des forces loyalistes ivoiriennes bombarde un camp français de l'opération «Licorne»
près de Bouaké, tuant 9 militaires français, un civil
américain, et blessant une trentaine de soldats français. Les Mirage français répliquent immédiatement
en détruisant l'aviation ivoirienne (2 avions Sou-
khoï-25 et 5 hélicoptères). Ces représailles provoquent à Abidjan des manifestations visant les
ressortissants français, et, plus généralement, les
Blancs. Des écoles sont brûlées, des magasins et
habitations pillés par des émeutiers laissant éclater
leur haine. Le président de l'Assemblée nationale
ivoirienne et deuxième personnage de l'État, Mama-
dou Koulibaly, déclare que «*le Vietnam ne sera rien
par rapport à ce que nous allons faire ici*». Michèle
Alliot-Marie, ministre française de la défense, inter-

vient à la télévision pour déclarer que la France tiendra le président Laurent Gbagbo comme «*personnellement responsable [...] du maintien de l'ordre
public*». Le Conseil de sécurité des Nations unies se
réunit à New York pour examiner la situation, la
France demandant à l'ONU des sanctions et un
embargo sur les armes. Pour Michel Barnier,
ministre des affaires étrangères, l'attaque de Bouaké
est «*inexplicable et injustifiable*», tandis que le président ivoirien exprime ses «*regrets*» pour ce qu'il
qualifie d'«*incident*». **Le 7**, les forces françaises se
déploient dans Abidjan pour assurer la sécurité des
ressortissants français. Après des accrochages faisant plusieurs centaines de blessés, un calme relatif
se rétablit dans la capitale. **Le 8**, des patrouilles communes de soldats français, ivoiriens et onusiens par-
courent les rues d'Abidjan. **Le 9**, des affrontements
avec des «patriotes» proches du président Gbagbo
font au moins 7 morts et des dizaines de blessés ivoiriens. Les désordres gagnent l'ouest du pays, où des
massacres ont lieu à Gagnoa, faisant au moins 15
morts. Le président sud-africain Thabo Mbeki se
rend à Abidjan pour tenter une médiation. **Le 10**,
alors qu'un hommage solennel est rendu à Paris aux
soldats français tués, en présence de Jacques Chirac,
la France, comme d'autres pays, commence à évacuer ses ressortissants, dont les témoignages font
également état de viols. Tandis que le président
Gbagbo promet «*le retour à la normale*», Paris
envoie de nouveaux renforts à Abidjan. **Les 13 et 14**,
alors que l'exode des Français et des Blancs s'accélère, la tension s'accentue entre les deux pays.
Jacques Chirac met en garde contre une «*dérive fas-
ciste*» d'un gouvernement ivoirien qualifié de
«*contestable*». Laurent Gbagbo, pour sa part, se
déclare déterminé à remplacer les appareils de sa
flotte militaire détruits par l'armée française et

nomme un « dur » de son régime, le colonel Philippe Mangou, à la tête des armées. **Le 15**, la France obtient du Conseil de sécurité des Nations unies le vote à l'unanimité d'une résolution imposant un embargo de treize mois sur les ventes d'armes à la Côte d'Ivoire et prévoyant des sanctions individuelles (interdiction de voyager, gel des avoirs financiers) contre les personnes constituant « *une menace pour la paix et la réconciliation* » et « *bloquant l'application des accords de Marcoussis* ». Le même jour, un dernier vol d'évacuation de Français décolle d'Abidjan. Plus de la moitié des résidents français ont quitté le pays. **Le 30**, une polémique se développant entre les autorités ivoiriennes et la France sur le nombre de victimes des fusillades d'Abidjan, Michèle Alliot-Marie reconnaît pour la première fois que des Ivoiriens civils et militaires ont été tués par l'armée française au cours des événements du 6 au 9 novembre.

→ *Leur ami Gbagbo, page « Horizons »*, Le Monde, *(19 novembre).*

4 UNION EUROPÉENNE : Au cours du Conseil européen qui réunit à Bruxelles les chefs d'État et de gouvernement de l'Union, le président de la future Commission européenne José Manuel Durao Barroso présente la composition de son équipe remaniée. Le ministre italien des affaires étrangères Franco Frattini remplace, comme commissaire chargé de la justice, la liberté et la sécurité, le controversé Rocco Buttiglione, et la Lettone Ingrida Udre, eurosceptique proclamée, est remplacée à la fiscalité par son compatriote Andris Piebalgs. **Le 5**, le Conseil adopte un plan d'action sur cinq ans en matière de droit d'asile et d'immigration, les ministres votant désormais ces questions à la majorité qualifiée, et non plus à l'unanimité. Enfin, le Conseil reçoit le premier ministre irakien, Iyad

Allaoui, mais en l'absence de Jacques Chirac, qui n'assiste pas au déjeuner de travail. **Le 18**, le Parlement européen investit la nouvelle Commission par 449 voix contre 149. Mais les eurodéputés ont multiplié les conditions et obtenu du président le renforcement des procédures de contrôle de chacun des membres de l'exécutif.

5 EURO : L'euro franchit la barre de 1,29 dollar, établissant un nouveau record historique à 1,2964 dollar. **Le 10**, la monnaie européenne franchit pour la première fois le seuil symbolique de 1,30 dollar.

7 ÉTATS-UNIS : Delta Air Lines, le troisième transporteur du pays, partenaire d'Air France au sein de l'alliance Skyteam, annonce la suppression de près de 7 000 emplois, dont 2 000 dans la maintenance, 3 100 dans les services aux clients, et entre 1 600 et 1 800 dans l'administration.

8 SERBIE : Le gouvernement des Serbes de Bosnie reconnaît que plus de 7 800 musulmans ont été tués par les forces serbes en 1995 à Srebrenica, dans l'est de la Bosnie.

9 ÉTATS-UNIS : La Maison-Blanche annonce la démission du ministre de la justice John Ashcroft. L'attorney général était l'auteur du Patriot Act, loi étendant les pouvoirs de la police après les attentats du 11 septembre 2001. **Le 10**, Alberto Gonzales, auteur du memorandum faisant de la base de Guantanamo une zone de non-droit, lui succède, signe manifeste envers la minorité « latino ». **Le 15**, c'est au tour du secrétaire d'État américain, Colin Powell, de présenter sa démission au président George W. Bush. **Le 16**, il est remplacé par Condoleezza Rice, conseillère du président pour la sécurité nationale, qui devient ainsi la première femme noire à diriger la diplomatie américaine.

9 SOUDAN : Le gouvernement soudanais et les

rebelles du Darfour signent à Abuja (Nigeria) deux protocoles d'accord sur la sécurité dans la région et l'accès aux populations réfugiées, faisant apparaître une lueur d'espoir de paix dans un conflit qui a fait plus de 70 000 morts depuis février 2003.

9 BELGIQUE : La Cour de cassation confirme un jugement de la cour d'appel de Gand condamnant le Vlaams Blok, puissant parti d'extrême droite flamand, pour racisme.

11 UNION EUROPÉENNE : La Lituanie est le premier pays à ratifier la Constitution européenne. Le Traité, signé à Rome le 29 octobre par les dirigeants européens, est approuvé par 84 voix pour, 4 contre et 3 abstentions par le Parlement de Vilnius.

11 ROUMANIE : Le président Ion Iliescu reconnaît « *l'entière responsabilité de l'État* » pour les déportations de la seconde guerre mondiale. Environ 400 000 juifs et 11 000 Tziganes ont été exterminés pendant cette période.

14 ESPAGNE : La formation indépendantiste radicale basque Batasuna annonce un changement de stratégie en appelant au « *dialogue politique* » et en rendant publiques de nouvelles propositions baptisées « *Maintenant le peuple, maintenant la paix* ».

QUARANTE ANS DE COMBAT NATIONALISTE

Mai 1962 : Première assemblée du mouvement séparatiste ETA à Belloc (Pyrénées-Atlantiques).

Mars 1967 : ETA se définit comme un « mouvement socialiste basque de libération nationale » contre le franquisme espagnol.

7 juin 1968 : Premier affrontement d'ETA avec la garde civile.

20 décembre 1973 : ETA assassine à Madrid l'amiral Carrero Blanco, président du conseil.

20 novembre 1975 : Mort du général Franco et amnistie. Sous la conduite du roi Juan Carlos, la démocratie s'installe en Espagne.

27 avril 1978 : Création de la coalition indépendantiste Herri Batasuna (HB).

6 décembre 1978 : Référendum sur la Constitution espagnole, les modérés du PNV (Parti nationaliste basque) s'abstiennent, HB la refuse.

25 octobre 1979 : Référendum approuvant l'autonomie du Pays basque. Le PNV est pour, Herri Batasuna est contre.

Mars 1980 : Premières élections régionales. Depuis ce scrutin, le PNV préside le gouvernement autonome d'Euskadi.

30 septembre 1982 : La branche politico-militaire d'ETA se dissout et choisit l'action politique.

15 février 1990 : Le Parlement basque proclame « *le droit du peuple basque à l'autodétermination* ».

23 avril 1991 : HB cesse le boycottage de la vie démocratique, et siège dans toutes les institutions basques.

29 mars 1992 : Arrestation à Bidart (France) de l'état-major d'ETA (collectif Artapalo).

19 avril 1995 : Attentat manqué d'ETA à Madrid contre José-Maria Aznar, alors chef de l'opposition.

1er décembre 1997 : Le tribunal suprême condamne 23 dirigeants de HB pour apologie du terrorisme.

12 septembre 1998 : Accords de Lizarra entre nationalistes, dont HB et le PNV, pour la souveraineté d'Euskadi.

18 septembre 1998 : ETA décrète un « *cessez-le-feu illimité* ».

22 avril 1999 : Pacte de législature au Parlement basque entre le PNV et Euskal Herritarrok (EH, issus de HB).

3 décembre 1999 : Fin de la trêve d'ETA.

23 juin 2001 : EH-HB devient Batasuna.

26 août 2002 : Le juge Garzón suspend pour trois ans les activités de Batasuna en Espagne. Ses sièges sont fermés.

3 octobre 2004 : Arrestation dans les Pyrénées-Atlantiques du nouvel état-major d'ETA.

15 IRAN : L'Agence internationale de l'énergie atomique (AIEA) confirme le gel des activités d'enrichissement d'uranium iraniennes. Les Européens espèrent qu'un « *nouveau chapitre* » s'ouvre avec l'Iran, bien que l'AIEA n'ait pas la preuve du carac-

tère civil de ses recherches. **Le 29**, tirant les conséquences de ce gel, le conseil des gouverneurs de
l'AIEA renonce à sanctionner l'Iran, tout en conti-
nuant à surveiller le programme de Téhéran.

16 ESPAGNE : Le premier procès d'un des
inculpés des attentats du 11 mars à Madrid, qui ont
fait 191 morts et plus de 1 500 blessés, condamne un
prévenu espagnol de 16 ans, accusé d'avoir trans-
porté les explosifs, à six ans d'internement, suivis de
cinq ans de liberté surveillée.

17 RUSSIE : Le président Vladimir Poutine
annonce que son pays va bientôt se munir de nouveaux systèmes d'armes nucléaires *« que ne possèdent pas les autres puissances nucléaires »*. Il s'agit de
missiles mobiles Topol-M, dont les derniers essais
sont prévus pour fin décembre. Destiné à conforter
les militaires, ce discours est aussi une réponse au
projet antimissile américain.

17 ÉTATS-UNIS : La chaîne de supermarchés
Kmart et le groupe de grands magasins Sears fusion-
nent pour former Sears Holding, troisième distributeur américain, et ainsi mieux résister à la toute-
puissance de Wal-Mart, numéro un du secteur.

18-19 FRANCE–GRANDE-BRETAGNE :
Le 27ᵉ sommet franco-britannique, à Londres, est
l'occasion pour Jacques Chirac de tenter de dépasser le différend sur la guerre en Irak en insistant sur
les terrains d'entente avec le premier ministre Tony
Blair.

19 ITALIE : La compagnie aérienne à bas coûts
Volare est contrainte de cesser son activité. L'entreprise, exploitant 24 avions, considérée comme un
succès du capitalisme transalpin, cumule des dettes
dépassant les 300 millions d'euros et des pertes de
60 millions en 2004.

19 PROCHE-ORIENT : Des photos publiées
par le quotidien *Yediot Aharonot* montrent des sol-

dats israéliens se livrant à de macabres mises en scène autour de cadavres de Palestiniens.

19   BIRMANIE : La junte birmane procède à la libération de 3 937 prisonniers dont la détention a été jugée *«inappropriée»*.

20   BRÉSIL : Décès de l'économiste Celso Furtado, grand théoricien du développement, ministre avant et après la dictature militaire. Brasilia décrète trois jours de deuil national.

20   PALESTINE : Le processus électoral débute avec l'ouverture des candidatures. Selon la commission électorale centrale palestinienne, la liste des candidats devrait être close le 1er décembre.

20   SLOVAQUIE : Une violente tempête ravage le paysage forestier des Hautes et des Basses Tatras, détruisant 90 % de la récolte de bois du pays.

21   UKRAINE : Alors que, le 31 octobre, l'opposant pro-occidental Viktor Iouchtchenko a devancé de peu le premier ministre sortant prorusse Viktor Ianoukovitch au premier tour de l'élection présidentielle, les résultats officiels du second tour donnent ce dernier vainqueur devant le leader de l'opposition, pourtant favori des sondages réalisés à la sortie des urnes. Viktor Iouchtchenko dénonce des *«fraudes massives»*, et appelle ses partisans à un *«mouvement organisé de résistance civile»*. **Le 22**, environ 100 000 personnes manifestent dans les rues de Kiev, arborant la couleur orange de l'opposition, alors que Vladimir Poutine félicite le vainqueur officiel, Viktor Ianoukovitch. **Le 23**, porté par les manifestations massives de Kiev, le candidat de l'opposition prête serment devant le Parlement ukrainien, déserté par les députés néosoviétiques, et met en garde contre un *«conflit civil»*. D'anciens pays satellites de l'URSS (Pologne, Hongrie et Estonie) se rangent aux côtés de l'opposition, ainsi que le pape et les catholiques ukrainiens de l'ouest du pays. **Le 24**, la commission centrale électorale (CVK) proclame la victoire de Viktor Ianoukovitch par 49,46 % des voix contre 46,61 % pour le candidat de l'opposition. Celui-là appelle aussitôt à une grève générale. L'Union européenne envoie un émissaire à Kiev, tandis que Colin Powell, le secrétaire d'État américain, déclare ne pas pouvoir «*accepter ce résultat comme légitime*». **Le 25**, la Cour suprême gèle l'annonce des résultats tant que la plainte déposée par l'opposition n'aura pas été examinée. Le président polonais et l'UE se proposent comme médiateurs, et Lech Walesa se rend à Kiev. Pour Vladimir Poutine, qui participe à La Haye au sommet Russie-Europe, les résultats électoraux sont «*transparents*». **Le 26**, alors que les manifestations se poursuivent dans les rues de Kiev, les médiateurs européens organisent la première rencontre entre le pouvoir et le camp de Viktor Iouchtchenko. Ce dernier demande l'organisation d'une nouvelle élection le 12 décembre, sous peine de «*passer à l'action*». **Le 28**, des responsables locaux de l'est du pays, favorables à Moscou et au candidat du pouvoir, dont la couleur est le bleu, menacent de se constituer en république autonome, illustrant la division en deux du pays.

21 IRAK : Après cinq jours de négociations en présence — pour la première fois — d'une délégation irakienne, les 19 membres du Club de Paris (qui réunit les créanciers publics) parviennent à un accord sur l'allégement de la dette extérieure à hauteur de 33 milliards de dollars. Voulu par Washington, cet accord met fin à la querelle qui opposait les États-Unis et l'Europe depuis un an. De Santiago, au Chili, où ils participaient au Forum Asie-Pacifique (APEC), les présidents Bush et Poutine suivent l'évolution de la négociation. **Les 22 et 23**, réunis à Charm el-Cheikh (Égypte), une vingtaine de ministres des affaires étrangères et de représentants d'organisations internationales (ONU, UE, G8, Ligue arabe et Conférence islamique) soulignent la nécessité de tenir les élections générales à la date prévue, le 30 janvier 2005. **Le 27**, la commission électorale irakienne rejette la demande de report de 6 mois des élections exprimée par de nombreux partis politiques en invoquant la situation sécuritaire du pays.

LA DETTE IRAKIENNE : UN POIDS TOTAL DE 120 MILLIARDS DE DOLLARS

L'Irak a une dette, en principal, de 21,6 milliards de dollars à l'égard des 19 pays réunis au sein du Club de Paris.

Le Japon est le principal créancier avec 4,108 milliards de dollars. Il est suivi par la Russie (3,450 milliards), la France (2,993 milliards), l'Allemagne (2,403 milliards), les États-Unis (2,192 milliards) et l'Italie (1,7 milliard), les autres pays ne représentant que quelques centaines de millions chacun.

Le G7 détient, à lui seul, près de 15 milliards de dollars. Les arriérés d'intérêts gonflent le poids des sommes dues au Club de Paris à 38,9 milliards de dollars.

Ce montant ne représente que le tiers de la dette extérieure irakienne totale, estimée par le FMI à 120 milliards de dollars.

Le reste a été contracté auprès des ex-républiques du bloc soviétique et des monarchies pétrolières du Golfe.

La part la plus importante est détenue par l'Arabie saoudite.

23 AFGHANISTAN : En Afghanistan, les 3 employés de l'ONU pris en otage le 28 octobre sont relâchés sains et saufs à Kaboul, dans des circonstances confuses.

23 ÉTATS-UNIS : Dan Rather, 73 ans, un des journalistes américains les plus connus, annonce qu'il cessera de présenter le journal de début de soirée de CBS le 9 mars 2005, après avoir occupé cette fonction pendant vingt-quatre ans. Il avait succédé, en 1981, au légendaire Walter Cronkite.

23 SANTÉ : Le rapport annuel de l'Onusida fait état d'une nouvelle progression de l'épidémie dans toutes les régions du monde. L'agence mentionne près de 5 millions de nouveaux cas. Près de 40 millions de personnes vivent avec le virus, dont 100 000 en France, où 6 000 séropositifs ont été contaminés en 2003.

24 UNION EUROPÉENNE : Décès de Jacques Ferrandi, ancien directeur du Fonds européen de développement, à l'âge de 90 ans. Cet inconditionnel de l'Eurafrique, un des pionniers de l'Europe institutionnelle, a été en poste à Bruxelles jusqu'en 1972.

24-25 LIBYE : Après l'indemnisation des victimes de l'attentat de 1989 contre un DC-10 d'UTA, Jacques Chirac effectue la première visite officielle d'un président français à Tripoli. Cherchant à renforcer la coopération économique avec la Libye, Jacques Chirac propose au colonel Kadhafi un «*partenariat politique régulier*».

QUINZE ANS APRÈS L'ATTENTAT
CONTRE LE DC-10 D'UTA

1951 : Indépendance de la Libye, ancienne colonie italienne.

Mars 1976 : Visite à Tripoli de Jacques Chirac, en tant que premier ministre.

1984 : Rencontre entre François Mitterrand et le colonel Kadhafi, en Crète.

Février 1986 : Paris lance un raid contre la principale base libyenne dans le nord du Tchad, et met en place le dispositif «Épervier» pour parer à la menace libyenne.

1989 : Blocus maritime contre les navires français décrété par Tripoli.

19 septembre 1989 : Attentat contre un DC-10 de la compagnie UTA au-dessus du désert du Ténéré (170 morts dont 54 Français). Après deux années d'enquête, la justice française incrimine offi-

ciellement la Libye et lance 4 mandats internationaux contre des hauts responsables.

5 novembre 1991 : Le président Mitterrand implique publiquement la Libye du président Kadhafi dans l'attentat.

Avril 1992 : Paris expulse 6 diplomates libyens.

Juillet 1996 : La Libye annonce qu'elle entend coopérer avec la justice française. Le juge Bruguière, chargé de l'enquête sur le DC-10, se rend à Tripoli.

Mars 2001 : Abandon des poursuites engagées contre le colonel Kadhafi (alors que 6 membres présumés des services secrets libyens sont condamnés à Paris à la réclusion perpétuelle).

2001 : Visite à Tripoli du ministre de la coopération, Charles Josselin.

2002 : Le ministre français des affaires étrangères, Dominique de Villepin, effectue une visite en Libye.

Janvier 2004 : Accord d'indemnisation entre la Libye et les familles des victimes de l'attentat du DC-10 d'UTA.

Octobre 2004 : Michel Barnier, ministre des affaires étrangères, se rend à Tripoli.

25 ITALIE : Silvio Berlusconi impose à sa majorité une baisse d'impôts de 6,5 milliards d'euros, à l'issue de tractations qui ont mis en péril sa coalition. Le président du conseil parvient ainsi à concrétiser l'une de ses principales promesses électorales de 2001. **Le 30,** pour dénoncer la politique sociale du gouvernement italien, les trois grandes centrales syndicales appellent à la grève générale. Il s'agit de la cinquième depuis l'accession de Silvio Berlusconi au pouvoir, en juin 2001.

25 ALLEMAGNE : Le groupe de produits de grande consommation Henkel (marques Persil, Le Chat, Diadermine, Schwartzkopf, etc.) annonce la suppression de 3 000 emplois dans le monde pour améliorer sa rentabilité.

25 UNION EUROPÉENNE : Les 21 chefs de délégations nationales du groupe socialiste du Parlement européen cosignent un texte en faveur du « oui » au référendum interne au PS français sur le projet de Traité constitutionnel. **Les 26 et 27,** réunis à Madrid, les leaders sociaux-démocrates européens lancent à leur tour un appel aux militants socialistes français pour qu'ils approuvent le projet de Constitution des Vingt-cinq.

26 ALLEMAGNE : Le groupe allemand Siemens dévoile, sur son site Internet, les salaires nominatifs de ses principaux dirigeants.

26 COMMERCE MONDIAL : L'Organisation mondiale du commerce (OMC) autorise l'Union européenne et 6 autres pays à imposer des sanctions commerciales pour un montant de 150 millions de dollars contre les États-Unis. Cette décision intervient dans le cadre d'un conflit à propos de l'amendement Byrd, sur l'antidumping.

26-27 FRANCOPHONIE : Le 10e sommet de la Francophonie, qui réunit à Ouagadougou (Burkina Faso) une cinquantaine de pays francophones, est dominé par la crise en Côte d'Ivoire. En l'absence du président Laurent Gbagbo, les participants lancent aux parties ivoiriennes un appel pour une reprise du dialogue.

27 RELIGION : Le pape Jean-Paul II reçoit au Vatican le patriarche de Constantinople, Bartholomée Ier, pour lui remettre les reliques de deux des plus grands saints et Pères de l'Église d'Orient, Grégoire de Nazianze (330-390) et Jean Chrysostome (344-407).

28 SUISSE : Un référendum organisé à l'initiative de groupes conservateurs et religieux approuve, par 66,4 % des participants, mais avec une faible participation (36 %), la loi adoptée par le Parlement en 2003 permettant la recherche sur les cellules souches issues d'embryons humains.

29 ASIE : Lors du sommet régional de l'Association des nations de l'Asie du Sud-Est (Asean) à Vientiane (Laos), l'Asie du Sud-Est et la Chine s'accordent sur l'établissement de ce qui pourrait être, dès 2010, la zone de libre-échange la plus peuplée de la planète.

30 CUBA : Fidel Castro libère le poète et journaliste Raul Rivero, détenteur du Prix mondial 2004 de la liberté de la presse de l'Unesco. Figure la plus connue de la dissidence cubaine, il avait été condamné à vingt ans de prison en avril 2003. La libération de 4 autres condamnés montre la volonté du régime cubain de sortir de son isolement. ■

Science

9 MATHÉMATIQUES : Le Centre national de la recherche scientifique (CNRS) décerne sa médaille d'or 2004 au mathématicien français Alain Connes, qui a révolutionné la théorie des algèbres d'opérateurs et a largement contribué à la création d'une nouvelle branche des mathématiques, la géométrie non commutative.

15 AUTOMOBILE : La Prius, véhicule hybride du japonais Toyota, qui fonctionne alternativement avec un moteur électrique pour la ville et une motorisation essence pour la route, est élue « voiture de l'année ». 2 500 unités seront proposées en France en 2005. ■

Culture

1er DÉCÈS d'ADG, pseudonyme d'Alain Fournier, qui signa ses premiers romans policiers du nom d'Alain Dreux-Galloux, dont il conserva les initiales. Il a contribué à renouveler le genre du « polar », dont il a été un brillant représentant.

3 PRIX LITTÉRAIRES : Le prix Femina est attribué à Jean-Paul Dubois pour *Une vie française*, et le prix Médicis à Marie Nimier pour *la Reine du silence*.

5 DÉCÈS à l'âge de 88 ans de l'historien Gilbert Badia, spécialiste du spartakisme et de Rosa Luxemburg. Il était également connu pour ses travaux sur la résistance allemande à Hitler dans l'exil et en Allemagne.

7 DÉCÈS, à l'âge de 56 ans, de Serge Adda, président de TV5 Monde et de la banque de programmes français Canal France International (CFI).

8 LITTÉRATURE : Le prix Goncourt, accordé au livre de Laurent Gaudé *le Soleil des Scorta*, récompense pour la première fois l'éditeur Actes Sud. Le jury Renaudot attribue son prix, à titre posthume, à Irène Némirovsky pour *Suite française* (Denoël). Déportée à Auschwitz, elle y est morte le 17 août 1942.

8 MUSIQUE : Le ministre de la culture et de la communication, Renaud Donnedieu de Vabres, annonce le rachat par l'État de la salle Pleyel, à Paris. Elle sera louée cinquante ans pour un loyer annuel de 1,5 million d'euros, au terme desquels, en 2054, la salle de concert et l'immeuble de la rue du Faubourg-Saint-Honoré deviendront propriété de l'État pour un euro symbolique.

11 DÉCÈS brutal du cinéaste français Richard Dembo, à l'âge de 56 ans. L'auteur de *la Diagonale du fou* avait été l'assistant de Jean Schmidt, George Stevens, André Téchiné, et l'un des cofondateurs de la Société des réalisateurs de films et de la Quinzaine des réalisateurs au Festival de Cannes.

11 DÉCÈS de Jacques Cellard, chroniqueur de «La vie du langage» de 1971 à 1985, au *Monde*. Auteur, entre autres, de nombreux ouvrages sur la langue française et son vocabulaire, il ne cachait pas sa gourmandise pour les mots.

12 OPÉRA : Le théâtre vénitien de La Fenice, refait à neuf après l'incendie de 1996, inaugure, avec une représentation de *la Traviata* de Verdi, sa saison hivernale régulière.

14 DÉCÈS, à Santa Monica (Californie), de Michel Colombier, compositeur, arrangeur et orchestrateur de nombreux succès de la chanson ainsi que de musiques de films.

16 DÉCÈS d'Yves Berger, éditeur et écrivain, directeur littéraire des éditions Grasset (1960-2003), auteur d'une douzaine de livres, passionné par l'Amérique et les Indiens.

16 TÉLÉVISION : Le Conseil supérieur de l'audiovisuel (CSA) autorise, sous conditions, la chaîne de télévision libanaise Al-Manar, proche du Hezbollah chiite libanais, à émettre dans les États de l'Union européenne. Cette décision soulève des protestations, dont celle de la Ligue internationale contre le racisme et l'antisémitisme (Licra). **Le 30**, le CSA adresse une mise en demeure à la chaîne, après la diffusion d'émissions à caractère antisémite constituant, selon lui, des «*manquements graves aux engagements*» pris par elle.

16 DANSE : Présenté à Bruxelles, le ballet « L'art d'être grand-père » marque les 50 ans de carrière de Maurice Béjart.

19 DÉCÈS d'Henri Bonnard, grammairien « à l'ancienne », collaborateur émérite du Grand Larousse de la langue française.

20 MUSÉE : Pour son 75e anniversaire, le Musée d'art moderne de New York (MoMA) rouvre ses portes après trois ans de travaux. Agrandi et réaménagé par l'architecte japonais Yoshio Taniguchi, pour un coût de 425 millions de dollars, le musée, riche de 100 000 œuvres, dont *les Demoiselles d'Avignon* de Picasso, voit sa surface d'exposition s'agrandir d'environ 40 %.

20 FÊTE : Au terme d'un an de manifestations, l'opération « Lille 2004 » se clôt par un défilé festif. L'ensemble des réalisations a attiré plus de 7,5 millions de participants dans la ville et sa région.

22 RADIO : RTL fête la 10 000e des « Grosses Têtes » par un enregistrement exceptionnel à l'Opéra-Comique. Lancée en 1977 par Jean Farran, l'émission d'humour potache et gaulois est animée par Philippe Bouvard, réinstallé après son éviction de mai 2000 à 2001.

22 LITTÉRATURE : Décerné par un jury composé de téléspectateurs présidé par Bernard Pivot, le prix du roman France Télévisions est décerné à Éric Fottorino, pour son roman *Korsakov* (Gallimard).

23. PRESSE : La Plume d'Or 2005, prix annuel de la liberté de la presse, est décernée à Mahjoub Mohamed Salah, cofondateur et rédacteur en chef du plus vieux journal indépendant soudanais, *Al-Ayyam*.

24 ARCHITECTURE : Après douze ans de travaux de rénovation d'un coût de 35 millions d'euros, l'École nationale supérieure des arts décoratifs

(Ensad), réaménagée par le designer Philippe Starck, est inaugurée par le ministre de la culture, Renaud Donnedieu de Vabres.

24 DÉCÈS du romancier américain Larry Brown, spécialiste du roman noir.

25 CINÉMA : Par décision du tribunal administratif de Paris, le film de Jean-Pierre Jeunet, *Un long dimanche de fiançailles*, n'est plus considéré comme européen ni, par extension, français, en raison de son financement. À ce titre, il ne bénéficie plus des aides publiques de soutien au film.

26 DÉCÈS du cinéaste français Philippe de Broca. L'auteur de comédies populaires et de films en costumes comme *l'Homme de Rio*, *le Diable par la queue* ou *Chouans !* meurt des suites d'un cancer, à l'âge de 71 ans.

QUARANTE-CINQ ANS DE COMÉDIES

Les Jeux de l'amour, 1959.
L'Amant de cinq jours, 1960.
Le Farceur, 1960.
Cartouche, 1961.
L'Homme de Rio, 1963.
Un Monsieur de compagnie, 1964.
Les Tribulations d'un Chinois en Chine, 1965.
Le Roi de cœur, 1966.
Le Diable par la queue, 1968.
Les Caprices de Marie, 1969.
La Poudre d'escampette, 1970.
Chère Louise, 1971.
Le Magnifique, 1973.
L'Incorrigible, 1975.
Julie Pot-de-colle, 1976.
Tendre poulet, 1977.
Le Cavaleur, 1978.
On a volé la cuisse de Jupiter, 1979.

Psy, 1980.
L'Africain, 1982.
Louisiane, 1984.
La Gitane, 1986.
Chouans !, 1988.
Les Mille et Une Nuits, 1990.
Les Clés du paradis, 1991.
Le Bossu, 1997.
Amazone, 2000.
Vipère au poing, 2004.

27 MUSÉE : Après trois ans de travaux, la galerie d'Apollon, somptueuse salle du Louvre conçue par le peintre Le Brun, est de nouveau ouverte au public, qui peut y admirer les joyaux de la Couronne réinstallés. Cette restauration, d'un coût global de 5,2 millions d'euros, a été réalisée avec le concours du groupe Total, qui a versé 4,5 millions d'euros.

29 MUSÉE : Au cours d'une visite à Lens (Nord), le premier ministre Jean-Pierre Raffarin annonce la création, dans cette ville, d'une antenne décentralisée du musée du Louvre. Ce « Louvre II » devrait ouvrir à l'horizon 2008-2009. ■

Sport

4 AUTOMOBILE : Peugeot et Citroën annoncent qu'ils vont mettre un terme à leur participation au championnat du monde des rallyes à la fin de 2005. Les constructeurs rappellent qu'ils participent aux épreuves depuis cinq ans, et ont remporté 5 titres de constructeurs et 3 titres de pilotes.

UNE DOMINATION SPECTACULAIRE

PEUGEOT

Première équipe d'usine : 1982.

45 victoires depuis 1973 (25 en WRC).

5 titres constructeurs (1985 et 1986 pour la 205 ; 2000, 2001 et 2002 pour la 206).

4 titres pilotes (Timo Salonen en 1985, Juha Kankkunen en 1986, Marcus Grönholm en 2000 et 2002).

CITROËN

Première équipe d'usine : à plein temps en 2003.

14 victoires depuis 1999.

2 titres constructeurs (2003 et 2004 pour la Xsara).

1 titre pilotes (Sébastien Loeb en 2004).

7 TENNIS : Le Russe Marat Safine remporte pour la troisième fois le Masters de Paris-Bercy en dominant le Tchèque Radek Stepanek en trois sets (6-3, 7-6 [7-5], 6-3).

7 AUTOMOBILE : Sébastien Bourdais, 25 ans, en remportant la dernière épreuve à Mexico, devient champion de ChampCar, la principale compétition automobile aux États-Unis. Avec 7 victoires en 14 courses, le jeune Manceau a dominé le championnat 2004.

8 BOXE : Le boxeur français d'origine iranienne Mahyar Monshipour conserve, au Palais omnisports de Paris-Bercy, son titre WBA des super-coq face au Thaïlandais Yoddamrong Sithyodthong, par arrêt de l'arbitre au 6e round.

15 JEUX OLYMPIQUES : Les 5 villes candidates à l'organisation des Jeux olympiques de 2012 remettent leur dossier au Comité olympique international (CIO). Paris, dont le dossier est présenté par le maire (PS) Bertrand Delanoë, se trouve en concurrence avec Londres, Madrid, Moscou et New York. Selon un sondage Sofres, 79 % des Français sont favorables à cette candidature ; le vote interviendra le 6 juillet 2005, à Singapour.

20 NATATION : La Française Laure Manaudou, révélée par les Jeux olympiques d'Athènes, améliore de 92 centièmes de seconde, à La Roche-sur-Yon (Vendée), le record mondial du 1 500 m en petit bassin, détenu depuis 1982 par l'Allemande de l'Est Petra Schneider.

23 FOOTBALL : José Anigo, entraîneur de l'Olympique de Marseille, démissionne à la suite d'une série de mauvais résultats. **Le 25**, le président Christophe Bouchet démissionne à son tour, tandis que Philippe Troussier succède à José Anigo comme entraîneur. Parallèlement, un audit interne sur l'OM est confié à Louis Acariès.

26 DOPAGE : Le « procès de la Juve » s'achève par la condamnation du médecin chef du club turinois de football, Riccardo Agricola, à un an et dix mois de prison et l'interdiction d'exercer sa profession. L'usage d'érythropoïétine (EPO) à la Juventus, qui a remporté 3 championnats d'Italie, une Ligue des champions et une Coupe intercontinentale entre 1994 et 1998, révèle le dopage de certains de ses joueurs à cette époque.

27 RUGBY : Les All Blacks de Nouvelle-Zélande écrasent (45-6) le XV de France au Stade de France.

Décembre

- Le PS se prononce pour la Constitution européenne

- La condamnation d'Alain Juppé atténuée en appel

- Inauguration du viaduc de Millau

- Libération des deux otages français en Irak

- Feu vert de l'UE pour les négociations avec la Turquie

- Gouvernement d'union nationale en Israël

- Séisme, tsunami en Asie du Sud-Est : 150 000 morts

- « Troisième tour » victorieux en Ukraine pour Viktor Iouchtchenko

- Réouverture de la Scala de Milan

- Mairie de Paris : nouveau projet de réaménagement du quartier des Halles

- Le Louvre II sera implanté à Lens

France

1er PS : 78 % des 120 027 adhérents participant au référendum interne du Parti socialiste sur le projet de Constitution européenne l'approuvent à 58 % des voix. **Le 4**, François Hollande, chef de file des partisans du «oui» à la Constitution, rappelle aux partisans du «non», regroupés derrière Laurent Fabius, qu'il y aura désormais une seule campagne du PS au prochain référendum européen. Martine Aubry, Dominique Strauss-Kahn et Jack Lang entrent à la direction du PS, où ils sont chargés d'élaborer le projet politique pour 2007.

1er DISCRIMINATION : Françoise de Panafieu, députée UMP de Paris, propose dans le cadre du projet de loi sur la cohésion sociale d'imposer aux entreprises de plus de 250 salariés le traitement de CV anonyme lors d'une embauche.

1er JUSTICE : La cour d'appel de Versailles condamne Alain Juppé à quatorze mois d'emprisonnement avec sursis et un an d'inéligibilité pour prise illégale d'intérêt à propos du financement du RPR. Il pourra ainsi retrouver son mandat de député dans un an, et renouer avec une carrière politique.

1er ÉDUCATION : Le Conseil supérieur de l'éducation, instance consultative représentant l'ensemble de la communauté éducative, se prononce contre le projet de François Fillon de supprimer les travaux personnels encadrés (TPE).

1er PRESSE : Le Conseil d'administration restreint de la société éditrice de *Libération* décide d'entrer en négociation exclusive avec Édouard de Rothschild en vue de son entrée dans le capital du quotidien.

2 SÉCURITÉ SOCIALE : Le Parlement adopte définitivement le projet de loi de financement de la Sécurité sociale (PLFSS) pour 2005. Seule l'UMP l'a approuvé.

3 35 HEURES : Jean-Louis Borloo, ministre de la cohésion sociale, confirme le projet gouvernemental d'un système de « rachat » des jours de congés comptabilisés dans le cadre des 35 heures.

4-5 VERTS : Au cours de leur congrès, qui se tient à Reims, la guerre des courants empêche l'élection d'une nouvelle direction. Le désaccord est profond sur les termes d'une alliance avec le PS.

6 DÉCÈS d'Alain Riou, président du groupe Verts au Conseil de Paris. Il avait 51 ans.

6 PAUVRETÉ : Les « Restos du cœur » ouvrent leur 20e campagne d'hiver.

7 AÉRONAUTIQUE : Guerre au sommet du groupe aéronautique franco-allemand EADS. Arnaud Lagardère annonce que Noël Forgeard, président d'Airbus, codirigera le groupe avec l'Allemand Thomas Enders.

7 COHÉSION SOCIALE : Les députés adoptent, en première lecture, le projet de loi présenté par Jean-Louis Borloo. L'UMP et l'UDF ont voté pour ; le PS et le PC contre.

7 RELIGION : Dominique de Villepin, ministre de l'intérieur, indique dans un entretien au *Parisien*

qu'à la rentrée 2005 les imams de France bénéficieront d'une formation théologique et profane, ainsi
que de cours de français. Le ministre précise qu'actuellement 75 % des 1 200 imams exerçant en France
ne sont pas français, et que plus de 30 % ne parlent
pas le français.

7 VIVENDI : Le Conseil d'administration propose un changement de statut du groupe, qui per-
mettrait à Jean-René Fourtou de présider le Conseil
de surveillance sans s'inquiéter des règles sur la
limite d'âge.

7 FINANCE : Après deux années d'enquête et
d'analyse, l'Autorité des marchés financiers (AMF)
condamne Jean-Marie Messier à titre personnel et
Vivendi Universal à payer chacun un million d'euros
pour avoir « *trompé le public, surpris la confiance du
marché et porté préjudice aux actionnaires* ».

8 POLICE : Le 60e anniversaire de la création
des Compagnies républicaines de sécurité (CRS) a
lieu dans un contexte d'incertitude causé par la
mutation résultant de la « *zonalisation* » des forces
mobiles, décidée en novembre 2002.

8 VITICULTURE : À l'appel de la FNSEA et
des Jeunes Agriculteurs, 10 000 viticulteurs manifestent dans 7 villes pour demander une aide des pouvoirs publics face à la crise de la profession. **Le 14**,
le nouveau ministre de l'agriculture, Dominique
Bussereau, annonce des aides pour la filière viticole
via un recours au fonds d'allégement des charges et
à des aides de trésorerie.

8 JUSTICE : La 11e chambre du tribunal correctionnel de Paris a condamné Jean-Christophe
Mitterrand pour fraude fiscale à trente mois de prison avec sursis, sanction assortie d'une « *contrainte
de corps* » si le fils de l'ancien président de la République ne s'acquitte pas d'une somme de 600 000

euros auprès de l'administration fiscale. Les voies de recours ne sont cependant pas épuisées.

8 RAPATRIÉS : Le ministre des affaires étrangères confirme que les 8 300 rapatriés de Côte d'Ivoire, arrivés en France entre le 10 et le 25 novembre, bénéficieront de l'aide financière de l'État en application de la loi de 1961 votée au moment de l'arrivée des rapatriés d'Algérie.

9 SOCIAL : Le premier ministre Jean-Pierre Raffarin présente son «contrat France 2005», portant sur l'emploi, «*la vie chère*» et l'école. Il contient plusieurs mesures permettant de contourner la durée légale du travail grâce au paiement des RTT et à l'extension du quota annuel d'heures supplémentaires. Les syndicats de salariés ne sont pas arrivés à se mettre d'accord sur une riposte unitaire à ce programme.

10 AÉRONAUTIQUE : Le groupe franco-allemand EADS annonce le lancement de l'Airbus A350, dont la commercialisation est prévue pour 2010. La concurrence sera frontale avec le 7E7 de Boeing.

10 RACISME : La cour d'appel de Nîmes relaxe Dieudonné accusé de propos racistes et d'injures raciales visant les juifs. Il avait été condamné en première instance à Avignon, le 26 mai, à une amende de 5 000 euros.

10 UMP : Michel Noir, ancien maire RPR de Lyon, sort de sa retraite politique pour louer Nicolas Sarkozy, dans la presse régionale, et proposer son aide à Dominique Perben, ministre de la justice et candidat à Lyon aux municipales de 2007.

10 COMMERCE EXTÉRIEUR : Pour le deuxième mois consécutif, en octobre, la France enregistre un déficit commercial de 2,068 milliards d'euros. Outre les difficultés des derniers mois liées au prix du pétrole et à la baisse du dollar, la France peine à conquérir de nouveaux marchés.

11 JUSTICE : Maxime Brunerie, accusé d'avoir tenté d'assassiner le président de la République lors du défilé du 14 juillet 2002 à Paris, est condamné à dix ans de réclusion, alors que l'avocat général avait demandé six à huit ans.

12 CONSTITUTION EUROPÉENNE : Lors d'une consultation interne au cours de laquelle 12 600 des 29 500 cotisants de l'organisation s'expriment, l'association Attac se prononce contre le projet de Traité constitutionnel par 84 % des suffrages exprimés, avec 10,8 % de voix pour et 5,2 % d'abstention.

13 PRESSE : Après la démission d'Edwy Plenel, Gérard Courtois lui succède à la direction de la rédaction du *Monde*, où une nouvelle équipe est mise en place.

13 TÉLÉVISION : Le Conseil d'État interdit à Eutelsat de continuer la diffusion de la chaîne antisémite et proche du Hezbollah, Al-Manar. Alors que le CSA français prend acte de cette décision, le Conseil national de l'audiovisuel libanais menace les médias français de représailles. **Le 18**, les États-Unis, à leur tour, interdisent la chaîne et la classent parmi les organisations terroristes.

14 CONCORDE : Le procureur de la République de Pontoise révèle que le crash du supersonique résulte aussi d'un «*défaut important*» de l'avion, même si l'accident est d'abord dû à la présence sur la piste de décollage d'une pièce de métal perdue par un DC-10 de Continental Airlines.

14 ÉQUIPEMENT ROUTIER : Inauguration du viaduc de Millau, en présence de Jacques Chirac, d'Alain Juppé, et de 800 salariés de la société Eiffage qui ont participé au chantier. **Le 16**, le viaduc est ouvert au public.

LE VIADUC DE MILLAU,
L'OUVRAGE D'ART DE TOUS LES RECORDS

1978 : Le président Valéry Giscard d'Estaing lance la construction de l'autoroute A75 entre Clermont-Ferrand et Béziers.

1991 : Le ministère de l'équipement décide de réaliser un viaduc culminant à plus de 200 mètres au-dessus du sol.

1996 : Le projet de l'architecte britannique Norman Foster est choisi.

1998 : L'État décide de mettre l'ouvrage en concession.

2001 : Eiffage devient, par décret, concessionnaire du viaduc.

Le chantier : un millier de personnes employées, deux millions d'heures de travail, aucun accident mortel n'est à déplorer au cours des trois ans qu'ont duré les travaux.

Coût : Eiffage a investi 400 millions d'euros et escompte un retour sur investissement rapide. L'entreprise espère réaliser des bénéfices à partir de 2010. L'État a engagé 50 millions d'euros (études, installation du chantier avec la construction d'un pont et travaux d'aménagements routiers).

Tarifs : 4,90 euros en hiver, 6,50 euros en été pour les voitures ; 24,30 euros toute l'année pour les camions.

Trafic attendu : 10 000 véhicules par jour en hiver et 28 000 en été dont 10 à 15 % de poids lourds.

Chiffre d'affaires prévisionnel de la Compagnie Eiffage du viaduc de Millau (CEVM) : 25 millions d'euros par an.

14 OGM : La Commission du génie biomoléculaire française donne son accord à l'importation et à la commercialisation du maïs transgénique commercialisé par Monsanto sous le nom de MON 863. La même instance avait émis un avis contraire le 28 octobre 2003.

14 UMP : Pour son premier voyage officiel en qualité de président de l'UMP, Nicolas Sarkozy se rend en Israël. **Le 15**, il est reçu par Ariel Sharon, qui l'a qualifié d'« *ami d'Israël* ».

15 EUROPE : À la veille du Conseil européen de Bruxelles, Jacques Chirac se prononce sur TF1 pour l'ouverture des négociations avec la Turquie et cherche à «découpler» le référendum sur le Traité constitutionnel de la question de l'entrée d'Ankara dans l'Union.

15 AMIANTE : Alors que l'Inserm prévoit 100 000 décès dus à l'amiante à l'horizon 2025, et que les premières indemnisations ont été versées à plus de 6 000 personnes, des veuves de victimes réclament un procès pénal en vue de dénoncer les liens entre l'État et les utilisateurs industriels de ce matériau.

15 RENAULT : Avant l'arrivée de Carlos Ghosn à la tête de l'entreprise, le comité exécutif de la firme automobile est profondément remanié.

15 ASSURANCE MALADIE : Accord entre le ministre de la santé et trois syndicats de praticiens libéraux pour la mise en place du plan Douste-Blazy qui prévoit un parcours de soins coordonnés, et une revalorisation des honoraires. En revanche, le principal syndicat des généralistes, MG-France, refuse de signer l'accord.

15 SOCIAL : Jean-Louis Borloo reçoit les partenaires sociaux et leur propose un «contrat de travail intermédiaire», c'est-à-dire la garantie pour un salarié licencié de recevoir pendant dix-huit mois son salaire, une formation, et une assistance à la recherche d'emploi dans son bassin d'origine.

15 CORSE : L'ancien président de l'Assemblée de Corse, l'UMP José Rossi, est condamné par la cour d'appel de Bastia à six mois de prison avec sursis et un an d'inéligibilité pour détournement de fonds du conseil général de Corse-du-Sud quand il en était le président (1985-1998).

15 RACISME : À la suite des profanations du cimetière de Herrlisheim (Haut-Rhin) à la date anniversaire de la mort de Hitler, Lionel Lezeau, un bûcheron, membre du Front national et garde du corps du porte-parole régional du parti d'extrême droite, est mis en examen. À son domicile, la police a retrouvé de la propagande nazie.

16 CONJONCTURE : Dans sa note de conjoncture, l'Insee prévoit pour 2004 une croissance du PIB de 2,1 %, soit 0,4 % de moins que les estimations du gouvernement. Néanmoins, le ministre des finances Hervé Gaymard maintient son objectif d'une croissance du PIB à 2,5 % en 2005, si les tensions relatives au pétrole et au dollar s'atténuent.

16 JUSTICE : Adoption en première lecture d'une proposition de loi sur la récidive. Le texte prévoit, à la demande de l'UMP, de placer sous surveillance électronique, à leur sortie de prison, les délinquants sexuels condamnés à plus de cinq ans.

16 ACADÉMIE FRANÇAISE : Valéry Giscard d'Estaing est reçu sous la Coupole par ses nouveaux pairs. L'éloge, sans concession, est prononcé par Jean-Marie Rouart. L'élection de l'ancien président de la République avait été vivement critiquée, notamment par le secrétaire perpétuel de cette institution, Maurice Druon.

17 GALERIES LAFAYETTE : Le Crédit mutuel détient 12,94 % des parts et 8,28 % des droits de vote du groupe.

17 TEMPÊTE : Les régions du Nord et de l'Est sont traversées par une tempête qui fait six victimes et plusieurs blessés. Les transports ferroviaires et aériens sont perturbés en ce jour de départ en vacances. Des centaines de milliers de foyers sont privés d'électricité, et les dégâts matériels sont nombreux.

17 BORDEAUX : Le président du conseil régional d'Aquitaine, **Alain Rousset (PS)**, est élu à la présidence de la communauté urbaine de Bordeaux. Il succède à Alain Juppé démissionnaire à la suite de sa condamnation à un an d'inéligibilité.

17 PROCÈS : Après seize ans d'instruction, Jacques Dominati, l'ex-maire du 3e arrondissement de Paris, est renvoyé avec ses deux fils et quatorze autres personnes devant le tribunal correctionnel de Paris dans le dossier des faux électeurs des élections municipales de 1989 et 1995.

18 UMP : Devant les nouveaux adhérents de l'UMP réunis à Paris, Nicolas Sarkozy prend position pour un « *partenariat privilégié* » avec la Turquie. Il réaffirme cette position le soir même sur France 2, tout en saluant les convictions du président de la République, partisan, lui, d'une adhésion.

18 SATELLITE : Lancé de la base de Kourou (Guyane), Hélios II-A, satellite d'observation militaire, s'est installé sur son orbite. Il précède Hélios II-B qui sera lancé en décembre 2008. Le programme Hélios a démarré en 1995 avec un budget de 1,8 milliard d'euros sur dix ans.

19 PSYCHIATRIE : Un double meurtre à l'arme blanche a lieu dans le service psychiatrique du centre hospitalier de Pau. L'une des victimes a été décapitée, et sa tête déposée sur le poste de télévision, l'autre a été égorgée. Le ministre de la santé, Philippe Douste-Blazy, se rend sur les lieux du drame, et annonce un « *moratoire* » sur la fermeture des lits en psychiatrie.

20 SIDA : Le Conseil national du sida (CNS) rend publique sa décision, adoptée le 9, de ne pas imposer le dépistage obligatoire du sida chez les professionnels de santé. Selon lui, rien ne le justifie.

20-22 BUDGET 2005 : L'Assemblée nationale (le 20) et le Sénat (le 22) adoptent définitivement le projet de loi des finances 2005. L'UMP et l'UDF ont voté pour, le PS, le PC, les Verts et le PRG ont voté contre. Il prévoit 242,718 milliards d'euros de recettes et 288,464 milliards de dépenses, soit un déficit de 45,175 milliards.

21 IRAK-FRANCE : Les deux journalistes Christian Chesnot et Georges Malbrunot sont libérés après 124 jours de détention. La DGSE semble avoir mené de bout en bout les négociations, et avoir organisé cette libération. **Le 22**, les deux otages, accueillis par Jacques Chirac et Jean-Pierre Raffarin à Villacoublay, tiennent une conférence de presse improvisée. Georges Malbrunot se dit «*scandalisé*» par l'équipée du député UMP de Seine-et-Marne Didier Julia, qui ne «*mérite que le mépris*». **Le 23**, la polémique s'envenime après que les deux otages ont démenti avoir avoir vu Philippe Brett, l'«émissaire» de Didier Julia qui dénonce, **le 26**, «*la manipulation de* [Michel] *Barnier et de ses amis, qui ont chapitré les otages dans l'avion qui les ramenait en France*». **Le 29**, Philippe Brett et Philippe Evanno, les deux collaborateurs de Didier Julia, sont mis en examen pour «*intelligence avec une puissance ou une organisation étrangère*». **Le 30**, on apprend de source judiciaire que Didier Julia est convoqué devant le juge Jean-Louis Bruguière «*courant janvier*».

TROIS MOIS DE POLÉMIQUE

28 septembre : Sur la chaîne satellitaire al-Arabiya, Philippe Brett, qui se présente comme un responsable d'une délégation chargée de négocier la libération des deux otages, affirme les avoir rencontrés. Il déclare pouvoir obtenir leur libération. Cet ancien militaire participe à une mission parallèle menée par Didier Julia, un familier du Proche-Orient.

29 septembre : Arrivée à Damas de Didier Julia. L'Élysée dément officiellement que le président de la République ait confié une mission à des proches du député.

1ᵉʳ octobre : Philippe Brett annonce qu'il se trouve avec les otages et laisse entendre que leur libération est imminente. Le soir même et le lendemain, Didier Julia multiplie annonces et déclarations contradictoires.

2 octobre : L'entourage du président Jacques Chirac fait savoir que ce dernier est «*inquiet*» de l'initiative privée du député.

3 octobre : Le porte-parole du gouvernement, Jean-François Copé, qualifie de «*profondément regrettable*» la mission de Didier Julia.

5 octobre : Le premier ministre, Jean-Pierre Raffarin, dénonce «*l'initiative personnelle*» de Didier Julia. Le même jour, le ministre des affaires étrangères, Michel Barnier, déclare que les contacts avec les ravisseurs sont rompus depuis le 30 septembre.

14 octobre : L'un des membres de la mission Julia, Philippe Evanno, affirme que celle-ci se poursuit à Bagdad, ainsi qu'à Damas où il se trouve toujours avec Philippe Brett.

22 décembre : Libération des deux otages. Georges Malbrunot se dit «*scandalisé par le comportement de cette personne* [Didier Julia]», ajoutant : «*Ça ne mérite que le mépris.*»

23 décembre : Didier Julia déclare que les quatre mois pendant lesquels les otages français ont été détenus «*ont été quatre mois d'incompétence du ministre des affaires étrangères*», Michel Barnier, qu'il qualifie de «*ministre complètement nul*».

21 IVG : Trente ans après l'adoption de la loi Veil, 200 000 femmes pratiquent chaque année l'interruption volontaire de grossesse. Mais cette loi n'a pas eu d'impact démographique. Depuis trente ans, le nombre d'enfants souhaités par les Français est resté inchangé.

21 FONCTION PUBLIQUE : Désaccord complet entre le ministre de la fonction publique, Renaud Dutreil, et les sept syndicats de fonctionnaires sur l'évolution des salaires pour 2005. Le ministre propose une augmentation de 1 % en deux temps, une refonte du bas de la grille de rémunération et une prime de 1,2 % du traitement de base. Pour les syndicats, le compte n'y est pas, et ils préparent un appel à la grève pour la troisième semaine de janvier 2005.

26 CATASTROPHE : Une explosion due au gaz détruit un immeuble de Mulhouse, faisant 17 morts, 15 blessés et 2 disparus.

L'EXPLOSION DE GAZ
LA PLUS MEURTRIÈRE DEPUIS 1971

Fuites, ruptures de canalisation, tentatives de suicide : le gaz est à l'origine de plusieurs accidents mortels.

4 janvier 1971 : 14 morts dans une explosion qui ravage un immeuble d'Auch.

21 décembre 1971 : 19 morts et une centaine de blessés dans l'explosion d'une tour de treize étages à Argenteuil (Val-d'Oise), à la suite d'une rupture de la colonne montante. C'est le plus grave accident dû au gaz jamais survenu en France.

17 février 1978 : 13 morts et une vingtaine de blessés, rue Raynouard, à Paris, dans le 16e arrondissement. La rupture d'une canalisation déclenche une série d'explosions détruisant trois immeubles.

15 février 1989 : 13 morts et 30 blessés dans l'effondrement de la «Maison des têtes», un immeuble du centre de Toulon, après une explosion vraisemblablement due au gaz. Malgré la découverte de traces de poudre dans les décombres, la justice rend un non-lieu en 1994.

9 mai 1996 : 5 personnes sont tuées dans l'explosion d'une maison à Avignon, à la suite d'une tentative de suicide.

4 décembre 1999 : 11 tués et 3 blessés dans un immeuble de quatre étages, soufflé par une explosion, à Dijon.

31 CHÔMAGE : Les chiffres du chômage publiés par le ministère de l'emploi font apparaître une hausse de 0,2 % en novembre, portant le nombre de demandeurs d'emploi à 2 448 900. Cette quasi-stabilisation sur 2004 intervient après une hausse presque ininterrompue depuis la mi-2001.

31 VŒUX : Dans sa traditionnelle allocution de fin d'année, le président Jacques Chirac annonce que le référendum sur la Constitution européenne sera organisé avant l'été. ■

International

1er ONU : Le président de la sous-commission du Congrès américain enquêtant sur les malversations intervenues dans le cadre du programme « Pétrole contre nourriture » mis en place au moment de l'embargo contre l'Irak demande la démission du secrétaire général de l'organisation internationale, Kofi Annan. Ce dernier est accusé d'avoir laissé se développer des fraudes massives pendant son mandat. Plusieurs personnalités politiques américaines prennent sa défense. **Le 6**, Kofi Annan déclare au *Financial Times* qu'il n'entend pas démissionner. **Le 9**, l'enquête sur les malversations place Kojo Annan, l'un des deux enfants issus du premier mariage du secrétaire général, au centre des polémiques. **Le 21**, le secrétaire général reconnaît, lors de sa conférence de presse de fin d'année à New York, que 2004 a été pour lui une « *annus horribilis* ».

1er PHILIPPINES : Une tempête tropicale s'abat sur plusieurs villes de l'île de Luçon. **Le 10**, le bilan officiel est de 842 morts et 751 disparus. 432 000 personnes ont été déplacées et 8 500 habitations détruites.

1er SIDA : À l'occasion de la Journée mondiale du sida, Jacques Chirac déclare souhaiter qu'une « *fraction* » de la taxe pour le développement soit affectée au Fonds mondial contre le sida (FMS).

1er ISRAËL : La Knesset, le parlement israélien, repousse, en première lecture, le projet de loi des finances 2005. Le Shinouï ayant voté contre le texte, Ariel Sharon a répliqué en limogeant les ministres de cette formation ultra-laïque. Le premier ministre israélien n'a donc plus de majorité. **Le 9**, en obtenant à une large majorité (62 % contre 38 %) l'accord du comité central de son parti, le Likoud, pour ouvrir des négociations avec les travaillistes, le premier ministre débloque la crise politique. **Le 17**, le Likoud et les travaillistes parviennent à un accord sur un gouvernement d'union nationale, ayant pour objectif principal le retrait de la bande de Gaza. **Le 30**, un accord désigne le chef du Parti travailliste, Shimon Pérès, comme le second du premier ministre Ariel Sharon, levant ainsi le dernier obstacle à la formation d'un cabinet d'union nationale.

1ᵉʳ IRAK-ÉTATS-UNIS : Le Pentagone annonce le renforcement des troupes américaines en Irak, qui passeront, entre fin décembre et début janvier 2005, de 138 000 à 150 000 soldats. **Le 2**, interrogé sur la chaîne de télévision Fox News, Donald Rumsfeld reconnaît avoir sous-évalué la force de la rébellion. **Le 3**, le président Bush annonce qu'il maintient le secrétaire d'État à la défense à son poste.

1ᵉʳ BOUDDHISME : Le dalaï-lama fait une courte visite dans la République russe de Kalmoukie, au nord-est du Caucase. Les bouddhistes russes sont environ un million.

2 BOSNIE : L'Union européenne prend le relais de l'OTAN pour les missions de maintien de la paix dans la région. Sept mille soldats européens sont déployés dans un environnement à haut risque.

2 PÉTROLE : Pour la première fois depuis le 1ᵉʳ septembre, le prix du brent de la mer du Nord est à la baisse sur le marché de Londres, et repasse sous la barre des 40 dollars.

2 ACIER : Guy Dolé, directeur général d'Arcelor, n'exclut pas des hausses de prix pouvant aller jusqu'à 40 % pour le minerai de fer et 80 % pour le charbon. La demande mondiale de l'acier atteint le milliard de tonnes et les sidérurgistes relèvent leurs prix de 20 % à 30 %.

2 UKRAINE : Vladimir Poutine, alors qu'il est prêt à partir pour l'Inde, s'entretient dans un aéroport des environs de Moscou avec le président ukrainien Leonid Koutchma, et lui apporte son soutien dans la crise politique ukrainienne. **Le 3**, la Cour suprême annule, à Kiev, le résultat de l'élection présidentielle du 21 novembre, entachée de fraudes, et ordonne l'organisation d'un nouveau second tour de scrutin. **Le 8**, le candidat de l'opposition, Viktor Iouchtchenko, appelle les manifestants qui le soutiennent à lever le siège du gouvernement et de la présidence. En effet, un compromis a été trouvé avec le pouvoir pour adopter la réforme constitutionnelle permettant un troisième tour de l'élection présidentielle qui doit avoir lieu le 26 décembre. **Le 10**, alors que les « piquets humains » autour de bâtiments officiels sont levés, le leader de l'opposition se rend à Vienne (Autriche) pour des examens à la clinique privée Rudolffinerhaus. **Le 12**, les médecins qui l'ont examiné se déclarent convaincus que la dégradation de son aspect physique est due à un empoisonnement à la dioxine.

3 ESPAGNE : Cinq attentats sont commis dans des stations-service, sans faire de victime. La police soupçonne l'ETA.

3 BALKANS : L'ancien chef de la sécurité d'État de Serbie, Jovica Stanisic, accusé de crimes contre l'humanité par le TPIY, est remis en liberté provisoire, sa détention provisoire dépassant les « délais raisonnables ». Au Kosovo, un ancien chef rebelle albanais, Ramush Haradinaj, est nommé premier ministre de la province administrée par les Nations unies.

4 CÔTE D'IVOIRE : Thabo Mbeki, président sud-africain mandaté par l'Union africaine, négocie à Abidjan les modalités de la paix. Au même moment, les médias reviennent sur les journées d'émeutes de novembre, et sur le comportement de l'armée française qui a fait usage de ses armes.

4-5 IRAK : Nombreux attentats meurtriers à Bagdad, Mossoul, Tikrit et près de Samarra. De leurs côtés, dix-sept partis et associations modérés sunnites demandent le report des élections prévues pour le 30 janvier, proposition rejetée par le gouvernement d'Iyad Allaoui.

5 HONGRIE : Le double référendum portant sur l'octroi de la double nationalité aux Magyars vivant à l'étranger et sur la privatisation des hôpitaux ne mobilise que 37,48 % des électeurs. La Commission centrale (OVB) de Budapest indique que les résultats seront invalidés en raison du faible taux de participation, le « oui » ou le « non » à l'une ou l'autre des deux questions n'obtenant pas les 25 % exigés.

5 PROCHE-ORIENT : La libération croisée de prisonniers entre Israël et l'Égypte est un signe de réchauffement des relations entre les deux pays.

5 INDE : En voyage officiel, Vladimir Poutine lance une diatribe contre la mondialisation en dénonçant une *« ère unipolaire »*.

5 BOLIVIE : Aux élections municipales, ouvertes aux *« associations citoyennes »* ainsi qu'aux *« peuples indigènes »*, les partis traditionnels sont laminés, notamment le Mouvement national révolutionnaire (MNR), le parti de la révolution bolivienne de 1952. Le Mouvement pour le socialisme (MAS) progresse, mais n'a pas obtenu les résultats escomptés. Le paysage politique s'est ainsi fragmenté.

6 ALLEMAGNE : Au congrès des chrétiens-démocrates de la CDU, à Düsseldorf, sa présidente Angela Merkel est réélue avec 88,41 % des voix. Elle devient ainsi la candidate potentielle du parti à l'élection à la Chancellerie prévue pour 2006, et dont les thèmes seront notamment : le patriotisme et le « non » à la Turquie dans l'UE. **Le 22**, le secrétaire général de la CDU Laurenz Meyer, soupçonné de corruption, donne sa démission.

6 ESPAGNE : Alors que se déroule, à Saragosse, le sommet franco-espagnol réunissant Jacques Chirac et le premier ministre socialiste José Luis Rodriguez Zapatero, l'ETA fait exploser sept bombes dans différentes villes espagnoles, causant quelques blessés légers.

6 ARABIE SAOUDITE : L'attaque à Djedda, au bord de la mer Rouge, contre le consulat américain, l'un des bâtiments les mieux gardés de la ville, fait 9 morts dont 5 employés locaux du consulat, et 4 assaillants. Un groupe d'Al-Qaida revendique l'action.

7 AFGHANISTAN : À Kaboul, Hamid Karzaï, premier président élu démocratiquement (pour cinq ans) dans l'histoire contemporaine du pays, prête serment et jure sur le Coran de respecter la Constitution. La cérémonie, à laquelle assistent des représentants de soixante pays, se déroule sous le haut parrainage des États-Unis, représentés par le vice-président Dick Cheney et le secrétaire à la défense Donald Rumsfeld. La cérémonie a lieu trois ans après la chute des talibans. **Le 23**, le président élu forme son gouvernement en écartant les principaux chefs de guerre du pays.

→ *Portrait d'Hamid Karzaï, page « Horizons »*, Le Monde *(7 décembre)*.

7 ITALIE : Les forces de l'ordre lancent une vaste opération contre la Camorra, la puissante mafia de la région de Naples, où deux bandes rivales d'un même clan se livrent une guerre sanglante

ayant fait 119 morts depuis le début de l'année. Cin-
quante-trois personnes sont arrêtées.

7 UE : Les Vingt-cinq décident de présenter l'ancien commissaire européen Pascal Lamy à la
succession de l'actuel directeur général de l'OMC,
Supachai Panitchpakdi, dont le mandat expire le
1er septembre 2005.

7 ÉTATS-UNIS : La Chambre des représentants adopte, à la satisfaction de la Maison-Blanche
et malgré l'opposition de Donald Rumsfeld et du
Pentagone, le projet de loi de réforme des services
de renseignements américains. Le Sénat, qui avait
déjà approuvé une première version de ce projet,
devrait à son tour le ratifier définitivement.

7 SYRIE : Le régime libère 112 détenus politiques à la faveur d'une amnistie présidentielle.

8 UE-CHINE : Le sommet entre l'UE et la
Chine à La Haye (Pays-Bas) porte sur l'avenir du
partenariat commercial entre les deux ensembles.
L'Europe s'inquiète de plus en plus des exportations
chinoises abusives sur le modèle japonais des
années 70.

8 CHINE : Le groupe chinois Lenovo rachète
l'activité PC d'IBM, pour 1,25 milliard de dollars,
devenant ainsi le numéro trois mondial.

8 TURQUIE : Dans un entretien accordé au
Monde, le premier ministre turc Recep Tayyip Erdogan refuse de voir son pays réduit à n'être qu'un partenaire privilégié de l'Union européenne. Il revendique une Turquie pleinement adhérente à l'UE.

8 IRAK : Lors d'une visite au Camp Buehring,
dans le désert koweïtien, Donald Rumsfeld doit faire
face à des revendications de militaires de la garde
nationale et de la réserve américaine de retour
d'Irak, qui se plaignent de leur matériel et de leur
temps de service.

9 PAUVRETÉ : Le rapport annuel de l'Unicef

révèle que sur deux milliards d'enfants vivant dans le monde, 640 millions n'ont pas d'abri convenable et 400 millions ne connaissent pas l'eau potable. De plus, 15 millions de moins de 18 ans ont perdu au moins un parent victime du sida.

9 IRAK : Le Japon prolonge pour une année sa présence militaire (600 soldats et officiers) dans le pays alors que, selon les sondages, l'opinion nippone est à 60 % contre la présence de son armée en Irak, et pour le rapatriement des troupes encore sur place. Les chiites annoncent qu'ils présenteront une liste commune aux élections du 30 janvier, baptisée Alliance unifiée irakienne, représentant tous les courants du mouvement religieux, à l'exception de celui du chef radical Moqtada Al-Sadr. **Le 14**, une voiture piégée explose à l'entrée de la « zone verte », près d'un centre de recrutement de la Garde nationale. La veille, non loin de là, une voiture avait également explosé.

9 ALLEMAGNE : La direction du constructeur automobile Opel conclut avec les représentants du personnel un accord pour la suppression de 9 500 postes de travail, 6 500 seront supprimés via des départs volontaires.

9 MÉDECINE : L'Agence européenne pour l'évaluation des médicaments (EMEA) recommande de ne pas prescrire des antidépresseurs aux enfants ni aux adolescents. Selon une étude de la Caisse nationale d'assurance maladie (CNAM), 0,9 % de garçons et 1,6 % de filles entre 10 ans et 19 ans en France prennent des antidépresseurs.

10 ITALIE : Silvio Berlusconi est exonéré de toute sanction dans une affaire de corruption de magistrats. Sur un volet de l'affaire, le tribunal de Milan l'a relaxé, sur un autre volet il bénéficie de la prescription. **Le 11**, un proche du chef du gouvernement, Marcello Dell'Utri, ancien cadre dirigeant de la Fininvest, est condamné à neuf ans de réclusion pour complicité d'association mafieuse.

SILVIO BERLUSCONI :
DIX ANS DE PROCÉDURES,
AUCUNE SANCTION

1994 : Corruption de policiers (prescrit en appel). Accusé d'avoir versé des pots-de-vin à la brigade financière, M. Berlusconi est condamné en 1998 à trente-trois mois de prison. Relaxé en appel en 2000 (prescription), il est innocenté en cassation en 2001.

1995 : Faux en bilan (prescrit). Accusé d'avoir utilisé une caisse noire pour un transfert de joueur à son club de football, le Milan AC, il bénéficie de la prescription en 2002, grâce à une loi, votée par sa majorité, qui assouplit les sanctions pour faux en bilan.

Fraude fiscale (prescrit en appel). L'accusation de dissimulation fiscale dans l'acquisition d'une résidence, près de Milan, est annulée par la prescription, puis couverte par une loi d'amnistie.

Appropriation illicite (relaxé en appel). Accusé de faux en bilan et appropriation illicite lors de l'acquisition de la compagnie cinématographique Medusa, il est condamné à seize mois de prison fin 1997. Sa relaxe en appel en 2000 est confirmée en cassation en 2001.

Financement illicite (prescrit en appel). Accusé d'avoir financé le Parti socialiste italien à travers une société offshore, la All Iberian, il est condamné à vingt-huit mois de prison en 1998. En cassation est confirmée en 2000 la prescription établie en appel en 1999.

1996 : Faux en bilan (en cours). Pour un autre volet de l'affaire All Iberian, le procès est suspendu jusqu'en mars 2005.

Évasion fiscale (en cours). Poursuivi en Espagne pour évasion fiscale et infraction à la législation antitrust lors du rachat de la chaîne Telecinco. L'instruction a été suspendue en 2001.

1998 : Corruption de magistrat (prescrit en appel). Accusé de corruption de juge dans le rachat de la maison d'édition Mondadori, il bénéficie de la prescription en appel et de la relaxe en cassation en 2001.

2000 : Corruption de magistrats (prescrit). Accusé de corruption simple de magistrats romains, il est relaxé en première instance, grâce à la prescription, en 2004.

2003 : Fraude fiscale (en cours). Il est soupçonné de fraude fiscale sur des achats et des ventes de droits cinématographiques par son groupe Mediaset.

10 PÉTROLE : Inquiets de la baisse des prix du pétrole, les pays de l'OPEP décident, lors d'une réunion au Caire, de réduire leur production de brut à partir de janvier.

10 UE : Les ministres des transports des Vingt-cinq donnent leur feu vert définitif au déploiement opérationnel de Galileo, le futur système européen de positionnement par satellite (GPS) qui doit entrer en fonction en 2008. Mais ils précisent que ce système restera à usage civil. Ce même jour, l'UE publie les résultats d'une enquête démontrant que les 500 plus grandes entreprises européennes ont, en 2003, réduit leurs investissements de 2 %.

11 MOYEN-ORIENT : Dans le cadre de l'initiative américaine sur le « Grand Moyen-Orient », les ministres des affaires étrangères du G8 et leurs homologues de 22 pays du Moyen-Orient se réunissent à Rabat (Maroc) pour un « Forum de l'avenir ». Colin Powell, présent, termine ainsi ses années à la tête du Département d'État américain, mais le roi du Maroc Mohammed VI, absent de son pays, n'assiste pas à cette rencontre.

11 TAÏWAN : Le Kouomintang (KMT), formation historique des nationalistes vaincus sur le continent par le communisme chinois, gagne les élections au Parlement.

12 ROUMANIE : L'élection présidentielle est remportée par Traian Basescu. Le maire de Bucarest, et leader de l'opposition, est élu avec 51,2 % des suffrages face au social-démocrate (ex-PC) Adrian

Nastase. **Le 28**, Calin Tariceanu, le nouveau premier ministre, est investi par le Parlement.

12 ISRAËL-PALESTINE : Marouane Barghouti, sérieux adversaire de Mahmoud Abbas à la présidence de l'Autorité palestinienne, annonce le retrait de sa candidature, affirme son soutien à Abbas, mais réaffirme également son choix pour la résistance armée contre l'occupation israélienne et son refus de tout accord partiel intérimaire avec Israël.

13 CHILI : Le juge Juan Guzman ordonne la mise en liberté surveillée et l'inculpation de Pinochet pour un homicide et neuf enlèvements dans le cadre de l'opération Condor. Une enquête est également en cours contre l'ancien dictateur, pour enrichissement illicite et évasion fiscale. **Le 20**, le mandat d'arrêt lancé contre Pinochet est ratifié en appel.

TROIS DÉCENNIES D'IMPUNITÉ

1970 : L'Unité populaire (UP), une coalition de socialistes, communistes, radicaux et chrétiens, conduite par Salvador Allende, obtient une majorité relative à l'élection présidentielle (36,2 % des voix).

1973 : Aux élections législatives du 4 mars, l'UP obtient 43,4 % des voix. Le 11 septembre, un coup d'État militaire, dirigé par le général Augusto Pinochet, renverse le gouvernement de gauche. Le Chili est à l'initiative de l'opération Condor, la coordination répressive avec les autres dictatures sud-américaines (Brésil, Uruguay, Paraguay, Argentine).

1974 : Assassinat du général Carlos Prats, ancien commandant de l'armée resté fidèle à Salvador Allende, lors d'un attentat à la voiture piégée à Buenos Aires.

1976 : Meurtre d'Orlando Letelier, ex-ministre des affaires étrangères de l'UP, à Washington.

1988 : Échec du régime au plébiscite sur la continuité des militaires au pouvoir.

1990 : Le démocrate-chrétien Patricio Aylwin devient président du Chili, à la tête d'une coalition de centre-gauche.

1992 : L'avocat Martin Almada découvre à Asunción (Paraguay) les « archives de la terreur », les documents du plan Condor.

1998 : Arrestation du général Pinochet, à Londres, à la demande du juge espagnol Baltasar Garzon. L'une des instructions ouvertes à Madrid concerne l'enlèvement, la torture et l'assassinat d'opposants dans le cadre de l'opération Condor.

2000 : Le 2 mars, les autorités britanniques relâchent Pinochet pour raisons médicales. Le 11 mars, Ricardo Lagos devient le premier président socialiste chilien depuis la mort de Salvador Allende. Le 1er août, le juge Juan Guzman l'inculpe dans l'affaire de la « Caravane de la mort », une série d'exécutions sommaires après le coup d'État. Le 8 août, la Cour suprême du Chili lève l'immunité de Pinochet en tant qu'ancien président de la République.

2002 : La Cour suprême classe l'affaire Pinochet au motif que sa « *démence légère* » ne lui permet pas d'assurer sa défense.

28 mai 2004 : La cour d'appel de Santiago estime qu'il existe des « *présomptions fondées* » concernant les responsabilités de Pinochet dans l'opération Condor et lève son immunité. La justice ouvre une enquête sur ses comptes secrets aux États-Unis.

25 septembre : Le juge Juan Guzman interroge l'ancien dictateur, puis l'inculpe le 13 décembre.

14 ISRAËL-PALESTINE : Lors d'un entretien au quotidien panarabe *Al-Charq Al-Aousat*, le successeur de Yasser Arafat, Mahmoud Abbas, réitère sa condamnation de la militarisation de l'Intifada, et déclare que « *le recours aux armes a été nuisible et doit cesser* ». **Le 15**, le Hamas et le Djihad islamique refusent cette analyse et s'opposent au nouveau leader de l'OLP.

14 ISRAËL-ÉGYPTE : Un accord de partenariat industriel et commercial est signé entre les deux pays. Il prévoit la création de zones industrielles qualifiées pour produire, à destination du marché américain et sans droits de douane, notamment des vêtements. Les États-Unis sont le premier client et le deuxième fournisseur de l'Égypte.

14 PRESSE : Le quotidien britannique *Evening Standard* lance une version allégée gratuite intitulée *Standard Lite*.

15 GRANDE-BRETAGNE : David Blunkett, 57 ans, ministre de l'intérieur du gouvernement Blair, démissionne après plusieurs semaines d'un «scandale» lié à sa vie privée. Il est remplacé par Charles Clarke, ancien ministre de l'éducation.

15 COUR INTERNATIONALE DE JUSTICE : Belgrade est déboutée de sa plainte contre huit membres de l'Otan à la suite des bombardements de 1999 sur le pays. La Cour s'est déclarée incompétente.

15 UE : Le Parlement européen se prononce pour l'ouverture des négociations d'adhésion de la Turquie dans l'Union (407 voix pour, 262 contre et 29 abstentions). S'il rejette l'alternative du «*partenariat privilégié*», il réclame la reconnaissance formelle par les autorités turques de la réalité du génocide arménien. **Le 16**, lors du sommet des Vingt-cinq à Bruxelles, les Européens décident de proposer à la Turquie d'ouvrir les négociations d'adhésion à l'Union le 3 octobre 2005. Mais en préalable à ces négociations, les Vingt-cinq demandent au premier ministre turc, Recep Tayyip Erdogan, de faire un geste politique pour montrer qu'il est prêt à reconnaître la République de Chypre. En France, Édouard Balladur demande au premier ministre un vote du Parlement français sur la question de l'adhésion de la Turquie à l'UE.

L'EUROPE EST PRÊTE À OUVRIR SES PORTES
À LA TURQUIE
QUARANTE-CINQ ANS DE NÉGOCIATIONS

1959 : Deux ans après le traité de Rome, la Turquie présente sa demande d'association à la CEE.

1963 : Signature de l'accord d'association, qui donne à la Turquie une perspective d'adhésion « *ultérieurement*».

1987 : La Turquie présente sa demande d'adhésion.

1995 : Entrée en vigueur d'une union douanière après la levée du blocage grec.

1997 : Le sommet européen de Luxembourg, qui examine les modalités du nouvel élargissement de l'UE, ne retient pas la candidature turque, en raison de Chypre et de la situation des droits de l'homme.

1999 : Le sommet d'Helsinki reconnaît finalement le statut de candidat à la Turquie.

2002 : Recep Tayyip Erdogan, à la tête d'un parti musulman modéré, arrive au pouvoir et engage une démocratisation accélérée. De très nombreuses réformes sont adoptées par le Parlement pour se conformer aux exigences de l'Union en vue de l'ouverture de négociations.

Le sommet de Copenhague s'accorde sur l'élargissement de l'Union à dix nouveaux pays d'Europe centrale et orientale, à Malte et à Chypre le 1er mai 2004. Pour la Turquie, les «Quinze» d'alors fixent une clause de rendez-vous. La Commission doit rendre à l'automne 2004 un rapport sur les réformes en Turquie et faire une recommandation sur l'engagement des négociations d'adhésion. La décision reviendra au sommet de fin d'année, en décembre 2004.

2003 : La Turquie a rang d'observateur à la Convention sur l'élaboration de la Constitution de l'UE.

2004 : L'UE est élargie le 1er mai et passe de 15 à 25 membres. Le 1er octobre, le président Jacques Chirac promet à Strasbourg, à l'occasion d'une rencontre avec le chancelier allemand Gerhard Schröder, ferme partisan de l'adhésion turque, que les Français seront consultés par référendum à l'issue des négociations. Le 6 octobre, la Commission rend son rapport, qui conclut que la Turquie a suffisamment progressé dans ses réformes pour que les négociations puissent s'engager avec elle si les chefs d'État et de gouvernement en décident ainsi au mois de décembre.

16 GRANDE-BRETAGNE : La plus haute instance judiciaire juge illégaux certains aspects de la législation antiterroriste britannique, notamment la détention illimitée sans inculpation ni procès d'étrangers soupçonnés d'activités terroristes.

16 ARABIE SAOUDITE : Le Mouvement islamique pour la réforme en Arabie saoudite (MIRA), organisation d'opposition basée à Londres, qui se dit non violente, mais qui n'a jamais condamné les attentats d'Al-Qaida, tente d'organiser deux manifestations, l'une à Riyad, l'autre à Djedda. Un nombre indéterminé de personnes ont été arrêtées.

17 RUSSIE : La Douma, chambre basse du Parlement russe, adopte en première lecture une loi « antiterroriste » qui renforce les pouvoirs des services secrets et des forces de l'ordre. Cette loi permet l'interdiction de rassemblements de masse, limite la liberté de mouvement dans le pays, permet un usage extensif des écoutes téléphoniques, et favorise un contrôle sur le travail des journalistes.

17 CÔTE D'IVOIRE : Le Parlement amende l'article 35 de la Constitution qui précise les conditions d'éligibilité à la présidence de la République au nom de la notion d'« ivoirité ». Désormais, il suffit d'être né de père ou de mère ivoirien (et non plus des deux) pour prétendre à la citoyenneté ivoirienne et pour être candidat à la présidence. Ce changement ouvre la voie des urnes à l'ex-premier ministre Alassane Ouattara.

17 CLIMAT : Fin du sommet de Buenos Aires sur le climat et l'effet de serre. Européens et Américains se sont affrontés, mais adoptent un texte formel sur l'élaboration « *des ripostes effectives et appropriées au changement climatique* ».

17 MÉDICAMENT : Le géant de la pharmacie Pfizer annonce que son médicament le Celebrex, anti-inflammatoire utilisé par 26 millions de personnes, augmente les risques cardio-vasculaires.

19 IRAK : Attentats à Nadjaf et Kerbala contre la communauté chiite. Plus de 60 morts et 130 blessés.

19 RUSSIE : La société Iouganskneftegaz, principale filiale du groupe Ioukos, est mise aux enchères et achetée pour 9,37 milliards de dollars par un opérateur inconnu, BaïkalFinansGroup. **Le 21**, en visite en Allemagne, Vladimir Poutine approuve cet achat, balaye les interrogations sur les nouveaux propriétaires de la filiale de Ioukos, et réaffirme que cette vente est une affaire intérieure russe. **Le 22**, le service de presse de la société Rosneft dirigée par Viktor Setchine, un proche de Poutine et un ex du KGB, annonce que Rosneft a racheté 100 % de BaïkalFinansGroup.

19 SOUDAN : L'Union africaine lance un ultimatum pour faire cesser les combats dans le Darfour. La guerre qui fait rage dans la région a déjà provoqué, selon les estimations des Nations unies, 70 000 morts et 1,6 million de personnes ont été déplacées.

20 GRANDE-BRETAGNE : La création de la carte d'identité est adoptée par le Parlement, en seconde lecture, par 306 voix contre 93, réunissant travaillistes et conservateurs contre ce bouleversement des traditions britanniques.

21 RÉPUBLIQUE DÉMOCRATIQUE DU CONGO : Les casques bleus de l'ONU créent une zone tampon autour de Kanyabayonga (Nord-Kivu) conquise par des rebelles soutenus par le gouvernement rwandais.

21 IRAK : Visite surprise de Tony Blair à Bagdad et à Bassora. Le même jour, un attentat vise un campement américain à Mossoul. Quatorze militaires américains, quatre civils sous contrat avec l'armée et quatre gardes irakiens sont tués.

21 TERRORISME : Hassan El-Haski, cadre activiste du Groupement islamique combattant marocain qui aurait participé à la conception et à la préparation des attentats du 11 mars 2004 à Madrid, est arrêté à Lanzarote (îles Canaries), et incarcéré en Espagne. La France servait de base d'appui à ce groupe.

22 INFORMATIQUE : La Cour européenne confirme les sanctions contre Microsoft pour abus de position dominante. La multinationale a deux mois pour faire appel du jugement de première instance.

22 UE : Accord à Bruxelles sur les quotas de capture de poissons accordés à chaque pays de l'Union. Certaines zones de pêche seront provisoirement interdites, et le nombre de jours de sorties en mer limité.

22 PORTUGAL : Le président socialiste de la République, Jorge Sampaio, signe le décret de dissolution du Parlement en raison d'une «*grave crise d'instabilité du gouvernement*». Les prochaines élections législatives sont fixées au 20 février 2005.

22 PROCHE-ORIENT : En visite dans la région, Tony Blair annonce le soutien britannique à une réforme de l'Autorité palestinienne et la tenue, en mars 2005 à Londres, d'une conférence internationale en vue de la relance du processus de paix. La veille, **le 21**, le président de la Banque mondiale, James Wolfensohn, s'est déclaré confiant quant à un accroissement de l'aide internationale à l'Autorité palestinienne.

22 GRIPPE AVIAIRE : Le Japon confirme son premier cas humain de grippe aviaire.

24-25 NOËL : En autorisant le nouveau chef de l'OLP Mahmoud Abbas à se rendre à Bethléem pour assister à la messe de minuit à la basilique de la Nativité, Israël lui permet de reprendre la tradition inaugurée par Yasser Arafat, et interrompue depuis trois ans. Au Vatican, le pape Jean-Paul II, qui célèbre la messe de minuit, mais non l'office du 25, lance, lors de sa bénédiction « *urbi et orbi* », un appel pour la paix au Proche-Orient et en Irak.

26 CATASTROPHE : Provoqué par un séisme de degré 9 sur l'échelle de Richter, dont l'épicentre se situe à une vingtaine de kilomètres sous le fond marin au nord-ouest de l'île de Sumatra (Indonésie), un gigantesque tsunami ravage les côtes des pays bordant l'océan Indien. Les vagues géantes balaient les villages de pêcheurs et les stations balnéaires d'Indonésie, de Malaisie, de Thaïlande, de Birmanie, du Bangladesh, d'Inde (sud-est et archipels des îles Andaman et Nicobar), du Sri Lanka et des îles Maldives. Les effets se font sentir jusque sur les côtes orientales de l'Afrique (Tanzanie, Somalie, Kenya), ainsi qu'à l'île Maurice, à la Réunion et aux Seychelles. **Le 28**, une mobilisation sans précédent se met en place pour faire parvenir des secours dans les zones touchées, dont certaines sont peu accessibles, en raison, entre autres, des guérillas locales (Sri Lanka, Sumatra). L'ONU réunit à Genève les représentants des pays touchés, des pays donateurs et des organismes de secours pour évaluer les besoins, et en appelle à une aide internationale de « *plusieurs milliards de dollars* » pour tenter de prévenir les risques de famine et d'épidémie causés par l'absence d'eau potable, et par les milliers de cadavres non encore enterrés ou incinérés. **Le 29**, le président George Bush annonce la création d'une

« coalition » humanitaire, regroupant les États-Unis, le Japon, l'Australie et l'Inde. À Bruxelles, la Commission européenne décide également de mettre des sommes supplémentaires à la disposition des organisations humanitaires. **Le 30**, Jean-Pierre Raffarin, qui interrompt ses vacances, organise à Matignon une réunion interministérielle consacrée à la crise sanitaire, à laquelle assiste le ministre des affaires étrangères Michel Barnier, de retour de la région. Jacques Chirac reprend l'idée du chancelier allemand Gerhard Schröder d'un moratoire sur les dettes de ces pays. **Le 31**, l'aide publique promise par les bailleurs de fonds atteint 1,2 milliard de dollars, à la suite de la décision des États-Unis de multiplier par dix leur contribution, portée ainsi à 350 millions de dollars (la France a doublé la sienne pour la porter à 42 millions d'euros). Le même jour, les Nations unies estiment à 124 000 morts un bilan global qu'il sera impossible de préciser, l'Indonésie, le pays le plus touché, renonçant, devant l'ampleur de la catastrophe, à comptabiliser ses morts. Entre 5 000 et 10 000 touristes occidentaux auraient péri. Environ 5 millions de personnes se trouveraient déplacées, et démunies de tout. Dans son allocution de fin d'année, Jacques Chirac propose que l'ONU et l'Europe mettent en place une « *force humanitaire de réaction* ».

UN DES PLUS PUISSANTS SÉISMES DEPUIS UN SIÈCLE

31 janvier 1906, Équateur : Un tremblement de terre d'une magnitude de 8,8 degrés sur l'échelle de Richter se déclenche près des côtes de l'Équateur et de la Colombie, provoquant un puissant tsunami qui tue environ un millier de personnes.

3 février 1923, Russie : Le Kamtchatka est touché par un séisme de 8,5 degrés.

1er février 1938, Indonésie : Un tremblement de terre d'une magnitude de 8,5 degrés déclenche des tsunamis causant de graves dégâts sur les îles volcaniques de Banda et Kaï.

15 août 1950, Tibet et Inde : Un séisme de 8,6 degrés fait au moins 1 500 morts.

4 novembre 1952, Russie (Kamtchatka) : Un séisme d'une magnitude de 9 degrés provoque un raz-de-marée qui frappe les îles Hawaï. Aucune victime.

9 mars 1957, Alaska : Un tremblement de terre de 9,1 degrés frappe les îles Andreanof. Sur l'île d'Umnak, le mont Vsevidof entre en éruption et provoque un tsunami de 15 mètres de haut qui s'arrête à Hawaï.

22 mai 1960, Chili : Un tremblement de terre de 9,5 degrés touche Santiago et Concepcion, déclenchant raz-de-marée et éruptions volcaniques. Plus de 5 000 personnes sont tuées.

28 mars 1964, Alaska : Un séisme suivi d'un tsunami fait 125 victimes. La secousse, mesurée à 9,2 degrés, est ressentie jusqu'au Canada.

4 février 1965, Alaska : Un séisme mesuré à 8,7 degrés déclenche un tsunami de 10 mètres de haut au large de l'île Shemya.

26 UKRAINE : Sous le contrôle d'environ 12 000 observateurs internationaux veillant sur la régularité du scrutin, le nouveau second tour de l'élection présidentielle est remporté par le candidat de l'opposition Viktor Iouchtchenko, qui recueille 51,99 % des voix contre 44,19 % pour son adversaire prorusse, le premier ministre Viktor Ianoukovitch. **Le 27**, ce dernier, refusant d'admettre sa défaite, demande à la Cour suprême l'annulation du scrutin, et, **le 29**, dénonce plusieurs recours auprès de la commission électorale. Abandonné par le président sortant, Leonid Koutchma, l'ex-premier ministre, de plus en plus isolé, renonce à présider le conseil des ministres. **Le 31,** il annonce finalement sa démission.

→ *Portrait de Viktor Iouchtchenko*, Le Monde (*3 décembre*).

27 IRAK : Dans un message audiodiffusé par la chaîne de télévision Al-Jazira, Oussama Ben Laden, chef du réseau terroriste Al-Qaida, appelle les Irakiens à boycotter les élections générales du 30 janvier, et adoube l'islamiste jordanien Abou Moussab Al-Zarkaoui comme chef d'Al-Qaida en Irak.

27 PROCHE-ORIENT : Israël commence à libérer 159 prisonniers palestiniens, dont 19 sont des activistes.

28 BOURSE : L'indice Nasdaq composite des valeurs technologiques gagne 1,07 %, à 2 177,19 points, le plus haut depuis trois ans et demi.

28 IRAK : À Bagdad, l'explosion d'une maison piégée, qui provoque la mort de 30 personnes, inaugure une nouvelle technique d'attentat.

30 ARABIE SAOUDITE : Deux bâtiments de la sécurité saoudienne font l'objet d'attaques à la voiture piégée. Les attentats-suicides visaient le ministère de l'intérieur et le camp des forces spéciales à Riyad. Les autorités soupçonnent les émules d'Oussama Ben Laden, qui a menacé le royaume dans un message diffusé **le 16** sur un site Internet.

30 SÉNÉGAL : Le chef historique du mouvement indépendantiste en Casamance, l'abbé Augustin Diamacoune Senghor, et le ministre sénégalais de l'intérieur, Mᵉ Ousmane Ngom, signent un accord de paix ouvrant la voie à des « *négociations sérieuses* » pour mettre fin à un conflit vieux de vingt-deux ans, et qui a fait des centaines de victimes.

30 ITALIE : Le président du conseil Silvio Berlusconi complète le remaniement ministériel ouvert en juillet par la démission du ministre de l'économie et des finances Giulio Tremonti en nommant trois nouveaux vice-ministres et onze secrétaires d'État.

31 SOUDAN : Le gouvernement de Khartoum et les rebelles sudistes signent au Kenya un accord de cessez-le-feu mettant fin à 21 ans de guerre. L'accord de paix global devrait être signé le 9 janvier 2005. Mais dans l'ouest du pays, le conflit du Darfour n'est pas réglé.

31 ARGENTINE : L'incendie d'une discothèque de Buenos Aires, dont plusieurs des issues étaient condamnées pour éviter la fraude, fait 175 morts et près de 900 blessés.

31 PÉTROLE : En approuvant le projet d'oléoduc entre Taichet (région d'Irkoutsk) et la baie de Perevoznaia (port de Nakhodka, en face du Japon), la Russie met fin aux espérances de la Chine, qui depuis longtemps soutenait une autre voie, reliant la Sibérie orientale (Angarsk) à la Mandchourie chinoise (Daqing).

Sciences

25 ESPACE : La sonde européenne Huygens se sépare avec succès de l'orbiteur américain Cassini, pour entamer son ultime voyage vers Titan, la plus mystérieuse lune de Saturne, le seul satellite du système solaire à avoir une atmosphère. Lancé le 15 octobre 1997, Cassini/Huygens a été le premier vaisseau spatial à se mettre en orbite autour de Saturne le 1er juillet.

26 BIOTECHNOLOGIE : Une équipe de spécialistes français d'hématologie annonce, sur le site de la revue *Nature Biotechnology*, avoir, pour la première fois au monde, réussi à fabriquer in vitro de

très grandes quantités de globules rouges humains à
la fois matures et fonctionnels. ∎

Culture

1er INTERMITTENTS : Jean-Paul Guillot, président du BIPE, société spécialisée dans les prévisions économiques, présente ses propositions pour
construire un système «*pérenne*» pour les intermittents du spectacle.

2 ARCHITECTURE : L'architecte britannique
Zaha Hadid est retenue pour concevoir à Marseille
le nouveau siège social de la CMA-CGM (Compagnie
maritime d'affrètement-Compagnie générale maritime), un bâtiment de 65 000 m² et de 25 étages.

2 DÉCÈS en Allemagne du chanteur et guitariste britannique Kevin Coyne.

2-4 MUSIQUE : Quarante-cinq mille entrées
pour la 26e édition des Transmusicales de Rennes.

5 DÉCÈS de l'acteur et réalisateur Robert
Dhéry, le père des «Branquignols», une troupe de
joyeux lurons délirants que l'on retrouvera au
cinéma et au théâtre.

6 CINÉMA : Le 4e festival international du film
de Marrakech rend hommage aux stars, aux paillettes
et... au Maroc.

7 BBC : La chaîne anglaise de radio-télévision
publique s'engage dans de vastes réformes pour
retrouver, selon son nouveau directeur Mark
Thompson, qualité et créativité. Elle supprime 10 %
de ses effectifs.

7 OPÉRA : La Scala de Milan rouvre ses portes
après trois ans de travaux, pour un coût de 61,5 mil-

lions d'euros, avec l'opéra d'Antonio Salieri, *l'Europa riconosciuta,* déjà joué lors de l'inauguration de la Scala, le 3 août 1778.

8 PRESSE : Jean-François Bizot et son équipe décident la suspension du magazine *Nova*. Entre 2000 et 2004 les ventes du magazine sont passées de 54 770 exemplaires à 30 597 au cours de ces derniers mois.

8 ASSASSINAT de Darrel Abbott, dit « Dimebag », l'ancien guitariste du groupe Pantera, dans un club à Colombus (Ohio).

10 TÉLÉVISION : Le gouvernement introduit dans le collectif budgétaire 2004 un amendement destiné à financer à hauteur de 30 millions d'euros le lancement en 2005 de la chaîne française d'information internationale (CFII), le « CNN français ».

11 MUSÉE : Le Musée d'Art moderne d'Istanbul est inauguré, avec deux mois d'avance sur le calendrier prévu. Cette nouvelle institution présente dans un premier temps des artistes turcs pour attirer le public, mais elle devrait bientôt élargir son offre.

14 ÉDITION : Décès de Françoise Verny à l'âge de 74 ans. Ancienne journaliste à *l'Écho de la mode,* elle débute comme éditrice, en 1964, aux Éditions Grasset, puis aux Éditions Gallimard en 1982, chez Flammarion en 1986, avant de retourner chez Grasset en 1995. La « papesse de l'édition » a accouché beaucoup de talents, dont les « Nouveaux philosophes » à la fin des années 70.

14 INTERNET : Google annonce la mise en ligne de 15 millions d'ouvrages des bibliothèques américaines et britanniques tombés dans le domaine public, dont le texte intégral, scanné, sera accessible gratuitement.

15 URBANISME : Le maire de Paris présente son projet de réaménagement du quartier des Halles.

Le projet de David Mangin, « *intelligent et réaliste* » selon Bertrand Delanoë, est retenu pour le côté jardin. En ce qui concerne le carreau au-dessus du centre commercial, un concours international va être lancé.

QUARTIER DES HALLES DE PARIS : L'HEURE DU CHOIX

1789 : Les Halles deviennent un marché.

1848 : Un concours est lancé, remporté par Victor Baltard, qui édifie dix pavillons de fonte et de verre.

1969 : Le ventre de Paris et ses marchés de gros déménagent à Rungis et (temporairement) à La Villette.

Août 1971 : Les pavillons de Baltard sont détruits, ouvrant le durable « trou » des Halles.

1974 : Valéry Giscard d'Estaing, élu président de la République, décide l'abandon d'un projet de centre international au profit d'un « grand jardin à la française ». La SNCF et la RATP construisent l'immense gare du RER et du métro.

1978 : Jacques Chirac, élu maire de Paris, se proclame « architecte en chef » et abandonne notamment un projet de l'Espagnol Ricardo Bofill.

1985 : Achèvement de la construction du Forum, construit par Claude Vasconi et Georges Pencreac'h sur quatre niveaux souterrains. Cet ensemble est suivi par le nouveau Forum de Paul Chemetov, creusé au pied de l'église Saint-Eustache, accompagné des « parapluies » construits par Jean Villerval, originellement pour abriter des serres tropicales.

Juin 2003 : Bertrand Delanoë lance la rénovation, avec une procédure de « marché de définition », pour laisser toutes les options ouvertes, estimant cependant qu'il faut « *prendre des risques* ».

Avril 2004 : Quatre équipes comportant un architecte tête de file, ainsi que des urbanistes, des paysagistes, des économistes sont retenues : deux françaises, l'agence Seura (Société d'études d'urbanisme et d'architecture), conduite par David Mangin, et l'Atelier Jean Nouvel ; deux néerlandaises, l'OMA (Office for Metropolitan Architecture) de Rem Koolhaas et MVRDV - Winy Maas.

26 juin-17 septembre 2004 : Les plans et maquettes sont présentés aux Halles, dans une exposition au succès inattendu : 125 000 visiteurs, dont 10 000 donnent par écrit leur avis sur les projets.

16 PRESSE : Inauguration boulevard Blanqui à Paris, du nouvel immeuble du *Monde* conçu, à partir d'une construction déjà existante, par l'architecte Christian de Portzamparc, et mis en œuvre par Bouygues immobilier. Le bâtiment, loué par le quotidien, est la propriété de la Deutsche Bank.

16 MUSÉE : Le musée du Louvre donne son accord pour la construction à Lens (Pas-de-Calais), ville minière sinistrée, au fort taux de chômage (15 % des actifs), d'un nouveau musée baptisé « Louvre II », qui accueillera 500 à 600 pièces issues des collections du musée parisien. Seize mille m² seront construits sur un terrain offert par la ville, 500 000 visiteurs sont attendus chaque année. Le coût prévu, de 75 à 88 millions d'euros, sera pris en charge à 60 % par la région, et à 20 % par l'Union européenne. L'ouverture est prévue en 2009.

17 CINÉMA : Le prix Louis-Delluc est attribué à Arnaud Desplechin pour son film *Rois et reine*. Le Delluc du premier film récompense *Quand la mer monte*, de Yolande Moreau et Gilles Porte.

17 COMÉDIE MUSICALE : L'Opéra de Lyon programme la création française d'une comédie musicale de Dmitri Chostakovitch composée en 1957-1958, *Moscou, quartier des cerises*, une œuvre remaniée en 1963 et qui avait connu un certain succès pendant la période khrouchtchevienne de l'URSS. À Lyon, la mise en scène est l'œuvre de Macha Makeïeff et Jérôme Deschamps.

17 DÉCÈS de la soprano Renata Tebaldi. Elle s'est illustrée dans les grands rôles de l'opéra italien du XIXe et du début du XXe siècle. Sa carrière a été lancée en 1946 par Arturo Toscanini qui lui trouvait une « *voix d'ange* ».

18 ESTAMPES : Le dernier centre européen d'estampes et de lithographie, installé à Villeurbanne et créé en 1978, annonce sa mise en sommeil faute d'argent.

18 THÉÂTRE : À Birmingham, deuxième ville de Grande-Bretagne, la représentation de la pièce *Behzti* (*Déshonneur*), écrite par la jeune comédienne et dramaturge sikh Guurpreet Kaur Bhatti, est annulée sous la pression de la communauté sikh.

19 DÉCÈS de la comédienne Andrée Tainsy. Elle avait passé l'après-midi au théâtre des Abbesses pour voir la pièce écrite par Pierre Desproges, *les Animaux ne savent pas qu'ils vont mourir* et s'est éteinte quelques heures plus tard, chez elle. Elle avait 93 ans.

21 ÉDITION : Les salariés des éditions du Seuil manifestent leur défiance envers leur nouveau patron, Hervé de La Martinière, en votant, lors de deux assemblées générales, la grève pour la journée.

22 FESTIVAL : Jean-Louis Foulquier, directeur-fondateur des Francofolies de La Rochelle, annonce la cession de 95 % des parts de la société SAS Francofolies, organisatrice du festival, à la société parisienne Morgane Production.

26 DÉCÈS du peintre américain Charles Biderman, dans sa maison du Minnesota, à l'âge de 98 ans.

28 DÉCÈS de l'essayiste et romancière américaine Susan Sontag. Elle est morte à l'hôpital Sloane Kettering à New York, des suites d'une leucémie, à l'âge de 71 ans.

29 DÉCÈS de l'historien italien de la philosophie, spécialiste de la Renaissance, Eugenio Garin. Il était âgé de 95 ans.

30 DÉCÈS, à Los Angeles, à l'âge de 94 ans, du

clarinettiste et chef d'orchestre Artie Shaw, créateur de *Begin the Beguine*, égal et rival de Benny Goodman.

31 BIBLIOTHÈQUE : À l'usine Renault du Mans, le CE, dirigé par les syndicats CFDT et CGC, décide de fermer sa bibliothèque. ▪

Sport

2 ÉQUITATION : Un nouveau président est élu à la tête de la Fédération française d'équitation : Serge Lecomte, seul candidat en lice, vice-président de la FFE et président du Poney Club de France.

3 DOPAGE : Victor Conte, patron du laboratoire Balco, décide de faire des révélations sur la distribution de stéroïde de synthèse aux stars de l'athlétisme.

6 FOOTBALL : Décès de Raymond Goethals dit «Raymond la science». Cet ancien entraîneur de l'OM, au jovial accent bruxellois, avait conduit le club marseillais jusqu'au titre européen pendant la saison 1992-1993.

9 NATATION : Laure Manaudou refuse de participer aux championnats d'Europe en petit bassin, qui débutent à Vienne (Autriche), le directeur technique de la natation française, Claude Fauquet, ayant minimisé son record du monde du 1500 m, le 20 novembre, lors du meeting de La Roche-sur-Yon (Vendée).

10 FOOTBALL : Canal+ obtient l'exclusivité de la diffusion télévisée des matches de ligue 1 entre 2005 et 2008. La chaîne cryptée l'emporte face à TPS, moyennant 600 millions d'euros par saison, doublant ainsi le montant dépensé lors des enchères précédentes.

11 SKI : Jean-Claude Killy, président des championnats du monde de ski 2009, expose son projet pour Val-d'Isère.

11 ALPINISME : Jean-Christophe Lafaille signe le premier 8 000 hivernal en solo. Par −30 degrés et avec un vent soufflant à 70 km/h, il atteint le sommet du Shishapangma (8 046 m) au Tibet.

12 BIATHLON : La Française Sandrine Bailly s'impose sur le 10 km à Holmenkollen (Norvège).

13 FOOTBALL : L'attaquant ukrainien du Milan AC, Andreï Chevtchenko, 28 ans, est Ballon d'Or 2004, trophée qui récompense le meilleur footballeur de l'année écoulée en Europe.

17 VOILE : Ellen MacArthur double le cap de Bonne-Espérance après 19 jours, 9 heures et 45 minutes de mer. Elle améliore le record de Francis Joyon mais son tour du monde en solitaire est loin d'être terminé.

20 FOOTBALL : Le Brésilien Ronaldinho, 24 ans, est désigné joueur de l'année 2004 par la Fédération internationale de football (FIFA).

21 VIOLENCE : Trois jours après une rencontre PSG-Metz émaillée de violences et d'injures racistes, le ministre de la justice, Dominique Perben, reçoit le président de la Ligue de football professionnel et les dirigeants de plusieurs clubs pour annoncer une série de mesures contre la violence dans les stades. Il est prévu notamment de faire comparaître en justice un auteur de violence sous 48 heures, de proscrire les classements sans suite, et d'accompagner les interdictions de stade d'une obligation de pointage au commissariat ou à la gendarmerie.

26 PALMARÈS : Les journalistes de *L'Équipe* désignent la nageuse Laure Manaudou (18 ans) championne de l'année pour la France. La triple championne olympique en août à Athènes devance le coureur de rallye automobile Sébastien Loeb, et la gymnaste Émilie Le Pennec.

28 FOOTBALL : Le président du conseil italien Silvio Berlusconi démissionne de la présidence du Milan AC, qu'il dirigeait depuis le 24 mars 1986, pour se mettre en conformité avec la nouvelle loi antitrust. ■

INDEX DES NOMS DE LIEUX
ET DES THÈMES

INDEX DES PERSONNES CITÉES

Table 527

Table   529

Table 531

DANS LA COLLECTION FOLIO/ACTUEL

Composition Bussière
et impression Bussière Camedan Imprimeries
à Saint-Amand (Cher), le 26 janvier 2005.
Dépôt légal : janvier 2005.
Numéro d'imprimeur : 44052-050286/1.
ISBN 2-07-030582-1./Imprimé en France.